Steve Berry

Steve Berry est avocat. Il vit aux États-Unis, dans l'État de Géorgie. Il a publié plusieurs romans au Cherche Midi éditeur : *Le Troisième Secret* (2006), *L'Héritage des Templiers* (2007), *L'Énigme Alexandrie* (2008), *La Conspiration du Temple* (2009), *La Prophétie Charlemagne* (2010), *Le Musée perdu* (2010) et *Le Mystère Napoléon* (2011). Traduits dans plus de quarante langues, ces thrillers ont figuré sur la liste des best-sellers dès leur parution aux États-Unis. Après *Le Complot Romanov* (2011), *Le Monastère oublié* paraît également au Cherche Midi éditeur en 2012.

Retrouvez l'actualité de Steve Berry sur
www.steveberry.org

LE COMPLOT
ROMANOV

STEVE BERRY

LE COMPLOT ROMANOV

Traduit de l'anglais (États-Unis)
par Gilles Morris-Dumoulin

CHERCHE MIDI

Titre original :
THE ROMANOV PROPHECY

Pocket, une marque d'Univers Poche,
est un éditeur qui s'engage pour la préservation
de son environnement et qui utilise du papier fabriqué
à partir de bois provenant de forêts gérées
de manière responsable.

© le cherche midi, 2011
ISBN : 978-2-266-16773-4

La Russie : un pays où les choses qui ne peuvent tout simplement pas arriver, arrivent.

Pierre le Grand

*L'année noire adviendra
où la couronne de Russie
Tombera avec la tête du dernier empereur.
Le trône du tsar périra dans la fange,
Ne laissant après lui que sang, misère et mort.*

Mikhaïl Lermontov (1830)

Russie, continent mystérieux et noir. Un rébus enveloppé d'un mystère à l'intérieur d'une énigme, selon la définition de Winston Churchill. Lointaine, inaccessible aux étrangers, inexplicable à ses propres enfants. Tel est ce mystère encouragé par les Russes eux-mêmes qui préféreraient que personne ne découvre leur vraie nature, ni la façon dont ils parviennent à vivre.

Robert Kaiser
Russia : The People and the Power (1984)

Malgré toutes ses épreuves, malgré toutes ses erreurs, l'histoire de la Russie, à la fin de ce siècle, peut et doit être considérée comme une sorte de renaissance, une résurrection.

David Remnick
Resurrection :
The Struggle for a New Russia (1997)

TABLEAU CHRONOLOGIQUE
DES ÉVÉNEMENTS HISTORIQUES LIÉS À CETTE HISTOIRE

21 février 1613	Mikhaïl Feodorovitch est proclamé tsar.
20 octobre 1894	Nicolas II accède au trône.
5 avril 1898	Nicolas II offre à sa mère un œuf de Fabergé dit « Lys de la Vallée ».
16 décembre 1916	Meurtre de Raspoutine par Felix Youssoupov.
15 mars 1917	Abdication de Nicolas II, arrêté et incarcéré avec l'ensemble de sa famille.
Octobre 1917	Révolution bolchevique. Lénine prend le pouvoir.
1918	Déclenchement de la guerre civile. Russes rouges contre Russes blancs.
17 juillet 1918	Massacre, à Ekaterinbourg, de Nicolas II, de sa femme Alexandra et de leurs cinq enfants.
Avril 1919	Felix Youssoupov fuit la Russie
1921	Fin de la guerre civile. Triomphe des Rouges, sous la conduite de Lénine.
27 septembre 1967	Mort de Felix Youssoupov.
Mai 1979	Découverte des tombes de Nicolas II et des membres de sa famille, non loin d'Ekaterinbourg.
Décembre 1991	Explosion de l'Union soviétique.
Juillet 1991	Exhumation des restes de Nicolas II et des membres de sa famille. Deux des enfants impériaux manquent dans la fosse commune.
1994	Identification positive des restes. Confirmation de l'absence de deux des enfants.

PROLOGUE

PALAIS D'ALEXANDRE

TSARSKOYE SYELO – RUSSIE
28 OCTOBRE 1916

Alexandra, impératrice de toutes les Russie, se retourna vers la porte qui s'ouvrait derrière elle. C'était la première fois, depuis des heures, qu'elle quittait des yeux le malheureux enfant allongé sous ses draps mouillés de sueur.

Elle éclata en sanglots alors que son « ami » se ruait dans la chambre.

« Te voilà enfin, père Grégoire. Le doux Seigneur en soit loué. Alexis a terriblement besoin de toi. »

Raspoutine courut jusqu'au lit. Fit un rapide signe de croix. Sa blouse de soie bleue, son pantalon de velours empestaient l'alcool, odeur forte qui se mêlait à sa puanteur coutumière dont une dame de la cour affirmait qu'elle rappelait celle d'un bouc. Mais Alexandra ne s'était jamais offusquée de cette odeur intimement associée à la personnalité du père Grégoire.

Plusieurs heures auparavant, elle avait envoyé les gardes à sa recherche. Pleinement consciente de la

13

rumeur qui lui assignait un goût immodéré pour les Bohémiennes cantonnées hors des limites de la capitale. Souvent, il passait la nuit à boire, en compagnie de prostituées. L'un des gardes avait même raconté que le cher homme s'était exhibé, le pantalon bas, sur les tables d'une caverne, en vantant les délices que son organe imposant procurait aux nobles dames de la cour impériale. Alexandra n'avait pas cru un mot de cette horreur attribuée à son ami. Et le garde calomniateur servait désormais dans une obscure garnison lointaine, à l'autre bout de l'empire.

« Je t'ai cherché toute la nuit », dit-elle, avide de capter son attention.

Mais Raspoutine, tombé à genoux, n'avait d'yeux que pour l'enfant totalement inerte et sans connaissance depuis plus d'une heure. Vers la fin de l'après-midi, alors qu'il jouait dans le jardin, il avait fait une mauvaise chute. En moins de deux heures, étaient apparues les premières souffrances.

Alexandra suivait les mouvements de Raspoutine qui écartait la literie et se penchait sur la jambe droite du garçonnet, enflée et meurtrie jusqu'à en paraître grotesque. Le sang arraché à ses veines battait sous la peau, réparti en hématomes de la taille d'un petit melon dont le poids repliait la jambe sur la poitrine. Le visage de l'enfant était exsangue, sauf à l'endroit des poches noires qui enchâssaient lourdement ses yeux.

Alexandra leva la main pour caresser doucement les cheveux châtain clair de son fils. Dieu merci, ses cris avaient cessé en même temps que les affreux spasmes qui l'avaient tourmenté, de quart d'heure en quart d'heure, avec une régularité implacable. Puis il s'était mis à pleurer, en proie à une forte fièvre, et poussait, à présent, des râles sourds qui déchiraient le cœur.

Une seule fois, il avait repris connaissance, le temps de s'écrier :

« Oh, mon Dieu, aie pitié de moi. Maman, aide-moi, je t'en prie... »

Il avait alors demandé si l'on souffrait toujours, après la mort, et elle n'avait pas eu le courage de lui dire la vérité.

Qu'avait-elle fait ? C'était elle, la responsable de tout. L'hémophilie, nul ne l'ignorait, était transmise par les femmes, alors qu'elles-mêmes n'en étaient nullement affectées. Son oncle, son frère, ses neveux, avaient tous succombé au fléau maudit. Pourtant, elle ne s'était jamais considérée comme l'unique agent transmetteur de la maladie. Quatre filles ne lui avaient rien appris. C'était seulement à l'arrivée du fils tant désiré qu'elle avait pris conscience de la dure réalité. Auparavant, nul médecin ne l'avait mise en garde contre cette possibilité. Mais leur avait-elle posé la moindre question ? Personne n'en parlait jamais de sa propre initiative. Même les questions les plus directes ne recevaient aucune réponse précise. Voilà pourquoi le père Grégoire, le *starets,* était exceptionnel. Lui, n'éludait aucune demande.

Fermant les yeux, il se pressait contre le petit malade. Des reliefs de nourriture séchée constellaient sa barbe hirsute. La croix en or qu'elle lui avait offerte pendait à son cou. Il l'enserra dans sa grosse patte, à la lueur des chandelles. Elle l'entendait psalmodier à mi-voix, sans pouvoir comprendre le sens de ses paroles. Et pas question de l'interroger. Bien qu'elle fût l'impératrice de toutes les Russie, la tsarine, elle ne s'opposait jamais au père Grégoire. Lui seul pouvait arrêter les hémorragies. À travers lui, Dieu protégeait son fils bien-aimé, le tsarévitch, seul héritier du trône, futur empereur de Russie.

Mais seulement si Dieu le gardait en vie.

Le petit garçon ouvrit les yeux.

« N'aie pas peur, Alexis. Tout va bien. »

Raspoutine chuchotait toujours. De la même voix grave et mélodieuse, mais d'une fermeté réconfortante. En caressant, des pieds à la tête, le petit corps baigné de transpiration.

« J'ai chassé tes douleurs horribles. Rien ne peut plus te faire souffrir. Demain, tu iras bien, et nous jouerons ensemble à tes jeux favoris. »

Puis, sans interrompre ses caresses, il poursuivit :

« Rappelle-toi ce que je t'ai dit sur la Sibérie. Elle est pleine d'immenses forêts et de steppes illimitées. Si vastes que personne n'en a jamais vu le bout. Elle appartient à ton papa et à ta maman, et bientôt, quand tu seras grand, fort et en bonne santé, elle sera toute à toi. »

Il prit la main de l'enfant dans la sienne.

« Un jour, je te ferai visiter la Sibérie. Les gens de là-bas sont bien différents de ceux d'ici. Tu n'imagines pas la majesté de tout cela. Allons, il faudra que tu voies ça sur place ! »

Raspoutine n'avait pas élevé la voix, et pourtant, le regard de l'enfant s'était éclairci. La vie revenait en lui, aussi vite qu'elle l'avait quitté lors de sa chute. Il parvint même à se soulever légèrement, en s'appuyant sur son oreiller.

Alexandra recommençait à s'inquiéter. N'allait-il

pas, s'il s'agitait un peu trop, s'infliger une nouvelle blessure ?

« Doucement, Alexis. Tu dois rester très prudent.

— Laisse-moi tranquille, maman. Je veux écouter. »

Puis, à Raspoutine :

« Père, raconte-moi encore des histoires. »

Souriant, le *starets* lui parla des chevaux bossus, des soldats sans jambes, du cavalier aveugle et de la tsarine infidèle transformée en canard blanc. Il lui décrivit les fleurs sauvages de la steppe où les plantes ont une âme et bavardent entre elles. Enfin, il lui dit comment les animaux parlaient aux hommes et comment lui-même, tout enfant, avait appris à comprendre ce que les chevaux murmuraient, dans les écuries.

« Tu vois, maman, j'ai toujours su que les chevaux parlaient. »

Le miracle remplissait de larmes les yeux de sa mère. « Tu as raison, mon chéri. Tu as toujours raison.

— Tu me raconteras tout ce que disent les chevaux, hein, maman ? »

Raspoutine l'approuva d'un large sourire.

« Demain, on te racontera tout. Mais maintenant, il faut que tu te reposes. »

Et bientôt, sous ses caresses, le tsarévitch s'endormit paisiblement.

Raspoutine se redressa de toute sa taille.

« L'enfant survivra.

— Comment peux-tu en être sûr ?

— Comment peux-tu en douter ? »

Il y avait tant d'indignation, dans sa voix, qu'elle regretta instantanément sa brève incertitude. Combien de fois n'avait-elle pas songé que son manque de foi était la seule cause des souffrances d'Alexis, et l'hémophilie la malédiction envoyée par Dieu pour tester la profondeur de sa croyance.

Contournant le lit, Raspoutine s'agenouilla près d'elle et lui prit la main.

« Tu ne dois jamais renier Dieu, maman. Tu ne dois jamais douter de Sa puissance. »

Seul, le *starets* pouvait s'adresser à la tsarine avec tant de familiarité. Elle était la *matiouchka*. La petite mère. Son mari, Nicolas II, était le *batiouchka*. Le petit père. C'était ainsi que les voyait la paysannerie. Sous les traits de parents sévères, mais justes. Autour d'elle, tout le monde disait que Raspoutine n'était lui-même qu'un vulgaire paysan. Possible. Mais lui seul possédait le pouvoir de soulager le petit de ses souffrances. Ce paysan de Sibérie inculte, avec sa barbe, sa puanteur corporelle et sa longue tignasse graisseuse, était l'émissaire direct du bon Dieu.

« Mon Père, c'est Dieu qui a refusé d'exaucer mes prières. C'est Lui qui m'a reniée ! »

Raspoutine se releva d'un bond. « Comment peux-tu parler ainsi ? »

Il lui encadra le visage de ses deux mains. La força à le regarder bien en face.

« Regarde ton fils. Il souffre atrocement de ta foi défaillante. »

Personne d'autre que son mari n'eût osé la toucher sans sa permission. Pourtant, elle s'abstint de résister. Elle en était heureuse. Il lui renversa la tête en arrière, plongeant dans ses yeux son regard hypnotique. Toute la puissance de sa personnalité paraissait concentrée dans ces iris bleus, presque incolores. Impossible d'échapper à ces sources phosphorescentes qui menaçaient et caressaient à la fois. La transperçaient jusqu'au fond de l'âme. Elle n'avait jamais pu lui résister.

« *Matiouchka,* tu ne dois pas parler ainsi de Notre-Seigneur. Le petit a besoin de ta foi. Il a besoin de toute ta foi en Dieu.

— C'est en toi que j'ai foi. »

Il la lâcha en haussant les épaules. « Moi, je ne suis rien. Rien de plus qu'un instrument, dans la main de Dieu. Je ne fais rien moi-même. »

Il pointa l'index vers le ciel.

« C'est Lui qui fait tout. »

Des larmes coulaient sur les joues d'Alexandra, qui tenta de s'extraire du siège sur lequel elle s'était effondrée. Elle rata son coup. Retomba sans force. Ses cheveux ternes et emmêlés, son visage jadis beau, aujourd'hui d'une pâleur de craie et sillonné de rides profondes, témoignaient des tortures morales qu'elle endurait depuis des années. Ses yeux brûlaient, à force de pleurer. Pourvu que personne d'autre n'entrât dans la pièce ! C'était seulement avec le *starets* qu'elle pouvait s'exprimer ouvertement, en tant que femme et que mère. Elle se remit à pleurer en ramenant ses jambes contre sa poitrine pour les enlacer des deux bras, le visage enfoui dans des vêtements froissés qui sentaient le cheval et la boue.

« Tu es seul à pouvoir m'aider… »

Raspoutine se tenait très droit. Semblable au tronc d'un arbre, songea-t-elle. Les arbres supportaient les hivers russes les plus rudes, et refleurissaient au printemps. Ce saint homme que Dieu lui avait envoyé était son arbre.

« Maman, ceci n'arrange rien. Dieu veut ta dévotion, pas tes larmes. Toute cette émotion ne saurait l'atteindre. Il réclame ta foi inconditionnelle. Cette sorte de foi qui jamais ne doute... »

Elle sentit qu'il tremblait, auprès d'elle, et releva les yeux. Son visage avait perdu toute expression, toute couleur. Puis un frisson le parcourut des pieds à la tête, ses jambes fléchirent et il s'écroula de tout son long, sur le plancher de la chambre.

« Qu'y a-t-il ? » s'écria-t-elle, haletante.

Il ne répondit pas. Elle l'empoigna par le plastron de sa blouse et le secoua.

« Parle-moi, *starets !* »

Lentement, il rouvrit les yeux.

« Je vois des monceaux de cadavres... plusieurs grands-ducs et des centaines de nobles... La Neva coulera, rouge de leur sang.

— Qu'est-ce que tu veux dire ?

— C'est une vision, maman. Une vision que j'ai déjà eue. Bientôt, je vais mourir moi-même, au terme d'une longue agonie. »

Que racontait le père Grégoire ?

Il l'empoigna par le bras, l'attira à lui. Son visage ruisselait de larmes, mais ce n'était pas elle qu'il voyait. Il avait les yeux fixés, très loin derrière elle, sur quelque spectacle intangible.

« D'ici à l'an nouveau, je quitterai cette vie. Écoute-moi bien, maman, et retiens mes paroles : si je suis la victime de vulgaires assassins, le tsar n'aura rien à redouter. Il gardera son trône, et vos enfants non plus n'auront rien à craindre. Ils régneront durant des siècles. Mais si je suis massacré par des boyards, leurs mains resteront souillées de mon sang pendant vingt-cinq années. Ils quitteront la Russie. Le frère se dressera contre le frère. Ils s'entre-tueront, car entre eux, triomphera la haine. Bientôt, il n'y aura plus aucun noble dans ce pays. »

Alexandra se sentait mourir de terreur.

« Mon Dieu, pourquoi parles-tu ainsi ?

— Si c'est un parent du tsar qui m'assassine, aucun membre de ta famille ne survivra plus de deux ans. Tous seront exterminés par le peuple russe. Ne pense qu'à ta sauvegarde et dis à tes proches que j'aurai payé leur salut de ma vie.

— Père, je ne comprends pas…

— Ce n'est pas la première fois que j'ai cette vision. La nuit est noire de toutes les souffrances qui nous attendent. Je ne les verrai pas. Mon heure approche, mais bien que violente et prématurée, je n'ai pas peur d'elle… »

Il tremblait de nouveau. Convulsivement.

« Oh, Seigneur, le mal est si grand que la terre entière connaîtra la famine et la maladie. Notre mère la Russie n'y résistera pas. »

Elle le secoua de plus belle.

« Père, vous ne devez pas dire des choses pareilles ! Alexis a besoin de vous. »

Raspoutine semblait tout à coup très calme.

« N'aie pas peur, *maman*. Il existe une autre vision. Celle du salut. C'est la première fois qu'elle me vient. Oh, quelle révélation ! Et je la vois si clairement… »

PREMIÈRE PARTIE

1

MOSCOU, DE NOS JOURS

MARDI 12 OCTOBRE
13 H 24

En l'espace de quinze secondes, la vie de Miles Lord changea radicalement.

Il remarqua d'abord la voiture, une semi-camionnette Volvo d'un bleu si foncé qu'il paraissait noir, dans la lumière éclatante de ce début d'après-midi. Puis il la vit se frayer habilement un chemin à travers la circulation abondante de la perspective Nikolskaya. Enfin, quelqu'un baissa la glace arrière, substituant, au reflet déformé des immeubles environnants, un rectangle noir soudain traversé par le canon d'une arme à feu.

Plusieurs balles en jaillirent.

Lord se jeta à plat ventre. Des cris s'élevèrent autour de lui tandis qu'il s'aplatissait brutalement sur le trottoir gras. La rue était pleine de gens chargés de sacs à provisions, de touristes et de travailleurs qui plongeaient à couvert alors que les balles s'inscrivaient en courbe sur les façades patinées d'immeubles hérités de l'époque stalinienne.

Roulant sur lui-même, Lord chercha du regard Artemy Bely, qui venait de partager son déjeuner. Il avait fait sa connaissance deux jours plus tôt, heureux de découvrir en lui un jeune avocat attaché au ministère de la Justice. Entre collègues passionnés par les mêmes sujets d'actualité, ils avaient commencé par dîner ensemble, la veille, en parlant de la nouvelle Russie. Émerveillés, l'un et l'autre, par les grands événements à venir et satisfaits de vivre des moments historiques. Lord ouvrit la bouche pour lui lancer un avertissement, mais avant qu'il puisse articuler une seule syllabe, la poitrine de Bely s'ensanglanta hideusement, éclaboussant derrière lui une vitrine.

L'arme automatique émettait un *tacatac* issu tout droit du bruitage d'un film de gangsters. Le verre fracassé tomba en longs éclats tranchants qui achevèrent de s'émietter au contact du trottoir. Le corps de Bely atterrit en travers du corps de Miles Lord. Ses blessures béantes dégageaient une curieuse odeur de cuivre chauffé. Horrifié, Lord repoussa le cadavre du jeune Russe, douloureusement conscient de cette marée rouge qui imprégnait son costume et dégouttait sur ses deux mains. Il connaissait mal ce pauvre garçon. À souhaiter qu'il ne soit pas séropositif.

La Volvo stoppa sec, dans le grincement de ses pneus maltraités.

Lord loucha vers la droite.

Une portière s'ouvrait, de chaque côté de la voiture. Deux hommes se glissaient hors du véhicule, mitraillette au poing. Ils portaient l'uniforme bleu et gris à revers rouges de la *militsia*, la police moscovite. Mais aucun des deux n'arborait la casquette réglementaire, grise et bordée de rouge.

Le conducteur possédait le front bas et fuyant, la tignasse en broussaille et le nez bulbeux d'un homme de Cro-Magnon. L'homme de la banquette arrière était plus corpulent, avec un visage grêlé et des cheveux calamistrés noués en queue-de-cheval. Son œil droit retint l'attention de Miles Lord. L'intervalle entre pupille et sourcil, inhabituellement large, créait une étrange dissymétrie, seul trait de cette sale gueule qui traduisît un semblant d'émotion, alors que le reste de la face restait bizarrement figé. Sans expression aucune. Pour une raison ou pour une autre, il rappelait Droopy, le vieux toutou de B.D. toujours satisfait de son sort.

Et Droopy criait à Cro-Magnon, en russe :

« Ce maudit *tchornye* en a réchappé ! »

Avait-il bien entendu ?

Tchornye.

L'équivalent russe de *négro.*

Depuis son arrivée à Moscou, il y avait de ça près de huit semaines, Lord lui-même n'avait rencontré aucune autre personne de race noire. Il se souvenait d'avoir lu, dans un guide de voyage sur la Russie : « Toute peau noire risque d'engendrer une certaine curiosité. »

L'euphémisme du siècle !

Cro-Magnon accusa réception du message, d'un simple hochement de tête. Les deux hommes n'étaient pas à plus de trente mètres, mais Lord n'avait pas l'intention de leur demander ce qu'ils désiraient. Il se releva d'un bond et fonça, coudes au corps, dans la direction opposée. D'un rapide coup d'œil par-dessus l'épaule, il les vit qui se penchaient en avant pour mieux ajuster leur tir. Il atteignit le plus proche croisement et plongea, littéralement, dans l'avenue perpendiculaire, alors que derrière lui le concert reprenait.

Des balles écorchèrent les briques, projetant dans l'air tiède un nuage de poussière.

Alentour, s'égaillaient désespérément les infortunés exposés à la mitraille.

De l'autre côté de la chaussée, Lord se retrouva dans un *tolkuchki,* un marché improvisé qui s'alignait sur le trottoir, à perte de vue.

« Tireurs ! Fuyez ! » hurla-t-il en russe.

Une babouchka vendeuse de poupées pigea au quart de tour et se réfugia sous une porte cochère, serrant convulsivement un châle autour de son visage boucané. Abandonnant journaux et bouteilles de Pepsi, une demi-douzaine de jeunes crieurs se dispersèrent comme autant de cafards et s'effacèrent du paysage. L'intrusion de la *mafiya* dans la vie de la cité n'était pas si rare. Lord savait, comme tout le monde, qu'une centaine de gangs opéraient dans les murs de la capitale. Les agressions à main armée, voire à l'explosif, étaient devenues aussi courantes que les encombrements, multipliant les risques de tout petit commerce en plein air.

Lancé dans le chaos d'une circulation déjà laborieuse qui achevait rapidement de se congeler, Lord dut plaquer ses mains sanglantes sur le capot du taxi qui avait stoppé juste à temps pour ne pas le renverser. Le chauffeur donnait furieusement du klaxon. Au coin de la rue, surgissaient les tueurs, l'arme braquée. La foule s'écarta, dégageant le champ de tir. Lord s'accroupit, juste à temps, derrière le taxi, alors que les balles transformaient le siège du conducteur en place du mort.

Brusquement, le klaxon cessa de se faire entendre.

Aussitôt relevé, Lord aperçut, brièvement, le visage ensanglanté du chauffeur de taxi, tassé contre sa vitre rougie, un œil encore ouvert sur le gouffre insondable de la fatalité. À moins de cinquante mètres, se tenaient les deux hommes, sur l'autre trottoir de la voie paralysée.

Lord explora du regard les vitrines environnantes. Il identifia un magasin de confection pour hommes, une boutique de vêtements pour enfants, et plusieurs brocanteurs. Il choisit, d'instinct, le McDonald's. Pour quelque raison nébuleuse, ses arches dorées dégageaient une impression de sécurité inexpugnable.

Le temps de cavaler jusque-là et de pousser la grande porte vitrée... Plusieurs centaines de clients occupaient les tables hautes, où l'on mangeait debout, et les box où l'on pouvait s'asseoir. D'autres faisaient la queue, attendant leur tour. Il se souvint qu'à une certaine époque, ce restaurant avait eu la réputation d'être le plus fréquenté de la planète.

Il respira, bien à fond, l'air imprégné d'huile de friture et de fumée de cigarette. À cause de ses mains et de son costume couverts de sang, plusieurs femmes s'écrièrent qu'il devait être blessé. Paniquée, la foule des jeunes se précipita vers les portes. Il s'introduisit brièvement dans le flot, puis se rendant compte que c'était une erreur, il se dégagea à grands coups de coudes et dégringola des marches, sa main droite lubrifiée par le sang de Bely glissant aisément sur la rampe lisse.

Deux voix ordonnèrent : « Dégagez ! Dégagez ! » précédant de peu la reprise de la fusillade, au sein des hurlements et de la confusion.

En bas de l'escalier, Lord trouva trois portes. Celle des toilettes pour hommes et celle des toilettes pour dames. Il poussa la troisième. Devant lui, s'étendait une sorte de hangar en sous-sol, un vaste lieu de stockage aux murs de carreaux blancs semblables à ceux du restaurant. Dans un coin, trois hommes fumaient et buvaient, assis autour d'une petite table. Il remarqua leur T-shirt à l'effigie de Lénine, inscrite dans l'arche d'or du McDonald's. Tous trois relevèrent les yeux à son approche.

« Tireurs ! Planquez-vous ! » leur jeta-t-il en russe.

Sans la moindre hésitation, ils jaillirent de leurs sièges comme un seul homme, et se ruèrent vers l'autre extrémité du local brillamment illuminé. Le plus rapide des trois ouvrit une porte donnant sur l'extérieur et disparut, suivi de ses deux collègues. Lord ne s'attarda qu'une seconde à boucler, de l'intérieur, la porte par laquelle il était entré. Puis emprunta le même chemin que les trois autres.

Il ressortit dans l'atmosphère soudain fraîche de l'après-midi et marqua une courte pause dans l'allée conduisant à l'immeuble dont le rez-de-chaussée abritait le restaurant. S'attendant à trouver, sur cette face cachée, Bohémiens ou vétérans médaillés de la Seconde Guerre mondiale. Chaque coin et recoin de Moscou hébergeait l'une ou l'autre de ces catégories sociales aux faibles moyens financiers.

À l'envers du décor, s'alignaient des maisons bancales construites de bric et de broc, à partir de pierres grossièrement taillées. Enduites d'une couche noirâtre de pollution chimique par des décennies de gaz d'échappement incontrôlés. Lord s'était souvent demandé ce que le cocktail pouvait faire aux poumons, mais il y avait plus urgent à l'ordre du jour. S'orienter, par exemple. Il se savait à cent mètres environ au nord de la place Rouge. Où était la plus proche station de métro ? Ne serait-ce pas le meilleur moyen d'échapper à la poursuite ? Il y avait toujours des tas de flics dans les stations de métro. Mais c'étaient des policiers qui le poursuivaient. De vrais policiers ? Ça, c'était à voir. Il avait lu quelque part que les gens de la mafia usurpaient volontiers les fonctions et l'uniforme de la *militsia*. Habituellement, les rues fourmillaient de ces flics, beaucoup trop d'ailleurs, équipés de matraques et d'armes automatiques. Aujourd'hui, il n'en avait pas croisé un seul.

De l'intérieur du bâtiment, lui parvint un bruit sourd. Ils enfonçaient la porte qu'il avait bouclée derrière lui. Les coups de feu reprirent alors qu'il s'élançait vers la rue principale.

Il tourna à droite, forçant l'allure au maximum de ses possibilités. Sa cravate l'étranglait. Il la dénoua, arracha le col de sa chemise. Il ne disposait que d'une faible avance sur le tandem de tueurs. Tournant à droite, pour la seconde fois, il franchit, en appui sur un bras, l'enceinte métallique, à hauteur de taille, qui marquait la limite d'un des innombrables emplacements de parking aménagés dans le centre-ville.

Au petit trot, alternant les regards de droite et de gauche, il s'engagea entre les Lada, les Chaïka, les Volga rangées en bon ordre. Sans parler de quelques Ford et de deux ou trois grosses voitures allemandes, très sales pour la plupart, et plus ou moins cabossées. En se retournant, il constata que les deux policiers, vrais ou faux, venaient d'atteindre le coin de la rue, à cent mètres en arrière, et se précipitaient dans sa direction.

Il remonta vivement l'allée centrale du parking herbeux. Quelques balles ricochèrent sur les carrosseries, à sa droite. Il se réfugia derrière une Mitsubishi noire. Risqua un œil autour de son pare-chocs arrière. Cro-Magnon s'était arrêté, prêt à rouvrir le feu. Droopy se rapprochait de l'enceinte métallique.

Un moteur démarra. Un pot d'échappement vomit une épaisse fumée. Des feux arrière s'allumèrent. Il s'agissait d'une Lada de couleur crème, de l'autre côté de l'allée centrale. Son conducteur, le visage convulsé de terreur, sortait de son créneau en marche arrière. Il avait dû entendre la fusillade et décider de fuir au plus vite le champ de bataille.

Soudain, Droopy sauta par-dessus l'enceinte métallique. Quittant sa cachette, Lord roula sur un proche capot et atterrit sur celui de la Lada, dont il empoigna les essuie-glaces. Le conducteur lui jeta un coup d'œil effaré, mais n'en démarra pas moins vers le boulevard. À travers la lunette arrière, Ford aperçut Droopy qui se disposait à tirer, d'une distance de cinquante mètres, et Cro-Magnon qui chevauchait l'enceinte. Il revit le chauffeur de taxi et conclut qu'il n'avait pas le droit d'exposer la vie de ce pauvre type. Au moment où la Lada abordait l'artère à six voies, il exécuta un tonneau éclair à destination du trottoir.

Les balles sifflèrent avec une seconde de retard. La Lada décrivit une embardée et poursuivit sa route, en pleine accélération.

Lord inversa son élan pour rouler jusqu'à la chaussée, souhaitant que la hauteur du trottoir suffît à fausser le tir de Droopy. D'autres balles arrachèrent des étincelles au sol bétonné. La foule en attente à un arrêt de bus se dispersa en criant sa détresse. Lord se retourna vers la gauche. Un bus approchait. Moins de vingt mètres à vue de nez, et roulant à sa rencontre. Il y eut un soupir de freins à air comprimé, un grincement de pneus, dans l'exhalaison suffocante du pot d'échappement. Lord décrivit un ultime tonneau qui l'eût placé hors de danger, même si le bus n'avait pas freiné à mort. L'énorme véhicule le séparait à présent des tueurs. Dieu merci, la voie opposée était vierge de toute circulation, à ce moment-là.

Il se releva, se hâta de traverser la route. À cette heure, toute la circulation, ou presque, venait du nord. Il progressait en zigzag, prenant toujours garde de maintenir la masse de l'autobus interposée entre lui et les tueurs, mais dut s'arrêter pour laisser passer une file de voitures. D'un instant à l'autre, les tueurs contourneraient le bus et le retrouveraient dans leur ligne de mire. Il traversa en courant les deux dernières voies, et prit pied sur le trottoir.

Devant lui s'étendait un chantier de construction. Toute une charpente de poutres nues se dressait, sur quatre étages, dans le ciel brumeux. Et toujours pas le moindre flic à l'horizon, sinon les deux types lancés à ses trousses. Par-dessus la rumeur ininterrompue de l'autoroute, lui parvenait le grondement des grues et des bétonnières. Contrairement à ce qui se passait chez lui, à Atlanta, aucune palissade, aucune barrière ne fixait les limites du chantier.

Il s'engagea sur le site, après avoir vu les tueurs se lancer à travers les voies parallèles, désavoués par de nombreux coups de klaxon furibards. Plongés dans leur boulot, les gens du bâtiment ne lui prêtaient aucune attention. Il se demanda combien de Noirs couverts de sang pouvaient se balader dans le secteur, chaque jour. Mais ça, c'était le Moscou nouveau. Le mieux était de rester le plus possible à l'abri des regards.

Derrière lui, les deux tueurs atteignaient le trottoir. Ils étaient, une fois de plus, à moins de cinquante mètres. Droit devant lui, une bétonnière déversait son contenu dans une cuve d'acier, sous la surveillance d'ouvriers casqués. La cuve reposait sur un vaste plateau de bois commandé par un câble chargé de le hisser quatre étages plus haut, à l'endroit où se poursuivait le travail en cours. Le préposé à la vérification du mélange recula d'un pas, et la plate-forme porteuse amorça son ascension périodique.

Lord décida que l'idée en valait bien une autre... Il courut jusqu'à la plate-forme qui s'élevait graduellement, mais dont il put agripper, en sautant, le bord inférieur. Ciment et graviers répandus, lors des précédents voyages, rendaient la prise incertaine, mais il lui suffit, pour tenir bon, de penser à Droopy et à son acolyte surgi de la préhistoire.

Le plateau montait. D'en bas les ouvriers lui criaient quelque chose et leurs voix l'encouragèrent à tenter le rétablissement désespéré qui mettrait fin à toutes ses angoisses.

Déséquilibrée, la plate-forme se balança dangereusement, les chaînes grincèrent sous le choc de ce mouvement imprévu, mais il réussit sa tentative, à la force des bras, et s'aplatit contre la cuve. Un peu de ciment lui tomba dessus, comme pour lui souhaiter la bienvenue.

Il regarda en arrière. Il était déjà à quinze ou vingt mètres de hauteur et la plate-forme montait toujours. Les deux tueurs l'avaient repéré. Debout non loin des ouvriers ahuris, ils prenaient le temps de viser comme ils ne l'avaient jamais fait jusque-là.

Aucune hésitation possible. Lord bascula vivement par-dessus le rebord de la cuve et s'immergea dans le béton liquide dont le trop-plein se répandit sur la plate-forme.

La fusillade recommença. Les balles arrachèrent des morceaux du plateau de bois et ricochèrent en sifflant sur la paroi de la cuve. Lord s'enfonça un peu plus dans le mélange grossier de gravier et de ciment. Il était très froid, et le jeune homme se mit à trembler de tous ses membres.

Et soudain, des sirènes.

Dont les hululements se précisaient.

La fusillade s'interrompit.

Il se redressa, péniblement, pour regarder ce qui se passait sur le boulevard. Trois cars de police, à la queue leu leu. Les tueurs avaient entendu, eux aussi, et ne semblaient avoir aucune envie de s'attarder sur les lieux. Les forces de l'ordre arrivaient du sud. La Volvo bleue arriva du nord, et les deux tueurs la rejoignirent en vitesse. Non sans tirer, comme par dépit, quelques rafales supplémentaires.

La Volvo démarra, sec, et prit immédiatement de la vitesse.

C'est seulement alors que Miles Lord se releva sur les genoux et s'autorisa un long soupir de soulagement.

2

Miles Lord descendit du car de police. Il était de retour sur la perspective Nikolskaya, où tout avait commencé. Avant de quitter le chantier de construction, ils l'avaient ramené au sol avant de le débarrasser sommairement du sang et du béton dont il était recouvert. Son costume était foutu. De même que sa chemise et le reste de ses vêtements saturés d'eau, qui lui produisaient l'effet d'une énorme compresse glacée. Un des travailleurs du chantier avait déniché, à son intention, une vieille couverture de laine crasseuse qui puait le cheval. Lord, calme et frigorifié, avait pu, enfin, prendre le temps de réfléchir.

Ambulances et voitures de police encombraient l'avenue où la circulation était nulle. Des policiers bloquaient toutes les rues avoisinantes, jusqu'à la sortie du McDonald's.

Un petit homme au torse puissant, au cou de taureau, aux cheveux roux coupés en brosse et à la barbe de même teinte, reçut Lord dans un bureau de fortune, sur le lieu même des événements. Des rides profondes ravinaient son visage. Il avait le nez de travers, probablement à la suite d'une fracture mal réduite, et partageait avec de trop nombreux citoyens russes un teint jaunâtre d'hépatique. Un manteau noir recouvrait sa chemise foncée et son costume gris. Il portait des chaussures sales aux talons éculés.

« Je suis l'inspecteur Orleg, de la *militsia*. »

Il tendait la main. Lord la lui serra, non sans remarquer, sur son poignet et son avant-bras, les taches brunes trahissant un mauvais fonctionnement du foie.

« Vous étiez là quand ils ont commencé à tirer ? »

Le policier parlait un anglais fonctionnel, encombré d'accents toniques mal placés. Lord se demanda s'il devait ou non lui répondre en russe. Leurs rapports en seraient largement facilités. La plupart des Russes jugeaient les Américains trop arrogants, trop stupides ou trop paresseux pour apprendre leur langue. Particulièrement les Américains noirs, qu'ils persistaient à considérer comme des animaux de cirque. Lors d'une douzaine de visites précédentes, au cours de la décennie passée, Miles Lord avait appris à garder pour lui-même l'étendue de ses connaissances. Une réserve utile, parfois, pour surprendre ce que disaient, entre eux, juristes et hommes d'affaires persuadés de pouvoir s'exprimer en toute liberté, sous la protection de la barrière linguistique.

À plus forte raison depuis que ses précédents démêlés avec la police l'avaient incité à redoubler de prudence, en cas de conflit, même s'il ne s'agissait que d'une infraction mineure, avec un représentant de l'ordre. Il était notoire que la police moscovite adorait plumer les étrangers peu respectueux ou tout bonnement ignorants des règles. « À quoi vous attendez-vous, de la part de fonctionnaires qui gagnent cent roubles par mois ? » lui avait demandé un de ces officiers, en empochant paisiblement les cinquante roubles qu'il venait de lui extorquer.

« Les tireurs étaient des policiers », dit-il en anglais.

Le Russe secoua la tête.

« Déguisés en policiers. La *militsia* ne tire pas sur les gens. »

— Ceux-là, si ! »

Lord baissa les yeux, au-delà d'Orleg, sur la dépouille sanglante d'Artemy Bely. Le jeune Russe avait été retourné sur le dos, et des rubans rouges marquaient les blessures qu'il avait reçues.

« Combien de balles l'ont touché ?

— *Pyat*.

— Pardon ?

— Cinq !

— Et combien de mortelles ?

— Quatre !

— Et vous ne semblez pas révolté. Quatre morts le même jour, sur la voie publique ! »

Orleg se fendit d'un haussement d'épaules résigné.

« On ne peut pas grand-chose. Le toit est difficile à contrôler. »

« Le toit », c'était l'une des dénominations communément utilisées pour désigner la mafia qui régentait Moscou et la majeure partie de la Russie occidentale. Lord ne connaissait pas l'origine du terme. Était-ce un symbole du niveau le plus élevé de la hiérarchie officieuse ? Des initiatives qui descendaient de « là-haut » ? Les plus belles voitures, les plus magnifiques datchas, les vêtements les plus somptueux, tout appartenait aux gangs les plus forts. Qui ne faisaient pas un mystère de leur opulence. Au contraire, la mafia tendait à faire étalage de ses richesses aux yeux du peuple et du gouvernement.

C'était une nouvelle classe sociale qui avait fleuri à un rythme ahurissant. Les hommes d'affaires en place considéraient les sommes payées pour leur « protection » comme une simple rubrique de leurs frais généraux. Aussi indispensable à leur prospérité qu'un personnel compétent et un bilan de fin d'année sans mystère. La plupart des Russes qu'il connaissait lui avaient dit que lorsque les messieurs en complet Armani vous rendaient visite et prononçaient la phrase *Bog zavechkaet delitsia* (Dieu vous recommande de partager), il importait de ne jamais les prendre à la légère.

« Mon intérêt, dit Orleg, est de savoir pourquoi ces hommes vous traquaient ? »

Lord désigna Bely, du pouce.

« Si vous le recouvriez ?

— Nous ne le gênons pas.

— Moi, ça me gêne. Je le connaissais.

— Comment ? »

Lord sortit son portefeuille. Le badge plastifié qui lui avait été remis, au début de son séjour, avait survécu au bain de béton liquide. Il le tendit à Orleg.

« Oh ? Vous faites partie de la Commission tsariste ? »

Autrement dit : « Comment se fait-il qu'un Américain puisse s'intéresser à quelque chose d'aussi spécifiquement russe ? »

« Oui, je fais partie de la Commission tsariste.

— À quel titre ?

— C'est confidentiel.

— Mais nécessaire, peut-être, pour comprendre ce qui s'est passé ?

— Il faudra que vous voyiez ça avec la Commission. »

Orleg montra le corps étendu.

« Et celui-là ? »

Lord expliqua que Bely avait été juriste au service du ministère de la Justice, fraîchement assigné à la Commission et chargé de faciliter l'accès aux archives soviétiques. Dans un domaine plus personnel, il savait simplement que Bely était célibataire, vivait dans un appartement communautaire au nord de Moscou, et rêvait de visiter Atlanta, tôt ou tard.

Il se força à baisser les yeux vers le corps mutilé. Le premier mort de mort violente, qu'il ait eu l'occasion de voir depuis son année en Afghanistan, non comme militaire, mais comme juriste et linguiste attaché aux Affaires étrangères sur qui le gouvernement américain avait compté pour réaliser un gouvernement de transition, après le départ des talibans. Sa propre firme juridique avait estimé que c'était important d'avoir quelqu'un sur le terrain. Pour leur image et pour leur avenir. Mais il avait souhaité s'occuper d'autre chose que de remuer de la paperasse. Il avait aidé à enterrer les morts. Les Afghans avaient subi de lourdes pertes. Plus que la presse américaine et internationale n'avait jamais voulu l'admettre. Il sentait encore, sur sa peau, la brûlure du soleil ardent, la morsure des vents impitoyables qui hâtaient la décomposition des corps et rendaient le travail encore plus pénible. La mort ne constitue jamais un spectacle agréable.

« Balles explosives, précisa Orleg. Petit trou à l'entrée, gros à la sortie. Beaucoup de dégâts en chemin. »

La voix de l'inspecteur Orleg n'exprimait aucune compassion.

Lord affronta son regard indifférent, ses cornées injectées. Orleg sentait vaguement l'alcool et la menthe. Son refus de couvrir le corps l'avait profondément choqué. Spontanément, il se débarrassa de sa couverture et la jeta sur le gisant.

« Nous couvrons nos morts, dit-il à Orleg.

— Trop nombreux ici pour s'en soucier. »

La voix, le masque du cynisme. Ce flic en avait certainement vu des vertes et des pas mûres. Il avait dû assister au déclin de l'autorité gouvernementale et travailler, comme la plupart des Russes, sur arrangement verbal ou sur simple promesse de paiement ou contre des dollars américains acquis au marché noir. Plus de quatre-vingt-dix ans de communisme avaient laissé des marques. *Bespridel,* disaient les Russes. Anarchie. Indélébile comme un tatouage. Acculant une nation à la ruine.

« Le ministère de la Justice, énonça Orleg, sentencieux, est une cible fréquente. On s'y mêle de choses incompatibles avec la sécurité. Ils ont été largement prévenus. »

Non sans un nouveau geste à l'adresse du corps.

« Pas le premier juriste à se faire descendre. Et pas le dernier. »

Lord ne répondit pas.

« Peut-être, ajouta Orleg, notre nouveau tsar pourra-t-il résoudre tous ces problèmes ? »

Lord se redressa et fit face à l'inspecteur. Leurs deux visages se touchaient presque.

« N'importe quoi vaudra mieux que ce qui est arrivé aujourd'hui », conclut Lord.

Le regard d'Orleg ne disait pas s'il était d'accord ou s'il pensait autrement.

« Vous ne m'avez pas répondu. Pourquoi ces hommes vous poursuivaient-ils ? »

Qu'avait dit Droopy en sortant de la Volvo ? « Ce maudit tchornye en a réchappé. » Devait-il le répéter à Orleg ? Quelque chose, chez ce flic, le rebutait. Mais d'où lui venait cette paranoïa ? Simple séquelle des violences qui l'avaient durement ébranlé ? Mieux valait ne rien dire avant d'en avoir discuté avec Taylor Hayes.

« Je n'en ai pas la moindre idée. Mais je les ai vus et bien vus. Je pourrai les identifier. Vous avez mon sauf-conduit et vous savez où me trouver. Je suis trempé, glacé, imprégné du sang de ce pauvre garçon. J'aimerais me changer. L'un de vos hommes pourrait-il me raccompagner à l'hôtel Volkhov ? »

L'inspecteur ne répondit pas tout de suite. Il observait Miles Lord avec une expression ambiguë probablement calculée pour le mettre mal à l'aise.

« Évidemment, monsieur l'avocat de la Commission, dit-il en lui rendant son sauf-conduit. Une voiture est à votre disposition pour vous reconduire à votre hôtel. »

3

Lord regagna le Volkhov dans une voiture de patrouille de la police. Le portier lui ouvrit la porte sans prononcer une syllabe. Inutile de sortir la carte de l'établissement, qui était illisible, de toute manière. Il était le seul homme de couleur présent à cette date et, comme tel, instantanément reconnaissable. Seul, l'état de ses vêtements lui valut un regard effaré, empreint d'une stupéfaction bien compréhensible.

Le Volkhov était un hôtel prérévolutionnaire, bâti au début du XXe siècle, en plein centre de Moscou, au nord-ouest du Kremlin et de la place Rouge. On voyait le Bolchoï de ses fenêtres, et durant l'ère soviétique, on découvrait également, de certaines des chambres, le massif musée Lénine et le monument à la gloire de Karl Marx, tous deux aujourd'hui disparus. Grâce à une coalition d'investisseurs américains et européens, l'établissement avait recouvré sa splendeur d'autrefois. La vaste réception et les locaux adjacents, avec leurs tableaux accrochés aux murs et leurs lustres de cristal, recréaient une atmosphère tsariste de luxe et de privilège. Mais les tableaux signés d'artistes russes reflétaient plutôt le capitalisme et l'économie de marché, dans la mesure où ils étaient tous à vendre. Qui plus est, l'installation d'un cyberespace, d'un gymnase et d'une piscine intérieure achevait de projeter le vénérable établissement dans le nouveau millénaire.

À la réception, Lord demanda si Taylor Hayes était dans sa chambre. L'homme aux clefs d'or l'informa que M. Hayes était actuellement dans le cyberespace. Devait-il se changer d'abord ou bien lui parler sans attendre ? Il décida que tenir son supérieur au courant de la situation était plus urgent que de reprendre une tenue correcte, et repéra bientôt Hayes, à travers une cloison transparente, les doigts sur le clavier d'un ordinateur.

Hayes était l'un des quatre associés majoritaires du cabinet juridique Pridgen et Woodworth. Le staff de la firme comprenait deux cents avocats, ce qui faisait d'elle l'une des plus grandes usines juridiques des États-Unis du Sud-Ouest. Quelques-unes des plus grandes compagnies d'assurances mondiales, banques et autres corporations payaient tribut, chaque mois, à Pridgen et Woodworth, afin d'être sûres de bénéficier immédiatement, en cas de besoin, de leurs services inappréciables. Leurs bureaux, dans le centre d'Atlanta, occupaient deux étages d'un des gratte-ciel les plus modernes de la ville.

Licencié en droit et en sciences politiques, Hayes avait la réputation d'un spécialiste de premier ordre en matière d'économie et de loi internationale. Grand, mince, athlétique, son seul signe de maturité résidait dans sa chevelure châtain clair agrémentée de quelques fils d'argent. C'était un habitué de la chaîne CNN où les apparitions, sur le petit écran, de son autorité paisible, de son étincelant regard bleu, exprimaient une personnalité composite dans laquelle Lord discernait, tour à tour, un solide talent de comédien, une énergie indomptable et une culture quasi universelle.

Il se produisait rarement devant la cour, et participait, encore plus rarement, aux réunions hebdomadaires de la cinquantaine d'avocats, Miles compris, qui composaient la division internationale de la firme. Lord l'avait accompagné plus d'une fois à travers le monde pour régler, dans son sillage, les problèmes de recherche et de recrutement inhérents à la mission en cours. C'était seulement depuis le début de ce séjour en Russie que leurs relations avaient évolué de « Monsieur Hayes » à « Taylor ».

Hayes voyageait, chaque mois, au moins trois semaines sur quatre, et n'avait pas son pareil pour conserver, rassurer, voire multiplier, dans sa foulée, ces clients en or qui ne rechignaient pas à payer quatre cent cinquante dollars de l'heure toute visite personnelle de leur avocat.

Douze ans plus tôt, à l'entrée de Lord dans la troupe, Hayes l'avait tout de suite pris en sympathie. C'était lui, Lord ne l'avait su que beaucoup plus tard, qui l'avait spécifiquement désigné pour la division juridique internationale. Certes, une licence avec mention de la fac de droit de Virginie, ainsi qu'une maîtrise d'histoire européenne obtenue à l'université Emory, associées à ses connaissances linguistiques, l'avaient désigné pour ce poste. Mais sous l'égide de Taylor Hayes, il avait rapidement assumé les missions les plus urgentes et les plus délicates sur la scène européenne, en particulier dans les pays de l'Est.

Pridgen et Woodworth représentaient un immense portefeuille de sociétés ayant lourdement investi en République tchèque, en Pologne, en Hongrie, dans les

États baltes ainsi qu'en Russie. Chaque mission bien remplie signifiait une promotion supplémentaire dans la firme et bientôt, peut-être, entraînerait le passage d'associé à membre du conseil, voire la nomination de Miles Lord au titre envié de nouveau président de la division internationale.

À condition, bien sûr, qu'il vécût jusque-là.

Hayes se détourna de son moniteur en l'entendant, puis en le voyant pénétrer dans le cyberespace.

« Seigneur Dieu ! Qu'est-ce qui t'est arrivé ?

— Pas ici ! »

Il y avait une demi-douzaine d'autres personnes dans la salle. Hayes parut comprendre instantanément, car il se leva et, sans piper mot, suivit Lord dans un des salons de l'hôtel orné d'un faux plafond de verre teinté et d'une fontaine de marbre rose. Au cours des semaines, ce salon était devenu leur lieu de conférence préféré.

Ils s'installèrent face à face dans l'un des box. Lord leva la main, à l'adresse d'un des serveurs, en se tapotant la gorge de l'autre. Il commanda une vodka.

« Alors, Miles ? » l'encouragea son patron.

Il lui raconta tout. Sans oublier le commentaire d'un des tueurs ni la thèse de l'inspecteur Orleg selon laquelle cet attentat visait Artemy Bely et le ministère de la Justice.

« Mais à mon avis, Taylor, c'est après moi que ces deux types en avaient. »

Hayes secouait la tête.

« Là, tu n'en sais rien. Tu les as bien vus, c'est tout, et ils ont décidé d'éliminer un témoin susceptible de les identifier. Le seul Noir, de surcroît, qui se trouvait dans le secteur !

— Il y avait des centaines de gens dans cette rue. Pourquoi moi ?

— Parce que tu étais avec Bely. Ce flic a raison. Ils visaient Bely. Ils devaient le guetter depuis un bon moment. D'après ta description des faits, je pense que c'est plutôt ça.

— Tu le penses, mais tu n'en as pas la preuve.

— Miles, tu as rencontré ce Bely hier ou avant-hier. Tu ne sais rien de lui. Les morts violentes ne sont pas rares à Moscou. Pour des tas de raisons jamais bien définies.

Lord baissa les yeux vers ses vêtements irrémédiablement tachés, et se reposa la même question, au sujet du sida. Le garçon lui apporta sa vodka. Hayes jeta quelques roubles sur la table. Lord respira profondément avant d'ingurgiter une bonne lampée de l'alcool blanc, très fort, dont l'absorption lui calma légèrement les nerfs. Il avait toujours aimé la vodka russe. C'était vraiment la meilleure du monde.

« Je suis imprégné de son sang. J'espère qu'il était séronégatif. Tu crois que je ferais mieux de quitter le pays ?

— C'est ce que tu voudrais faire ?

— Eh non, merde ! L'histoire est en marche, dans ce pays. Je n'ai aucune envie de tout laisser en rade. Je veux pouvoir raconter à mes enfants et petits-enfants que j'étais là quand le tsar de toutes les Russie a été rétabli sur son trône !

— Alors, reste. »

Une autre gorgée de vodka, et puis :

« J'espère surtout être encore là pour le leur raconter.

— Tu t'en es sorti comment ?

— En cavalant comme un lièvre. C'était bizarre. Je pensais à mon grand-père. Et à la chasse au raton laveur. »

Le visage de Taylor Hayes exprimait une curiosité mêlée d'incompréhension. Lord précisa :

« Un des sports favoris, chez les racistes à tout crin, vers les années quarante. Amener un nègre dans les bois. Le faire renifler par les chiens. Lui donner trente minutes d'avance... »

Il avala une nouvelle lampée de vodka :

« Ces abominables trous-du-cul n'ont jamais rattrapé mon grand-père.

— Tu veux bénéficier d'une protection rapprochée ? Un garde du corps ?

— Ce ne serait sans doute pas une mauvaise idée.

— J'ai besoin de toi à Moscou, Miles. Mais je ne voudrais pas que tu coures d'autres risques. »

Lord ne tenait nullement à partir, lui non plus. Peut-être, après tout, Droopy et Cro-Magnon ne l'avaient-ils traqué que parce qu'ils les avaient vus, bien clairement, descendre Bely ? Un possible témoin à charge et rien de plus ? Oui, c'était sûrement ça. Quelles raisons auraient-ils eues de vouloir le tuer ?

« J'ai laissé mes dossiers aux archives. Je comptais revenir après déjeuner.

— Je vais téléphoner pour qu'on te les rapporte.

— Non, je monte prendre une douche et j'y retourne. Je n'ai pas bouclé mon programme de la journée.

— Tu es sur un coup ?

— Pas vraiment. J'essaie juste de nouer les bouts qui dépassent. Je t'appelle si je tombe sur quelque chose de précis. Continuer mon boulot, c'est encore le meilleur moyen d'oublier ces gangsters.

— Et demain ? Toujours partant pour assurer le fameux briefing ? »

Le garçon vint poser une autre vodka, sur la table.

« Plutôt deux fois qu'une !

— Ça, c'est l'attitude que j'aime ! Je savais que tu n'étais pas un dégonflé ! »

4

14 h 30

Hayes joua des épaules à travers la foule compacte des usagers déversés en vrac de la rame de métro. Déserts un instant plus tôt, les quais grouillaient à présent de milliers de Moscovites pressés d'atteindre les quatre escalators chargés de les rapatrier à l'air libre, au niveau de la rue, quelque deux cents mètres plus haut. Un spectacle impressionnant, mais c'était autre chose qui captait l'attention de Taylor Hayes.

Le silence. Souligné plutôt que troublé par le piétinement des semelles et le frottement des manteaux les uns contre les autres. De loin en loin, s'élevait un éclat de voix, mais dans l'ensemble, la procession des huit millions d'hommes et de femmes qui défilaient chaque matin dans un sens, chaque soir dans l'autre, sur le réseau de transport public le plus bondé de toute la planète, dégageait la même impression de morne accablement et de grande fatigue.

Ce métro était la vitrine de Staline. La vaine tentative, dans les années trente, de célébrer ouvertement les réalisations socialistes en creusant sous la capitale les plus larges et les plus longs tunnels existant au monde. Quant aux stations réparties dans toute la ville, elles étaient devenues des œuvres d'art ornées de stucs multicolores, de marbres néoclassiques, de plafonniers extraordinaires en verre et en or. Personne n'avait jamais mis en cause ni le coût initial ni celui de la maintenance. Même si l'entretien de ce système de transport aussi démentiel que nécessaire à la vie de la cité engloutissait chaque année des millions de roubles. Pour quelques misérables kopecks par voyageur transporté.

Eltsine et ses successeurs avaient bien essayé d'augmenter le prix du ticket. Soulevant à chaque fois de tels tollés qu'ils n'avaient eu d'autre ressource que d'y renoncer en vitesse. Un problème insoluble, songea Hayes. Trop de populisme affiché, dans une nation aussi inconstante que la Russie À tort ou à raison, les Russes attendaient de leurs dirigeants une fermeté sans faille et les eussent respectés davantage s'ils avaient maintenu leurs augmentations, en n'hésitant pas à éliminer tout protestataire un peu trop agressif. Une leçon que de nombreux tsars et autant de présidents communistes n'avaient jamais su comprendre. En particulier Nicolas II et Mikhaïl Gorbatchev.

Au sommet de l'escalator, Hayes se laissa porter par la foule hors des portes trop étroites et jusque dans l'air froid de cet après-midi de la mi-octobre. Il était au nord du centre-ville, de l'autre côté de l'autoroute circulaire à quatre voies, toujours encombrée, communément appelée la « ceinture des Jardins ».

Cette station de métro de brique et de verre ogival, plutôt détériorée, n'était pas l'une des plus belles de l'œuvre stalinienne. En fait, toute cette partie de la ville ne figurait jamais dans aucun guide touristique.

L'endroit était peuplé, en permanence, de vendeurs à la sauvette des deux sexes aux traits tendus, hagards, aux cheveux crasseux, dont les vêtements en lambeaux offensaient les narines. Ils tentaient de gagner quelques roubles ou, de préférence, un sacro-saint dollar ou deux, en échange de petits flacons d'eau de toilette de qualité plus que douteuse, d'une cassette de contrebande ou d'un paquet de poisson séché.

Était-il possible que quelqu'un leur achetât, de temps à autre, ces tas d'arêtes à l'aspect encore plus répugnant que l'odeur ? La seule provenance possible de ces poissons s'appelait la Moskva, et d'après ce que Taylor Hayes savait sur les méthodes courantes de destruction des ordures, tant soviétiques que néo-russes, il préférait ne pas se demander ce que pouvaient contenir ces sacs en plastique, en plus des poissons.

Boutonnant son manteau, il arpenta le trottoir défoncé, en s'efforçant de se confondre avec les autochtones. Il avait troqué son costume habituel contre un pantalon de velours à côtes vert foncé, une chemise de teinte sombre et de vieilles chaussures de tennis noires. Toute tenue tant soit peu occidentale, dans ces quartiers déshérités, eût constitué, outre une provocation, une source d'ennuis.

Il découvrit, rapidement, le club dont on lui avait dicté l'adresse. Coincé entre une boulangerie, une épicerie, un disquaire et un glacier, il n'avait rien d'ostensible. Aucune enseigne ne signalait sa présence. Juste un petit écriteau promettant aux éventuels clients, en caractères cyrilliques, un divertissement de haute tenue.

Rectangulaire et chichement éclairé, le local s'agrémentait de lambris bon marché, plaqués aux murs à la va-comme-je-te-pousse. Au centre du rectangle, dans une atmosphère enfumée, s'étendait un immense labyrinthe de contreplaqué, inspiré de ceux que Taylor Hayes avait eu l'occasion de voir dans les quartiers riches de la ville. Ces clubs-là étaient des monstruosités de néon et de marbre. Celui-ci était la version du pauvre, à base de bois brut et de lumière fluo tamisée par la poussière.

Une foule entourait le labyrinthe. Très différente de celles qui se gavaient de saumon, de salade de betterave et de caviar dans les endroits huppés, avec des lieutenants armés pour garder les portes tandis que d'autres clients jouaient des milliers de dollars, au black-jack ou à la roulette, dans une salle adjacente. Entrer dans ces endroits pouvait déjà coûter deux cents dollars. Pour les hommes présents ici même, cols bleus issus d'usines et de fonderies du voisinage, cela représentait six mois de salaire.

« C'est pas trop tôt », dit Feliks Orleg, en russe.

Les yeux fixés sur le labyrinthe, Hayes n'avait pas vu approcher l'inspecteur de police. Désignant discrètement la foule agglomérée, il murmura, dans la même langue :

« Quelle est l'attraction du jour ?

— Vous allez voir. »

Hayes se pencha. Le labyrinthe se divisait en trois parties imbriquées les unes dans les autres. De trois petites portes situées à son extrémité, jaillirent trois gros rats. Ils semblaient comprendre ce que les spectateurs attendaient d'eux, car ils foncèrent illico, au sein d'un concert de hurlements rauques. Un des assistants allongea le bras pour taper du poing sur une des petites cloisons verticales. Surgi de nulle part, un costaud aux avant-bras de lutteur l'empoigna et le ramena en arrière.

« Version Moscou du derby du Kentucky, commenta l'inspecteur.

— C'est comme ça toute la journée ? »

Les rats négociaient en connaisseurs les virages et les pièges des trois pistes.

« Toute la journée, confirma Orleg. Et puis ils picolent et repissent leurs gains, à mesure ! »

L'un des rats avait atteint la ligne d'arrivée. Une partie de la foule éclata en vivats. Hayes se demanda, vaguement, combien rapportait une telle victoire, mais s'abstint de poser la question.

« Je veux savoir ce qui s'est passé aujourd'hui.

— Votre nègre est vif comme un rat. Il s'est défilé dans les rues.

— Il n'aurait jamais dû pouvoir se défiler, comme vous dites ! »

Orleg porta son verre à ses lèvres.

« Apparemment, les tireurs l'ont raté. »

La foule se calmait, en prévision de la course suivante. Hayes guida Orleg jusqu'à une table vide, contre un des murs de la salle.

« Je n'ai pas envie de rigoler, Orleg. L'idée consistait à le descendre. C'était tellement difficile ? »

Orleg savoura une autre gorgée de sa consommation, avant de répondre :

« Comme je viens de vous le dire, ces imbéciles l'ont raté. Quand ils l'ont poursuivi, votre M. Lord a détalé. Très inventif, m'a-t-on dit. J'avais eu un mal de chien à nettoyer le secteur des patrouilles de police en vue de ces quelques minutes. Le champ de tir leur était ouvert. Ils n'auraient jamais dû tuer trois citoyens moscovites.

— Je croyais qu'il s'agissait de professionnels. »

Orleg rit en sourdine.

« Professionnels ? Je ne le pense pas. De vulgaires gangsters. Qu'est-ce que vous croyiez ? »

Il vida son verre.

« Vous voulez un autre contrat sur votre homme ?

— Diable, non ! Je ne veux plus qu'on touche à un seul cheveu de sa tête ! »

Orleg n'émit pas le moindre commentaire, mais toute son attitude disait qu'il détestait recevoir les ordres d'un étranger.

« N'en parlons plus. C'était une mauvaise idée au départ. Lord pense que Bely était visé, et non lui. On ne peut pas se permettre d'attirer l'attention une fois de plus.

— Les deux tireurs m'ont dit que votre avocat s'était débrouillé comme un pro.

— C'était un athlète, au collège. Football et course à pied. Mais avec deux kalachnikovs pour rétablir l'équilibre... »

Orleg se renversa, ironique, contre le dossier de sa chaise.

« Si vous mettiez vous-même la main à la pâte ?

— J'y penserai peut-être. Mais en attendant, renvoyez ces idiots à la niche. Ils ont eu leur chance. Pas d'autre contrat. Et s'ils ne suivent pas les ordres, dites-leur qu'ils n'aimeront pas du tout les gus que leurs patrons leur lâcheront aux fesses. »

L'inspecteur secouait sa grosse tête.

« Quand j'étais gosse, on pourchassait les gens

riches et on les torturait. Maintenant, on est payé pour les protéger. »

Il cracha par terre.

« Tout ça me ferait vomir...

— Qui a parlé de gens riches ?

— Vous croyez que je ne sais pas ce qui se prépare ? »

Hayes baissa un peu plus la voix.

« Vous ne connaissez rien à rien, Orleg. Faites quelque chose pour vous-même, en ne posant pas trop de questions. Suivez les ordres, et vous resterez longtemps en bonne santé.

— Putain de Ricain ! Le monde tourne à l'envers. Il fut un temps où vous craigniez qu'on ne vous laisse pas ressortir du pays. Maintenant, vous agissez comme si vous étiez les maîtres !

— Appliquez le programme. Les temps changent. Suivez le guide ou quittez la caravane. Vous voulez rester dans le coup ? Marchez droit. Il faut savoir obéir.

— Foutez-moi la paix, avocat de mes choses ! Qu'est-ce qu'on fait pour Lord ?

— Oubliez-le. Je m'en charge. »

5

15 H 35

De retour aux Archives russes, vieux bâtiment sinistre de granit rose qui avait abrité, jadis, l'Institut du marxisme-léninisme, Lord s'accorda une courte pause. Aujourd'hui, ce même édifice hébergeait le Centre pour la conservation et l'étude des documents de l'histoire contemporaine. Preuve supplémentaire, s'il en était besoin, du penchant des Russes pour les titres inutilement ronflants.

Lors de sa première visite, il s'était étonné de retrouver les effigies de Marx, Engels et Lénine incrustées dans le trottoir, devant l'entrée principale. Avec la formule bien connue : EN AVANT JUSQU'À LA VICTOIRE DU COMMUNISME. Presque tous les vestiges de l'ère soviétique avaient été éradiqués des villes, rues et bâtiments, d'un bout à l'autre du pays. Remplacés par l'aigle à deux têtes dont la dynastie Romanov avait, durant trois cents ans, fait son emblème. On lui avait affirmé que la statue en granit rouge de Lénine était un des rares souvenirs subsistant en Russie.

Après une douche bien chaude et une dernière vodka, Lord avait enfilé la seule tenue correcte *made in Atlanta* encore en sa possession : un costume gris anthracite à fines rayures blanches. Demain ou après-demain, il se rendrait dans un magasin de vêtements moscovite afin de s'en payer un autre, car un seul ne suffirait pas pour les semaines laborieuses à venir.

Jusqu'à la chute du communisme, ces archives avaient été considérées par trop hérétiques pour l'homme de la rue. Elles étaient réservées aux hommes du parti purs et durs, et la distinction subsistait partiellement. Pour quelle raison ? Lord ne l'avait pas encore compris. Sur les étagères, s'empilaient des papiers personnels, carnets de notes, lettres, journaux intimes, pièces sans grande valeur historique ou littéraire. Histoire de compliquer un peu plus les choses, il n'en existait aucun inventaire. Rien que des listes incohérentes par année, personne ou zone géographique. Contraires à toute méthode et probablement destinées à décourager plus qu'à renseigner. Comme si nul ne désirait que le passé fût éclairci.

Et pas la moindre collaboration utile. Les archivistes étaient tous des laissés-pour-compte du régime soviétique, survivants de la hiérarchie qui avait long-temps bénéficié de privilèges refusés au commun des mortels. Bien que le parti eût été dissous, restait un bataillon de femmes d'un certain âge et d'une loyauté à toute épreuve dont la plupart, Lord en était persuadé, espéraient le retour du pouvoir totalitaire. Raison pour laquelle l'aide d'Artemy Bely lui avait été si précieuse, en dépit de sa courte durée.

Seuls quelques désœuvrés flânaient autour des hautes étagères métalliques. Autrefois, la plupart des documents, surtout ceux de Lénine, avaient été bouclés dans des voûtes souterraines, derrière des portes blindées. Eltsine avait mis fin au secret et fait remonter le tout au rez-de-chaussée. Il avait ouvert le bâtiment aux curieux, aux académiciens et aux journalistes.

Mais pas tout à fait.

Un secteur important demeurait sous clef. Celui des « Papiers protégés » : l'équivalent de ce qu'un tampon TOP SECRET signifiait en Amérique, dans le cadre de toute requête ressortissant à la liberté d'information. Nanti de ses lettres de créance, Lord, en tant que membre de la Commission tsariste, avait accès aux archives concernant les anciens secrets d'État les mieux préservés. Son sauf-conduit, procuré par Hayes, le mettait en mesure, avec l'approbation du gouvernement en place, de compulser, s'il le désirait, la totalité des archives, y compris les « Papiers protégés » concernant de vieux secrets de polichinelle.

Assis à sa table réservée, il força son esprit à s'intéresser aux pages étalées devant lui. Son travail consistait à étayer d'arguments solides la prétention de Stefan Baklanov au trône de Russie. Baklanov, apparenté aux Romanov, était le principal prétendant proposé au jugement de la Commission tsariste. Il avait derrière lui de nombreux capitalistes occidentaux, dont une majorité de clients du cabinet Pridgen et Woodworth. Hayes avait donc dépêché Lord aux archives avec mission de s'assurer que rien ne s'opposerait à l'accession de Baklanov au pouvoir. En annihilant, si possible, tout soupçon de sympathie de la famille envers l'Allemagne nazie pendant la Seconde Guerre mondiale. Bref, tout ce qui pouvait pousser à douter de son dévouement inconditionnel envers la Russie.

Les recherches de Lord l'avaient ramené au dernier tsar régnant, Nicolas II, et à la tragédie du

17 juillet 1918, là-bas, en Sibérie. Il avait étudié, passé au peigne fin tous les textes disponibles, publiés ou inédits, toujours contradictoires sur un ou plusieurs points de détail. Jusqu'à pouvoir en opérer une synthèse élaguée des anomalies, des inexactitudes les plus flagrantes. Étayées, jour après jour, de renseignements complémentaires, ses notes constituaient une sorte de reportage terriblement convaincant sur cette nuit fatale où l'histoire de la Russie s'était écrite dans le sang et la violence.

Nicolas jaillit, en sursaut, d'un sommeil de plomb. Un soldat se tenait près de sa couche. Il y avait longtemps, plusieurs mois, qu'il n'avait dormi aussi bien, et ce réveil brutal lui laissait le cœur en débandade. Mais il n'y avait rien qu'il pût faire. Autrefois, il avait été le tsar de toutes les Russie, Nicolas II, l'incarnation du Tout-Puissant sur la terre. Mais en mars dernier, il avait dû souscrire à l'impensable, pour un monarque de droit divin : abdiquer sous la pression de la violence. Le gouvernement provisoire qui lui avait succédé se composait en grande partie d'anciens membres libéraux de la Douma, et d'une coalition de socialistes radicaux. Il devait diriger le pays jusqu'à ce qu'une assemblée constituante pût être élue, mais les Allemands avaient autorisé Lénine à passer par chez eux pour rentrer en Russie, dans l'espoir qu'il saurait y installer le chaos politique.

Leur attente n'avait pas été déçue.

Dix mois auparavant, Lénine avait renversé le gouvernement fantoche, à l'occasion de ce que les gardes appelaient fièrement la révolution d'Octobre.

Pourquoi son cousin le Kaiser l'avait-il trahi de cette

façon ? Le détestait-il à ce point ? Gagner la guerre mondiale était-il un motif suffisant pour sacrifier une dynastie régnante ?

Apparemment, oui.

Deux mois après sa prise de pouvoir, à la stupéfaction générale, Lénine avait signé avec le Kaiser un pacte de non-agression, privant les Alliés d'un front de l'Est qui avait mobilisé, jusque-là, une part importante de l'armée allemande. L'Angleterre, la France, les États-Unis devaient maudire les Russes. Il voyait clairement quel jeu dangereux Lénine avait décidé de jouer. Promettre la paix au peuple pour gagner leur confiance, mais en retarder l'avènement pour calmer la colère des Alliés sans offenser son véritable allié, le Kaiser. Signé cinq mois auparavant, le traité de Brest-Litovsk avait consommé le désastre. L'Allemagne y gagnait un quart du territoire russe et près d'un tiers de son peuple. D'après les conversations des gardes, tous les bolcheviks dissidents s'étaient ralliés sous une bannière blanche unifiée, en contraste frappant avec le drapeau rouge des communistes. Une masse de recrues avaient rejoint les Blancs. Des paysans surtout, à qui l'on refusait la terre.

Une guerre civile avait éclaté.

Les Blancs contre les Rouges.

Et lui-même n'était plus que le citoyen Nicolas, prisonnier des bolcheviks rouges.

Empereur de nulle part.

On l'avait d'abord cloîtré, avec toute sa famille, dans le palais d'Alexandre, à Tsarskoye Syelo, non loin de Petrograd. Puis on les avait transférés à Tobolsk, en Russie centrale, une ville riveraine riche en cabanes de rondins et en églises blanchies à la chaux. Les gens de là-bas, paysans pour la plupart, leur avaient témoigné une loyauté touchante, réunis chaque jour en foule devant leur lieu d'incarcération, à les saluer de loin, chapeau bas, en multipliant les signes de croix. Pas une journée ne se passait sans qu'on leur apportât des gâteaux, des chandelles et des icônes. Jusqu'à leurs gardiens, anciens soldats du prestigieux régiment des fusiliers, qui se montraient amicaux et prenaient le temps de leur parler ou de jouer aux cartes. Ils recevaient des livres et des journaux, voire de la correspondance. La nourriture avait été plutôt bonne, et les conditions acceptables.

Dans l'ensemble, une prison plutôt agréable.

Et puis, il y avait de ça soixante-dix-huit jours, nouveau déménagement.

Pour échouer ici, à Ekaterinbourg, sur le versant est de l'Oural, au cœur de la mère Russie, sous la domination bolchevique. Dix mille troupiers de l'armée Rouge se coudoyaient dans les rues. La population locale vomissait tout ce qui concernait le tsar et le tsarisme. Ils occupaient la maison d'un riche marchand nommé Ipatiev, transformée en prison de fortune. La maison du tyran déchu, disaient-ils, désormais entourée d'une haute palissade, avec toutes les fenêtres aux vitres noircies et pourvues de barreaux. Et pas question de les ouvrir sans risquer de recevoir une balle. Aucune chambre, pas même les toilettes, ne fermait. Ils avaient ôté toutes les portes. Insulté, en sa présence, les membres de sa famille exposés aux graffitis barbouillés sur les murs qui représentaient Alexandra et Raspoutine dans des positions obscènes. La veille, il avait failli se battre avec un de ces ignobles salauds qui avait écrit sur le mur de la chambre des filles :

C'EST ICI QU'UN EX-EMPEREUR HABITE QUI A BÂTI
SON TRÔNE AVEC SA BITE.

La mesure est comble, pensa-t-il.

« Il est quelle heure ?

— Deux heures du matin, riposta le garde.

— Qu'est-ce qu'il y a encore ?

— Votre famille doit être déplacée. L'armée Blanche
approche. L'attaque est imminente. Les fenêtres seront
dangereuses, quand ça va tirer dans les rues. »

Les mots, loin de l'inquiéter, excitèrent Nicolas.
Il pouvait entendre les gardes chuchoter à l'extérieur. L'armée Blanche déferlait sur la Sibérie, prenant ville après ville et contraignant les Rouges à la
retraite. L'artillerie tonnait à quelque distance. Le son
lui réchauffait le cœur. Peut-être ses généraux allaient-
ils revenir et restaurer l'ordre ancien ?

« Habillez-vous ! » ordonna le garde.

Il se retira, et Nicolas réveilla sa femme, qui dormait auprès de lui d'un sommeil épuisé. Leur fils
Alexis occupait un petit lit, dans un coin de la modeste
chambre.

Père et fils revêtirent rapidement chemise militaire, pantalon, bottes et casquette de campagne, tandis
qu'Alexandra passait dans la chambre des filles. Malheureusement, Alexis pouvait à peine marcher. Une
nouvelle hémorragie hémophilique l'avait terrassé,
l'avant-veille, et son père dut le porter dans ses bras.

Les quatre filles le rejoignirent sur le palier.

Elles portaient une jupe noire et une blouse blanche.
Leur mère les suivait, appuyée sur sa canne. Son fils,
la lumière de ses yeux, ne marcherait peut-être plus
jamais. La sciatique qui le torturait depuis l'enfance
empirait de jour en jour. Les soucis qu'elle se faisait

pour Alexis avaient détruit sa propre santé, blanchissant sa chevelure et privant de leur éclat les yeux qui n'avaient jamais cessé de captiver Nicolas depuis leur première rencontre, alors qu'ils n'étaient encore que des enfants. Elle respirait péniblement, à petits coups saccadés, coupés de hoquets, et parfois, ses lèvres bleuissaient. Elle souffrait du cœur et du dos, mais étaient-ce de vraies souffrances physiques ou les effets des tourments qu'elle connaissait depuis la naissance d'Alexis, à se demander quand et comment la mort le lui reprendrait ?

« Que se passe-t-il, papa ? » s'informa Olga.

Elle avait vingt-deux ans et c'était l'aînée. Une jeune personne qui ressemblait beaucoup à sa mère. Intelligente et profondément bonne, mais sujette, comme elle, à des crises de désespoir sans fond.

« Peut-être notre salut », dit-il.

Une légère excitation transparut sur son joli visage. Sa sœur Maria, plus jeune de deux ans, et Tatiana, née entre elles deux, portaient des oreillers. Tatiana, la plus énergique des quatre, était grande et forte pour son âge. Ils l'appelaient « la gouvernante ». La favorite de sa mère. Très jolie et très douce, elle rêvait d'épouser un soldat russe et d'avoir vingt enfants. Toutes avaient entendu ce qu'il venait de dire.

Il leur fit signe de se taire.

Anastasia, dix-sept ans, se tenait près de sa mère, pressant contre sa poitrine le Roi Charles, son cocker épagneul que les gardes lui avaient permis de conserver. Elle était petite et boulotte, avec la réputation d'une rebelle, toujours en quête d'une mauvaise farce, mais ses yeux bleus étaient aussi beaux que ceux de sa mère et Nicolas n'avait jamais pu leur résister.

Les quatre autres prisonniers arrivèrent.

Le docteur Botkin, médecin d'Alexis ; Trupp, le valet de Nicolas ; Demidova, la soubrette d'Alexandra ; et Kharitonov, le cuisinier. Demidova, elle aussi, portait un oreiller, mais celui-ci était spécial. Il recelait au cœur de ses plumes, bien calé, un coffret rempli de joyaux, et la mission de Demidova était de ne jamais le perdre de vue, Alexandra et les filles transportaient également des bijoux, cousus dans leurs corsets. Des diamants, des émeraudes, des rubis et des colliers de perles.

Alexandra vint chuchoter, en boitant, à l'oreille de son mari :

« Tu sais ce qui se passe ?

— Les Blancs approchent. »

Le visage las s'éclaira d'un sourire.

« Est-ce vraiment possible ?

— Par ici, je vous prie », dit une voix familière.

Nicolas fit face à Yurovsky.

L'homme était arrivé douze jours plus tôt avec une escouade de la police secrète bolchevique, pour remplacer le précédent commandant et ses gardes indisciplinés, jugés trop laxistes. Au début, le changement avait paru positif, mais Nicolas s'était aperçu, très vite, que Yurovsky et ses hommes étaient des soldats professionnels. Peut-être même des Magyars, prisonniers de guerre de l'armée austro-hongroise engagés par les bolcheviks pour assumer des tâches que les Russes abhorraient. Yurovsky, homme aux cheveux noirs, à la barbe noire, impérieux et calme, était leur chef. Il n'élevait jamais la voix, mais ses ordres étaient toujours immédiatement exécutés. « Commandant des Bœufs », tel était le surnom dont ils l'avaient affublé.

Intuitivement, Nicolas pressentait que ce type devait adorer opprimer son prochain.

« Dépêchons-nous, articula Yurovsky, le temps presse. »

Nicolas invita les siens à le suivre, et dans le sillage de leur geôlier, ils descendirent au rez-de-chaussée. Alexis dormait sur l'épaule de son père. Anastasia lâcha le chien, qui se mit à tourner en rond.

On les conduisit dans une cour, puis dans une pièce en demi-sous-sol, avec une fenêtre en ogive. Un vieux papier rayé recouvrait les murs de plâtre. Aucune trace de mobilier.

« Attendez ici l'arrivée des voitures.

— Où va-t-on ? s'informa Nicolas.

— Loin, riposta Yurovsky.

— Pas de chaises ? s'inquiéta Alexandra. On ne peut pas s'asseoir ? »

Haussant les épaules, Yurovsky appela l'un de ses hommes. On leur apporta deux chaises. Alexandra s'effondra sur l'une d'elles, et Maria glissa son oreiller dans le dos de sa mère. Nicolas déposa son fils sur l'autre. Tatiana lui glissa son propre oreiller dans le dos et l'installa confortablement. Demidova tenait toujours le sien serré contre sa poitrine.

L'artillerie tonnait au loin, de plus belle. Pour Nicolas, c'était la voix de l'espoir.

Yurovsky expliqua :

« Il faut que je vous prenne en photo. Certains croient que vous vous êtes échappés. Alors, placez-vous tous ici, bien groupés. »

Les filles derrière la mère assise, Nicolas près d'Alexis, les quatre personnes qui n'appartenaient pas à la famille en léger retrait. On leur avait demandé tant de choses bizarres, au cours des seize derniers mois, que cette séance de photo, en pleine nuit, avant un nouveau départ pour ailleurs, n'était pas tellement plus inquiétante. Quand Yurovsky sortit de la pièce en claquant la porte derrière lui, personne ne fit le moindre commentaire.

Puis la porte se rouvrit.

Mais nullement sur un photographe porteur d'un gros appareil et de son trépied.

Onze hommes armés entrèrent, comme à la parade. Yurovsky bon dernier. Il avait la main droite enfoncée dans sa poche, et une feuille de papier dépliée dans la main gauche.

Il en lut le texte, à haute voix :

« Eu égard au fait que vos parents et amis continuent de critiquer la Russie soviétique, le Comité supérieur de l'Oural a décidé votre exécution. »

Nicolas hésitait à comprendre. Dehors, le moteur d'un quelconque véhicule s'emballait. Son grondement s'enflait et retombait dans le silence. Nicolas regarda sa famille, puis se retourna vers Yurovsky.

« Quoi ? Quoi ? »

Le Russe ne changea pas d'expression. Il relut le verdict inscrit sur la feuille de papier, puis sortit sa main droite de sa poche.

Nicolas découvrit le revolver.

Un colt à barillet.

Le canon monta vers son front.

6

Une énorme sensation de vide frappait Miles Lord au creux de l'estomac, chaque fois qu'il revivait, en pensée, les horreurs de cette nuit-là. Comment imaginer ce qu'ils avaient dû ressentir, dès le premier coup de feu ? Leur terreur. Leur désespoir. Aucune possibilité de fuite. Rien d'autre que la perspective d'une mort horrible.

Ce qu'il avait découvert dans les « Papiers protégés » l'avait ramené tout droit à cette tragédie. Dix jours auparavant, il était tombé sur ce texte griffonné, en caractères russes archaïques, sur une simple feuille de papier. L'encre noire avait pâli au point d'être presque illisible, et le document dormait depuis des années dans un petit sac de cuir cramoisi hermétiquement cousu. L'étiquette attachée au sac portait la mention : ACHETÉ LE 10 JUILLET 1925. NE PAS OUVRIR AVANT LE 1ER JANVIER 1950. Impossible de déterminer si cette instruction avait été suivie.

De son attaché-case, il sortit sa traduction commençant par la date du 10 avril 1922 :

Le cas de Yurovsky est troublant. Je ne crois pas que les rapports recueillis à Ekaterinbourg soient exacts et l'information concernant Youssoupov le confirme. Dommage que le garde Blanc ait été aussi peu loquace. Trop de souffrance morale peut produire l'effet contraire. La remarque sur Kolya Maks est intéressante. J'ai déjà entendu ce nom. Et le village de Starodug a été cité par deux gardes Blancs qu'on avait pu faire parler. Quelque chose s'est passé là-bas, j'en ai maintenant la certitude, mais je doute de pouvoir vivre jusque-là, et je suis inquiet, quant au sort futur de nos pauvres efforts. Staline est effroyable. Il y a en lui une rigidité qui exclut tout aspect émotionnel des décisions qu'il est forcé de prendre. Si la direction de notre pays lui échoit, j'ai bien peur que ce ne soit la fin du rêve.

Je me demande si un ou plusieurs des membres de la famille impériale ont pu fuir Ekaterinbourg. Le camarade Youssoupov en paraît convaincu. S'imagine-t-il en mesure d'offrir une alternative à la génération montante ? Peut-être la tsarine n'était-elle pas aussi écervelée que tous le croient ? Peut-être les divagations du starets ont-elles plus de sens que nous ne l'imaginions ? En pensant aux Romanov, durant les semaines écoulées, je me suis souvenu des vers d'un vieux poème russe : « Les preux chevaliers ne sont que poussière / Et la rouille mange leurs épées. / Seules leurs âmes rejoignent les saints / en qui nous plaçons notre confiance. »

Tout comme Artemy Bely, Lord pensait que l'auteur de ce message était Lénine. Cela n'avait rien d'invraisemblable. Les communistes avaient sauvegardé des millions de manuscrits de Lénine. Mais ce document n'avait pas été découvert à l'endroit où il eût été logique de le retrouver. Lord l'avait repêché au sein des papiers restitués par les nazis après la Seconde Guerre mondiale. Les armées d'Adolf Hitler n'avaient pas seulement volé, en Russie, des œuvres d'art, mais aussi des tonnes et des tonnes d'archives. Un véritable nettoyage par le vide, tant à Moscou qu'à Leningrad, Stalingrad et Kiev. C'était uniquement après la guerre, lorsque Staline avait dépêché une commission extraordinaire avec mission de récupérer cet héritage, que le butin des pillards avait pu reprendre le chemin de la mère patrie.

Le petit sac de cuir cramoisi recelait, d'ailleurs, un autre document, sur un parchemin aux bords décorés de fleurs et de feuilles. Le texte était anglais, l'écriture indubitablement féminine :

28 octobre 1916
Chère âme de mon âme, mon petit ange adoré, je t'aime si fort, toujours près de toi jour et nuit. Je ressens tout ce que tu endures dans ton pauvre cœur. Que Dieu te donne force et sagesse. Il ne te reniera pas. Il te viendra en aide. Il te récompensera de tes folles souffrances. Et mettra fin à cette séparation avant qu'elle ne devienne totalement insupportable.

Notre ami vient de partir. Il a sauvé Bébé, une fois encore. Oh, doux Jésus, remerciez pour nous le Seigneur de nous l'avoir envoyé. Ma douleur est immense, mon cœur saigne de le voir souffrir, mais Bébé dort paisiblement, à présent, et je suis sûre qu'il ira mieux, demain.

Le soleil brille. Plus un seul nuage. Espoir et confiance, même si tout est noir, car Dieu est par-

tout, même si ses voies nous échappent et si nous ignorons de quelle manière Il décidera de nous aider. Mais Il entend nos prières. Notre ami insiste beaucoup sur ce point.

Juste avant de me quitter, le cher homme a subi une étrange convulsion. J'ai eu peur qu'il ne soit gravement malade. Sans lui, que deviendrait Bébé ? Il s'est effondré sur le plancher en parlant de sa propre mort, d'ici à l'an neuf. Il a évoqué des cadavres par milliers, dont plusieurs grands-ducs et des centaines de nobles jetés dans les eaux de la Neva rougie par leur sang. Ses paroles m'ont terrifiée.

En montrant le ciel du doigt, il m'a dit que s'il était assassiné par des boyards, leurs mains resteraient souillées de son sang pendant vingt-cinq années. Qu'ils fuiraient la Russie. Que le frère s'opposerait au frère et qu'il ne resterait pas un seul noble, dans tout le pays. Plus effrayant encore, il a dit que si son meurtrier était l'un de nos parents, toute notre famille ne vivrait pas plus de deux ans, car nous serions tous massacrés par le peuple russe.

Il m'a ordonné de noter tout cela. Puis il m'a dit de ne pas désespérer. Qu'il y aurait une possibilité de salut. Que le plus grand coupable concevrait son erreur. Et garantirait la survie de notre sang. Ses propos tenaient du délire et pour la première fois, je me suis demandé si cette odeur d'alcool qu'il transporte partout avec lui n'avait pas emporté sa raison. Il répétait que seule l'alliance d'un corbeau et d'un aigle triompherait là où tout le monde avait échoué, et que l'innocence des bêtes, arbitre

ultime de la victoire, montrerait le chemin vers le
succès. Il a dit que Dieu rendrait la justice, mais
que douze personnes devraient mourir avant que la
résurrection ne puisse être complète.

J'ai tenté de l'interroger, mais il s'est réfugié
dans le silence, exigeant simplement que je relève
tous les détails de sa prophétie, afin de pouvoir
te les communiquer. Il parlait comme si quelque
chose devait nous arriver, mais je lui ai assuré que
Papa avait le pays bien en main. Rien, toutefois,
n'a pu lui rendre sa sérénité et toute la nuit, ses
paroles m'ont obsédée. Oh, mon amour, je te serre
dans mes bras et jamais je ne laisserai quiconque
attenter à ton âme lumineuse. Je t'embrasse, je
t'embrasse, je t'embrasse et je te bénis, et tu sais
à quel point j'espère bientôt te revoir.

Ta petite femme.

Autrement dit Alexandra, la dernière tsarine de
Russie. Durant des décennies, elle avait tenu un journal intime. De même que son époux, Nicolas, et l'un
comme l'autre ouvraient des perspectives éblouissantes
sur la cour impériale. Plus de sept cents de leurs lettres
avaient été également retrouvées à Ekaterinbourg,
après leur exécution. Lord avait lu d'autres extraits de
leurs journaux et la totalité de leurs lettres, publiées *in
extenso* dans plusieurs ouvrages. Il savait que « notre
ami » désignait Raspoutine, et qu'ils l'appelaient ainsi
parce qu'ils étaient persuadés que leur correspondance
était régulièrement violée. Personne, hélas, ne partageait la confiance aveugle qu'ils vouaient au *starets*.

« Si profondément immergé dans vos pensées ! »
psalmodia une voix, en russe.

Lord releva la tête.

Un homme d'un certain âge se tenait en face de lui, de l'autre côté de la table. Il était petit et maigrichon, avec des yeux d'un bleu délavé, et des mains constellées de taches hépatiques. Le crâne largement dégarni, il arborait une mince barbiche qui saupoudrait son menton et son cou, d'une oreille à l'autre. Une paire de lunettes à monture d'acier chevauchait son nez pointu, et une ample lavallière barrait le col de sa chemise. Lord reconnut en lui l'un des rares curieux qu'il avait déjà vus prospecter les archives avec autant d'acharnement, sinon davantage, qu'il n'en déployait lui-même.

« En réalité, avoua-t-il, j'étais reparti pour l'année 1916. Lire ces documents équivaut à un véritable voyage dans le passé. »

L'homme devait avoir au moins soixante ans. Ou peut-être un peu plus.

« Je suis bien d'accord avec vous, monsieur. C'est l'une des raisons pour lesquelles je viens ici. À la recherche de ce qui fut. »

Sa cordialité, son naturel avaient quelque chose de chaleureux. Et de communicatif. Lord se leva.

« Je m'appelle Miles Lord.

— Je sais qui vous êtes. »

Une vague de défiance submergea le jeune avocat qui jeta autour de lui un regard soupçonneux.

Son vis-à-vis perçut sa réaction instinctive.

« Je vous assure, monsieur Lord, que je ne suis pas un homme dangereux. Rien qu'un historien fatigué, heureux de partager avec vous la même source d'intérêt.

— Comment se fait-il que vous connaissiez mon nom ? »

L'homme eut un large sourire.

« Vous n'êtes pas tellement bien considéré par les dames qui tiennent ce sanctuaire. Elles acceptent mal d'avoir à exécuter les ordres d'un Américain.

— Et d'un Américain noir ? »

Nouveau sourire.

« Malheureusement, ce pays n'est pas très progressiste en matière de questions raciales. Nous sommes une nation à peau blanche. Mais on ne peut pas ignorer vos lettres de créance.

— À qui ai-je l'honneur ?

— Semyon Pachenko, professeur d'histoire à l'université de Moscou. »

Les deux hommes se serrèrent la main. Pachenko s'informa :

« Où est l'autre monsieur qui vous accompagnait ces jours-ci ? Un avocat, je crois. Nous avons également échangé quelques mots, hier ou avant-hier. »

Lord eut une brève hésitation. Mais pourquoi ne pas dire la vérité ?

« Il a été tué ce matin sur la perspective Nikolskaya, au cours d'une fusillade. »

Une horreur profonde crispa les traits de Semyon Pachenko.

« Mon Dieu, j'ai vu ça à la télé, avant de sortir. Ce pays court à sa ruine, si rien n'est fait pour endiguer le processus en marche. »

Il s'assit à la table jonchée de paperasse.

« Vous étiez là ?

— J'en ai été le témoin. »

Inutile d'en dire plus, pour le moment.

« Cette sorte de manifestation ne dit rien sur qui nous sommes, encore moins sur ce que nous sommes. Mais les Occidentaux comme vous-même doivent souvent nous prendre pour des barbares.

— Pas vraiment. Toutes les nations de la terre traversent des périodes de cette sorte. Nous avons eu les nôtres pendant l'expansion vers l'ouest et dans les années vingt et trente.

— Mais je doute qu'il s'agisse, chez nous, de simples douleurs de croissance.

— Les dernières années ont été très dures pour la Russie. Eltsine et Poutine ont tenté de rétablir l'ordre, chacun à sa manière. Mais actuellement, avec le manque d'autorité qui s'installe, vous frisez l'anarchie. »

Pachenko approuva d'un signe de tête.

« Malheureusement, ce n'est pas nouveau chez nous.

— Vous êtes académicien ?

— Seulement historien. J'ai consacré ma vie à l'étude de notre mère Russie. »

Lord sourit à l'évocation de ce terme suranné.

« J'imagine que votre spécialité est quelque peu passée de mode, en cette triste époque ?

— Hélas ! Les communistes ont leur propre version de notre histoire. »

À contretemps, Miles Lord se remémora une phrase qu'il avait lue récemment : « La Russie est une nation qui possède un passé instable. » Mais sa question fut simplement :

« Vous enseignez toujours ?

— Plus de trente ans de carrière. Je les ai tous vus. Staline, Khrouchtchev, Brejnev. Chacun d'eux a causé ses propres dommages. Je déplore tout ce qui s'est passé. Mais même aujourd'hui, on n'arrive pas à s'en sortir. Les gens persistent à faire la queue pour visiter le mausolée de Lénine. »

Puis, un ton plus bas :

« Rien de plus qu'un boucher. Mais révéré comme un saint. Vous avez remarqué les fleurs, autour de sa statue ? Écœurant, non ? »

Là encore, inutile de trop en dire. Bien que ce fût l'ère postcommuniste, et qu'on envisageât le retour des tsars, Lord était toujours un Américain œuvrant sur la foi de lettres de créance délivrées par un gouvernement sans consistance.

« Quelque chose me dit que si des chars d'assaut roulaient sur la place Rouge, tous ceux et toutes celles qui travaillent ici courraient les acclamer.

— Ils ne valent pas mieux que des mendiants. Ils ont joui de leurs privilèges… gardé les secrets de leurs leaders… et reçu en échange un appartement à peu près potable, du pain et quelques jours de congé en été. On doit travailler pour gagner ce qu'on a, c'est le principe américain, non ?

Éludant la question, Lord riposta :

« Que pensez-vous de la Commission tsariste ?

— J'ai voté pour. Comment un tsar pourrait-il faire pire ? Vous savez qu'il n'est pas commun de rencontrer un Américain qui parle si bien notre langue ?

— Votre pays me fascine.

— Depuis quand ?

— Depuis toujours. Étant gosse, je lisais tout ce que je trouvais sur Pierre le Grand et Ivan le Terrible.

— Et maintenant, vous faites partie d'une Commission tsariste qui s'apprête à récrire l'histoire ! »

Pachenko déplaça, d'un doigt, les feuillets qui jonchaient le dessus de la table.

« Tout ça me paraît plutôt ancien. Ça sort des "Papiers protégés" ?

— Voilà ce que j'y ai trouvé, il y a une quinzaine de jours. »

Le prof d'histoire cueillit le document que lui tendait Lord.

« C'est l'écriture d'Alexandra. Je la reconnais. Elle rédigeait son journal et ses lettres en anglais. Les Russes la haïssaient doublement, parce qu'elle était née dans la peau d'une princesse, et d'une princesse allemande ! J'ai toujours pensé que c'était injuste. Alexandra a été une femme grossièrement incomprise. »

Il rendit la lettre à Miles Lord, après l'avoir parcourue.

« Elle avait une prose colorée, mais elle a fait beaucoup mieux. Elle et Nicolas ont échangé des tas de lettres infiniment plus romantiques.

— C'est triste de les relire aujourd'hui. Une sorte de sacrilège. Avant votre arrivée, je pensais à Yurovsky et à la nuit du massacre. Ce type devait être une sorte de monstre au cœur froid. Inaccessible à toute trace de sentiment humain.

— Son fils a raconté qu'il avait regretté, toute sa vie, le rôle qu'on lui avait imposé ce jour-là. Mais qui peut savoir ? Pendant vingt ans, il a donné à des publics bolcheviques des conférences dans lesquelles il se déclarait très fier de ce qu'il avait fait. »

Lord remit à Pachenko le texte rédigé par Lénine.

« Regardez ça un peu. »

Le Russe déclara, après lecture :

« Lénine, c'est certain. Je connais son écriture et son style. Curieux.

— Je ne vous le fais pas dire. »

Le regard de Pachenko brillait de malice.

« Vous ne croyez pas à toutes ces histoires qui prétendent que deux des membres de la famille impériale auraient survécu à la boucherie d'Ekaterinbourg ?

— À ce jour, les corps d'Alexis et d'Anastasia n'ont pas été retrouvés.

— Vous autres Américains adorez les conspirations, pas vrai ? Donnez-nous aujourd'hui notre complot quotidien.

— C'est mon travail actuel.

— Vous soutenez la prétention au trône de Baklanov, d'accord ? »

Comment pouvait-il être au courant ? Lord lui posa la question, et Pachenko exécuta un grand geste circulaire.

« Toujours les femmes, monsieur Lord. Elles savent tout. Vos demandes de documents sont enregistrées, et croyez-moi, elles sont commentées. Vous avez rencontré le soi-disant héritier présomptif ?

— Moi, non. Mon patron, si.

— Baklanov ne ferait pas un meilleur tsar que Mikhaïl Romanov ne l'était il y a quatre cents ans. Trop mou. Et contrairement à ce piètre Mikhaïl, qui avait son père pour décider à sa place, Baklanov serait seul, et ses faiblesses ne tarderaient pas à le trahir. »

L'historien russe voyait clair. D'après tout ce que Lord avait appris sur Baklanov, ce type était plus intéressé par le prestige attaché à la fonction que par la perspective d'avoir à gouverner un pays comme la Russie.

« Puis-je vous faire une suggestion, monsieur Lord ?

— Je vous en prie.

— Êtes-vous allé aux archives de Saint-Pétersbourg ?

— Pas encore.

— Vous devriez. Ils ont d'innombrables écrits de Staline, ainsi que la plupart des journaux et des lettres du couple impérial. Vous pourriez y découvrir le sens caché de toutes vos trouvailles précédentes. »

C'était une excellente suggestion.

« Merci. Je ne manquerai pas de suivre votre conseil. »

Lord consulta sa montre.

« Pardonnez-moi, j'ai encore beaucoup de choses à lire, avant la fermeture. Mais j'ai beaucoup apprécié cette conversation. J'espère qu'on se reverra.

— Je viens souvent ici. Puis-je rester assis à cette table… en silence ? J'aimerais relire ces deux documents.

— Faites donc ! »

Quand Lord regagna sa place, après une absence d'un petit quart d'heure, les écrits de Nicolas et d'Alexandra reposaient côte à côte sur le dessus de la table.

Mais Semyon Pachenko avait quitté la salle.

7

17 h 25

Une BMW de teinte sombre ramassa Taylor Hayes en face de l'hôtel Volkhov. Au terme d'un périple d'une quinzaine de minutes, dans une circulation exceptionnellement fluide, le conducteur s'engouffra sous un porche aboutissant à une vaste cour pavée. Le bâtiment du fond avait été construit dans la première moitié du XIXe siècle, et son style classique en faisait l'un des plus beaux fleurons de l'architecture moscovite. Au temps du communisme, il avait abrité le Centre d'État de la littérature et des arts, mais depuis la chute du régime, l'immeuble, mis aux enchères, avait été raflé par un des « nouveaux riches ».

Hayes descendit de voiture et dit au chauffeur de l'attendre.

Comme de coutume, deux hommes armés d'une kalachnikov patrouillaient dans la cour intérieure. La façade de stuc bleu paraissait plutôt grise dans le jour déclinant. Hayes respira un bon coup, malgré la pollution de l'air, avant de s'engager dans l'allée qui traversait un joli jardin d'automne.

Par une porte en bois de pin ouverte à son intention, il pénétra dans un intérieur caractéristique d'une architecture vieille d'un peu moins de deux siècles. Le plan du rez-de-chaussée ne correspondait pas du tout aux normes modernes. Immense salle de réception par-devant, appartements privés par-derrière. La décoration devait être plus ou moins d'origine, mais Hayes n'avait jamais eu la curiosité de s'en informer. Il remonta, sans s'y attarder, le court labyrinthe des corridors entrecroisés. Parvint au salon lambrissé où se tenaient toujours les réunions.

Quatre hommes l'y attendaient, le verre à la main et le cigare aux lèvres. Ils avaient été présentés, au cours de l'année précédente, sous des noms de code. Hayes était Lincoln, les quatre autres Staline, Lénine, Brejnev et Khrouchtchev. L'inspiration leur était venue à partir d'une gravure en vente dans les boutiques de souvenirs, représentant divers tsars, empereurs et présidents soviétiques réunis autour d'une table, buvant et fumant en réglant les problèmes internationaux. Bien qu'une telle réunion ne fût jamais advenue, et pour cause, le dessinateur avait campé ses personnages en fonction de leur réputation et de leur caractère. Leurs homonymes volontaires s'étaient réjouis, d'avance, à l'idée de reproduire partiellement le tableau populaire, symbolisant, par leur choix, le pouvoir qui leur incombait d'administrer les affaires de la mère patrie.

Les quatre hommes souhaitèrent la bienvenue à leur collègue américain, et Lénine lui servit une rasade de vodka mise au frais dans un seau à glace en argent massif. Saumon fumé et champignons marinés lui furent également proposés, mais Hayes les refusa. Il déclara, en russe :

« J'ai bien peur d'avoir à vous apprendre une mauvaise nouvelle. »

Il leur raconta, succinctement, que Miles Lord était toujours de ce monde.

« Ce qui, intervint Brejnev, nous amène à vous faire remarquer que nous ignorions jusque-là que cet avocat était africain. »

Hayes jugea l'observation déplacée.

« Il ne l'est pas. Il est américain. Mais si vous parlez de la couleur de sa peau, quelle différence cela peut-il bien faire ? »

Staline se pencha en avant. Contrairement au modèle dont il usurpait le nom, sa voix était, en général, celle de la raison :

« Les Américains ont toujours beaucoup de mal à comprendre la sensibilité des Russes à l'égard de la fatalité.

— Quel rapport avec notre affaire ? »

Brejnev suggéra :

« Parlez-nous de ce M. Lord. »

Toute cette histoire agaçait Hayes. Il avait été choqué, *a priori*, d'apprendre avec quelle désinvolture ces quatre types avaient décidé d'éliminer Miles Lord sans rien connaître de lui ou presque. À leur dernière rencontre, il avait reçu, de la main de Lénine, une carte portant le numéro de téléphone de l'inspecteur Orleg, chargé d'organiser l'opération. Une décision unilatérale qui l'avait fortement contrarié. On ne remplace pas si facilement un précieux collaborateur ! Mais l'objectif était trop important pour qu'il se souciât du sort d'un simple avocat. Il avait donc fait ce qui lui était demandé, mais à présent, certaines questions se posaient d'elles-mêmes. Qui ne comportaient aucune réponse cohérente.

« Miles est entré directement, à sa sortie de fac, au service de ma société. Le meilleur élément de l'université de Virginie. Passionné de culture russe. Maîtrise de langues slaves. Si vous croyez qu'il est facile de trouver un Américain parlant le russe aussi couramment que sa langue maternelle… Je me suis dit que sa collaboration serait un atout dans notre jeu, et je n'ai pas changé d'opinion. Beaucoup de mes clients ne jurent que par lui.

— Informations personnelles, réclama Khrouchtchev.

— Né et élevé en Caroline du Sud. Famille relativement aisée. Père ecclésiastique. Un de ces prêcheurs qui vont de ville en ville exhorter les gens à l'amour de Dieu. D'après ce que Miles m'en a dit, il ne s'entendait pas avec son père. Trente-huit ou trente-neuf ans. Célibataire endurci. Vit bien et travaille dur. Un de nos plus précieux opérateurs. Qui n'a jamais créé la moindre difficulté dans l'exercice de ses fonctions. »

Lénine se redressa sur sa chaise.

« D'où vient son intérêt envers la Russie ?

— Je n'en sais foutre rien. D'après les conversations que nous avons eues, votre pays le fascine au-delà de toute expression. Depuis toujours. Il est dingue de votre histoire. Son bureau regorge de traités et de manuels. Il a même fait des conférences sur le sujet et a organisé des rencontres documentaires. À moi de vous reposer une question en deux mots : quelle importance ?

— Aucune, à la lueur de ce qui s'est passé ce matin. Le problème Lord devra attendre. Ce qui nous intéresse, à présent, c'est ce qui se passera demain. »

Hayes n'était pas encore prêt à changer de sujet.

« Pour mémoire, je rappelle que j'étais contre l'élimination de Lord. Je vous ai dit que j'étais assez grand pour le neutraliser, quelles que puissent être vos préventions à son égard.

— Comme il vous plaira, approuva Brejnev. Nous avons décidé que M. Lord serait désormais exclusivement votre problème.

— Parfait. Et ce ne sera pas un problème. Mais personne ne m'a encore expliqué pourquoi Miles Lord était subitement devenu un problème ! »

Khrouchtchev aboya :

« Votre assistant fouille nos archives avec une passion inquiétante.

— C'est la mission dont je l'ai chargé… conformément à vos instructions. »

La tâche assignée était simple : découvrir tout ce qui serait susceptible d'entraver l'accession de Baklanov au trône. Depuis six semaines, Lord remplissait son contrat, dix heures par jour, présentant à mesure des rapports exhaustifs. Qu'avait-il pu révéler au quatuor pour encourir ce jugement sommaire ?

« Point n'est besoin que vous soyez au courant de tout, trancha Staline. Je doute que vous le souhaitiez, d'ailleurs. Disons que l'élimination du sieur Lord était la façon la plus économique de rejeter le problème. L'opération ayant fait long feu, nous nous en remettons entièrement à vous. »

Il ajouta, après une courte pause :

« Pour le moment. »

Avec le sourire. Comme ses trois collègues. Hayes n'appréciait pas leur condescendance. Il n'était que le cinquième membre de ce qu'il appelait, *in petto*, la

« chancellerie secrète ». Mais il préféra cacher son irritation en passant à autre chose :

« Tout le monde est bien d'accord sur le fait que le nouveau monarque sera absolu ?

— La question du pouvoir de l'empereur est toujours matière à débat », riposta Lénine.

En d'autres termes, certains aspects de leur entreprise étaient spécifiquement russes et devaient le rester, l'essentiel étant que leurs décisions unilatérales ne risquent pas de mettre en danger l'énorme contribution investie dans l'affaire par les clients de Pridgen et Woodworth. Ni de compromettre les non moins gigantesques retombées escomptées.

« Où en est votre influence auprès de la Commission ?

— Neuf de ses membres voteront avec nous, quoi qu'il arrive, affirma Lénine. On s'occupe à présent de convertir les huit autres. »

Brejnev rappela, maussade :

« Toutes les décisions seront prises à l'unanimité. »

Et Lénine soupira :

« Comment avons-nous pu accepter cette clause ? »

Le principe d'unanimité avait fait partie intégrante de la résolution d'où était sortie la Commission tsariste. Retour du tsar et commission, les deux concepts avaient été chaudement approuvés, mais à la condition expresse qui garantirait l'équilibre du système : rien que des oui, lors de chaque vote. Une seule fausse note, un seul non, et pas de décision homologuée.

« Quand il faudra voter, résuma Staline, sérieux comme un pape, les huit autres auront été mis au pas.

— Vous y travaillez ? questionna Hayes.

— Nous touchons au but. »

Staline prit le temps de déguster une gorgée de vodka.

« Mais il va nous falloir plus d'argent, monsieur Hayes. Ces gens-là ont leur prix, et il est élevé.

Les fonds occidentaux finançaient l'essentiel des activités de la chancellerie secrète, et Taylor Hayes n'aimait pas du tout ça. Il payait toutes les factures, mais ne disposait que d'une influence très réduite.

« Combien ?

— Vingt millions de dollars. »

Après les dix premiers remis trente jours plus tôt ! Hayes se contint. Quel pourcentage de cet argent irait aux membres de la Commission, quel autre resterait dans les poches de ces quatre types ? Pas moyen de leur poser la question.

Staline lui tendit deux badges plastifiés.

« Voilà vos sauf-conduits pour les séances de la Commission, Lincoln. Ils vous permettront de pénétrer, ainsi que M. Lord, à l'intérieur du Kremlin et du palais à Facettes. Vous disposerez des mêmes pouvoirs que l'état-major de la Commission. »

Hayes encaissa le choc. Il ne s'était pas attendu à pouvoir assister intégralement aux sessions prévues.

Khrouchtchev souriait de nouveau.

« Nous estimons préférable que vous soyez là en personne. Votre présence aura un retentissement dans la presse américaine. Vous serez partie intégrante du projet, et vous nous apporterez des informations utiles. Aucun des membres de la Commission ne vous connaît ni ne soupçonne l'étendue de vos attributions. Vos observations personnelles pourront faciliter nos discussions futures.

— Et nous avons décidé, précisa Staline, que votre rôle allait être largement étendu.

— Dans quel sens ?

— Il est important que la Commission ne soit pas dérangée au cours de ses sessions. Nous les ferons brèves, à l'abri de toute influence extérieure. »

Lors de leur rencontre précédente, Hayes avait parfaitement senti que quelque chose inquiétait les quatre hommes. Quelque chose que Staline avait dit au sujet du manque de compréhension des Américains vis-à-vis de la sensibilité des Russes envers la fatalité.

« Qu'attendez-vous de moi ?

— Tout ce qui s'avérera nécessaire. Nous disposons du pouvoir exécutif, mais il faut, en cas de pépin, que nous puissions assurer nos arrières. Contrairement à l'ancienne Union soviétique, hélas, la nouvelle Russie garde mal ses secrets. Nos dossiers sont ouverts, notre presse agressive. Vous jouissez, en revanche, d'une vaste crédibilité internationale. Qui vous soupçonnerait d'intentions, voire d'activités néfastes ? »

Jamais le sourire de Staline, le pli de ses lèvres minces, n'avait exprimé une telle jubilation mal contenue.

« Et comment pourrai-je faire face à tous les développements possibles ? »

Staline tira une autre carte de sa poche et la lui tendit.

« Des hommes seront à votre disposition, en permanence, à ce numéro de téléphone. Demandez-leur de plonger dans la Moskva et d'en explorer le fond sans jamais remonter à la surface, ils le feront. Nous vous suggérons d'user de cette loyauté à bon escient... quoique sans la moindre réticence ! »

8

MERCREDI 13 OCTOBRE

À travers la vitre teintée de la Mercedes, Lord contemplait fixement les murs écarlates du Kremlin. Du haut de la tour de l'Horloge, descendirent huit bémols de bronze, alors que le taxi traversait lentement la place Rouge. Taylor Hayes était assis auprès de lui, sur la banquette arrière. Le chauffeur était un Russe plutôt patibulaire, à la chevelure en bataille, que Lord eût trouvé inquiétant si Hayes ne l'avait pas commandé lui-même.

Personne sur la place Rouge. Par respect pour les communistes, dont quelques-uns siégeaient encore à la Douma, le vaste terre-plein pavé demeurait interdit au public pendant les heures d'ouverture du tombeau de Lénine. Le geste pouvait paraître ridicule. Mais réconfortant pour l'ego de ceux qui avaient dominé cette nation de cent cinquante millions d'âmes.

Un garde en uniforme consulta l'autocollant orange plaqué dans un coin du pare-brise, et s'effaça pour permettre à la Mercedes de franchir le portail du Sauveur.

C'était excitant d'accéder au Kremlin par ce portail. La tour Spasskaya, au-dessus d'eux, avait fait partie, en 1491, du plan de reconstruction de la forteresse ordonné par Ivan III, et tous les tsars, toutes les tsarines étaient entrés au Kremlin par ce même portail. Aujourd'hui, il était officiellement réservé à la Commission tsariste et à l'ensemble de ses membres.

Lord se sentait encore mal remis de son aventure de la veille. Le souvenir des risques qu'il avait courus le hantait. Hayes lui avait affirmé, au petit déjeuner, que sa sécurité serait désormais garantie, et il comptait sur lui pour tenir parole. Il avait confiance en Taylor Hayes. Il le respectait. Il désirait plus que tout au monde participer à l'Histoire avec un grand H. Mais se demandait, parfois, si le jeu en valait la chandelle.

Que dirait son père s'il pouvait le voir à présent ?

Le révérend Grover Lord n'aimait pas les avocats qu'il se plaisait à décrire comme « autant d'insectes parasites sur le corps de la société ». En une occasion mémorable, il avait visité la Maison-Blanche, avec tout un consortium d'autres gens d'Église décidés à convaincre le président de rétablir la prière dans les écoles publiques. Moins d'une année plus tard, la Cour suprême avait refusé d'entériner une loi alors qualifiée d'anticonstitutionnelle.

« Parasites sans Dieu ! » avait tonné Grover Lord, du haut de la chaire.

Il n'avait pas approuvé, non plus, que son fils devînt avocat, et témoigné de son dégoût en ne versant pas un sou pour ses études de droit, alors que la famille jouissait d'une large aisance. Miles avait donc été contraint de financer son propre cursus à coups de prêts scolaires et de petits boulots nocturnes. Il avait décroché sa licence, haut la main, avec toutes les mentions possibles, et rapidement progressé dans la carrière. Pour participer, aujourd'hui, à l'Histoire en marche.

Alors, que Grover Lord aille se faire foutre !

La voiture stoppa dans la cour du Kremlin, et il put admirer l'ancien Présidium du Soviet suprême, un bloc rectangulaire compact étranger à tout classicisme. La bannière rouge des bolcheviks ne pendait plus à son sommet. À sa place, l'aigle à deux têtes impérial flottait mollement dans la brise.

Lord remarqua également, sur la droite, l'absence de l'ancien monument de Lénine, et se remémora l'émeute qui avait accompagné son déménagement. Pour une fois, Eltsine avait fait fi de la désapprobation publique et voué l'effigie à la fonderie pour récupération du métal.

Les dimensions du lieu impressionnaient Miles. Le Kremlin symbolisait le goût forcené des Russes pour les constructions monumentales. Ils avaient aimé, de tout temps, ces places municipales assez vastes pour recevoir des rampes de lancement ; ces cloches si grosses et si lourdes qu'on pouvait à peine les hisser dans leurs tours, et ces énormes fusées d'une puissance incontrôlable. Énorme, à leurs yeux, n'était pas seulement synonyme de magnifique, mais de glorieux.

La voiture ralentit et tourna à droite.

À leur gauche, s'élevaient les cathédrales de l'Annonciation et de Saint-Michel-Archange, à leur droite, celles de l'Assomption et des Douze Apôtres. Encore des édifices ventrus, hypertrophiés, nés sous l'impulsion d'Ivan III, extravagance qui lui avait valu l'épithète de « Grand ». Lord savait que de nombreux chapitres de l'histoire russe s'étaient ouverts et fermés dans ces bâtiments antiques coiffés de coupoles dorées en forme d'oignon, surmontées de croix byzantines. Il les avait visités, mais n'avait jamais rêvé d'accéder à la place des Cathédrales dans un véhicule officiel, en tant que membre d'une commission officielle chargée de rétablir la monarchie russe.

Pas mal pour le fils d'un prêcheur noir originaire de Caroline de Sud !

« Quelle merde ! marmonnait Hayes.

— Tu l'as dit ! »

La voiture s'arrêta.

Ils sortirent dans le matin glacé, sous un ciel d'un bleu étincelant, vierge de tout nuage, rarissime en cet automne russe. Peut-être un bon signe pour la suite des événements ?

Pas plus que les touristes, Lord n'avait jamais eu l'autorisation de pénétrer dans le palais à Facettes, l'une des rares structures intérieures du Kremlin qui n'avait pas changé depuis sa construction. Ivan le Grand l'avait fait ériger en 1491, et le considérait comme son chef-d'œuvre, en raison de sa façade composée de blocs de pierre artistement taillés et assemblés en « pointes de diamant ».

Boutonnant son manteau, il grimpa, avec Hayes, l'Escalier rouge des grandes cérémonies. Staline avait orchestré la destruction des marches originelles et fait reproduire la Réincarnation, d'après des tableaux anciens. De là, bien des tsars avaient gagné la cathédrale adjacente de l'Assomption, pour y recevoir leur couronne. Et c'était de cet endroit exact que Napoléon, en 1812, avait regardé brûler Moscou.

Ils se dirigèrent vers le Grand Hall.

Jamais, non plus, Lord n'avait vu cette salle célèbre autrement qu'en photo. Il constata, dès son entrée, que nulle reproduction ne lui rendait justice. Sa superficie, il le savait, était d'environ cent soixante mètres carrés. La plus grande salle de Moscou, calculée, au XVe siècle, pour impressionner les dignitaires étrangers. Des plafonniers de fer forgé la baignaient, aujourd'hui, d'une lumière éclatante qui saupoudrait d'or les fresques du pilier central et des murs, toutes illustrant des scènes bibliques ou la sagesse proverbiale des tsars.

Lord tenta de se représenter le même décor, tel qu'il avait été en 1613.

La maison de Rurik, qui avait régné pendant sept cents ans, Ivan le Grand et Ivan le Terrible en tête, était au bout du rouleau. Trois hommes avaient tenté de prendre la relève. Sans succès. Douze années de troubles graves n'avaient pu établir une nouvelle dynastie et las du chaos, les boyards s'étaient rendus à Moscou pour élire, entre ces murs même, une autre famille régnante. Celle des Romanov. Mikhaïl, le premier de la lignée, s'était trouvé aux prises avec une nation au bord du naufrage. Voleurs et brigands hantaient les forêts. Famine et maladie décimaient la population, travail et négoce étaient au point mort. Les impôts ne rentraient plus, le trésor national était presque vide.

Pas tellement différent de l'actualité, en somme.

Soixante-dix ans de communisme avaient créé le même dénuement que douze années sans tsar.

Durant un instant, Lord se vit dans la peau d'un boyard coiffé de zibeline, vêtu de brocart et de velours, venu de loin pour participer au choix d'un nouvel empereur, assis avec beaucoup d'autres sur les bancs disposés le long des murs, autour de la salle. Comme il regrettait de n'avoir pas connu ces moments-là !

« Époustouflant ! chuchotait Hayes. Au fil des siècles, personne n'a jamais pu forcer les champs de blé à produire plus d'une récolte annuelle, et dans le même temps, les hommes ont trouvé le moyen de bâtir tout ça ! »

Lord acquiesça d'un hochement de tête.

Une double rangée de tables en U, drapées de velours, occupait le bout de la salle. Il compta dix-sept sièges à haut dossier dans lesquels prirent place les dix-sept membres de la Commission. Aucune femme parmi eux. Il n'y avait pas eu d'élections régionales. Juste une période de qualification à l'échelle nationale en vue de sélectionner les dix-sept commissaires. En fait, un immense concours de popularité, et le meilleur moyen d'éviter la matérialisation d'une faction dominante.

Hayes et Lord s'installèrent au premier rang d'un parterre de chaises largement occupé par des journalistes. Des caméras de télévision s'apprêtaient à diffuser les débats en direct. Un délégué se leva pour proclamer l'ouverture de la session. Il s'éclaircit la gorge avant d'amorcer, d'une voix qui s'affermissait de seconde en seconde :

« Le 17 juillet 1918, notre très noble tsar Nicolas II fut banni de cette vie, ainsi que son épouse et tous les fruits de leurs entrailles. Notre mandat est de racheter ce passé terrible en restituant à la nation un empereur. Le peuple a élu cette Commission afin qu'elle choisisse la personne qui régnera sur le pays. La décision n'est pas sans précédent. Un autre groupe de notables s'est réuni, dans cette même salle, en 1613 afin d'y choisir le premier empereur de la dynastie des Romanov. Mikhaïl. Sa descendance a gouverné ce pays jusqu'à la deuxième décennie du XXᵉ siècle. Nous sommes ici pour redresser les torts qui lui ont été faits à cette époque.

« Hier soir, nous avons prié Adrian, patriarche de toutes les Russie, afin qu'il en appelle à Dieu pour nous assister dans cette noble tâche. Je déclare à tous ceux qui m'écoutent que cette commission sera gérée d'une façon loyale, ouverte et courtoise. La controverse y sera encouragée, car c'est seulement de la discussion que pourra jaillir la lumière. Que quiconque aurait voix au chapitre veuille bien se faire connaître. »

Lord observa patiemment toute la session matinale. Le temps s'écoula en préliminaires, remarques parlementaires et mise au point des programmes à venir. La liste des candidats habilités à prendre la parole serait établie le lendemain. Un délai de trois jours fut fixé pour la reprise des débats et des nominations. Le quatrième jour, aurait lieu un autre vote destiné à réduire les possibilités au nombre de trois. Se tiendrait alors une nouvelle session plénière, puis une nouvelle sélection, deux jours plus tard. Seul, ainsi que l'avait spécifié le référendum national, le dernier vote exigerait l'unanimité des suffrages. Tous les autres se feraient à la simple majorité. Pour le cas où aucun candidat ne serait élu, au terme de ce programme de dix jours, toute la procédure repartirait de zéro. Mais le consensus général visant à garder la confiance du pays semblait être en faveur d'un choix éclairé, certes, mais rapide, dès la première tentative.

Juste avant la pause de midi, Hayes et Lord passèrent du Grand Hall au Vestibule sacré. Hayes attira

Lord largement à l'écart, près de la voiture où les attendait le chauffeur hirsute.

« Miles, je te présente Ilya Zivon. Ton garde du corps, dès ta sortie du Kremlin. »

Du coin de l'œil, Lord étudia le Russe patibulaire dont le regard glacial brillait dans un masque dépourvu de toute expression. Le cou de l'homme était aussi large que sa mâchoire, et son physique de brute, envisagé sous cet angle, avait quelque chose de rassurant.

« Ilya va veiller sur toi. Il nous est chaudement recommandé. C'est un ancien militaire qui connaît cette ville comme sa poche.

— J'apprécie ton initiative, Taylor. J'apprécie énormément. »

Hayes sourit en consultant sa montre.

« Il est près de midi et ta présence est requise au briefing. Je m'occupe du reste, ici. On se retrouve à l'hôtel. »

Il se retourna vers Zivon.

« Vous ne quittez pas ce monsieur d'une semelle, Ilya. Nous sommes bien d'accord là-dessus ? »

9

12 h 30

Lord entra dans la salle de conférence de l'hôtel Volkhov. Trois douzaines d'hommes et de femmes y siégeaient déjà, tous vêtus sobrement, voire avec une certaine élégance. Des serveurs leur apportaient les consommations qu'ils avaient commandées. L'air conditionné ne chassait pas l'odeur des cendriers. Ilya Zivon attendait à l'extérieur, derrière la double porte menant au hall d'entrée. La présence du robuste Moscovite inspirait à Miles Lord une chaude impression de sécurité.

Tous les visages étaient graves, pleinement conscients de l'importance de ce briefing, et Lord en connaissait la cause. Washington les avait fortement encouragés à s'investir dans la nouvelle Russie, et l'appât des marchés en gestation était trop tentateur pour qu'ils aient pu lui résister. Mais l'instabilité politique quasi permanente, la menace quotidienne de la mafia, les paiements exigés pour leur « protection » sapaient les bénéfices escomptés, transformaient en cauchemar la perspective d'un investissement profitable. Tous ces gens représentaient les principaux spécialistes américains intéressés par les transports de la nouvelle Russie, les grands travaux, les boissons, les produits pétroliers, l'informatique, la restauration rapide, le matériel lourd et la banque. Pridgen et Woodworth veillaient sur leurs intérêts. Ils avaient confiance en un Taylor Hayes auréolé d'une réputation de négociateur retors, implacable, pourvu des meilleurs contacts à l'intérieur de la Russie renaissante. C'était la première rencontre de Lord avec le groupe, même s'il en connaissait déjà quelques-uns sur le plan personnel.

Hayes le rejoignit. Il lui infligea une poussée discrète.

« Vas-y, Miles. Fais ton boulot. »

Debout à l'entrée de la salle brillamment éclairée, Lord déclara :

« Bonjour, messieurs et mesdames. Je m'appelle Miles Lord. »

Le silence se fit. Il enchaîna :

« J'ai déjà rencontré certains d'entre vous, à titre individuel. Pour ceux dont je n'ai pas encore eu le plaisir de faire la connaissance, bienvenue. Taylor Hayes, ici présent, pense que ce briefing va pouvoir répondre à certaines des questions que vous vous posez. Les événements risquant de s'accélérer, il se peut que nous n'ayons ni l'occasion ni le temps de nous revoir dans les jours qui viennent ! »

Une assez forte blonde à l'accent de Nouvelle-Angleterre explosa littéralement :

« Et comment qu'on se pose des questions ! Je veux savoir ce qui se passe. Mon conseil d'administration est plus nerveux qu'une jeune vierge avant sa nuit de noce ! »

Elle dirigeait, se remémora Lord, le secteur européen

des boissons gazeuses. Pas étonnant que son conseil d'administration paniquât un tantinet. Mais il répondit calmement :

« Vous ne me laissez même pas le temps d'entrer en matière...

— On ne veut pas de discours. On veut des informations !

— Je peux vous donner les chiffres bruts. Le produit industriel national a chuté de quarante pour cent. Le taux d'inflation approche des cent cinquante pour cent. Le taux de chômage est réduit, environ deux pour cent. C'est la qualité de l'emploi qui pose les vrais problèmes...

— Tout ça, on le sait déjà, intervint quelqu'un que Lord ne connaissait pas. Les chimistes font du pain, les ingénieurs travaillent sur les chaînes de montage. Toute la presse moscovite est pleine de cette merde.

— Mais ça ne va pas si mal, répliqua Lord vivement. Et ça pourrait être pire ! Une blague populaire affirme qu'Eltsine et les gouvernements qui l'ont suivi ont réalisé, en deux décennies, ce que même les Soviets n'avaient pu concrétiser en soixante-quinze ans de gestion aberrante : faire regretter les communistes. »

Quelques ricanements saluèrent sa déclaration. Il poursuivit :

« Les communistes n'ont pas encore renoncé. Des manifs imposantes saluent chaque année, en novembre, la fête de la Révolution. On y prêche la nostalgie. Plus de crimes, pauvreté minimale, garanties sociales, etc. Un message qui porte, dans une nation désespérée. »

Après une courte pause :

« Ce qui leur pend au nez, c'est l'apparition, au moment choisi, d'un leader fasciste fanatique. Ni un communiste ni un démocrate, mais un démagogue. C'est le scénario le plus dangereux... surtout si l'on n'oublie pas la capacité nucléaire pratiquement illimitée de la Russie du XXIe siècle ! »

Quelques têtes acquiescèrent. Au moins, ils l'écoutaient. Un petit bonhomme dont Lord se souvenait vaguement qu'il devait être dans l'informatique, gémit d'une voix douce :

« Qu'est-ce qui leur est arrivé ? Je n'ai jamais compris comment ils en étaient venus là. »

Lord alla se planter face à l'assistance.

« Les Russes ont toujours cultivé un nationalisme hypertrophié. Leur caractère national n'a jamais été fondé sur l'individualisme et l'économie de marché. C'est beaucoup plus spirituel, beaucoup plus profond !

— Ce serait beaucoup plus facile, parodia quelqu'un, si on pouvait les occidentaliser à mort ! »

Lord se hérissait toujours lorsqu'il était question d'occidentaliser la Russie. Le pays ne pourrait jamais faire partie uniquement de l'Occident. Pas plus, d'ailleurs, que du monde oriental. Comme depuis toujours, la Russie était un mélange unique de tendances contradictoires. L'investisseur avisé serait celui qui saurait comprendre l'orgueil russe. Il le leur dit, puis revint à la question posée.

« Le gouvernement russe a fini par réaliser qu'il avait besoin de quelque chose qui transcende la politique. Quelque chose qui serait un point de ralliement pour le peuple. Peut-être même un nouveau concept de gouvernement. Voilà un an et demi, quand la Douma a lancé une manière de consultation portant sur ce point, la réponse majoritaire de l'opinion publique, décortiquée par leur institut de sondage, m'a stupéfié :

Dieu, le tsar et la patrie. En d'autres termes : le retour à la monarchie. Un peu trop radical ? Sans doute ! Mais en fin de compte, telle a été la réaction, largement majoritaire, je le répète, du peuple russe. »

Une voix jaillit du fond de la salle :

« Et vous, qu'est-ce que vous en pensez ?

— Je ne peux que vous donner mon opinion. D'abord, il y a la crainte très réelle d'une résurgence du communisme. On l'a bien vu, voilà des années, quand Ziouganov a failli battre Eltsine. Mais d'un autre côté, la plupart des Russes ne désirent pas, non plus, un retour au totalitarisme. Tous les sondages le démontrent. Ça n'empêcherait pas, hélas, un habile populiste d'exploiter les temps difficiles pour prendre les rênes du pouvoir, à grand renfort de promesses fallacieuses.

« La deuxième raison est plus profondément ancrée dans l'âme russe. Le peuple est tout simplement convaincu que la forme de gouvernement en vigueur est incapable de résoudre les problèmes du pays. Et franchement, je partage leur conviction. Parlons du crime. Vous payez tous, j'en suis sûr, le prix de votre protection à l'une ou l'autre des mafias en lice. Vous n'avez pas le choix. C'est ça ou rentrer chez vous dans un sac à viande. »

Il revécut, brièvement, ce qui lui était arrivé la veille, mais n'en dit pas un mot. Hayes le lui avait déconseillé. Tous ces gens étaient assez nerveux, ils n'avaient nul besoin de se demander si leurs avocats étaient, eux aussi, destinés à l'abattoir.

« Il y a le sentiment croissant que si vous ne volez pas, vous trichez avec vous-même. Moins de vingt pour cent de la population prend encore la peine de payer ses impôts. Les gens sont brisés intérieurement,

ils ne croient plus en rien. Surtout pas à un retourne-
ment spectaculaire de la situation actuelle. D'où cette
nostalgie endémique pour le tsar.

— C'est-à-dire l'empereur ! Le roi ! C'est tout ce
qu'ils ont trouvé ! »

Lord ne releva pas l'interruption. Il savait comment
les Américains voyaient l'autocratie. Mais la combi-
naison de Tartare et de Slave qui s'amalgamait dans
le Russe moderne n'avait pas les mêmes préventions.
Rien de viscéral ne les opposait à un gouvernement
autocratique. C'était la bataille pour la suprématie qui
avait préservé le dynamisme de leur société, à travers les siècles.

« La nostalgie est facile à comprendre. Il n'y a pas
plus de dix ans que la véritable histoire de Nicolas II
et de sa famille a été contée. Au fond de l'âme russe,
rôde le sentiment que le massacre de Nicolas II et des
siens, en 1918, a été une ignominie qui pèse lourdement sur la conscience collective du peuple. Avec la
certitude que l'idéologie soviétique, en faisant du tsar
l'incarnation de tous les maux, a été une immense
duperie.

— OK, vive le retour du tsar !

— Pas exactement, riposta Lord. C'est un malen-
tendu que la presse elle-même ne comprend pas. C'est
pourquoi Taylor a pensé que cette réunion était indispensable. »

Il tenait son public et précisa sans élever la voix :

« Ce n'est que le retour du *concept* correspondant
au tsar. Les seules vraies questions, ce sont : *Qui*
sera le tsar ? Et de quelle sorte de pouvoir disposera
cet homme ?

— Ou cette femme ? » lança une voix féminine.

Lord secoua la tête.

« Non. Seulement cet homme. En 1797, la loi russe a décrété que la lignée passerait uniquement par les mâles. Et je doute que cette loi soit abrogée.

— OK, coupa une voix masculine. Répondez à vos propres questions.

— La première est facile. Le tsar sera quelqu'un que les dix-sept représentants de la Commission auront choisi. Les Russes adorent les commissions, quelles qu'elles soient. La plupart d'entre elles, dans le passé, n'ont été rien de plus que des tampons de caoutchouc maniés par le Comité soviétique central. Celle-ci travaillera hors du gouvernement. Une entreprise facile dans la mesure où il n'y a pratiquement plus de gouvernement.

« Des candidats vont se présenter, et leurs arguments seront étudiés. Le plus fort, actuellement, est notre candidat, Stefan Baklanov. Sa formation philosophique le rattache à l'Occident, mais son ascendance Romanov est indiscutable. Vous nous payez pour soutenir sa prétention au trône. Taylor s'en occupe nuit et jour, et je fouille les archives russes, depuis six semaines, afin de m'assurer que rien ne s'y oppose.

— Étonnant qu'ils vous laissent faire !

— Pas vraiment. Nous n'appartenons pas à la Commission tsariste, même si nos lettres de créance impliquent le contraire. Nous sommes ici pour sauvegarder vos intérêts et veiller à l'élection de Stefan Baklanov. Exactement comme ça se passe chez nous. »

Un homme se leva, au sein de l'assistance.

« Monsieur Lord, chacun de nous met sa carrière en jeu. Voyez-vous bien clairement la gravité du problème ? Nous parlons de la transformation d'une semidémocratie en une autocratie à l'ancienne qui devrait décupler nos investissements. »

Le facteur dix était peut-être exagérément optimiste, mais on verrait ça plus tard. Et la réponse de Miles Lord était prête :

« Nous ne savons pas encore quel sera le pouvoir du nouveau potentat. En fait, nous ne savons même pas s'il sera juste une sorte de symbole, un homme de paille, ou le maître effectif de la Russie.

— Soyez réaliste, Lord, intervint un autre homme. Ces idiots ne vont tout de même pas placer un pouvoir politique énorme entre les mains d'un seul individu !

— D'après le consensus, il semble que ce soit exactement ce qu'ils comptent faire.

— C'est impossible !

— Mais pas nécessairement mauvais. La Russie est fauchée. Elle a besoin de capitaux venus de l'extérieur. Vous trouverez peut-être plus commode de négocier avec un autocrate, fût-il absolu, qu'avec les mafias ! »

Quelques approbations fusèrent, mais un obstiné ajouta :

« Parce qu'elles disparaîtront à l'avènement du nouveau tsar ?

— C'est une éventualité.

— Qu'est-ce que vous en pensez, Taylor ? »

Quittant sa place, à une table écartée, Hayes rejoignit Lord au premier plan.

« Je pense que Lord vous a parfaitement exposé la situation. Nous allons assister au rétablissement du tsar de toutes les Russie. À la renaissance d'une monarchie absolue. En vérité, c'est assez stupéfiant !

— Vous voulez dire assez effrayant ! » s'écria quelqu'un dans la salle.

Hayes sourit.

« Ne vous tracassez pas. Nous sommes payés, en priorité, pour veiller à vos intérêts. La Commission a commencé son travail. Nous ferons le nôtre. Il vous suffit de nous faire confiance. »

10

14 H 30

Hayes entra dans la petite salle de réunion du sep-
tième étage. Le grand immeuble de bureaux se dressait
au centre de Moscou, derrière une façade ultramoderne
d'acier et de verre. Il appréciait beaucoup le choix de
leurs lieux de rencontre. Ses bienfaiteurs se plaisaient
indubitablement dans le confort et le luxe.

Staline était assis à la table de conférence en forme
de cercueil.

Quant à Dimitri Yakovlev, c'était le représentant de
la mafia, à l'intérieur de la chancellerie secrète. Il pouvait avoir quarante-cinq ans, et son visage bronzé, la
chevelure blonde qui tombait sur son front irradiaient à
la fois charme et maîtrise de soi. Fait sans précédent,
les trois cents et quelques bandes armées qui occupaient la Russie de l'Ouest s'étaient mises d'accord
pour charger de leurs intérêts communs cet unique
émissaire. Il y avait beaucoup trop en jeu pour perpé-
tuer les rivalités et les vieilles querelles de préséance.
La classe criminelle attachait une grande importance à
la notion de survie. Elle savait tout ce qu'un monarque
absolu serait capable de faire pour elle.

Ou contre elle.

De multiples façons, constatait Hayes, Staline était au centre de tout. L'influence des bandes organisées s'insinuait profondément dans les affaires gouvernementales. Les militaires russes lui donnaient même un nom : *Vori v Zakone* – les voleurs couverts par la loi. Une désignation qui enchantait Hayes. Mais le recours à la violence restait une menace sérieuse, dans la mesure où un meurtre était beaucoup plus rapide et beaucoup plus économique qu'un procès, pour régler n'importe quelle controverse.

« Comment s'est passée la première session ? s'informa Staline dans un anglais irréprochable.

— Les délégués se sont organisés, comme prévu. Ils vont se mettre au boulot demain. Premier vote attendu le sixième jour. »

Le Russe parut impressionné : « Moins d'une semaine, ainsi que vous l'aviez prévu.

— Je vous ai dit que je savais ce que je faisais. Vous avez bien reçu l'avis de virement ? »

Staline trahit une légère irritation.

« Je ne suis pas habitué à un langage aussi direct. »

Traduction libre : je n'y suis pas habitué, *de la part d'un étranger*. Bien que lui-même ressentît une certaine colère, Hayes décida de mettre de l'eau dans sa vodka.

« Aucune intention de vous blesser. Au cas où les paiements n'auraient pas été effectués comme convenu, je ne voudrais pas que vous me preniez pour un homme sans parole. »

Staline poussa vers lui une feuille de papier qui gisait sur le dessus de la table.

« C'est le nouveau compte en Suisse dont vous avez

requis l'ouverture. Même banque, à Zurich. Cinq millions de dollars y ont été déposés ce matin. C'est la totalité de ce que nous vous devons à ce jour. »

Hayes approuva, satisfait. Depuis une décennie, il représentait la mafia russe dans ses tractations avec les États-Unis. Des millions de dollars avaient été lavés par l'intermédiaire des systèmes financiers nord-américains, injectés dans des sociétés légitimes ou convertis en valeurs boursières, titres, or et objets d'art. Ces opérations avaient également rapporté des millions, en honoraires, à Pridgen et Woodworth, le tout grâce à des lois américaines aisément contournables et de fonctionnaires tout aussi réversibles. Nul ne pouvait remonter à l'origine des fonds et, jusque-là, personne n'avait posé de questions indiscrètes. Hayes avait ainsi fortement développé son influence personnelle, et recruté tout un tas de nouveaux clients, simplement parce qu'il savait comment mener les affaires en Russie, comment tabler sur la peur et sur l'anxiété, comment l'incertitude pouvait être une alliée si l'on savait bien s'en servir.

C'était son cas.

Staline ricana : « Je crois que vous n'y perdez pas non plus, Taylor.

— Ne vous ai-je pas dit que je tenais à conserver ma santé ?

— C'est une évidence.

— De quoi vouliez-vous parler, hier matin, en me prédisant que je jouerais un rôle plus important dans notre affaire ?

— Vous pouvez avoir besoin de certaines facilités, si les choses se compliquent.

— Mais encore ?

— Aucune importance pour l'instant. Simple principe de précaution. »

Hayes sortit de sa poche le carton que Staline lui avait remis la veille.

« Aurai-je besoin d'appeler ce numéro ?

— Vous aurais-je choqué en décrivant la... loyauté de ces hommes ?

— J'aimerais savoir pourquoi je risque d'avoir besoin d'eux.

— J'espère qu'il n'en sera rien. Racontez-moi plutôt ce qui s'est passé à cette première session.

— Inutile de creuser le sujet, pour le moment.

— Le pouvoir du tsar sera très étendu. Mais il y aura un conseil des ministres et une Douma dont il faudra tenir compte. »

Staline pesa l'information.

« Monarchie, république, démocratie, communisme. Rien ne marche jamais pleinement, chez nous. Toujours le cul entre deux chaises. »

Il s'interrompit pour rire un bon coup.

« Dieu merci ! »

Hayes lui posa, alors, la question qui le préoccupait :

« Et Stefan Baklanov ? Vous êtes sûrs de sa coopération pleine et entière ? »

Staline regarda sa montre.

« On ne devrait pas tarder à avoir la réponse. »

Dimitri Yakovlev, l'homme de la mafia, n'avait pas prononcé une syllabe.

11

PROPRIÉTÉ DE GREEN GLADE
16 H 30

Hayes admirait le fusil de chasse, un Fox splendide à deux canons en parallèle, finition manuelle, à l'huile, de la crosse en châtaignier turc, poignée-pistolet bien en main, éjection Eltsine automatique, culasse manœuvrable avec un seul doigt. Il en testa la douceur et siffla entre ses dents. Un tel engin, il le savait, pouvait aller chercher dans les sept mille dollars pour le modèle de base. Et jusqu'à vingt-cinq mille pour le modèle de compétition. Une arme réellement impressionnante.

« À vous ! » lui cria Lénine.

Hayes épaula, visa le ciel, stabilisa le double canon.

« *Pull !* » s'écria-t-il.

Un pigeon d'argile jaillit à la rencontre des nuages. Il le captura dans sa mire et pressa la détente. La cible se désintégra en fragments minuscules.

« Vous êtes un bon tireur, commenta Khrouchtchev.

— Je suis un chasseur passionné. »

Il passait au moins neuf semaines par an à tirer l'oie

et le caribou au Canada, le faisan et le mouton sauvage en Asie. Et puis le renard et le cerf en Europe. L'antilope et le buffle en Afrique. Sans oublier le canard et le daim, le coq de bruyère et le dindon sauvage dans les forêts de Géorgie et les montagnes de Caroline du Nord. Son bureau d'Atlanta regorgeait de trophées. Mais les deux derniers mois avaient été si occupés, si intenses, qu'il avait accepté de grand cœur l'invitation de Lénine.

Une voiture avec chauffeur l'avait cueilli à son hôtel et déposé dans cette propriété, à cinquante kilomètres au sud de la capitale. Ce manoir de brique rouge appartenait à un membre de la chancellerie secrète du nom de Georges Ostanovitch, identité réelle de Lénine.

Ostanovitch était un ancien militaire. Maigre et quasi cadavérique, avec des yeux gris acier déformés par d'énormes verres. Bien que général, il ne portait plus jamais l'uniforme, depuis l'assaut de Grozny, à la fin de la guerre de Tchétchénie. Ce conflit l'avait privé d'un poumon, rendant sa respiration pénible à entendre. Il l'avait également converti en critique virulent de la politique militaire d'Eltsine qu'il jugeait beaucoup trop faible. Seule, en fait, la chute dudit Eltsine l'avait empêché de perdre son grade et son droit à la retraite. Tous les officiers supérieurs craignaient pour leur avenir, sous le règne d'un nouveau tsar, et Ostanovitch avait été désigné pour les représenter, en bloc, au sein de la Commission.

Il s'approcha du lanceur et vociféra, derechef :
« *Pull !* »
L'instant d'après, la soucoupe d'argile vola en poussière.

« Excellent ! souligna Hayes. Pas commode, dans ce jour déclinant. »

Stefan Baklanov, héritier présomptif, se tenait à l'écart, son fusil à un seul canon brisé au creux de son bras droit. C'était un petit homme à la poitrine avantageuse, plus qu'à moitié chauve, avec des yeux vert clair et une barbe épaisse à la Hemingway. Il frisait la cinquantaine, et son manque de réaction apparente contrariait Taylor Hayes. Dans le domaine de la politique, que quelqu'un possédât ou non le pouvoir de gouverner était sans importance. Ce qui comptait, c'était qu'il pût en simuler la capacité. Bien qu'il ne doutât nullement de la vénalité des membres de la Commission, tous autant qu'ils étaient, Hayes estimait que le prétendant au trône devait pouvoir les convaincre de sa capacité à tenir son poste. Ou tout au moins à distribuer ses ordres de façon vraisemblable.

Baklanov s'avança jusqu'au pas de tir. Lénine et Khrouchtchev s'effacèrent.

« Je continue à me demander, énonça Baklanov, si la monarchie sera absolue.

— Ça ne marchera jamais autrement », prétendit Lénine.

Hayes brisa son fusil, éjecta la douille vide. L'étrange quatuor occupait seul la terrasse carrelée. Alentour, le cuivre de l'automne commençait à rougir les ifs et les hêtres. Au-delà d'un pavillon, dans la plaine, paissait un troupeau de bisons.

« Aurai-je, insista Baklanov, le plein commandement des forces publiques ?

— Dans des proportions raisonnables, riposta Lénine. Nous ne sommes plus à l'époque de Nicolas. Nous avons des conceptions modernes.

— Et je contrôlerai l'armée ?

— Quelle sera votre politique militaire ? demanda Lénine en esquivant la question.

— Car j'aurai la possibilité de suivre ma propre politique ? »

Le sarcasme était évident, et Lénine ne l'apprécia guère. Baklanov parut s'en apercevoir.

« Je me rends parfaitement compte, mon général, que vous estimez notre budget défense largement insuffisant et qu'il s'agit là d'une conséquence de notre instabilité politique. Mais je ne crois pas que notre avenir se joue sur une force armée gigantesque. Les Soviets ont conduit cette nation à la banqueroute en accumulant les bombes tandis que nos routes s'effondraient et que le peuple mourait de faim. Notre destin est de combler, en priorité, tous ces besoins essentiels.

Hayes savait que ce n'était pas là le langage souhaité par Lénine. La solde mensuelle des officiers était inférieure au gain d'un colporteur des rues, leurs logements à peine supérieurs à ceux des bidonvilles. Quant à leurs équipements lourds, ils n'étaient guère entretenus depuis des années, et les plus sophistiqués d'entre eux devenaient rapidement obsolètes.

« Naturellement, mon général, des fonds seront attribués à l'armée pour corriger les déficiences du passé. Nous avons besoin d'une force militaire assez puissante pour assurer notre défense. »

Baklanov ne reculerait donc pas devant une solution intermédiaire. Un compromis.

« Mais je me demande aussi, conclut-il, si les biens royaux me seront intégralement restitués. »

Hayes ne put s'empêcher de sourire. L'héritier présomptif se plaisait dans son rôle. Le mot tsar provenait de la déformation typiquement russe du latin *caesar*, et l'analogie était éloquente. Cet homme pourrait faire un magnifique César. Il possédait cette fameuse arrogance irrépressible confinant à l'inconscience. Avait-il oublié les démêlés communs à César et à ses illustres collègues, dans l'histoire de la Rome antique ?

« À quoi pensez-vous exactement ? » s'informa Khrouchtchev.

De son vrai nom Maxim Zoubarev, celui-ci avait fait partie de l'ex-gouvernement. Un type gonflé, sûr de lui. Hayes pensait plutôt qu'il s'efforçait de racheter, par son attitude, un visage chevalin et un regard fuyant rien moins que sympathiques. Il représentait une importante coterie de hauts fonctionnaires bureaucrates préoccupés, avant tout, de leur futur statut dans le cadre d'une monarchie restaurée. Zoubarev se rendait compte, et ne se gênait pas pour dire que l'ordre national se maintenait parce que le peuple tolérerait encore, tant bien que mal, l'autorité gouvernementale jusqu'à ce que la Commission tsariste terminât son travail. Tout ministre qui voudrait survivre à cette métamorphose devrait s'adapter totalement, et très vite ! D'où la nécessité que leur voix pût se faire entendre dans l'élaboration du nouveau système.

Baklanov se retourna vers Khrouchtchev.

« J'exigerai la restitution des palais qui appartenaient à ma famille au jour de la révolution. Ces biens étaient la propriété indiscutable des Romanov. »

Lénine soupira :

« Comment avez-vous l'intention de les entretenir ?

— L'État s'en chargera, naturellement. À moins d'un arrangement similaire à celui de la monarchie anglaise. La plupart d'entre eux resteront accessibles au public, et le prix des entrées pourvoira à leur maintenance. Mais ils n'en appartiendront pas moins à la Couronne. Les souverains d'Angleterre engrangent des millions chaque année, grâce à un tel système. »

Lénine haussa les épaules.

« Proposition retenue. Le peuple ne peut pas se permettre l'entretien de ces monstruosités.

Baklanov approuva distraitement.

« Bien sûr, je reconvertirai en résidence d'été le palais de la Grande Catherine, à Tsarskoye Syelo. Et je conserverai, à Moscou, l'usage exclusif des Palais du Kremlin. Celui des Facettes marquera le centre de ma cour moscovite.

— Est-ce que vous réalisez, questionna Lénine, le coût de toutes ces extravagances ?

— Croyez-vous que le peuple voudra que son tsar vive dans une *datcha* ? Le problème du coût, messieurs, vous incombe. Le faste et l'apparat sont essentiels à l'exercice du pouvoir. »

Hyperculotté, le frère ! songea Hayes. Il lui rappelait Jimmy Walker défiant ouvertement les grosses têtes de Tammany Hall, dans les années vingt. Mais l'attitude n'était pas sans risque. Walker avait perdu contre les syndicats. L'opinion publique l'avait considéré comme un vulgaire escroc, et le patronat s'était lassé de son incapacité à suivre les ordres.

Baklanov posa sur sa botte la crosse de son fusil. Hayes nota l'élégance de son costume de laine en provenance probable de Savile Row, de sa chemise d'excellente coupe, de sa cravate signée Canali et de son chapeau garni de chamois. À défaut d'autres qualités, le futur tsar savait soigner sa présentation.

« Les soviets ont consacré plusieurs décennies à

décrire les maux consécutifs au règne des Romanov. Mensonges que tout cela ! Le peuple veut une monarchie dans toute sa splendeur. Un régime capable d'impressionner le reste du monde. Ce qui ne peut être réalisé qu'à grand renfort de moyens, et de grande pompe. Nous commencerons par une cérémonie du couronnement très élaborée. Un sacre digne de ce nom. Puis le peuple viendra témoigner son allégeance au nouveau monarque. Ils seront plus d'un million sur la place Rouge. Après quoi les palais s'intégreront normalement dans le programme.

— Et votre cour ? s'enquit Lénine. Saint-Pétersbourg va redevenir votre capitale ?

— Sans aucun doute. Les communistes ont choisi Moscou. Ce geste symbolisera le changement en marche.

— Avec grands-ducs et duchesses à la clef ? »

Le général qui dormait chez Lénine montrait clairement le bout de l'oreille.

« Certes ! Les successions seront assurées.

— Pourtant, vous méprisez votre famille.

— Mes fils recevront leur droit de naissance. Au-delà, je créerai une nouvelle classe régnante. Quelle meilleure façon de récompenser les patriotes, pour services rendus à la nation ?

— Certains parmi nous, intervint Khrouchtchev, désirent le rétablissement d'une classe de boyards issus des nouveaux riches. Mais le peuple attend du tsar la fin de la mafia, pas sa montée au pouvoir. »

Hayes se demanda si Khrouchtchev parlerait aussi net en présence de Staline. Ce n'était pas par hasard que lui et Brejnev avaient été exclus de cette rencontre. À la demande de Taylor Hayes en personne.

Une variation des bons vieux scénarios du flic méchant et du flic sympa.

« Entièrement d'accord, reconnut Baklanov. Il faudra une évolution très progressive. Ce qui m'intéresse au premier chef, c'est que ceux de mon sang reçoivent mon héritage et que la dynastie Romanov se perpétue. »

Les trois enfants de Baklanov, tous des garçons, avaient entre vingt-cinq et trente-trois ans. Ils haïssaient cordialement leur père, mais la perspective de voir l'aîné devenir tsarévitch et les deux autres grands-ducs avait mis fin, provisoirement, aux conflits familiaux. L'épouse de Baklanov était une alcoolique invétérée, mais orthodoxe de naissance. Et russe, avec une touche de sang royal. Elle avait passé les trente derniers jours dans une station balnéaire australienne, et jurait de renoncer définitivement à l'alcool si son sort était d'incarner la nouvelle tsarine.

« Nous désirons tous la pérennité de la dynastie, affirma Lénine. Votre aîné nous a produit une excellente impression. Il s'est engagé, déjà, à poursuivre votre politique.

— Et quelle sera ma politique ? »

Hayes qui en avait assez de marcher sur des œufs autour de ce minus en profita pour intervenir : « Faire exactement ce qu'on vous dira de faire ! »

Baklanov se hérissa ouvertement. Tant mieux, songea Hayes. Il faut qu'il s'habitue à entendre parler net.

« J'ignorais qu'un Américain jouerait un rôle quelconque dans cette transition. »

Hayes le foudroya du regard.

« Ce même Américain qui finance actuellement votre train de vie !

— C'est vrai ? » Baklanov parut effaré.

Lénine articula rondement :

« Nous n'avons aucun désir de dépenser nos roubles pour votre seule gloire. Les Américains nous ont fait une proposition. Nous l'avons acceptée. Ils ont beaucoup à gagner... ou à perdre dans l'aventure !

— Nous allons faire en sorte que vous soyez le nouveau tsar, enchaîna Hayes. Vous disposerez du pouvoir absolu. Il y aura une Douma, mais elle aura la puissance effective d'un taureau castré. Tous les projets de loi devront être approuvés par vous-même et par le conseil d'État. »

Baklanov hocha la tête.

La philosophie de Stolypine. Faire de la Douma un satellite de l'État chargé d'endosser la politique du gouvernement, pas de la déterminer. La suprématie au monarque.

Piotr Stolypine. L'un des derniers Premiers ministres de Nicolas II. Tellement attaché à la préservation de l'ordre tsariste que le nœud coulant de la potence, largement utilisé pour calmer les révoltes paysannes, avait été surnommé « la cravate de Stolypine », et les wagons de chemin de fer utilisés pour transporter les condamnés à l'exil, « les carrosses de Stolypine ». Il s'était fait descendre à Kiev, sous les yeux de Nicolas II, par un de ces révolutionnaires.

« Il y a peut-être une leçon à tirer du sort de Stolypine, vous ne croyez pas ? » suggéra Hayes.

Baklanov ne répondit pas, mais la crispation de ses traits prouva qu'il avait saisi la menace.

« Comment sera composé ce conseil d'État ?

— Une moitié élue, l'autre moitié désignée par vous.

— Tentative, expliqua Hayes, de conserver un élément de démocratie dans les relations avec le peuple. Mais nous nous assurerons de la docilité du conseil. En matière de politique, vous suivrez exclusivement nos directives. Il a fallu énormément de travail et d'argent pour bâtir ce projet. Vous en êtes l'élément central, et nous en sommes très conscients. La plus grande discrétion sera de rigueur. Jamais nous ne tirerons ouvertement sur vous à boulets rouges. Mais votre propre obéissance devra nous être tout acquise.

— Et si je refuse, une fois en possession des rênes du pouvoir ?

— Alors, trancha brutalement Lénine, votre destin sera celui de vos ancêtres. Voyons un peu : Ivan VI a passé sa vie en prison ; Peter II est mort roué de coups ; Paul Ier étranglé ; Alexandre II tué par une bombe ; Nicolas II par une balle de revolver. Vous autres Romanov avez connu, pour la plupart, des fins effroyables. Dans l'éventualité que vous envisagez, une mort plus digne vous sera réservée. Et nous verrons si le Romanov suivant sera plus raisonnable. »

Baklanov s'abstint de répondre. Il se retourna simplement vers les bois jaunissants, claqua la culasse de son fusil et fit signe au lanceur du ball-trap.

Un pigeon d'argile s'envola. Baklanov pressa la détente. Et manqua la cible.

« Dieu du ciel... soupira Khrouchtchev. Il va falloir vous apprendre à atteindre vos objectifs. »

12

MOSCOU

20 H 30

Lord avait été contrarié par l'excursion de Taylor Hayes hors de la ville. Il se sentait mieux quand son patron était à portée de main. Les émotions de la veille étaient encore trop proches, et Ilya Zivon l'avait quitté pour la nuit, en promettant de l'attendre, dès sept heures du matin, dans le grand hall du Volkhov. La consigne était qu'il ne sortît pas de sa chambre, mais il ne tenait pas en place et décida finalement de descendre boire un verre au rez-de-chaussée.

Comme toujours, une femme d'un certain âge trônait derrière une table de faux bois, sur le palier du troisième étage. C'était une *dejournaya,* séquelle du temps où l'une de ses semblables occupait ainsi chaque palier de l'hôtel. Toutes au service du KGB et chargées de garder un œil sur les visiteurs étrangers. Aujourd'hui, elles n'étaient rien de plus que des stewardess à la disposition de la clientèle.

« Vous sortez, monsieur Lord ?

— Juste un verre au bar.

— Vous avez assisté à la session du jour ? »

Sa participation aux travaux de la Commission tsariste n'était pas un secret. Il allait et venait, chaque jour, avec son badge épinglé au revers.

Il fit un signe affirmatif.

« Vont-ils nous dénicher un nouveau tsar ?

— Vous y tenez ?

— Beaucoup. Cette nation a besoin de retrouver ses racines. C'est là tout le problème. »

Lord marqua une pause, L'opinion de cette femme du peuple l'intéressait.

Elle enchaîna fièrement :

« Nous sommes une nation immense qui oublie facilement son passé. Le tsar, un vrai Romanov, va nous rendre nos racines.

— Et s'il ne s'agissait pas d'un Romanov ?

— Alors, rien ne marchera. Dites-leur de ne même pas l'envisager. Le peuple veut un Romanov. Le plus proche possible de Nicolas II. »

Ils bavardèrent encore un instant. Puis il la quitta en promettant de transmettre ses conseils à qui de droit.

En bas, il refit le trajet qu'il avait parcouru la veille, avec Hayes, après la fusillade. Il traversait l'une des salles de restaurant quand il découvrit un visage familier. L'historien des archives, en compagnie de trois personnes.

« Bonsoir, professeur Pachenko.

— Oh ! monsieur Lord, quelle coïncidence ! Vous êtes là pour dîner ?

— C'est mon hôtel.

— Je suis avec des amis. Nous dînons souvent ici. Leur cuisine est très bonne. »

Pachenko présenta ses compagnons. Après quelques paroles sans importance, Lord les pria de l'excuser.

« Heureux de vous avoir revu, professeur. J'allais juste boire un verre au bar.

— Vous permettez que je me joigne à vous ? J'ai gardé un excellent souvenir de notre conversation d'hier.

— Je vous en prie. Votre compagnie sera la bienvenue. »

Pachenko prit congé de ses amis, et tous deux se rendirent au bar. Un *medley* de mélodies jouées au piano fournissait, en sourdine, un agréable fond sonore. Une petite moitié des tables étaient occupées. Ils s'installèrent à l'écart, et Lord commanda une carafe de vodka.

« Vous avez disparu bien rapidement, hier, professeur.

— Vous aviez du travail. Et je vous avais déjà pris trop de votre temps. »

Le garçon les servit, et Pachenko se hâta de payer la note avant que Lord pût sortir son propre argent.

« Je suis confus, professeur. »

Puis il se remémora sa récente conversation avec la dame du troisième et poursuivit à mi-voix :

« Puis-je vous poser une question ?

— Faites.

— Si la personne choisie par la Commission n'était pas un Romanov, quel serait l'effet sur l'ensemble de l'opinion publique ?

— Ce serait une erreur. Au moment de la révolution, le trône appartenait aux Romanov.

— Mais Nicolas y a renoncé, lors de son abdication, en mars 1917.

— Avec un revolver sur la tempe. Qui oserait parler d'un renoncement volontaire à son trône et au droit de naissance de son fils ?

— Quel est, selon vous, le meilleur prétendant ? »

Le Russe haussa un sourcil.

« Question ardue. Vous connaissez la loi russe sur la succession ? »

Ils trinquèrent.

« En fait, oui. C'est l'empereur Paul Ier qui l'a promulguée, en 1797. Fondée sur cinq critères. S'il y a un mâle, c'est lui l'héritier. Il doit être orthodoxe. Fils et mari de femmes orthodoxes. Épouse appartenant à une autre famille régnante de rang équivalent. Et le mariage doit avoir été autorisé par le tsar en place. L'absence d'un seul de ces critères vous évince de la course !

— Bravo ! Vous connaissez votre histoire russe. Et le divorce ?

— Les Russes ne s'en sont jamais souciés. Bien des femmes divorcées sont entrées normalement dans la famille royale. J'ai toujours apprécié le hiatus. Dévotion fanatique à la doctrine orthodoxe, mais exceptions admises sans sourciller, au nom de la politique !

— Aucune garantie, toutefois, que la Commission tsariste adhère aveuglément à la loi sur la succession.

— Je pense qu'ils y seront contraints. Cette loi n'a jamais été abrogée, sauf par un manifeste communiste dont personne n'admet la validité. »

Pachenko pencha la tête de côté.

« Mais les cinq critères n'éliminent-ils pas d'office tous les prétendants ? »

Un point épineux dont Lord avait discuté avec Hayes. Le professeur avait raison. La loi sur la succession présentait un problème. Et les quelques Romanov qui avaient survécu à la révolution ne facilitaient pas les choses. Ils s'étaient séparés en cinq clans, dont deux seulement, les Mikhaïlovitch et les Vladimirovitch, réunissaient suffisamment de critères génétiques pour pouvoir prétendre au trône de Russie.

« Un sacré dilemme, soupira l'historien. Mais nous sommes en présence d'une situation exceptionnelle. Une famille régnante entière a été liquidée. D'où la confusion dans le domaine d'une succession éventuelle. La Commission va devoir démêler un écheveau inextricable avant de pouvoir offrir aux Russes un spécimen de tsar qu'ils puissent accepter.

— D'autant que Baklanov, entre autres, affirme que plusieurs des Vladimirovitch sont des traîtres. Il a, paraît-il, l'intention de fournir des preuves, si jamais ils persistent à se présenter.

— Vous vous inquiétez à son sujet ?

— Beaucoup.

— Avez-vous trouvé quoi que ce soit qui infirme ses déclarations ? »

Lord secoua la tête.

« Rien qui le concerne directement. C'est un des Mikhaïlovitch, les plus proches, par le sang, de Nicolas II. Sa grand-mère était Xenia, la sœur de Nicolas, ils se sont enfuis au Danemark en 1917, après la prise de pouvoir par les bolcheviks. Leurs sept enfants ont grandi en Occident et s'y sont dispersés. Les parents de Baklanov ont vécu en France et en Allemagne. Il a fréquenté les meilleures écoles, mais il n'était pas en ligne directe jusqu'à la mort prématurée de ses cousins. Maintenant, c'est l'aîné des garçons. Je n'ai rien trouvé, jusque-là, qui soit susceptible de lui nuire. »

Excepté, compléta-t-il mentalement, si quelque descendant direct de Nicolas et d'Alexandra se balade quelque part. Mais c'était une idée trop fantaisiste pour être sérieusement envisagée.

Jusqu'à présent, du moins.

Pachenko tenait sa vodka glacée contre sa joue sillonnée de rides.

« Je connais à fond le cas Baklanov. Il se peut que son seul problème soit son épouse. Elle est orthodoxe, avec une touche de sang royal. Mais elle n'appartient à aucune maison régnante. Comment le pourrait-elle ? Il en reste si peu à la ronde. Les Vladimirovitch ne manqueront pas d'insister sur ce point, mais à mon avis, c'est un critère que la Commission va se voir contrainte de négliger. J'ai bien peur que personne ne puisse y correspondre. Et je ne vois pas non plus comment tel ou tel de ces descendants aurait pu solliciter du tsar l'autorisation de se marier, puisqu'il n'y a plus de tsar depuis des décennies ! »

Lord avait déjà tiré ces conclusions lui-même. Pachenko reprit son monologue :

« Je ne pense pas que le peuple russe insiste là-dessus. C'est ce que le nouveau tsar et la nouvelle tsarine souhaiteront faire par la suite qui remportera leur adhésion. Ces Romanov ne sont pas des anges. Leur histoire fourmille de conflits internes. Un aspect qui ne saurait être toléré, publiquement, par la Commission. »

Lord réfléchit une petite minute avant d'articuler, lentement :

« Professeur… Avez-vous repensé au texte de Lénine et à la lettre d'Alexandra que je vous ai montrés, hier, aux archives ? »

Le vieil historien sourit malicieusement.

« Je conçois votre préoccupation. Et s'il existait un descendant direct de Nicolas II ? Voilà qui annulerait toute candidature d'un Romanov, à l'exception de celui-là. Je ne pense pas, monsieur Lord, que vous puissiez croire à la survie d'un seul des enfants, lors du massacre d'Ekaterinbourg ?

— Je ne sais que croire. Si les rapports concernant ce massacre sont exacts, nul n'a pu y survivre. Pourtant, Lénine paraît douter de la véracité de ces rapports. Ce que je veux dire, c'est que dans tous les cas, Yurovsky ne se serait pas vanté, auprès de Moscou, d'avoir perdu la trace d'un ou deux des corps.

— Je partage votre avis. Bien qu'il y ait aujourd'hui des preuves irréfutables du contraire. Les os d'Alexis et d'Anastasia n'ont jamais été retrouvés. »

En 1979, un généalogiste retraité et un réalisateur de cinéma russe avaient découvert où Yurovsky et ses acolytes avaient enterré la famille impériale assassinée. Pendant des mois, ils avaient interrogé des gardes et des membres du soviet de l'Oural, étudié des monceaux de documents et de journaux personnels, dont le témoignage manuscrit de Yurovsky lui-même, légué à son fils aîné par le meurtrier en chef de la famille royale. Une œuvre posthume qui comblait de nombreuses lacunes et précisait le lieu de la fosse commune. Pourtant, c'est seulement en 1991, après la chute du communisme, que les deux hommes avaient suivi les indications données, et procédé à l'exhumation des os, identifiés bientôt grâce aux nouveaux tests ADN.

Pachenko avait raison. Neuf squelettes étaient ressortis de terre. Et malgré les recherches les plus étendues, autour de la tombe, jamais les restes des deux plus jeunes enfants de Nicolas II n'avaient été retrouvés.

« Ils avaient pu les enterrer à quelque autre endroit, remarqua le professeur.

— Mais qu'a voulu dire Lénine en notant que les rapports d'Ekaterinbourg n'étaient pas entièrement exacts ?

— Difficile à dire. Lénine était quelqu'un de complexe. Il n'est pas douteux que l'ordre d'éliminer la famille soit venu de lui. Les archives attestent clairement que l'ordre émanait de Moscou, avec l'approbation inconditionnelle de Lénine. La dernière chose qu'il désirait, c'était de voir l'armée Blanche libérer le tsar. Les Blancs n'étaient pas royalistes, mais l'événement aurait pu rallier les indécis, et entraîner la faillite de la révolution.

— Qu'est-ce qu'il voulait dire, à votre avis, en écrivant que l'information concernant Youssoupov corroborait le rapport apparemment inexact d'Ekaterinbourg ?

— J'y ai beaucoup pensé, moi aussi. En même temps qu'aux paroles de Raspoutine citées par Alexandra dans sa lettre. Là, ce sont des renseignements tout neufs, monsieur Lord. Je m'estime pratiquement imbattable sur l'histoire tsariste, mais je n'avais jamais rien lu qui établît un contact entre Youssoupov et la famille royale *après* 1918. »

Il remplit leurs verres.

« Youssoupov a assassiné Raspoutine. Nombreux sont ceux qui affirment que ce meurtre a précipité la chute de la monarchie. Nicolas et Alexandra détestaient Youssoupov pour ses méthodes.

— Ce qui ajoute encore au mystère. Qu'est-ce que la famille impériale pouvait avoir à faire avec lui ?

— Si je ne me trompe, la plupart des grands-ducs et duchesses ont applaudi lorsqu'il a tué le *starets*.

— Exact. Et ç'a été, peut-être, le plus grand méfait, fût-il posthume, de Raspoutine. Il a divisé les Romanov en deux clans. Nicolas et Alexandra contre le reste de la famille.

— Raspoutine, murmura Lord, demeure une telle énigme. Un paysan sibérien capable d'exercer une influence directe sur le tsar de toutes les Russie. Un charlatan dépositaire de pouvoirs impériaux.

— Beaucoup, en effet, le considèrent comme un charlatan.

— Plusieurs de ses prophéties se sont réalisées. Il avait dit que le tsarévitch ne mourrait pas de son hémophilie, et le tsarévitch n'en est pas mort. Il avait prédit que l'impératrice Alexandra reverrait le lieu de sa naissance, en Sibérie, et c'est arrivé sur le chemin de Tobolsk, alors qu'elle était prisonnière. Il avait annoncé que si son assassin appartenait à la famille du tsar, le reste de cette famille lui survivrait moins de deux ans. Youssoupov a épousé une nièce royale et assassiné le *starets* en décembre 1916. La famille Romanov a été massacrée dix-neuf mois plus tard. Pas mal, pour un charlatan ! »

Lord n'avait jamais été impressionné par ces saints hommes en contact supposé avec Dieu. Son propre père n'avait-il pas prétendu appartenir à la corporation ? Des milliers de personnes parcouraient de longues distances pour venir l'écouter, et guérir de leurs maux. Naturellement, il changeait d'attitude quand une des filles de la chorale le rejoignait dans sa chambre.

Mais Raspoutine n'avait-il pas souvent employé les mêmes méthodes ?

Refoulant le souvenir de son père, Lord reprit :

« Il n'a jamais été prouvé qu'une seule des prédictions de Raspoutine soit restée dans les mémoires de son vivant. La plupart ont été connues par la suite grâce à sa fille qui semblait s'être mis en tête de réhabiliter l'image de son père. J'ai lu son livre.

— C'était peut-être vrai... jusqu'à aujourd'hui.

— Comment l'entendez-vous ?

— Alexandra a écrit que la famille royale mourrait dans les deux ans. La lettre est datée de sa main : 28 octobre 1916. Deux mois avant le meurtre de Raspoutine. Apparemment, il lui avait dit la vérité. Une prophétie, selon son propre mot. Qui lui était demeurée en mémoire. Vous avez là un précieux document historique en votre possession, monsieur Lord. »

Un document auquel les paroles du professeur donnaient toute son importance.

« Avez-vous l'intention de vous rendre à Saint-Pétersbourg ?

— Je n'y songeais pas vraiment, mais maintenant, cela me paraît une évidence.

— Sage décision. Vos lettres de créance vous donneront accès à des archives que personne n'a pu voir. Peut-être y découvrirez-vous autre chose. Surtout maintenant que vous savez ce que vous cherchez.

— Toute la question est là, professeur, je ne sais pas vraiment ce que je cherche. »

L'historien ne se démonta nullement.

« Aucun souci à vous faire. Vous le saurez au moment exact où vous mettrez la main dessus. »

13

SAINT-PÉTERSBOURG

JEUDI 14 OCTOBRE
12 H 30

Lord s'installa dans la grande salle des archives
située, avec vue sur la perspective Nevsky, au quatrième étage d'un bâtiment construit après la révolution. Il avait pu obtenir deux places dans une navette
de l'Aéroflot qui partait de Moscou à neuf heures du
matin. Le vol, quoique paisible, avait été assez éprou-
vant pour les nerfs. La réduction des budgets et le
manque de personnel spécialisé nuisaient au confort
de la compagnie nationale russe. Mais son temps était
précieux et il n'avait pas souhaité s'infliger un voyage
aller et retour de quinze cents kilomètres en chemin
de fer.

Ilya Zivon l'avait attendu comme promis, dès sept
heures, dans le hall du Volkhov. La décision de Lord
l'avait déconcerté. Il devait en référer à Taylor Hayes
avant d'y souscrire, mais Hayes n'était pas à Moscou,
et il n'avait laissé aucun numéro de téléphone. Finalement, Zivon avait dû s'incliner. Hélas, le vol de

retour était plein, et Lord avait dû se contenter de deux places assises dans le train de nuit Saint-Pétersbourg-Moscou. On ne peut jamais tout avoir.

Autant la capitale offrait le spectacle d'une dure réalité, avec ses rues sales et ses structures sans imagination, autant Saint-Pétersbourg avait l'air de sortir d'un conte de fées avec ses palais baroques, ses cathédrales et ses canaux. Tandis que le reste du pays dégageait une impression d'uniformité consternante, ici fleurissaient le granit rose, le stuc vert et jaune de façades qui enchantaient le regard. Lord n'avait pas oublié la description ambiguë de Nikolaï Gogol : « Tout, ici, respirait la fausseté. » Quoi qu'il en fût, la ville paraissait pleinement satisfaite des architectes, tous italiens, qui l'avaient conçue, l'ensemble composant un tableau typiquement européen. Elle avait servi de capitale jusqu'à la prise du pouvoir par les communistes, en 1917, et il était question de lui rendre, à l'avènement du nouveau tsar, un statut similaire.

La circulation, depuis l'aéroport situé au sud de la ville, avait été relativement fluide pour un jour de semaine, dans une cité de cinq millions d'habitants. Au départ, les lettres de créance du visiteur avaient été contestées, mais un coup de fil à Moscou avait réglé le problème et maintenant, il pouvait fouiller à sa guise dans les archives de Saint-Pétersbourg, « Papiers protégés » compris.

Bien que réduite en surface, cette salle recelait un trésor inestimable d'écrits de la main d'Alexandra, Nicolas et Lénine. Et tout comme Semyon Pachenko l'avait affirmé, tous les journaux intimes, toutes les lettres d'Alexandra et de Nicolas étaient là, rapportés de Tsarskoye Syelo et d'Ekaterinbourg après le massacre de la famille impériale.

Ce qui sautait aux yeux, à la lecture de ces pages, c'était le tableau d'un couple profondément amoureux. Alexandra écrivait avec la fougue d'un poète romantique, remplissant ses messages des termes d'une passion ouvertement physique. Il passa deux heures à lire ses lettres, afin d'acquérir une juste vision de cette femme intelligente et sensuelle à la fois.

Vers le milieu de l'après-midi, il tomba sur d'autres journaux datant de 1918, étiquetés N et A, reliés de carton moisi. Sacrés Russes ! Si méticuleux dans le rangement de leurs archives, et si peu soucieux de leur conservation. Les cahiers jaunis étaient classés par ordre chronologique, avec, sur leurs couvertures de tissu, la précision qu'il s'agissait là de cadeaux des filles d'Alexandra. Quelques-uns s'ornaient de swastikas brodés. Un peu étonnant d'y découvrir ces symboles, mais Lord se souvint qu'avant d'être adopté par Adolf Hitler, la croix gammée était un motif indien, symbole de bien-être, que la tsarine avait beaucoup aimé.

Il poursuivit sa lecture, mais n'y releva rien de plus que les divagations amoureuses de deux êtres profondément épris l'un de l'autre. Puis il découvrit deux autres liasses de correspondance. La comparaison de ces lettres avec la photocopie de celle découverte à Moscou lui apporta la certitude qu'il s'agissait bien de la même main, de la même époque approximative et du même parchemin orné de fleurs et de feuilles.

Pourquoi cette unique lettre déjà en sa possession avait-elle été séparée des autres et transférée à Moscou ? Qu'est-ce qui la rendait tellement importante pour qu'elle eût été cousue dans un sac de cuir, avec instruction de ne l'ouvrir que vingt-cinq ans plus tard ? Seule chose certaine, Pachenko avait raison : il possédait là un document d'une valeur historique indéniable.

Il passa le reste de l'après-midi à examiner tout ce qui lui tomba sous la main au sujet de Lénine. Vers quatre heures, il avait remarqué, du coin de l'œil, un type, petit et maigre, avec des yeux de myope, qui paraissait l'observer à la dérobée. Le surveillait-il vraiment ? Zivon était là, sur le qui-vive. Lord ne risquait rien. Il finit par attribuer ce nouvel accès de paranoïa aux événements de la journée précédente.

Cinq heures sonnaient quelque part, quand il trouva un autre manuscrit de Lénine. Il faillit le rejeter après un rapide coup d'œil, mais le nom de Youssoupov retint son attention, au vol, et il s'en imposa la lecture :

Felix Youssoupov habite rue Gutenberg, près du bois de Boulogne. Il fréquente la nombreuse population d'aristocrates russes qui a envahi Paris. Ces imbéciles s'imaginent que la révolution va faire long feu, et qu'ils pourront bientôt récupérer leurs anciennes positions ainsi que leurs richesses. On me raconte qu'une ancienne douairière garde auprès d'elle une valise toute prête, en prévision de son proche retour. Mes agents me signalent une correspondance échangée entre Youssoupov et Kolya Maks. Trois lettres au moins. C'est inquiétant. Je me rends compte, à présent, de l'erreur que nous avons commise en chargeant le soviet de l'Oural d'accomplir cette exécution. Les rapports répétitifs risquent de créer des difficultés. On a déjà arrêté une femme qui prétendrait être Anastasia. Elle a

attiré notre attention en écrivant au roi George V
pour lui demander son aide. Le soviet de l'Oural
nous signale que deux des filles du tsar se cache-
raient dans un village isolé. Il s'agirait de Maria
et d'Anastasia. J'ai dépêché des agents sur place.
À Berlin, une autre femme prétend également être
Anastasia. Elle offrirait une vague ressemblance
physique avec la famille.

Tout cela est profondément ennuyeux. Si je n'avais
cette incertitude, quant à ce qui s'est passé là-bas,
ce jour-là, je rejetterais tout en bloc. Mais comment
en être sûr ? Nous aurions dû tuer Youssoupov avec
le reste de la bourgeoisie. Ce crétin arrogant trame
je ne sais trop quoi. Il hait notre gouvernement et
ne s'en cache pas. Le sang des Romanov coule dans
les veines de son épouse, et certains parlent ouver-
tement de leur restauration possible en tant que tsar
et tsarine. Chimères stupides, cultivées par des gens
stupides. La mère patrie ne veut plus d'eux, qu'ils
se mettent bien ça dans la tête !

Plus question de Youssoupov dans le reste de
la page, mais Lénine appréhendait visiblement que
Yurovsky, le chef exécuteur d'Ekaterinbourg, eût
déposé quelque part un rapport mensonger sur le massacre des Romanov.

Onze personnes étaient-elles bien mortes dans cette
cave, ou neuf seulement ?

Et pourquoi pas huit ?

Qui pouvait savoir ?

Lord se reporta aux imposteurs qui avaient fait
surface dans les années 1920. Lénine parlait d'une
fausse Anastasia, à Berlin, connue sous le nom d'Anna

Anderson, la plus célèbre de tous les prétendants et prétendantes. Des livres, des films, avaient retracé sa carrière, et durant des décennies, elle s'était pavanée sous les feux d'une rampe qui n'en finissait pas de s'éteindre. À sa mort, en 1984, elle soutenait toujours, mordicus, qu'elle était la fille cadette d'Alexandra. Un test ADN posthume avait enfin pu prouver le contraire.

D'autres rumeurs couraient en Europe, qui prétendaient que la tsarine et ses filles n'avaient pas été massacrées à Ekaterinbourg, mais auraient été enlevées avant le meurtre de Nicolas et d'Alexis. On les disait retenues prisonnières à Perm, une petite ville de province pas très éloignée d'Ekaterinbourg. Lord se souvenait d'un livre : *Le Dossier du tsar,* qui démontrait cette thèse, avec force détails. Mais quelque temps plus tard, des documents auxquels les auteurs n'avaient pas eu accès, sans parler de la découverte des os royaux, avaient fourni les preuves de la mort, à Ekaterinbourg, d'Alexandra et de trois de ses filles.

Pas facile de démêler le vrai du faux, la vérité de l'affabulation pure et simple. Winston Churchill avait eu bien raison de dire, en parlant de ce pays : « La Russie est un rébus enveloppé d'un mystère à l'intérieur d'une énigme. »

De sa serviette, Lord sortit une des autres photocopies qu'il avait faites aux archives de Moscou. Elle était agrafée à une note rédigée par Lénine. Il ne l'avait montrée ni à Taylor Hayes ni à Pachenko, la jugeant, à première vue, sans rapport avec le reste.

Jusqu'à maintenant.

C'était un extrait dactylographié d'une déclaration

faite par un des gardes d'Ekaterinbourg, datée d'octobre 1918, trois mois après le meurtre des Romanov :

Le tsar vieillissait. Ses cheveux grisonnaient. Il endossait chaque jour une chemise de soldat maintenue en place par un ceinturon d'officier bouclé autour de sa taille. Il avait un regard aimable et donnait l'impression d'une personne simple et franche, plutôt bavarde. Parfois, je le sentais sur le point de me parler. Il semblait en avoir très envie. La tsarine, elle, était différente. Elle avait le masque sévère et l'air distant. Les conversations des gardes donnaient d'elle une image conforme à ce que doit être une vraie tsarine. Elle paraissait plus âgée que le tsar. Des cheveux blancs se devinaient sur ses tempes, et son visage n'était plus celui d'une jeune femme. Toutes mes mauvaises pensées, au sujet du tsar, se dissipèrent à l'écoute des gardes. L'opinion que j'avais du couple royal en fut radicalement changée. J'avais pitié d'eux, à présent. J'éprouvais de la compassion à leur égard, en tant que créatures humaines. Je souhaitais l'apaisement de leurs souffrances. Mais je me rendais compte de ce qui se préparait. Leur destin était tout tracé. Yurovsky tenait à s'assurer que nous comprenions bien la vraie nature de la tâche qui nous incombait. Au bout d'un certain temps, je commençai à me dire qu'il fallait faire quelque chose pour eux. Pour assurer leur salut.

En présence de quoi se trouvait-il ? Pourquoi ce document n'avait-il pas été découvert plus tôt ? Puis

Lord se souvint qu'il y avait peu d'années que les archives étaient accessibles, les « Papiers protégés » restant interdits à la plupart des chercheurs. En outre, le chaos invraisemblable des archives russes faisait de chaque menue trouvaille un véritable coup de chance.

Il avait hâte de regagner Moscou afin d'en rendre compte à Taylor Hayes. Peut-être même n'était-il pas impossible que la candidature de Baklanov fût remise en question ? Peut-être y avait-il, quelque part dans le monde, un prétendant au trône de Russie plus proche des Romanov, par le sang, que Stefan Baklanov ? Et depuis toujours, presse à sensation et fiction populaire le proclamaient à cor et à cri. Un studio de cinéma était allé jusqu'à réaliser, à l'usage de millions d'enfants, un dessin animé dont une Anastasia survivante était l'héroïne. Mais, comme pour Elvis ou Jimmy Hoffa, l'histoire était plus riche en suppositions qu'en preuves concluantes.

Ou bien les choses étaient-elles différentes, aujourd'hui ?

Hayes raccrocha le téléphone et s'efforça de maîtriser son trouble. Il était venu à Green Glade pour se relaxer autant que pour parler affaires. À l'hôtel Volkhov, il avait laissé, à l'intention de Lord, un message l'informant de son proche retour et le priant de poursuivre ses recherches aux archives. Le tout, sans lui fournir aucun moyen de le joindre, en cas d'urgence. Mais Ilya Zivon avait reçu l'ordre de veiller sur Miles et de le tenir, lui-même, au courant de tout imprévu.

« C'était Zivon, dit-il à Lénine. Lord a passé la journée aux archives de Saint-Pétersbourg.

— Vous l'ignoriez ?

— Je pensais qu'il travaillait toujours à Moscou. Je viens d'apprendre, par Zivon, qu'ils avaient pris l'avion ce matin. Et qu'ils rentraient tous les deux cette nuit par la Flèche rouge. »

Khrouchtchev ne cachait pas son irritation. Chez lui, c'était plutôt rare. Des cinq, le représentant des hauts fonctionnaires du gouvernement était toujours le plus calme, le plus pondéré. Il n'élevait jamais la voix et se servait de sa vodka comme d'une arme, pour s'infliger un léger coup de fouet, en cas d'urgence.

Stefan Baklanov, lui, avait déjà quitté Green Glade. Transféré, en voiture, dans une autre propriété où il attendrait l'heure de sa première entrevue avec la Commission, le surlendemain matin. Il était près de sept heures du soir, et Taylor Hayes se disposait à repartir pour Moscou lorsque l'appel lui avait été transmis de Saint-Pétersbourg.

« Zivon s'est esquivé pendant l'heure du dîner pour téléphoner à ses employeurs. Il les a informés que Lord avait discuté, aux archives de Moscou, avec un certain Semyon Pachenko. Et le concierge de l'hôtel a dit à Zivon que Lord avait bu un verre et longuement bavardé avec un homme répondant au même signalement.

— Quel genre ? grogna Khrouchtchev.

— Autour de la soixantaine. Maigre. Les yeux bleus. Presque chauve. Barbe peu fournie. »

Hayes surprit le regard échangé par Khrouchtchev et Lénine.

« Qui est-ce... Il semble que vous le connaissez ? »

Lénine maugréa :

« On a un problème.

— C'est bien ce qu'il m'a semblé comprendre. Je vous écoute. »

Khrouchtchev pinça les lèvres.

« Avez-vous entendu parler de la Sainte Compagnie ?

— Jamais.

— Au XIXe siècle, le frère du tsar Alexandre II a créé un groupe qui fut bientôt connu sous ce nom. À l'époque, la peur de l'assassinat était universelle. Alexandre avait affranchi les serfs et ne jouissait pas d'une grande popularité. Cette Sainte Compagnie n'était rien de plus, au départ, qu'une aimable plaisanterie. Un ramassis d'aristocrates qui s'engageaient à défendre le tsar, mais étaient à peine fichus de se défendre eux-mêmes. Alexandre n'en a pas moins été tué par une simple bombe ! De nos jours, Pachenko dirige un groupe du même calibre. Aucun professionnel, rien que des amateurs. La Sainte Compagnie bis. Relancée dans les années 1920... Elle est toujours d'actualité.

— À savoir postérieurement au meurtre de Nicolas II et de sa famille. Donc, alors qu'il n'y avait plus aucun tsar à défendre ?

— C'est là tout le problème, intervint Lénine. La rumeur n'a jamais cessé, depuis des décennies, selon laquelle certains descendants de Nicolas II auraient survécu à l'holocauste.

— Foutaise ! s'esclaffa Hayes. J'ai lu tout ce qu'il y avait à lire sur les divers prétendants. Ça ne tient pas debout une seconde.

— Possible. Mais la Sainte Compagnie, elle, est toujours là.

— Quelque chose à voir avec ce que Lord a pu découvrir aux archives ?

— Tout à voir ! riposta Lénine. Et maintenant que Pachenko lui a fait par deux fois des avances, il faut absolument le rayer de la liste.

— Un nouveau contrat ?

— Impérativement. Dès ce soir. »

Hayes savait, par expérience, combien il était inutile de discuter.

« Comment pourrais-je envoyer des hommes à Saint-Pétersbourg avant l'heure du train ?

— Un transport par air est envisageable.

— Franchement, trancha Khrouchtchev, les détails importent peu. Qu'il vous suffise de savoir que ce problème risque de mettre en danger tout le travail que nous avons entrepris. Ce Lord est visiblement un esprit libre. Un esprit sur lequel, de toute évidence, vous n'exercez aucun contrôle. On ne prend plus de risque. Appelez le numéro que je vous ai donné, et envoyez des hommes là-bas. Ce nègre ne doit pas rentrer vivant à Moscou. »

14

SAINT-PÉTERSBOURG

23 H 30

Quand Lord et son garde du corps arrivèrent à la gare, les quais fourmillaient de voyageurs emmitouflés, certains coiffés de monumentales chapkas d'astrakan, le col du manteau relevé, tous chargés de valises et de sacs de voyage. Depuis le matin, personne n'avait semblé s'intéresser particulièrement à Miles Lord. Exception faite de l'homme qui avait paru l'observer, aux archives, il n'avait perçu, nulle part, la moindre trace de danger potentiel.

Lui et Zivon avaient dîné paisiblement au Grand Hôtel de l'Europe, et consacré le reste de leur soirée à écouter, dans l'un des salons, le concert d'un quatuor à cordes. Une longue balade sur la perspective Nevsky avait bien tenté Miles, mais Zivon l'en avait dissuadé. Arpenter ce boulevard, en pleine nuit, eût été contraire à la plus élémentaire prudence. Ils se rendirent donc directement à la gare, en taxi. Juste à temps pour grimper dans le train sans traîner, non plus, à l'intérieur de l'édifice.

La soirée était glaciale, et la circulation bloquait en partie la place du Soulèvement. Lord imagina les échanges sanglants, entre manifestants et policiers tsaristes, qui avaient marqué, en 1917, le début de la révolution. Une bataille restée indécise pendant quarante-huit heures. Quant à la gare, c'était une autre création de Staline, un monument grandiose dont la façade vert et blanc eût convenu davantage à un palais princier qu'à une gare de chemin de fer.

Juste à côté, s'élevait le nouveau terminus des navettes rapides reliant Saint-Pétersbourg à Moscou. Cette réalisation qui avait coûté de nombreux millions de dollars était l'œuvre d'une société britannique, d'après les plans d'un cabinet d'architectes de l'Illinois dont le patron avait assisté, la veille, au briefing du Volkhov. Il était normal que cet homme se fît quelque souci pour son avenir.

Lord avait retenu un sleeping à deux couchettes. Ce n'était pas la première fois qu'il prenait la Flèche rouge, mais il se souvenait encore des anciennes literies crasseuses et des vieux wagons sales à vomir. Aujourd'hui, ce TGV était considéré comme un des trains les plus luxueux d'Europe.

Il partait à 23 h 55, pour arriver le lendemain matin à 7 h 55. Un peu plus de sept cent trente kilomètres en huit heures.

« Je n'ai pas tellement sommeil, confia Lord à Zivon. Je crois que je vais aller prendre un verre au wagon-bar. Attendez-moi ici, si vous préférez. »

Zivon lui répondit qu'il allait piquer un petit somme. Lord quitta leur compartiment, remonta deux wagons-couchettes jusqu'au bar. Le couloir était juste assez large pour une seule personne. Une trace de fumée, en provenance d'un samovar, lui piqua légèrement la gorge. Il prit place, à l'une des tables, dans un confortable siège de cuir à garniture de chêne. Le paysage défilait, de l'autre côté de la fenêtre, à une vitesse impressionnante.

Il commanda un Pepsi. Plus de vodka à cette heure. Puis il ouvrit son attaché-case pour se replonger dans ses notes. Il était convaincu d'être passé à côté de quelque chose et ne cessait de se demander comment ce quelque chose pourrait éventuellement contrecarrer le destin de Stefan Baklanov.

D'énormes intérêts étaient en jeu. Ceux de la Russie et ceux des corporations représentées par Pridgen et Woodworth. Il n'entendait nullement compromettre leur avenir. Ni le sien, si possible.

Mais le moyen de bannir ses doutes ?

Il se frotta les yeux. Pas d'erreur, il était crevé. L'heure tardive n'y était pour rien, il avait l'habitude. Mais le stress des semaines écoulées commençait à lui peser lourd sur les épaules. Il but une gorgée de Pepsi, se carra dans le profond fauteuil de cuir. Aucun cours, à la fac de droit, ne l'avait préparé à ce qu'il vivait actuellement.

Et douze ans de lutte pour gravir la pente, chez Pridgen et Woodworth, ne l'y avaient pas préparé davantage. Les avocats tels que lui étaient censés travailler dans des bureaux, des salles d'audience, des bibliothèques, leurs seules aventures consistant à gagner, outre de substantiels honoraires, la reconnaissance et l'estime de leurs supérieurs, afin de progresser au plus vite dans la hiérarchie professionnelle et financière.

En sachant toujours impressionner des gens comme Taylor Hayes.

Ou son propre père.

Il revoyait Grover Lord dans son cercueil, la bouche qui avait prêché l'Évangile à jamais fermée, le visage et les lèvres sans couleur. On lui avait passé son plus beau costume et noué sa cravate comme il avait tant aimé le faire, avec une coque parfaitement symétrique. Les boutons de manchette en or étaient là, eux aussi, et son beau chronomètre. Lord se souvenait d'avoir pensé que ces trois bijoux auraient pu, à eux seuls, payer une bonne partie de ses études.

Un millier de fidèles étaient venus assister au service funèbre. Certains pleuraient ou chantaient. S'évanouissaient, même. Sa mère eût aimé qu'il leur parlât. Mais pour leur dire quoi ? Il ne pouvait tout de même pas le qualifier de charlatan, d'hypocrite et de père indigne. Il avait donc préféré se taire et sa mère ne le lui avait jamais pardonné. Même à présent, leurs relations demeuraient très froides. Elle était la veuve Grover Lord, et fière de l'être.

Il se frotta les yeux pour tenter de repousser le sommeil. Un des autres consommateurs de minuit attira son attention. Un blondinet, assez gros. Lui aussi dégustait lentement quelque boisson fraîche, et sa présence inquiéta vaguement Miles. Pouvait-il représenter un danger ? Sa question reçut une réponse lorsqu'une jeune femme rejoignit le « suspect », un jeune enfant en remorque. Tous trois se mirent à bavarder gentiment et Lord se reprocha son idée fixe.

Puis il distingua, au bout du wagon, un homme d'un certain âge qui buvait de la bière, affligé des lèvres minces, du visage osseux et du regard mouillé qu'il avait déjà remarqués au cours de l'après-midi.

Le type des archives, toujours affublé du même complet défraîchi.

Lord se redressa, soudain en alerte.

La coïncidence était un peu forte.

Il brûlait de rejoindre Zivon, mais ne voulait pas avoir l'air de précipiter le mouvement. Il but le reste de son Pepsi, referma l'attaché-case, sans se presser outre mesure. Puis il se leva, déposa quelques roubles sur la table, avide de dégager une impression de calme parfait. Mais sur le chemin de la sortie, il vit, dans le reflet de la porte de Plexiglas, l'homme se lever, rapidement, et démarrer dans son sillage.

Il ouvrit la porte coulissante, qu'il laissa claquer derrière lui. Il hâta le pas dans l'étroit couloir et se retourna en atteignant le wagon suivant. Il vit alors que le type avait déjà réduit la distance qui les séparait.

Nom de Dieu !

Il atteignit le wagon où se trouvait son propre compartiment. Un rapide coup d'œil lui apprit que son escorte indésirable était toujours là, solide au poste.

Il ouvrit la porte.

Personne.

Où diable était passé Zivon ?

Il entrebâilla la porte de communication, afin de suggérer une traversée rapide du compartiment, mais pénétra dans les toilettes et les referma derrière lui, sans manœuvrer la poignée qui afficherait OCCUPÉ.

Pressé contre le battant d'acier inoxydable, il reprit son souffle. Son cœur battait à tout rompre. Des pas approchaient. Il se ramassa sur lui-même, prêt à utiliser son attaché-case comme une arme de fortune.

À l'extérieur, la porte de communication s'ouvrit en raclant légèrement le sol.

Une seconde plus tard, elle se referma.

Il attendit une longue minute.

N'entendant plus rien, il rouvrit la porte des toilettes. Personne. Il la claqua et, cette fois, la boucla derrière lui. Deuxième fois en deux jours qu'il semait ses poursuivants. Il posa sa serviette de cuir sur le siège des toilettes. Il rinça, dans le lavabo, ses mains moites. Une bombe désinfectante reposait sur le bord de la cuvette. Il s'en servit pour nettoyer le pain de savon, puis se lava le visage, attentif à ne pas avaler la moindre gorgée de cette eau qu'un petit écriteau en caractères cyrilliques déclarait non potable. Il se sécha le visage à l'aide de son mouchoir. Les serviettes de papier brillaient par leur absence.

Il se regarda dans le miroir.

Ses yeux marron étaient injectés, les traits anguleux de son visage tirés par la fatigue, et il avait besoin d'une coupe de cheveux. Qu'est-ce qui se tramait encore ? Où était passé Zivon ? Drôle de garde du corps ! Pas là quand on avait le plus besoin de lui. Il s'aspergea le visage, une seconde fois, se rinça la bouche en évitant toujours d'avaler cette eau, pleinement conscient du paradoxe. Jolie, la superpuissance du XXIe siècle ! De quoi faire sauter le monde, plutôt mille fois qu'une, dans ses arsenaux, et pas foutue d'amener, dans un train, une eau qui puisse se boire !

Il acheva de se maîtriser. Au-delà d'une fenêtre ovale, défilait le paysage nocturne, à vitesse grand V. La Flèche rouge croisa un autre train, dans un vacarme assourdissant qui ne dura guère plus d'une minute.

Empoignant son attaché-case, il ouvrit la porte.

Un grand type costaud, au visage grêlé, aux cheveux gominés noués en queue-de-cheval, bloquait le passage. Lord remarqua, tout de suite, l'espace, inhabituellement large, entre l'œil droit et le sourcil en broussaille.

Droopy.

Un poing le frappa au creux de l'estomac.

Il se plia en deux, la respiration étranglée au fond de la gorge, en proie à une horrible nausée. Le coup violent l'avait projeté contre la paroi opposée. Le décor dansait devant ses yeux.

Il s'effondra, jambes coupées, sur le siège des toilettes.

Droopy pénétra dans le réduit. Tira la porte.

« Cette fois, monsieur Lord, on termine le boulot ! »

Il n'avait pas lâché sa serviette de cuir, mais l'espace confiné interdisait toute contre-attaque tant soit peu efficace. L'air lui manquait. Au choc initial, avait succédé une terreur sans nom.

Un couteau à cran d'arrêt cracha sa lame.

C'était la fin.

Il aperçut, dans un brouillard, la bombe de désinfectant. S'en empara, désespérément. Visa et pressa le levier du piston, droit dans les yeux de son agresseur. Le produit caustique inonda le visage de Droopy, qui poussa un hurlement. Relevé d'un bond, Lord le frappa du genou, au bas-ventre, alors que le couteau tombait sur le sol. Empoignant sa serviette des deux mains, il cogna de toutes ses forces, et Droopy tomba en avant.

Lord cogna de plus belle. Une fois. Deux fois. Sur la grosse tête de l'homme aveuglé, qui ne pensait plus qu'à l'atroce brûlure. Le temps de l'enjamber, tant bien que mal, et, d'un bond, Lord jaillit des toilettes.

L'instant d'après, il ressortait dans le corridor.

Où l'attendait l'homme au front fuyant, au gros nez bulbeux, à la tignasse prolifique. Cro-Magnon, prêt à l'attaque.

« Toujours aussi pressé, monsieur Lord. »

Dans son élan, Lord décocha au salopard un shoot de footballeur qui fit mouche. Au niveau de la rotule. Cro-Magnon mit un genou en terre. Un samovar ron-ronnait, à portée de main, avec tout le nécessaire pour préparer du thé ou du café soluble. Lord aspergea d'eau bouillante son second adversaire qui hurla, lui aussi, tandis qu'il s'enfuyait dans la direction oppo-sée, les oreilles pleines des voix furieuses du tandem apparemment reconstitué. Il ne se retourna pas pour le vérifier. Son attaché-case toujours au poing, il passa dans le wagon suivant. Derrière lui, les deux éclopés se lançaient à sa poursuite, en se bousculant stupide-ment, dans l'intensité de leur rage. Gênés, de surcroît, par la faible largeur du couloir.

Lord réalisa, tout à coup, que cette fuite ne signifiait rien. Tôt ou tard, il atteindrait l'extrémité du convoi.

Il regarda en arrière.

L'angle du couloir lui procurait un court instant de répit. Il était toujours dans un sleeping-car de pre-mière classe, avec des portes à intervalles réguliers. S'il pouvait se planquer dans l'un des compartiments, le temps de laisser passer la chasse… Et repartir en sens inverse pour essayer de retrouver Zivon…

Il essaya la première porte.

Bouclée de l'intérieur.

Puis la suivante.

Même chose.

Le bruit de la poursuite se rapprochait. Encore une seconde ou deux, et il serait trop tard.

La troisième porte s'ouvrit.

Il se glissa dans l'entrebâillement. Claqua le battant derrière lui.

« Qui êtes-vous ? » s'informa calmement, en russe, une voix féminine.

Il pivota sur lui-même.

Assise sur sa couchette, à moins d'un mètre de distance, une femme le regardait. Elle avait une silhouette de patineuse artistique, avec de longs cheveux blonds descendant jusqu'aux épaules. Il enregistra la forme ovale d'un visage au teint mat, le dessin d'un petit nez retroussé. Curieux mélange de féminité et d'assurance garçonnière. Ses yeux bleus n'exprimaient aucune frayeur perceptible.

« N'ayez pas peur, lui dit-il, en russe. Je m'appelle Miles Lord. J'ai un gros problème.

— Ça ne justifie pas cette intrusion dans mon compartiment.

— Deux hommes veulent me tuer. »

Elle se mit sur pied. Elle était de petite taille et lui arrivait tout juste à l'épaule. Pantalon de jean très seyant et veste de même teinte sur un chandail à col roulé. Discrètement parfumée.

« Vous êtes de la mafia ?

— Non, mais les hommes qui me poursuivent, si, peut-être. Je les ai vus tuer un homme avant-hier, et ils veulent me supprimer.

— Reculez ! » ordonna-t-elle.

Il s'écarta d'un pas. Elle ouvrit la porte du compartiment, risqua un œil à l'extérieur et repoussa le battant.

« Je vois trois hommes au bout du couloir, entre les deux wagons.

— Trois ?

— Une espèce de gorille avec une queue-de-cheval. Un autre avec un gros nez, comme un Tartare. »

Droopy et Cro-Magnon.

« Et le troisième ?

— Costaud. Pas de cou. Les cheveux blonds. »

Zivon ? Autre complication possible.

« Ils parlent ensemble ?

— Ils ont l'air d'accord. Ils frappent aux portes des compartiments. »

L'angoisse qui envahit les traits de Miles Lord était éloquente. La femme désigna l'étagère, au-dessus de la porte.

« Grimpez là-haut et fermez-la. »

Assez de place pour loger deux valises. Assez de place pour le recevoir, en position fœtale. Pas tellement commode de s'y installer, à partir de la couchette supérieure, mais il n'était pas manchot. Elle lui tendit sa serviette de cuir. Presque tout de suite, quelqu'un frappa à la porte du compartiment.

Elle alla ouvrir.

« Nous cherchons un Noir en costume de ville, avec une serviette à la main. »

La voix était celle de Zivon.

« Je n'ai vu personne, répondit la fille.

— Ne mentez pas, aboya Droopy. Pas de bobards. L'avez-vous vu ?

— Je n'ai vu personne. Ni noir ni blanc. Je ne veux pas d'histoires avec vous.

— Votre visage me dit quelque chose, constata Droopy.

149

« — Je suis Akilina Petrovna, du cirque de Moscou.

— Exact ! J'ai vu votre numéro.

— Formidable. Si vous alliez chercher ailleurs ? J'ai besoin de sommeil. J'ai une représentation, ce soir. »

Elle claqua la porte du compartiment.

Il l'entendit tourner le loquet.

Et pour la troisième fois depuis la veille, poussa un long soupir de soulagement.

Il attendit une bonne minute avant de redescendre, inondé de sueur froide. Assise sur sa couchette, elle l'observait paisiblement.

« Pourquoi ces hommes veulent-ils vous tuer ? demanda-t-elle sans élever la voix, sans manifester, non plus, la moindre compassion.

— Je n'en ai aucune idée. Je suis un avocat américain qui travaille ici pour la Commission tsariste. Jusqu'à avant-hier, personne ne savait que j'existais, en dehors de mon patron. Ou du moins, c'est ce que je croyais. »

Il s'assit en face d'elle. La poussée d'adrénaline s'apaisait, remplacée par des douleurs musculaires dans tout le corps. Une lourde fatigue l'écrasait. Mais son problème demeurait entier.

« L'un de ces trois hommes, celui qui vous a parlé le premier, était censé être mon garde du corps. Apparemment, son rôle était infiniment plus complexe que je ne le pensais ! »

Les traits de la jeune femme se crispèrent.

« Je vous déconseillerais formellement de compter sur son aide. Ces trois-là m'ont fait l'effet de composer une seule équipe. »

Il s'étonna :

« C'est un événement quotidien, en Russie ? De voir un étranger s'introduire chez vous ? Des gangsters à votre porte. Vous ne semblez même pas avoir eu peur.

— J'aurais dû ?

— Je n'ai pas dit ça. Dieu sait que je suis inoffensif. Mais en Amérique, n'importe qui jugerait cette situation dangereuse. »

Elle haussa les épaules.

« Vous n'avez pas l'air bien dangereux. Quand vous êtes entré, j'ai pensé à ma grand-mère. »

Il attendit, patiemment, qu'elle voulût bien s'expliquer.

« Elle a vécu au temps de Khrouchtchev et de Brejnev. Les Américains envoyaient des espions chargés de tester le taux de radioactivité des sols, à la recherche de silos abritant des missiles. Tout le monde était prévenu qu'il s'agissait là de gens dangereux. Qu'il fallait ouvrir l'œil. Un jour, ma grand-mère a rencontré, dans les bois, un homme qui récoltait des champignons. Il était habillé comme un paysan et portait un panier d'osier, comme les paysans. Elle ne connaissait pas la peur. Elle est allée au-devant lui en lançant : "Salut, l'espion !" Il l'a regardée, médusé. Sans prétendre le contraire. Puis il lui a dit : "J'ai été si bien entraîné. Je sais tout sur la Russie. Comment savez-vous que je suis un espion ?" "C'est très simple, a répondu ma grand-mère. J'ai vécu ici toute ma vie, et vous êtes le premier homme noir que je croise dans ces bois." Même chose pour vous, Miles Lord. Vous êtes le premier homme de race noire que j'aie jamais vu dans ce train ! »

Il sourit.

« Votre grand-mère devait être une femme remarquable. Très pragmatique.

— Elle l'était. Jusqu'à ce que les communistes viennent l'arrêter, un soir. Pour une raison ou pour une autre, le franc-parler d'une femme de soixante-dix ans menaçait un empire. »

Lord connaissait, par ses lectures, l'hécatombe de vingt millions d'âmes ordonnée et organisée sur l'ordre de Staline, au nom de la mère patrie. Et ses successeurs, secrétaires du parti ou présidents soviétiques, n'avaient valu guère mieux. Selon un mot de Lénine : « Mieux vaut arrêter cent innocents que de laisser en liberté un seul ennemi du régime. »

« Sincèrement désolé, dit-il.

— Pourquoi ?

— Je n'en sais rien. J'ai cru que c'était la chose à dire. Que pourrais-je ajouter d'autre ? Je regrette que votre grand-mère ait été sacrifiée aux aberrations d'une horde de bouchers irresponsables.

— C'est exactement ce qu'ils étaient.

— Voilà pourquoi vous m'avez aidé ? »

Elle haussa les épaules.

« Je hais le gouvernement et la mafia. Les mots sont synonymes.

— Vous croyez que ces hommes sont de la mafia ?

— Sans aucun doute.

— Il faut que je trouve un steward et que je parle au chef de train.

— Gardez-vous-en bien. Tout le monde est à vendre, dans ce pays. Si ces trois hommes vous veulent vraiment, ils iront jusqu'à faire stopper le train, à coups de gros pourboires. »

Elle avait raison. Police et mafia étaient comme cul

et chemise. Il se souvenait de l'inspecteur Orleg, qu'il avait détesté au premier regard…

« Qu'est-ce que vous me suggérez ?

— Aucune suggestion. Vous faites partie de la Commission tsariste. C'est à vous d'avoir des idées. »

Il remarqua, sur le lit, le sac de voyage portant la mention, joliment brodée, Cirque de Moscou.

« Vous leur avez dit que vous aviez une représentation, ce soir. C'est vrai ?

— Naturellement.

— Quelle est votre spécialité ?

— D'après vous ?

— Votre taille et votre poids feraient de vous une voltigeuse idéale. »

Il baissa les yeux vers ses chaussures de tennis.

« Vos pieds sont fermes et bien droits. Avec de longs orteils, je le parierais. Vos bras sont souples et musclés. Je dirais acrobate, peut-être dans une équipe de saut au tremplin. »

Elle souriait.

« Vous avez l'œil. M'avez-vous déjà vue travailler ?

— Cela fait des siècles que je ne suis pas allé au cirque. »

Il s'interrogeait sur son âge. Autour de la trentaine, un peu plus, un peu moins. Elle ajouta :

« Comment se fait-il que vous parliez si bien notre langue ?

— Je l'étudie depuis des années. »

Puis il revint à l'actualité.

« Il faut que je sorte d'ici et que je vous débarrasse le plancher. Vous en avez fait plus que je n'étais en droit de l'espérer.

— Où iriez-vous ?

153

— Je vais trouver un compartiment vide quelque part. Et j'essaierai de descendre en route sans me faire repérer, si possible.

— Ne soyez pas idiot. Ces hommes vont fouiller le train toute la nuit. Restez ici, où vous êtes en sécurité. »

Elle déplaça son sac de voyage et s'allongea sur sa couchette. Puis elle leva le bras pour éteindre la lumière, au-dessus de son oreiller.

« Dormez, Miles Lord. Vous êtes en sécurité. Ils ne reviendront pas. »

Il était trop fatigué pour discuter. D'ailleurs, elle avait raison. Il ôta sa veste et dénoua sa cravate avant de s'allonger sur l'autre couchette et de suivre le conseil d'Akilina Petrovna.

Lord ouvrit les yeux.

Toujours le martèlement des roues sur les rails. Il consulta le cadran lumineux de sa montre. Cinq heures vingt. Il avait dormi près de cinq heures.

Il avait rêvé de son père. Réentendu, pour la énième fois, le sermon du fils indigne. Grover Lord adorait mêler religion et politique. Athées et communistes étaient ses cibles favorites, et son propre fils l'exemple de mauvaise conduite qu'il aimait offrir aux fidèles. Le concept obtenait un franc succès auprès des congrégations du Sud, et le révérend savait comme personne prêcher la justice immanente, puis passer la sébile et empocher ses quatre-vingts pour cent avant d'aller ailleurs porter la bonne parole.

Sa mère avait défendu le salaud jusqu'à la fin, refusant toujours de voir ce qui lui crevait les yeux. Aîné des garçons, c'était lui qui avait dû aller récupérer le corps dans un motel d'Alabama. La femme qui s'était réveillée, nue, dans le lit du révérend décédé, avait dû être hospitalisée, terrassée par une violente crise de nerfs. Et Miles avait découvert, à cette occasion, ce qu'il soupçonnait depuis longtemps : l'existence de deux demi-frères que ce bon Samaritain avait élevés, de loin, aux dépens de sa famille légitime. Comme si cinq enfants, à la maison, n'étaient pas déjà plus que suffisants. Évidemment, papa Lord ne s'était guère senti concerné par son propre sermon sur les relations adultérines et les multiples tentations de la chair.

Miles fouilla du regard l'obscurité du compartiment. Akilina Petrovna dormait paisiblement, sous un édredon de toile blanche. Il percevait vaguement sa respiration régulière, dans le concert monotone des roues sur les rails.

Sans le vouloir, il s'était collé dans un sale pétrin, et quelle que fût l'importance de l'histoire en marche, la seule chose à faire était de foutre le camp de ce putain de pays. Dieu merci, il ne se déplaçait jamais sans son passeport. Aujourd'hui même, il repartirait pour Atlanta, dans le premier vol disponible. Y avait-il des difficultés à prévoir ? Sans doute, mais hypnotisé par le léger balancement du wagon, le rythme des boggies et l'obscurité ambiante, il ne tarda pas à se rendormir.

15

VENDREDI 15 OCTOBRE

« Miles Lord ! »

Il rouvrit les yeux pour découvrir Akilina Petrovna penchée vers lui.

« Nous approchons de Moscou.

— Quelle heure est-il ?

— Un peu plus de sept heures. »

Il repoussa la couverture et se redressa. Akilina avait regagné sa couchette, à moins d'un mètre de lui. Il avait l'impression de mâcher de la colle forte. Il avait besoin d'une douche et d'un coup de rasoir, mais le temps pressait. Il lui fallait également joindre Taylor Hayes au plus vite, mais il y avait un gros problème, et son hôtesse s'en rendait parfaitement compte.

« Ils vont vous attendre à la gare.

— Et peut-être pas tout seuls.

— Il y a un moyen de vous en sortir.

— Lequel ?

— Dans quelques minutes, on va traverser la ceinture des Jardins, et le train va ralentir. Il y a une limitation de vitesse, au-delà. Quand j'étais gosse, on guettait l'arrivée des express de Saint-Pétersbourg dans cette zone. Puis on y grimpait et on en descendait. Un moyen commode et économique de voyager entre le centre et la proche banlieue. »

La perspective d'avoir à sauter, même au ralenti, d'un train en marche ne l'enchantait pas particulièrement, mais une rencontre avec Droopy, Cro-Magnon et consorts l'enchantait encore moins.

Effectivement, le train commençait à perdre de la vitesse.

« Vous voyez.

— Où est-on ? »

Elle regarda par la fenêtre.

« À vingt kilomètres environ du centre-ville. Je vous suggérerais de descendre maintenant. »

Sa serviette de cuir n'était pas surchargée. Elle ne contenait, outre quelques papiers importants, que les photocopies des documents qu'il avait trouvés aux archives de Moscou et de Saint-Pétersbourg. Il enfourna le tout dans la poche intérieure de son veston. S'assura que son passeport et son portefeuille n'étaient pas tombés durant son sommeil.

« Je peux vous laisser ce machin qui ne ferait que m'encombrer ?

— Je vous le mettrai de côté. Si vous voulez le récupérer, venez me voir au cirque.

— Chiche ! »

Mais à une autre occasion, songea-t-il. Lors d'un autre voyage.

Il enfila son veston alors qu'elle marchait vers la porte.

« Je m'assure qu'il n'y a personne en vue. »

Lord la rattrapa au vol.

« Merci. Merci pour tout.

— De rien, Miles Lord. Vous avez mis de l'animation dans un voyage toujours ennuyeux. »

Ils étaient très près l'un de l'autre, et son parfum lui montait aux narines. Bien que son visage portât quelques traces des rigueurs de sa vie passée, Akilina était très séduisante. La propagande soviétique avait aimé souligner que les femmes russes étaient les plus libérées du monde. Les industries de service s'effondreraient littéralement sans elles. Mais le temps ne les épargnait guère. Il avait toujours admiré la beauté des jeunes femmes russes, mais déploré les effets néfastes de leur vie sociale. Et se demandait ce que deviendrait cette adorable créature au cours des vingt prochaines années.

Il recula d'un pas alors qu'elle ouvrait la porte et sortait dans le couloir.

Un court instant plus tard, elle réintégra le compartiment.

« Venez. »

Personne, ni dans une direction ni dans l'autre. D'où ils étaient, ils apercevaient une portière donnant sur la voie, au-delà d'une porte battante. La réalité crue du paysage urbain de la capitale défilait à vitesse comparativement réduite. Contrairement aux trains américains et européens, aucun système de sécurité ne bloquait, en cours de voyage, les portières des trains russes.

Akilina ouvrit celle-ci toute grande et la maintint dans cette position. Le bruit des roues sur les rails s'intensifia en conséquence.

« Bonne chance, Miles Lord », dit-elle.

Il admira encore une fois ses yeux bleus, et sauta.

Elle le vit heurter la terre gelée et rouler-bouler sur son élan, à l'écart du convoi.

Le dernier wagon passa près de lui. Le silence du matin retomba, peu à peu, tandis que le train s'éloignait vers le sud.

Il avait atterri dans une zone de verdure, entre deux immeubles d'habitation décrépits. Il était heureux d'avoir sauté au bon moment. Un peu plus loin, c'était du béton qui aurait accueilli sa chute. La circulation matinale grondait, déjà, de l'autre côté des grands immeubles, et l'air s'emplissait de la puanteur délétère des gaz d'échappement.

Il brossa ses vêtements, du plat de la main. Encore un costume foutu, mais quelle importance ? Il n'allait pas traîner en Russie.

À la recherche d'un téléphone, il poussa jusqu'à une large artère où s'alignaient de nombreux magasins déjà ouverts ou sur le point de l'être. Les autobus déposaient leurs passagers aux arrêts, redémarraient en crachant une fumée noire. Il repéra deux hommes de la milice en uniforme. Contrairement à Droopy et Cro-Magnon, ceux-là portaient la casquette grise réglementaire à bord rouge. Mieux valait les éviter.

Il entra dans une proche épicerie. L'homme qui rangeait les étagères était vieux et maigre. Il lui demanda, en russe :

« Vous avez un téléphone dont je puisse me servir ? »

Le vieux lui jeta un regard hostile et ne répondit pas. En renouvelant sa question, Lord lui tendit un billet de dix roubles. Le vieux accepta l'argent, lui désigna l'extrémité du comptoir. Il appela le Volkhov et demanda la chambre de Taylor Hayes. La sonnerie tinta une douzaine de fois, à l'autre bout du fil. Quand le préposé renoua la communication, il lui suggéra d'essayer le restaurant. Deux minutes plus tard, Hayes était en ligne.

« Miles, où diable es-tu passé ?

— Taylor, on a un gros problème. »

Il lui rapporta les derniers développements. Il s'exprimait en anglais, et le vieil épicier ne pouvait certainement pas le comprendre. De toute façon, le bruit incessant de la rue l'empêcherait d'entendre la conversation.

« C'est après moi qu'ils en ont, Taylor, pas après Bely. Après moi.

— Calme-toi, Miles.

— Me calmer ? Alors que le garde du corps de ton choix était avec eux.

— Qu'est-ce que tu veux dire ?

— Je veux dire qu'il a rejoint les deux autres, et que...

— OK, je comprends...

— Non, tu ne comprends pas. Tant que tu n'auras pas été traqué par des gangsters russes, tu ne pourras pas comprendre.

— Miles, écoute-moi. Paniquer ne te mènera nulle part. Adresse-toi au plus proche poste de police...

— Pas question ! Je ne fais plus confiance à personne dans ce trou à rats. Ils marchent tous au pot-de-vin. Ou de vodka, si tu préfères. Tu dois m'aider, Taylor. Tu es le seul à qui je puisse faire confiance.

— Qu'est-ce que tu es allé foutre à Saint-Pétersbourg ? Je t'avais dit de garder profil bas. »

Lord rapporta les confidences de Semyon Pachenko.

« Et il a raison, Taylor. J'ai trouvé des trucs...

— Qui peuvent affecter la prétention de Baklanov au trône ?

— Pas impossible.

— Tu dis que Lénine lui-même pensait qu'une partie de la famille royale avait pu échapper au massacre d'Ekaterinbourg ?

— Le sujet l'intéressait. Il y a assez de références manuscrites pour donner à réfléchir.

— Bon sang, il ne manquait plus que ça !

— Écoute, ce n'est probablement rien. Il s'est écoulé près d'un siècle depuis le meurtre de Nicolas II. Si quelqu'un avait dû se manifester... »

À l'audition du nom propre, le vieux avait dressé l'oreille. Lord baissa la voix.

« Mais ce n'est pas mon principal souci, actuellement. Je cherche à rester en vie.

— Où sont les papiers ?

— Sur moi.

— Prends le métro et descends à la station de la place Rouge. Je te retrouve au tombeau de Lénine.

— Pourquoi pas à l'hôtel ?

— Il se peut qu'on nous surveille. Mieux vaut un lieu public. Le tombeau est près d'ouvrir. Il y a des gardes armés un peu partout. Tu y seras en sécurité. Ils ne peuvent pas être tous vendus. »

La paranoïa était de retour. Mais Hayes avait raison. Il fallait l'écouter.

« Attends-moi à l'extérieur du mausolée. J'y serai avec la cavalerie. D'accord ?

— Un seul mot à te dire : grouille-toi ! »

16

8 H 30

Miles Ford descendit dans le métro à une station du nord de la ville. Les rames étaient bondées, la foule mal réveillée et riche en exhalaisons de sueurs mal lavées. Cramponné à l'une des barres verticales, il se laissa bercer par la succession monotone des arrêts. Au moins, dans ce moyen de transport public, personne ne le menaçait. Et tous, dès le matin, paraissaient aussi fatigués qu'il l'était lui-même.

Il retrouva l'air libre au Musée historique, emprunta une rue animée qui le mena tout droit au portail de la Résurrection. Au-delà, commençait la place Rouge. Il jeta, au passage, un regard critique à ce portail reconstruit sous le règne de Staline, après destruction, sur son ordre, du monument original avec ses tours blanches et ses arches de brique rouge du XVIIe siècle.

Les dimensions de la place Rouge lui avaient toujours paru bizarres. Dans les reportages de la télévision communiste, d'habiles prises de vue donnaient de l'étendue pavée à la diable une image grandiose. Presque infinie. En réalité, elle ne dépassait que d'un petit tiers la longueur d'un terrain de football, pour une largeur moitié moindre.

Au sud-ouest, se dressaient les murs imposants du Kremlin. En face, au nord-ouest, s'élevait le GOUM ou grand magasin gouvernemental universel, dont l'immeuble baroque ressemblait davantage à une gare de chemin de fer du XIXe siècle qu'à un bastion du capitalisme. À l'extrémité nord, trônait le Musée historique, avec son toit de tuiles blanches. L'aigle à deux têtes des Romanov remplaçait, à son sommet, l'Étoile rouge déchue. À l'extrémité sud, enfin, la cathédrale Saint-Basile explosait de tous ses pignons géométriques, de tous ses clochetons et de tous ses dômes en forme d'oignon. Plaquée par les lampes à arc contre le fond des nuits moscovites, sa palette versicolore constituait le symbole le plus notoire de la cité.

À chaque bout de la place, des barrières d'acier amovibles prévenaient toute invasion prématurée des piétons. Lord savait que la place leur était interdite, chaque jour, jusqu'à la fermeture du tombeau de Lénine, à treize heures.

Hayes, en tout cas, ne s'était pas trompé. Deux douzaines au moins de *militsia* en uniforme s'échelonnaient autour du monument de granit rouge, tout contre le mur du Kremlin. Une queue se formait, déjà, devant son entrée flanquée, de part et d'autre, d'une rangée d'ifs géants argentés. Contournant la barricade, Lord suivit un groupe de touristes vers le monument. Il boutonna son veston pour se protéger du froid, regrettant amèrement d'avoir abandonné son manteau de laine dans le compartiment de la Flèche rouge que lui et Zivon avaient si brièvement partagé. Les cloches sonnaient dans un proche campanile, à l'intérieur du

Kremlin. Des touristes doublés de volume par leurs doudounes de duvet hypertrophiées, caméra en sautoir, béaient, enchantés, à la ronde. Leurs couleurs voyantes les distinguaient des Russes attachés au gris, au marron et au bleu marine. Même les gants trahissaient les étrangers. Très peu de Russes en portaient, fût-ce au plus fort de l'hiver le plus rude.

Drapé dans une ample capote vert olive, un jeune factionnaire s'approcha de Lord. Il n'était pas armé. Sa fonction était donc purement cérémonielle. Dommage, dans un sens. En cas de complication imprévue, que pourrait-il faire ?

« Vous venez pour la visite ? » s'informa-t-il, dans sa langue.

Bien qu'il eût parfaitement compris, Lord improvisa, des deux mains, un geste d'impuissance.

« Pas russe. Parle anglais. »

Le garde resta de glace.

« Passeport ! »

Lord déplora, mentalement, que sa couleur de peau fût si évidente, et si rare dans ce pays, donc toujours susceptible d'attirer l'attention. Et Taylor Hayes qui n'était nulle part en vue…

« Passeport ! » répéta le garde.

Un de ses collègues le rejoignait, sans se presser. Lord tira de sa poche la pièce exigée, dont la couverture bleue renseignerait tout de suite les deux gardes. Passeport américain. Il le leur présenta, nerveusement. Le passeport lui échappa, tomba sur le sol. Il se baissa pour le ramasser et perçut une sorte de sifflement alors que quelque chose lui frôlait l'oreille droite avant de toucher le garde en pleine poitrine. L'homme eut un hoquet, ses yeux se révulsèrent et il s'écroula sur le trottoir.

En pivotant sur lui-même, Lord repéra une silhouette, à près de cent mètres de là, sur le toit du GOUM. Le tireur épaulait son arme, prêt à tirer de nouveau.

Rempochant son passeport, Lord entreprit de contourner la queue. Il escalada en courant les marches de granit, criant tour à tour, en russe et en anglais :

« Tireur ! Barrez-vous ! »

D'instinct, les touristes se dispersèrent.

Il se rua en avant alors qu'une autre balle ricochait quelque part. Il atterrit brutalement sur le sol carrelé, dans l'entrée du mausolée, et roula sur lui-même, esquivant du même coup un autre ricochet.

Deux gardes se précipitèrent à sa suite. Il leur cria, en russe :

« Tireur sur le toit du GOUM. »

Aucun de ces gardes ne portait une arme, mais l'un d'eux s'engouffra dans un minuscule réduit où il décrocha un téléphone.

Lord recula vers la sortie. À l'extérieur, les gens s'éparpillaient dans toutes les directions. Mais aucun d'entre eux n'était plus en danger. C'était lui, la cible. Le tireur était toujours là-haut, sur le toit du GOUM, debout entre les projecteurs.

Et puis, brusquement, au sud du GOUM, un break Volvo surgit d'une rue de traverse, juste en face de Saint-Basile. Le véhicule stoppa en dérapage contrôlé et deux portières s'ouvrirent. Droopy et Cro-Magnon sortirent avec ensemble et foncèrent vers le tombeau. L'arme au poing.

Une seule voie de retraite possible. Sans hésiter, Lord se lança dans les entrailles du mausolée. Une petite foule s'était agglomérée au pied d'un escalier, la peur au ventre. Il les écarta de l'épaule, vira deux fois sur la droite et atteignit la voûte principale. Il contourna le cercueil en verre de Lénine, sans lui accorder un seul regard. Deux autres gardes le suivirent des yeux, apparemment incapables de le rappeler à l'ordre ou de prononcer une parole. Il escalada, en trombe, des marches de marbre. Parvint à une sortie latérale. Au lieu de repartir vers la droite, vers la place Rouge, il tourna à gauche.

Un rapide coup d'œil par-dessus son épaule : le tireur l'avait repéré, mais l'angle ne lui étant plus favorable, il se déplaçait latéralement. Très vite.

Une zone de verdure s'étendait derrière le mausolée. Un escalier barré par une simple chaîne conduisait au toit terrasse panoramique. Pas question d'y grimper. Profil bas, selon le mot de Taylor Hayes.

Il courut vers le mur du Kremlin. Quand il se retourna, le tireur occupait une nouvelle position, vers l'extrémité de la rampe de projecteurs. Autour de Lord, se dressaient les bustes d'hommes célèbres tels que Sverdlov, Brejnev, Kalinine et Staline.

Deux autres détonations retentirent. Nouveau plongeon vers l'étroit sentier bétonné, à l'abri du tronc d'un des grands ifs argentés, dont une balle fouetta les rameaux serrés, avant de ricocher, à son tour, sur les pierres environnantes. Pas question, non plus, de filer vers le Musée historique. Trop à découvert. Sur la gauche, la masse du mausolée lui offrait un rempart idéal. Mais dans cette direction, subsistait le problème Droopy-Cro-Magnon.

Il tourna quand même à gauche, courant droit devant lui entre les tombes d'anciens leaders du parti. Courbé en deux pour offrir la cible la moins exposée.

D'autres balles marquèrent le mur du Kremlin. L'homme du GOUM était-il si mauvais tireur ? Ou cherchait-il à le pousser dans une direction précise ? Où l'attendaient Droopy et Cro-Magnon ?

Il scruta le terrain, par-delà les obstacles, vers la place Rouge. Les deux affreux l'aperçurent et redémarrèrent à sa rencontre.

Trois cars de police arrivèrent du sud, gyrophares et sirènes en marche. Leur apparition stoppa la course de Droopy et de Cro-Magnon, et Lord s'arrêta, lui aussi, derrière un monolithe anonyme.

Droopy et Cro-Magnon levèrent les yeux vers le toit du GOUM. Le tireur leur adressa un signe de la main, et s'escamota. Les deux hommes se replièrent dans le break Volvo.

Les cars de police envahirent la place en renversant une barrière mobile. Ils déversèrent une horde de flics, tous armés.

Lord jeta un regard circulaire.

D'autres flics approchaient au pas de gymnastique, la capote déboutonnée, poussant devant eux leur respiration condensée en vapeur par le froid intense.

Aucune porte de sortie.

Lord les attendit, mains levées.

Les plus rapides le plaquèrent au sol, et le canon d'un revolver s'enfonça rudement au creux de sa nuque.

17

11 HEURES

Ils l'embarquèrent, menotté, dans un panier à salade. Aucune trace de courtoisie, chez ces policiers. On était en Russie, pas aux États-Unis, et Miles eut soin de n'émettre aucune protestation. Il se contenta de rappeler, en anglais, sa citoyenneté américaine. Et toujours aucun signe de Taylor Hayes, nulle part.

D'après ce qu'il pouvait entendre, du coin de l'oreille, le garde avait été tué net. Deux autres blessés, dont l'un grièvement. Le tireur du GOUM n'avait pas été pris. Il n'avait laissé aucune trace derrière lui. Apparemment, personne n'avait remarqué la présence de la Volvo sur les lieux, ni les initiatives de ses occupants. Il décida de ne rien leur dire avant d'avoir revu Hayes, face à face. Les téléphones du Volkhov étaient évidemment sur écoute, sinon comment expliquer que ces gangsters avaient pu savoir où le trouver ? Ce qui signifiait qu'une certaine faction du gouvernement était à l'origine de tous ces problèmes.

Droopy et Cro-Magnon avaient disparu, eux aussi, sans réclamer leur monnaie.

Il fallait absolument qu'il pût joindre Taylor Hayes.

Son patron saurait que faire. Peut-être quelque élément de la police pourrait-il les aider ? Mais il en doutait. Il n'avait plus aucune confiance en aucun Russe, quelles que fussent ses fonctions.

Sirènes hurlant au maximum, ils le conduisirent directement au QG central. Le haut bâtiment de construction récente se dressait en face de la Moskva et de l'ancienne maison Blanche de la Russie, sur l'autre rive. Ils l'entraînèrent vivement, au troisième étage, jusqu'à un corridor sinistre meublé d'un parterre de chaises au-delà duquel l'attendait l'inspecteur Orleg. Le policier russe replet ne semblait pas avoir changé de costume, depuis leur première rencontre sur la perspective Nikolskaya, auprès du corps d'Artemy Bely.

« Entrez, monsieur Lord, et prenez place », déclarat-il en anglais.

Le bureau était petit et mal entretenu. Entre ses murs crasseux, s'élevaient un bureau de métal noir, un grand classeur et deux sièges. Le sol était carrelé, le plafond taché de nicotine, et il était facile de comprendre pourquoi : Orleg tirait, sans arrêt, sur ses cigarettes turques. Le brouillard bleu était épais, mais il avait l'avantage de couvrir partiellement l'odeur corporelle émanant de l'inspecteur.

Orleg lui fit ôter ses menottes. Les deux flics se retirèrent, les laissant en tête à tête.

« Pas besoin de bracelets, n'est-ce pas, monsieur Lord ?

— Pourquoi suis-je traité comme un criminel ? »

La chaise de l'inspecteur grinça sous son poids. Il avait, comme la première fois, la cravate dénouée sur un col de chemise plus que douteux.

« Vous vous êtes trouvé deux fois sur le théâtre d'une mort violente. Aujourd'hui, celle d'un policier.

— Je n'ai tiré sur personne.

— Mais la violence paraît vous escorter dans tous vos déplacements. Pourquoi ? »

Lord l'aimait encore moins qu'à leur première rencontre. Le Russe avait l'œil mouillé, et louchait quand il lui parlait, avec un mépris ostensible. Lord se demandait ce qui pouvait se passer derrière cette façade glaciale. À supposer qu'il s'y passât quelque chose. Il n'aimait pas, non plus, cette sensation de vertige, dans sa propre poitrine. Était-ce de la peur ? Ou simplement de l'inquiétude ?

« Il faut que je téléphone. »

Orleg alluma une nouvelle cigarette au mégot de la précédente.

« À qui ?

— Ça ne vous regarde pas. »

Un mince sourire s'allia au regard vide.

« Nous ne sommes pas en Amérique, monsieur Lord. Pas de lecture rituelle des droits civiques aux personnes en état d'arrestation.

— Je veux simplement appeler mon ambassade.

— Vous faites partie du corps diplomatique ?

— Non, mais je travaille pour la Commission tsariste, et vous le savez. »

Après un autre sourire tout aussi crispant :

« Voilà qui vous confère certains privilèges ?

— Je n'ai rien dit de pareil. Mais je suis ici à la demande de votre gouvernement et avec son autorisation. »

Le sourire déboucha sur un rire gras.

« Le gouvernement, monsieur Lord ? Pas de gouvernement. Nous attendons le retour du tsar. »

Le ton était indubitablement sarcastique.

« Je suppose que vous avez voté contre ? »

Le sourire disparut.

« Ne supposez rien. Ce sera beaucoup plus sûr. »

L'implication était inquiétante. Mais avant que Lord trouvât la force de protester, le téléphone sonna, sur le bureau de l'inspecteur. Orleg décrocha l'appareil, sans cesser de fumer, à l'aide de sa main libre. Il accepta, en russe, de recevoir la communication.

« Que puis-je faire pour vous ? » s'enquit-il, toujours en russe.

Il y eut une pause, puis :

« J'ai ici le Noir.

Lord redoubla d'attention. Sans rien faire qui pût trahir sa connaissance de la langue. Apparemment, le policier se croyait toujours à l'abri, derrière la barrière linguistique.

« Un garde a été tué. Vos hommes ont échoué lamentablement. Pas de nouveau contrat. Je vous ai déjà dit que la situation aurait pu être gérée beaucoup mieux. Je le répète. Oui, il a eu beaucoup de chance. »

L'interlocuteur était visiblement à la source de tous ses problèmes. Et Lord ne s'était pas trompé au sujet d'Orleg. On ne pouvait pas faire confiance à ce fils de pute.

« Je le garde ici jusqu'à l'arrivée de vos hommes. Plus de fausse manœuvre, cette fois. Plus de gangsters. Je vais le tuer moi-même. »

Lord dut se tenir à quatre pour ne pas se trahir. Une couleuvre glacée ondulait le long de sa colonne vertébrale.

« Ne vous tracassez pas. Il est sous ma surveillance personnelle. Assis juste en face de moi. »

Un nouveau sourire lui tordit la bouche.

« Il ne comprend pas un mot de tout ce que je raconte. »

Nouveau temps d'écoute. Qui propulsa le policier hors de son siège.

« Quoi ? Il parle… »

Levant les deux jambes, Lord projeta le bureau, d'une ruade, contre le mur de derrière. Le meuble, malgré son poids, glissa aisément sur le sol carrelé. La chaise à roulettes de l'inspecteur suivit le mouvement, coinçant le flic entre l'arbre et l'écorce. Lord empoigna le téléphone, l'arracha à sa prise murale, et bondit dans le corridor. Il claqua la porte derrière lui, parcourut le couloir désert et dégringola les marches trois par trois. Jusqu'au rez-de-chaussée. Jusqu'à la rue.

Galvanisé par le froid piquant du matin, il se fondit dans la foule des passants affairés qui encombrait les trottoirs.

18

12 h 30

Hayes se fit déposer sur la colline des Moineaux, et paya le taxi. Le ciel de midi était en métal bruni, avec un soleil qui s'efforçait vaillamment, comme à travers une paroi de Plexiglas teinté, de compenser une bise mordante. La boucle de la Moskva, sous ses yeux, formait une péninsule qui supportait le stade Loujniki. Au loin, vers le nord-ouest, se dessinaient les coupoles d'or et d'argent des cathédrales du Kremlin, noyées dans une brume glacée comme autant de pierres tombales dans un épais brouillard. C'était à partir de ces collines que les conquêtes d'Adolf Hitler, comme celles de Napoléon, avaient été repoussées. En 1917, des groupes clandestins y avaient fomenté parmi les arbres, à l'abri du regard de la police, le complot préparant la chute de l'empereur.

Il semblait, aujourd'hui, qu'une nouvelle génération y préparât le complot inverse.

À sa droite, l'université d'État de Moscou projetait, plus haut que les arbres, la diversité imposante d'une architecture tarabiscotée. Encore un gratte-ciel en gâteau de mariage dû à l'ambition grandiose de

Staline, et destiné à impressionner le monde. Le plus gigantesque de tous ceux qui avaient été construits, après la capitulation, par les prisonniers de guerre allemands. Hayes se souvenait de l'histoire d'un de ces prisonniers qui se serait fabriqué une paire d'ailes, à partir de matériaux jetés au rebut, afin de s'envoler du toit de l'édifice et de pouvoir regagner sa patrie. Tout comme son pays et son führer, il avait échoué dans son entreprise.

Feliks Orleg l'attendait sur un banc, sous le dais que formait, au-dessus d'eux, le feuillage des hêtres. Hayes ne décolérait pas depuis ce qui s'était passé deux heures plus tôt, mais il était bien décidé à ne pas prononcer de paroles inconsidérées. On n'était pas à Atlanta. Ni même en Amérique. Il faisait partie d'une équipe nombreuse dont il représentait, malheureusement, l'échelon supérieur.

Il s'assit à côté d'Orleg et lui demanda, en russe :

« Vous avez retrouvé Lord ?

— Pas encore. Il vous a téléphoné ?

— L'auriez-vous fait à sa place ? Il est évident qu'il ne peut plus me faire confiance. Je lui fixe un rendez-vous, et ce sont des tueurs qui s'amènent. L'idée de base était d'éliminer le problème. Maintenant, le problème se balade sur ses deux jambes, dans les rues de Moscou.

— Pourquoi est-il tellement important de tuer ce type ? Nous sommes en train de gaspiller de l'énergie.

— Ce n'est ni à moi ni à vous d'en décider, Orleg. Notre seule justification, c'est qu'il a mystifié *leurs* tueurs, pas les nôtres. »

La bise soufflait dans la hêtraie, arrachant quelques feuilles au passage. Hayes portait un lourd manteau de laine et des gants fourrés, mais il avait le froid dans la peau, et frissonnait sans cesse.

« Vous avez rendu compte des événements ? » s'informa Orleg.

Hayes sentit passer le vent dans la question de l'inspecteur.

« Pas encore, je ferai ce que je pourrai. Mais ils ne seront pas contents. Vous avez été stupide de me parler en sa présence.

— Comment aurais-je pu savoir qu'il comprenait ce que je disais ? »

Hayes tentait désespérément de conserver son sang-froid, mais ce flic arrogant l'avait placé dans une situation délicate. Les yeux dans les yeux d'Orleg, il articula :

« Écoutez-moi bien. Trouvez-le. Vous comprenez ce que je vous dis ? Trouvez-le. Et tuez-le. Très vite. Plus de coups d'épée dans l'eau. Plus d'excuses. Tuez-le. Un point, c'est tout. »

Orleg ne l'entendait pas de cette oreille.

« J'ai reçu assez d'ordres de votre part. »

Hayes se leva.

« Vous pouvez en parler avec les gens pour qui nous travaillons tous les deux. Je serais heureux de vous envoyer un représentant qui enregistrera vos doléances. »

Le Russe avait reçu le message, cinq sur cinq. Bien que cet Américain occupât une position supérieure par rapport à lui, c'étaient toujours les Russes qui menaient la barque. Des Russes dangereux. Des gens qui ne se gênaient pas pour assassiner des hommes d'affaires, des officiers supérieurs, des personnalités étrangères.

N'importe quel individu susceptible de devenir, avec le temps, un trop gros problème.

Comme par exemple, un inspecteur de police incompétent.

Orleg se leva, à son tour.

« Je trouverai ce maudit *tchornye*, et je le tuerai de mes propres mains. Et puis je vous tuerai peut-être. »

Une rodomontade qui n'impressionna nullement Taylor Hayes.

« Prenez un numéro, Orleg. Vous n'êtes pas le seul à vouloir me régler mon compte. »

Lord se réfugia dans un café. Après son évasion du QG de la police, il avait pris le métro, à la première station disponible, et voyagé sous terre, en empruntant plusieurs correspondances. Remonté à l'air libre, il s'était mêlé à la foule du soir et avait marché plus d'une heure avant de conclure enfin que personne ne le suivait.

La salle du café était bourrée de jeunes gens en jeans délavés et blousons de cuir noir. Le parfum des espressos se mêlait à un épais nuage de nicotine. Assis à une table du fond, il s'efforça de remplir le vide laissé dans son estomac par les deux repas, déjeuner et petit déjeuner, qu'il avait sautés, en raison des circonstances. Mais un plat de bœuf Stroganov ne fit rien pour arranger les choses. Au contraire.

Il avait bien jugé l'inspecteur Orleg. Pas étonnant, d'ailleurs, que les autorités fussent de la partie. Les lignes téléphoniques de l'hôtel Volkhov étaient évidemment sur écoute. Mais qui était le correspondant d'Orleg, au téléphone ? Tout ça était-il relié à la Commission tsariste ? Sans doute. Mais comment ? Peut-être le soutien apporté au prétendant Stefan Baklanov par un consortium d'investisseurs américains était-il perçu comme une menace ? Mais leur commandite n'était-elle pas censée demeurer secrète ? Et la majorité des Russes ne reconnaissaient-ils pas en Baklanov le seul vrai survivant de la lignée des Romanov ? Un récent sondage lui accordait plus de cinquante pour cent du soutien populaire. Était-ce là que résidait la menace ? Indubitablement, la mafia avait son mot à dire. Droopy et Cro-Magnon en constituaient la preuve. Quelle avait été la conclusion d'Orleg ? « Plus de gangsters. S'il le faut, je le tuerai moi-même. »

La racaille disposait de liens solides à l'intérieur du gouvernement. La politique russe était aussi chaotique que la façade du palais à Facettes. Les alliances changeaient à tout bout de champ. La seule alliance indissoluble était avec Sa Majesté le rouble. Ou plus exactement, le dollar. Il fallait absolument qu'il quitte le pays.

Mais comment ?

Par bonheur, il avait toujours son passeport, ses cartes de crédit, et une certaine somme en liquide. Il disposait aussi des renseignements qu'il avait découverts aux archives. Mais quelle importance, à présent ? Rester en vie demeurait sa priorité. À condition qu'il pût trouver de l'aide.

À qui s'adresser ?

Sûrement pas à la police !

Peut-être à l'ambassade des États-Unis. Mais ce serait le premier endroit qu'ils placeraient sous surveillance. Sans aucun doute. Jusque-là, les salopards s'étaient matérialisés dans le train de Saint-Pétersbourg et sur la place Rouge. Deux endroits où personne d'autre que lui-même n'aurait pu deviner sa présence.

Excepté Hayes.

Où était-il ? Son patron devait savoir, depuis belle lurette, ce qui lui était arrivé. Peut-être parviendrait-il à le joindre ? Il avait des tas de relations avec le gouvernement russe, mais réaliserait-il, à temps, que les téléphones du Volkhov étaient sur écoute ? Peut-être le savait-il déjà ?

Il but un thé chaud qui apaisa ses douleurs stomacales, et se demanda ce que le révérend aurait fait, dans une telle situation. Curieux qu'il pensât à son père, mais Grover Lord avait toujours été très fort pour se sortir des pétrins les plus noirs. Sa langue acérée lui avait causé de nombreux ennuis, auxquels il avait toujours fait face en se référant avec aplomb au bon Dieu et au doux Jésus. Non ! Dans les circonstances présentes, une langue bien pendue ne saurait lui être réellement utile.

Alors, quoi ?

Il regarda autour de lui. Pressés l'un contre l'autre, deux très jeunes gens, à la table voisine, lisaient ensemble le journal. Il remarqua la composition de la une, et s'efforça, à courte distance, de déchiffrer une partie de l'éditorial.

En ce troisième jour du programme initial, avaient émergé cinq noms de prétendants possibles. Baklanov arrivait toujours en tête, mais deux autres branches de la famille Romanov faisaient valoir des liens de sang beaucoup plus étroits avec Nicolas II. La procédure de nomination n'aurait lieu que dans deux jours, mais la controverse croissait en intensité, entre les candidats au trône et les avocats chargés de leur défense.

Le sujet revenait aussi, sporadiquement, dans les conversations environnantes. Tous semblaient estimer à sa juste valeur l'événement en gestation et, chose qui ne laissait pas de surprendre Miles, la tendance de la jeune classe était de soutenir ce rétablissement d'une monarchie fondée sur des principes modernes et nouveaux. Avaient-ils entendu leurs grands-parents évoquer le temps des tsars ? Le Russe typique aimait voir son pays comme une nation forte animée de grands desseins, mais il se demandait si une autocratie avait quelque chance de fonctionner au XXIe siècle. Le facteur le plus favorable, conclut Lord, c'était que la Russie représentait sans doute le dernier endroit sur terre où une nouvelle forme de monarchie possédât une bonne chance de fonctionner.

Mais son problème était beaucoup plus immédiat.

Il ne pouvait pas descendre dans un hôtel. Les fiches étaient toujours transmises aux autorités, chaque soir, par la direction des établissements patentés. Attraper un train ou un avion ? Aéroports et gares de départ seraient surveillés. Il ne pouvait pas non plus louer une voiture sans un permis russe. Encore moins rentrer au Volkhov. Il était pris au piège. Le pays tout entier était désormais sa prison. Non, il n'y avait que l'ambassade américaine. Là, il trouverait des gens qui l'écouteraient, le conseilleraient, le sauveraient. Mais il ne pouvait pas leur téléphoner. Ces lignes-là, comme celles du Volkhov, seraient sur écoute. Peut-être même l'étaient-elles en permanence ? Pas impossible, après tout. L'Amérique avait bien eu son Watergate. Il lui fallait quelqu'un qui pût établir le contact à sa place, et quelqu'un d'autre pour le recueillir jusque-là.

À force d'observer les journaux déployés autour

de lui, il remarqua la pub du cirque de Moscou, qui promettait merveilles à tous et à leurs familles, aux séances programmées chaque jour à six heures.

Il consulta sa montre. Cinq heures un quart.

Il se remémora les cheveux blonds ébouriffés, le petit visage têtu d'Akilina Petrovna. Elle l'avait impressionné par son courage et son mépris des convenances. Elle lui avait probablement sauvé la vie. Et sans en faire une histoire. Elle détenait toujours sa serviette de cuir qu'elle avait promis de mettre de côté à son intention.

Pourquoi pas ?

Il se leva. Marcha vers la sortie. Inopportune, une idée le stoppa, à deux pas de la rue. Il allait bel et bien demander à une femme de l'aider à se sortir d'une situation inextricable.

Exactement comme l'avait fait, plus d'une fois, Grover Lord, son père.

19

MONASTÈRE DE LA TRINITÉ
ET DE SAINT-SERGE

SERGYEV POSAD – 17 HEURES

Hayes roulait à quatre-vingt-dix kilomètres au nord-ouest de Moscou, sur la route du lieu le plus sacré de toute la Russie. Il connaissait son histoire. La construction, en pleine forêt, de cette étrange forteresse au dessin irrégulier remontait au XIVe siècle. Cent ans après, les Tartares l'avaient assiégée et pillée. Au XVIIe siècle, les Polonais avaient tenté, vainement, d'abattre les murs du monastère. Pierre le Grand s'y était réfugié au cours d'une révolte qui avait troublé la première partie de son règne. À présent, c'était un but de pèlerinage aussi sacré, pour des millions de Russes orthodoxes, que le Vatican pour les catholiques. Saint Serge y reposait dans un sarcophage d'argent, et bien des fidèles traversaient tout le pays pour la joie ineffable de baiser sa tombe.

Il arriva alors que le site allait fermer pour la nuit. Les trois autres membres de la chancellerie secrète avaient décidé que Hayes et Lénine se chargeraient de la démarche initiale. Le patriarche apprécierait mieux les risques, s'il savait qu'un haut officier russe était prêt à jouer sa réputation dans l'aventure.

Hayes regarda Lénine lisser son manteau de laine grise sur sa silhouette décharnée et nouer une écharpe beige autour de son cou. À peine si, en cours de route, ils avaient échangé trois paroles. Mais chacun des deux savait ce qu'il avait à faire.

Un prêtre à la barbe frisée, vêtu de noir, les attendait au grand portail tandis qu'une procession ininterrompue de pèlerins passait près de lui, en silence. Le prêtre les conduisit directement à l'intérieur des murs de la cathédrale de l'Assomption. De nombreux cierges en éclairaient l'intérieur, projetant à travers la nef des ombres mouvantes sur les icônes exposées au-delà du maître-autel, alors que des frères s'affairaient à la fermeture du sanctuaire pour la nuit.

Ils suivirent le prêtre jusqu'à une salle souterraine. On les avait informés que la rencontre aurait lieu dans la crypte de Tous les Saints bienheureux, l'endroit où le patriarche de l'Église orthodoxe russe reposait enterré. La voûte était splendide, les murs et le sol recouverts d'un marbre gris pâle. Un lustre de fer forgé baignait le plafond voûté d'une faible lumière. Des croix d'argent, des candélabres de fonte et des icônes peintes ornaient les tombeaux sculptés.

L'homme agenouillé devant le plus éloigné de l'entrée avait au moins soixante-dix ans. Son crâne étroit était clairsemé de mèches de cheveux gris. Une moustache et une barbe épaisse recouvraient ses joues rubicondes. Un appareil d'aide auditive saillait de son oreille, et de nombreuses taches de vieillesse émaillaient ses mains jointes en prière. Hayes l'avait déjà vu en photo, mais c'était la première fois qu'il rencontrait, en chair et en os, Sa Sainteté le patriarche Adrian, chef apostolique de l'Église orthodoxe russe millénaire.

Le prêtre qui les avait accompagnés se retira. Le bruit de ses pas décrut dans la cathédrale.

Une porte se referma, au-dessus d'eux.

Le patriarche se signa et se retourna vers eux.

« Fort aimable à vous, messieurs, d'être venus jusqu'ici. »

Lénine se présenta, ainsi que Taylor Hayes.

« Je vous connais bien, général Ostanovitch. On m'a informé que je devais vous écouter afin de juger des mérites de votre discours.

— Nous apprécions beaucoup votre acceptation, dit Lénine.

— J'ai pensé que cette crypte serait le meilleur endroit pour notre rencontre. Absolument aucun danger d'être entendus. La terre elle-même nous y protège des oreilles indiscrètes. Et les âmes des grands hommes enterrés ici, mes prédécesseurs, ne manqueront pas de m'inspirer la réponse adéquate. »

Cette déclaration ne dupa nullement Taylor Hayes. La proposition qu'ils étaient venus faire n'était pas de celles qu'un homme dans la position d'Adrian pût se permettre de rendre publique. Ce serait une chose d'en bénéficier largement, une autre de participer à une machination ténébreuse, à plus forte raison pour un homme réputé très au-dessus de la politique.

« Je me demande, messieurs, pourquoi je devrais même considérer un seul instant votre proposition. Depuis la fin de la « grande interruption », mon Église a bénéficié d'une résurgence sans précédent. Plus de soviets, plus de persécutions ni de contraintes. Nous avons baptisé des dizaines de milliers de nouveaux fidèles, et nos églises sont ouvertes chaque jour. Bientôt, nous serons revenus au point où nous en étions, juste avant l'arrivée des communistes.

— Mais vous pourriez en tirer un bénéfice encore plus grand », déclara Lénine.

Les yeux du vieil homme brillaient comme des tisons dans un feu en voie d'extinction.

« C'est précisément cette possibilité qui m'intrigue… Expliquez-vous.

— Une alliance avec nous assurerait votre place auprès du nouveau tsar.

— Mais tout nouveau tsar n'aura pas d'autre choix que de travailler avec l'Église. Le peuple l'exigera en priorité.

— Nous vivons dans une ère nouvelle, patriarche. Une campagne de relations publiques peut causer plus de dommages qu'une police répressive. Pensez-y. Le peuple crève de faim, mais l'Église continue d'ériger des monuments dorés. Vous paradez dans des robes brodées, mais jetez l'anathème quand les fidèles s'abstiennent de soutenir leur paroisse par de riches contributions. Quelques scandales bien exploités annihileraient le regain dont vous jouissez actuellement. Quelques-uns de nos associés contrôlent les principaux médias, journaux, radio, télévision, et disposent donc d'un pouvoir considérable.

— Général, je suis choqué qu'un homme de votre valeur puisse s'abaisser à émettre de telles menaces. »

Les mots étaient forts, mais la voix très calme. La rebuffade ne troubla nullement Lénine.

« Les temps sont difficiles, patriarche. Il y a tant de

choses en jeu. Les militaires ne sont pas assez payés pour se nourrir, et moins encore leurs familles. Beaucoup d'invalides et de vétérans mutilés au combat ne reçoivent aucune allocation. Rien que l'année dernière, cinq cents officiers se sont suicidés. Une armée qui jadis a fait trembler le monde est réduite à rien. Notre gouvernement a saboté l'image de l'armée. Je doute, Votre Sainteté, que tous nos missiles soient encore en mesure de quitter leurs silos. La nation est sans défense. Nous devons notre salut au fait que, jusqu'ici, tout le monde l'ignore. »

Le patriarche pesait soigneusement les termes de la diatribe.

« En quoi mon Église pourrait-elle changer cet état de fait ?

— Le tsar aura besoin du soutien sans réserve de l'Église.

— Il l'aura, de toute manière.

— Par soutien sans réserve, j'entends tous les moyens d'influencer et de diriger l'opinion publique. La presse doit être libre, en principe, le peuple admis à exprimer son désaccord, dans des proportions raisonnables. Tout le concept du nouveau tsarisme sera de rompre avec un passé oppressif. Votre Église saura se montrer fort utile pour la préservation d'un gouvernement stable autant que durable.

— Ce que vous voulez dire, en vérité, c'est que vos associés, comme vous dites, ne veulent pas risquer une opposition déclarée de l'Église à l'ensemble de leurs projets. Je ne suis pas ignorant, mon général. Je sais que la mafia appartient à votre coalition. Sans parler des sangsues de l'actuel gouvernement qui ne valent pas beaucoup mieux. Vous, mon général, c'est une chose. Eux, c'en est une autre, et fort différente. »

Hayes savait que le vieil homme avait raison. Les ministres du gouvernement étaient presque tous à la solde de la mafia. La corruption était une méthode courante d'administration des affaires publiques. Il se permit donc d'intervenir :

« Vous préféreriez conserver les communistes ? »

Le patriarche lui fit face.

« Qu'est-ce qu'un Américain peut savoir de tout ce qui est spécifiquement russe ?

— Mon job depuis bientôt trente ans consiste à comprendre ce pays, répondit Hayes. Je représente un énorme conglomérat d'investisseurs américains. Des compagnies qui ont des millions de dollars en jeu, des compagnies qui pourraient également apporter de substantielles contributions à l'ensemble de vos paroisses. »

Un large sourire plissa le visage ridé du vieil homme !

« Les Américains pensent donc que l'argent peut tout acheter ?

— Ce n'est pas votre avis ? »

Adrian s'approcha d'un des tombeaux, mains jointes, le dos tourné à ses deux visiteurs.

« Une quatrième Rome !

— Pardon ? s'étonna Lénine.

— Une quatrième Rome. C'est ce que vous proposez. Au temps d'Ivan le Grand, Rome, où siégeait le premier pape, était déjà tombée. Puis Constantinople, où siégeait le pape oriental, s'est également écroulée. Ensuite, Ivan a proclamé que Moscou serait la troisième Rome. Le seul endroit sur terre où l'Église et l'État ne formaient qu'une seule entité politique. Commandée par lui, bien sûr. Il avait prédit qu'il n'y en aurait pas une quatrième. »

Le patriarche revint vers les deux visiteurs.

« Ivan le Grand épousa la dernière princesse byzantine dont il détourna l'héritage au profit de la Russie. Après la reddition de Constantinople devant les Turcs en 1453, il proclama Moscou centre séculaire de la chrétienté. Un coup de maître qui lui permit de se déclarer chef suprême de l'union éternelle entre l'Église et l'État, en se parant de toute la majesté sacrée d'un prêtre roi universel imbu de l'autorité divine. À partir d'Ivan, tous les tsars furent considérés comme directement promus par Dieu à la dignité de guide spirituel des chrétiens du monde entier, astreints à l'obéissance. Une autocratie d'origine divine qui combinait Église et dynastie en un seul héritage impérial. Tout a bien marché durant plus de quatre cent cinquante ans. Jusqu'à Nicolas II, quand les communistes ont assassiné le tsar et dissous l'union de l'Église et de l'État... Et soudain, aujourd'hui, une réémergence ? »

Lénine avait retrouvé le sourire.

« Mais cette fois, Votre Sainteté, l'union ira beaucoup plus loin. Ce que nous vous proposons, c'est une synthèse de toutes les entités existantes, y compris l'Église. Selon votre mot, en effet, une quatrième Rome.

— Mafia incluse ?

— Nous n'avons pas le choix. Ils ont le bras trop long. Avec le temps, ils pourront se réadapter à une société plus équilibrée.

— C'est trop espérer. Ils rançonnent le peuple. Leur rapacité est largement responsable de notre situation actuelle.

— Je le conçois clairement, Votre Sainteté. Mais nous n'avons pas vraiment le choix. Heureusement que les mafias, pour l'instant du moins, ont décidé de collaborer à l'œuvre commune. »

Hayes saisit la balle au rebond.

« Nous pourrons également gérer votre problème de relations publiques. »

Le patriarche haussa les sourcils.

« J'ignorais que mon Église eût un tel problème.

— Parlons franc, Votre Sainteté. Si vous n'aviez pas ce problème, nous ne serions pas là, sous la cathédrale orthodoxe la plus sacrée de Russie, à comploter en faveur de la restauration de l'empire.

— Poursuivez, monsieur Hayes, je vous prie. »

Hayes s'exécuta. Le patriarche Adrian commençait à lui plaire. Au-delà de son personnage religieux, c'était sans doute un homme essentiellement pratique.

« La fréquentation des églises est au plus bas. Peu de Russes ambitionnent de voir leurs enfants devenir prêtres. Moins encore sacrifient régulièrement au denier du culte. Vos rentrées d'argent sont à un niveau critique. Vous êtes également menacés d'une guerre intestine. D'après ce que j'ai entendu dire, de nombreux prêtres et évêques sont favorables à l'instauration de l'orthodoxie en religion nationale. Eltsine s'y est opposé, puis a laissé émerger une version édulcorée. Par nécessité pure et simple. Les États-Unis lui auraient coupé les vivres, si les persécutions avaient recommencé. Sans approbation gouvernementale, votre Église risque le naufrage.

— Je n'irai pas jusqu'à nier qu'il existe une menace de schisme entre les modernes et les ultratraditionnalistes ».

Hayes continua sur sa lancée :

« Les missionnaires étrangers sapent vos fondements. Des ministres du culte sillonnent l'Amérique, en quête de Russes convertis. N'est-il pas vrai que cette dissension théologique crée de sérieux problèmes ? Dur de préserver la fidélité du troupeau quand d'autres prêchent des alternatives.

— Malheureusement, nous autres Russes avons toujours été mal à l'aise, en présence de ce que vous appelez des alternatives.

— Quelle a été, plaisanta Lénine, la première élection démocratique ? Sinon le jour où Dieu, ayant créé Adam et Ève, a conseillé au pauvre Adam de se choisir une femme ? »

Le patriarche sourit. Hayes reprit doucement :

« Ce que Votre Sainteté désire, c'est la protection de l'État sans la répression de l'État. Vous voulez l'orthodoxie, à condition d'en garder le contrôle. C'est précisément le luxe que nous vous offrons.

— Ce qui veut dire ? »

Lénine énuméra posément :

« Vous, en tant que patriarche, resterez à la tête de votre Église. Le nouveau tsar revendiquera ce même grade, mais il n'y aura aucune interférence avec l'administration de l'Église. En fait, le tsar encouragera le peuple à suivre la religion orthodoxe. Comme les Romanov l'ont toujours fait, surtout Nicolas II. Une attitude conforme à la philosophie russe nationale que le nouveau tsar va préconiser. En retour, vous vous assurerez que l'Église conserve une position pro-tsariste et soutienne le gouvernement, quoi qu'il fasse. Vos prêtres devront rester nos alliés. Ainsi, l'Église et l'État marcheront la main dans la main, mais les masses n'auront pas à le savoir. La quatrième Rome, modifiée par une réalité nouvelle. »

Le vieil homme se taisait. Réfléchissait intensément.

« Très bien, messieurs, vous pouvez considérer mon Église à votre entière disposition.

— Une décision rapide ! remarqua Hayes.

— Pas le moins du monde. Je n'ai pas pensé à autre chose depuis votre prise de contact. Je voulais, simplement, vous parler face à face et pouvoir juger mes futurs alliés. Je suis pleinement satisfait. »

Et Lénine, et Taylor Hayes accusèrent réception du compliment.

« Mais je vous demande de me réserver tout contact ultérieur en la matière.

Lénine s'inclina.

« Aimeriez-vous qu'un de vos représentants assiste à toutes nos réunions ? Une latitude que nous vous accorderions volontiers. »

Adrian opina du bonnet.

« Je vais désigner un prêtre. Lui et moi nous serons les seuls dans la confidence. Je vous communiquerai prochainement son identité. »

20

MOSCOU
17 H 40

Alors que Miles Lord sortait du métro, la pluie cessa. Elle avait généreusement arrosé le boulevard Tsvetnoy, qu'une nouvelle baisse de la température recouvrait d'un épais manteau de brume. Lord, dont la tenue légère détonnait dans une foule enveloppée de laine et de fourrure, portait une simple veste. Il était heureux que la nuit fût tombée. Nuit et brume lui offraient un camouflage efficace.

Il se laissa porter par le flot humain vers l'établissement ouvert de l'autre côté de la rue. Il savait que le cirque de Moscou, l'un des premiers spectacles au monde, était très apprécié des touristes. Il y était venu lui-même, des années auparavant, admirer les chiens dressés et les ours danseurs.

Plus que vingt minutes avant le début de la représentation. Peut-être, à l'entracte, pourrait-il joindre Akilina Petrovna. Lui faire passer un message. Sinon, ce serait après la fin du spectacle. Sans doute accepterait-elle d'entrer en contact avec l'ambassade américaine.

Ou d'aller informer Taylor Hayes, à l'hôtel Volkhov. Et de lui permettre d'attendre, quelque part au chaud, la suite des événements.

Il se dirigeait vers une des caisses afin d'acheter son ticket d'entrée quand une voix cria, dans son dos :

« *Stoï !* »

C'est-à-dire « Arrête ! »

Il continua, sans se retourner, à se frayer un chemin parmi la foule.

La voix répéta :

« *Stoï !* »

Il jeta un rapide coup d'œil par-dessus son épaule. Un policier s'approchait, bras levé, regard fixé sur le seul Noir présent au cœur du public. Lord pressa le pas. Il fendit, au prix de quelques protestations, la queue des futurs spectateurs en attente. Le bus d'une agence de voyages déchargeait une troupe de Japonais excités dont l'arrivée augmenta la pagaille. Lord poussa, avec eux, jusqu'à la caisse la plus proche. Un bref coup d'œil en arrière. Le policier n'était plus en vue.

Peut-être s'était-il seulement imaginé que le policier en avait après lui ?

Tête baissée, il acheta son ticket. Dix roubles. Puis se précipita dans la salle, en souhaitant ardemment la présence d'Akilina Petrovna.

Akilina enfila son costume. La loge collective connaissait son agitation coutumière. Les artistes entraient et sortaient, s'habillaient pour la piste. Aucun d'entre eux n'avait droit à sa loge personnelle. Un luxe qu'elle n'avait vu que dans des films américains qui dépeignaient la vie du cirque comme une grande aventure romanesque

Elle avait peu dormi la nuit précédente et se sentait fatiguée. Le voyage Saint-Pétersbourg-Moscou avait été intéressant, pour le moins, et elle ne cessait de penser à Miles Lord. Elle lui avait dit la vérité. Avant lui, elle n'avait jamais vu un seul Noir dans ce train. Mais il ne lui avait inspiré aucune crainte. Peut-être parce que la peur qui le hantait l'avait désarmée.

Lord ne correspondait à aucune des descriptions stéréotypées prodiguées à l'école par les instituteurs, au sujet des méfaits hideux dont la race noire se rendait coupable. Elle n'avait pas oublié les commentaires de l'époque sur leurs cerveaux inférieurs, leurs systèmes immunitaires déficients, leur incapacité à se gouverner eux-mêmes. Que l'Amérique les eût réduits à l'esclavage était un aspect, parmi d'autres, de la faillite du capitalisme. Elle avait même vu, au cinéma, des scènes de lynchage où les bourreaux portaient d'affreuses robes blanches et des sortes de cagoules pointues, afin de pouvoir jouir du spectacle sans montrer leur visage.

Miles Lord n'avait rien de commun avec ces horreurs. Sa peau avait la couleur des eaux de la Voïna, quand elle allait voir sa grand-mère, étant gosse. Ses cheveux étaient courts et bien coiffés, son corps mince et musclé. Il se comportait avec une courtoisie de grand style, parlant d'une voix douce, un peu rauque, agréable à entendre. L'aide qu'elle lui avait apportée, en l'autorisant à finir la nuit dans son compartiment, semblait l'avoir surpris de la part d'une femme. Elle espérait que sa sophistication n'était pas uniquement apparente, car il l'avait vraiment beaucoup intéressée.

À Moscou, elle avait vu les trois types qui le pour-chassaient ressortir de la gare et monter dans une Volvo garée le long du trottoir. Elle avait eu beau-coup de mal à tasser l'attaché-case de Miles Lord dans son sac de voyage, mais elle avait songé, au dernier moment, qu'il risquait de la faire repérer.

Toute la journée, elle s'était interrogée au sujet de cet inconnu. Les hommes, en général, n'avaient tenu qu'un rôle très restreint dans sa vie passée. Le cirque jouait presque tous les soirs. Et, en été, on y donnait deux représentations par jour. Et puis il y avait les tournées. En Russie et dans toute l'Europe et même une fois à New York, au Madison Square Garden. Pas de place pour un homme, à part un dîner occasion-nel ou les conversations à bâtons rompus des longs voyages en train et en avion.

Elle approchait de la trentaine et n'était plus très sûre de vouloir se marier. Son père avait toujours souhaité qu'elle se stabilisât, qu'elle abandonnât le métier pour fonder une famille. Mais les mariages de ses amies l'en avaient dissuadée. Travailler dans une usine ou un magasin, rentrer à la maison pour tra-vailler encore aux nécessités du ménage, cette routine répétitive, jour après jour, ne l'avait jamais tentée. Les soviets avaient beau décrire la femme russe comme la plus libérée du monde, il n'existait aucune égalité entre les sexes. Et le mariage n'y changeait pas grand-chose. Maris et femmes travaillaient séparément, à des heures différentes. Même leurs vacances tombaient rarement ensemble. Pas étonnant que deux mariages sur trois se terminent par un divorce et que la plupart des couples n'aient qu'un seul enfant. Pas assez de temps ni d'ar-gent pour en faire davantage. Non, cette vie ne lui avait jamais semblé souhaitable. Comme le répétait sa grand-mère : « Pour bien connaître une personne, il faut partager le sel avec elle. »

Devant le miroir, elle mouilla ses cheveux, réunit ses nattes humides en un chignon compact. Elle se maquillait peu, juste assez pour contrebalancer la lumière crue des projecteurs. Elle avait un teint de blonde et les yeux bleus de sa maman slave. Quant à son talent, elle l'avait hérité de son père, un ancien trapéziste volant aujourd'hui décédé.

Par bonheur, son succès auprès des amateurs de cirque leur avait permis, à lui et à sa famille, d'obtenir un appartement confortable, des rations supérieures à la moyenne et une garde-robe de meilleure qualité. Les arts avaient toujours tenu une place de choix dans la propagande communiste. Le cirque, avec le ballet et l'opéra, constituait, depuis des décennies, un bon produit d'exportation. En plus de la volonté sous-jacente de démontrer au monde que Hollywood et Broadway ne possédaient pas le monopole du show-biz.

À présent, toute la troupe faisait de l'argent et jouissait d'un bon statut. Le cirque appartenait à un conglomérat moscovite qui s'entendait à promener ses attractions à travers le monde. Avec pour objectif le rapport financier plutôt que la propagande. Akilina touchait un salaire décent, luxe rare dans cette Russie postsoviétique. Mais dès qu'elle ne pourrait plus s'envoler du tremplin avec sa grâce coutumière, elle irait rejoindre les millions de chômeurs qui végétaient dans ce pays. Raison pour laquelle elle soignait jalousement sa forme physique, programmait soigneusement son régime et ses heures de sommeil. La nuit passée avait été la première, depuis un bout de temps, où elle n'avait pas dormi ses huit heures réglementaires.

Elle pensait toujours à Miles Lord.

Plus tôt, à son appartement, elle avait ouvert l'attaché-case. Elle se souvenait de l'avoir vu empocher des papiers, mais espérait y trouver quelque chose qui pût lui en apprendre un peu plus sur la valeur humaine d'un homme qu'elle trouvait fascinant. Mais il n'y avait là qu'un carnet de notes vierge, trois stylos à bille, quelques cartes de l'hôtel Volkhov et un billet d'avion de Moscou à Saint-Pétersbourg, daté de la veille.

Miles Lord, avocat, au service de la Commission tsariste.

Peut-être seraient-ils appelés à se revoir ?

Lord assista patiemment à la première partie de la représentation. Aucun policier ne l'avait suivi dans la salle ou du moins, aucun uniforme présent. Aucun flic en civil non plus. Jusqu'à preuve du contraire. La salle était impressionnante. Les gradins s'étendaient en demi-cercle autour d'une piste aux couleurs vives. Deux milliers de personnes, environ, enfants et touristes pour la plupart, occupaient les sièges capitonnés de rouge, tous attentifs aux moindres gestes des artistes. L'ensemble avait quelque chose de surréaliste, et les antipodistes, les dresseurs de chiens, les clowns, les jongleurs, les trapézistes étaient parvenus à distraire efficacement Miles Lord de ses préoccupations.

À l'entracte, il décida de ne pas bouger de sa place. À quoi bon risquer d'attirer l'attention ? Il était assis au premier rang, tout près de la piste. Peut-être Akilina Petrovna s'aviserait-elle de sa présence, dès son entrée ?

Une cloche sonna. Une voix annonça le commencement de la deuxième partie. Il parcourut une fois de plus, du regard, la totalité de l'hémicycle.

Un visage l'accrocha, au passage.

L'homme était à l'autre bout des gradins, en pantalon de jean et veste de cuir noir. C'était le type au complet beige des archives de Saint-Pétersbourg. Il occupait le centre d'un groupe de touristes armés d'appareils photo, avides de brûler de la pellicule.

Le cœur de Lord accéléra ses battements. Qui était cet homme ?

Puis il aperçut Droopy qui entrait sur la gauche, quelque part entre lui et son autre problème. Sa tignasse noire gominée, sa ridicule queue-de-cheval brillaient dans les lumières. Il portait un chandail fauve sur un pantalon gris foncé.

Baisse des lumières au-dessus des gradins. Musique tonitruante. Lord se redressa, prêt à partir. Mais au sommet de l'allée, à moins de vingt mètres de lui, se tenait Cro-Magnon, un sourire figé sur sa face grêlée.

Lord se tassa sur son siège. Aucune chance de leur échapper.

Le premier numéro après l'entracte était celui d'Akilina Petrovna. Elle bondit sur la piste, les pieds nus, en collant bleu orné de sequins. Elle prit son élan, au son de la musique, et exécuta, aérienne, une figure acrobatique. Les applaudissements crépitèrent.

Une vague de panique submergea Miles Lord. Il chercha Cro-Magnon du regard, et vit qu'il était toujours à la même place, en haut de l'allée. Mais quand il retrouva Droopy, le monstre au visage taillé à coups de serpe avait réduit d'une petite moitié la distance qui les séparait. Il trônait à présent au milieu de la rangée. Ses yeux très noirs, des yeux de prédateur, songea Lord, ne le quittaient pas. Les yeux du chasseur juste avant l'hallali. Il avait la main droite enfoncée dans la poche de sa veste. Probablement crispée sur la crosse d'un revolver.

Akilina Petrovna exécutait à présent, sur la poutre horizontale, de gracieuses figures exigeant un grand sens de l'équilibre. La musique s'adoucit alors qu'elle décrivait une sorte d'arabesque. Le moindre de ses mouvements était un chef-d'œuvre de grâce athlétique. Lord ne la quittait pas des yeux, l'exhortant de toutes ses forces, en silence, à le regarder.

Et leurs regards se croisèrent. Il comprit qu'elle l'avait reconnu et vit apparaître une lueur d'émotion dans ses yeux. Peur ? Plaisir ? Avait-elle également repéré la sale gueule de l'homme assis non loin de là ? Lu la terreur dans ses propres yeux ? Si tel était le cas, elle ne se laissa aucunement distraire de sa concentration. Elle continua d'enchanter l'assistance avec une danse acrobatique qui la fit atterrir, un saut périlleux plus tard, sur les agrès.

Elle y décrivit deux roues successives, puis bondit à bas de la poutre. La foule applaudit alors que deux clowns entraient à leur tour, chevauchant de minuscules bicyclettes, tandis que deux garçons de piste emportaient la poutre, Lord décida qu'il n'avait pas le choix. Il jaillit de son siège et sauta sur la piste, interceptant la trajectoire d'un des clowns, qui protesta d'un solo de klaxon. Rires et applaudissements reprirent de plus belle. Les spectateurs devaient s'imaginer qu'il faisait partie du numéro.

Il regarda à gauche et vit se lever, en même temps, Droopy et l'inconnu de Saint-Pétersbourg. D'un élan, il passa derrière le rideau, se heurtant immédiatement à Akilina Petrovna.

« Il faut absolument que je sorte d'ici ! » lui lança-t-il, en russe.

Elle l'empoigna par le bras, l'entraîna plus avant dans les coulisses, au-delà d'une cage remplie de caniches blancs.

« J'ai vu ces types. Vous êtes en danger, Miles Lord.

— À qui le dites-vous ! »

Ils dépassèrent une équipe de cascadeurs qui préparait son entrée. Aucun d'entre eux ne leur accorda la moindre attention.

« Il faut que je me planque quelque part, haleta-il. On ne peut pas courir éternellement. »

Elle l'introduisit dans un local encombré, aux murs tapissés de vieilles affiches. Une odeur d'urine et de pelage humide flottait dans l'air. Des portes s'ouvraient de chaque côté du corridor.

Elle poussa l'un des battants.

« Ici ! »

Ce n'était qu'un placard contenant des balais et des serpillières. Juste assez grand pour qu'il pût s'y tenir debout.

« Restez là jusqu'à ce que je revienne. »

La porte se referma.

Dans l'obscurité, il tenta de reprendre son souffle. Des pas résonnaient, dans les deux directions. Il ne pouvait pas y croire. Le flic qui l'avait interpellé s'était empressé d'alerter Orleg. Droopy, Cro-Magnon, Zivon, Orleg, c'était la même bande. Aucun doute possible. Que pouvait-il faire ? La moitié du boulot d'un bon avocat consistait à mettre ses clients en garde contre les initiatives dangereuses. Il aurait dû écouter ses propres conseils. Il fallait qu'il sorte de ce pays, au plus vite.

La porte se rouvrit.

Dans la lumière chiche du couloir, il discerna trois visages.

Il ne reconnut pas le premier, mais l'homme tenait un long couteau sur la gorge de Droopy. Le troisième visage était celui de l'homme qu'il avait croisé aux archives de Saint-Pétersbourg. Il braquait un revolver dont le canon le menaçait.

Puis il vit Akilina Petrovna.

Elle se tenait, calmement, auprès de l'homme au revolver.

DEUXIÈME PARTIE

21

« Qui êtes-vous ? bégaya Lord. Qu'est-ce que... »

L'homme armé l'interrompit.

« Pas le temps d'expliquer, monsieur Lord. Il faut qu'on file en vitesse. »

Lord hésitait. L'homme continua :

« On ne sait pas combien ils peuvent être. Nous ne sommes pas vos ennemis, monsieur Lord. Lui, si. »

Il désignait Droopy.

« Difficile de vous croire avec un revolver pointé sur moi. »

L'homme abaissa son arme.

« Très juste. Maintenant, il faut partir. Mes amis vont s'occuper de ce type. »

Lord regarda Akilina.

« Vous êtes avec eux ? »

Elle secoua la tête.

« Il faut partir, monsieur Lord », répéta l'homme.

Le regard de Lord demandait à la jeune femme : *Vous croyez qu'on doit ?*

« Oui, je crois. »

Il décida de se fier à l'instinct d'Akilina. Le sien ne s'était pas montré tellement efficace.

« Par ici », dit l'homme.

Lord désigna, du pouce, Akilina Petrovna.

« Vous n'avez pas besoin de l'emmener. Elle n'a rien à voir avec tout ça.

— J'ai reçu l'ordre de l'emmener.

— L'ordre de qui ?

— On en parlera en route. Filons. »

À quoi bon discuter davantage ?

Akilina demanda et reçut la permission de récupérer, au passage, une paire de chaussures et un manteau chaud. Puis ils suivirent l'homme dans la nuit glaciale.

La porte s'ouvrait, derrière le cirque, sur une allée obscure. Deux hommes y poussaient Droopy dans une vieille Ford noire, proche de la sortie de l'allée. L'homme les conduisit à une Mercedes de couleur claire, ouvrit la portière arrière et les invita à monter. Puis il s'installa sur un des sièges avant, auprès de l'homme déjà assis au volant, moteur en marche. Une pluie fine recommençait à tomber lorsqu'ils démarrèrent.

« Qui êtes-vous ? » réitéra Lord.

L'homme lui tendit, sans répondre, une carte de visite.

SEMYON PACHENKO
Professeur d'histoire
Université de Moscou

« Ainsi, ma rencontre avec lui n'était pas fortuite.

— Bien au contraire. Le professeur Pachenko a compris quel danger vous couriez, et nous a chargés de veiller sur vous. C'est ce que je faisais à Saint-Pétersbourg. Sans grande efficacité, semble-t-il.

— J'ai cru que vous étiez avec les autres.

— Je comprends cela, mais le professeur m'avait recommandé de n'établir le contact avec vous qu'en cas de nécessité. Ce qui promettait de se passer ici entre bien, je pense, dans cette catégorie. »

La voiture progressait en souplesse dans la circulation concentrée du soir. Les essuie-glaces fonctionnaient paresseusement, sans grand résultat. Ils roulaient vers le sud, au-delà du Kremlin, dans la direction du parc Gorki et du fleuve. Lord nota l'attention que leurs deux convoyeurs accordaient aux autres véhicules, le but de leur itinéraire capricieux, riche en tournants répétitifs, étant évidemment de déjouer toute filature possible.

« Vous croyez qu'on est en sécurité ? souffla Akilina.

— Je l'espère !

— Vous connaissez ce Pachenko ?

— Un peu. Mais ça ne signifie pas grand-chose. Qui peut se vanter de connaître qui, de nos jours ? »

Non sans un sourire :

« Les personnes présentes exceptées, naturellement. »

Ils avaient laissé derrière eux les hauts bâtiments anonymes et autres bizarreries néoclassiques, les centaines d'immeubles d'appartements à peine supérieurs à des *trushchoba,* des taudis, où la vie était une corvée quotidienne, éprouvante, dans le bruit et la surpopulation. Évidemment, tout le monde ne vivait pas comme ça. Lord remarqua qu'ils roulaient à présent dans une des petites rues bordées d'arbres qui partaient du grand boulevard. Celle-ci pointait vers le nord, vers le Kremlin, et reliait deux des routes circulaires.

La Mercedes s'engagea sur un terre-plein goudronné dont un homme gardait l'entrée, dans une petite guérite de verre. L'immeuble de trois étages qui s'élevait au bout du terre-plein était assez peu courant, nullement en béton mais en briques de couleur miel posées à champ, une disposition peu pratiquée par les maçons russes. Les quelques voitures garées en bon ordre étaient étrangères, toutes des modèles d'un prix élevé. L'homme assis à la place du mort pointa une télécommande, et la porte d'un garage s'ouvrit lentement. Le conducteur introduisit la Mercedes dans la place et la porte se referma doucement derrière eux.

Ils passèrent dans un vaste hall éclairé par un plafonnier de cristal. L'air sentait la sève de pin, pas du tout ces relents d'urine et de boue qui prévalaient dans la plupart des halls d'entrée, cette odeur latente de pipi de chat, selon le mot d'un journaliste moscovite. Un bel escalier tapissé de rouge menait à un appartement du troisième étage.

Semyon Pachenko répondit aux petits coups frappés à sa porte peinte en blanc, et les introduisit dans son appartement.

Lord remarqua le parquet ciré, les tapis d'Orient, la cheminée de pierre et le mobilier scandinave, un vrai luxe, aussi bien dans la nouvelle Russie que dans l'ex-Union soviétique. Les murs étaient peints en beige clair, ornés d'élégants tableaux évoquant la vie des animaux sauvages en Sibérie. L'air sentait la pomme de terre et le chou bouillis.

« Vous vivez bien, professeur, commenta Miles Lord.

— Un cadeau de mon père. À mon grand dam, c'était un communiste convaincu et de haut rang.

J'en ai hérité, et j'ai obtenu la permission de l'acheter quand le gouvernement s'est mis à disperser ses investissements. Dieu merci, j'avais assez de roubles. »

Lord se planta devant Pachenko.

« Je suppose que nous vous devons quelques remerciements ? »

Le professeur leva les deux mains.

« Inutile. En fait, c'est nous qui devons vous remercier. »

Sa réponse intrigua Miles Lord, mais il renonça, pour l'instant, à creuser le problème.

Pachenko leur indiqua des chaises rembourrées.

« Pourquoi ne pas nous asseoir ? J'ai un dîner qui chauffe à la cuisine. Un peu de vin, peut-être ? »

Il regarda Akilina, qui secoua la tête.

« Non, merci. »

Pachenko remarqua le costume de l'acrobate et dit à l'un des hommes d'aller lui chercher un peignoir. Ils s'installèrent devant la cheminée. Lord put enfin ôter son veston.

« Je coupe et je brûle le bois de ma datcha, au nord de Moscou. J'aime un bon feu de bois, même si nous avons le chauffage central. »

Une autre rareté, en Russie, pensa Lord. Il nota également que le conducteur de la Mercedes avait pris place près de la fenêtre, et jetait, de temps à autre, un coup d'œil à travers les rideaux tirés. Lui aussi avait ôté son veston. Il portait un revolver au flanc gauche, dans un baudrier de cuir sanglé autour de son torse.

« Qui êtes-vous, professeur ? lui demanda Lord.

— Je suis un Russe qui a confiance en l'avenir.

— Si nous renoncions aux charades ? Ces trois jours ont été très longs. »

Pachenko s'excusa, d'un hochement de tête et d'une moue contrite.

« Tous les rapports le confirment. La fusillade de la place Rouge est passée dans les nouvelles. Curieux qu'il ne soit pas question de vous dans les rapports officiels, mais Vitaly... (l'historien montra l'homme de Saint-Pétersbourg)... y a personnellement assisté. La police est arrivée juste à temps.

— Il était là ?

— Il était allé à Saint-Pétersbourg afin de s'assurer que votre voyage se passerait sans histoires. Mais les deux hommes qui doivent vous être intimement familiers, à présent, l'en ont empêché.

— Comment m'a-t-il trouvé ?

— Il vous a vu avec Mlle Petrovna. Il vous a vu aussi sauter du train. Un autre de nos amis vous a suivi jusqu'à l'épicerie d'où vous avez donné un coup de téléphone.

— Et mon garde du corps ?

— Nous pensions qu'il travaillait pour la mafia. Maintenant, nous en sommes certains.

— Puis-je vous demander, questionna Akilina, pourquoi je suis impliquée dans cet imbroglio ?

— Vous vous y êtes impliquée de vous-même, ma chère petite.

— Je ne me suis impliquée dans rien de tout. M. Lord s'est introduit dans mon compartiment, la nuit dernière. Je l'ai un peu aidé, voilà tout. »

Pachenko se redressa sur sa chaise.

« Mais c'est précisément ce qui m'a intéressé. Alors, j'ai pris la liberté, aujourd'hui, de me renseigner sur vous. Nous avons de nombreux contacts à l'intérieur même du gouvernement. »

Akilina, contrariée, fronçait les sourcils.

« Je déteste qu'on se mêle de ma vie privée.

— Un concept qui n'est pas russe, mon enfant !
Voyons. Née à Moscou. Parents divorcés quand vous
aviez douze ans. Comme aucun des deux n'avait le
statut nécessaire pour recevoir un second appartement,
ils ont continué à vivre ensemble. D'accord, en raison
de la qualité d'artiste de votre père, utile à la propagande de l'État, vos conditions de vie étaient un
peu supérieures à la moyenne, mais la situation n'en
était pas moins stressante. À propos, j'ai assisté plusieurs fois au numéro de votre père. C'était un merveilleux trapéziste.

— Merci.

— Il est tombé amoureux d'une Roumaine attachée
au cirque. Elle est tombée enceinte, et rentrée chez elle
avec l'enfant. Les autorités ont refusé à votre père le
visa de sortie qu'il demandait. Les communistes n'aimaient pas voir leurs artistes s'expatrier. Quand il a
voulu se passer de leur autorisation, ils l'ont arrêté et
placé dans un camp de travail.

« Votre mère s'est remariée, puis a divorcé pour
la deuxième fois. Faute de pouvoir se reloger après
ce second divorce, elle a dû vivre, de nouveau, avec
votre père que les autorités avaient décidé de libérer,
entre-temps. Ils ont vécu ainsi, dans les pièces sépa-
rées d'un logement exigu, jusqu'à mourir prématuré-
ment, usés jusqu'à la moelle. Magnifique réussite pour
la "République du peuple", vous ne croyez pas ? »

Akilina s'abstint de répondre, mais son chagrin se
lisait dans ses yeux.

« J'ai vécu à la campagne, avec ma grand-mère. Je
n'ai donc pas eu à partager toutes les souffrances de

mes parents. Quand ils sont morts de frustration, de colère et de solitude, je ne leur avais pas parlé depuis plus de trois ans, finit-elle par lâcher.

— Étiez-vous là quand les soviets ont emmené votre grand-mère ? »

Elle secoua la tête.

« Entre-temps, j'avais été placée dans une école du spectacle. On m'a dit qu'elle était morte de vieillesse. Je n'ai su la vérité que beaucoup plus tard.

— Vous, plus que quiconque, devez désirer un changement radical. Tout vaut mieux que ce que nous avons connu, vous et moi. »

Lord ressentait une immense compassion pour la femme assise auprès de lui. Il aurait voulu lui jurer que de tels malheurs ne pourraient plus jamais se reproduire, mais naturellement, c'était impossible.

« Professeur, vous savez ce qui se passe ? »

L'expression de Pachenko se durcit.

« Oh oui, je le sais.

— Mais encore ?

— Avez-vous entendu parler de cette assemblée russe, monarchiste à cent pour cent ?

— Moi oui, intervint Akilina. Ils veulent rétablir le tsar. Après la chute des soviets, ils ont organisé des réunions monstres. J'ai lu ça dans un magazine. »

Le professeur approuva.

« Monstres est le mot. D'énormes bacchanales avec des gens habillés comme des nobles. Des cosaques au grand chapeau, des hommes d'âge moyen en uniformes de l'armée Blanche. Tout ça pour obtenir de la publicité. Enfoncer la solution tsariste dans les cœurs et les têtes. On les pensait fanatiques. On a changé d'avis.

— Je doute, dit Akilina, qu'ils aient été à l'origine du référendum national pour la restauration.

— Je n'en suis pas si sûr. Il y avait beaucoup plus, derrière tout cela, qu'il n'apparaissait au premier regard. »

Lord, impatienté, suggéra :

« Si vous en veniez à l'essentiel, professeur ?

— Monsieur Lord, vous souvenez-vous de la Sainte Confrérie ?

— Un groupe de nobles qui avaient juré sur leur vie d'assurer la sécurité du tsar. Ineptes et pusillanimes. Aucun d'entre eux n'était là quand une bombe a tué Alexandre II en 1881.

— Plus tard, un autre groupe a repris le même nom, rétorqua Pachenko, mais il n'avait rien d'inepte. Il a survécu à Lénine, à Staline et à la Seconde Guerre mondiale. En fait, il existe toujours. Sa façade officielle n'est autre que cette assemblée russe monarchiste à cent pour cent déjà citée. Mais il y a une branche plus discrète... que je dirige.

— Et l'objectif de cette Sainte Confrérie ?

— Toujours le même. La sécurité du tsar.

— Mais il n'y a plus de tsar depuis 1918.

— Erreur profonde.

— Qu'est-ce que vous voulez dire au juste ? »

Les doigts de Pachenko formaient un clocher à la hauteur de ses lèvres.

« Dans la lettre d'Alexandra et le texte de Lénine, vous avez découvert ce qui nous manquait. Je dois vous avouer qu'à la première lecture, j'ai conservé de nombreux doutes. Plus maintenant. Un héritier a survécu au massacre d'Ekaterinbourg.

— Vous ne le croyez pas sérieusement, professeur !

— Mais si. Mon groupe a été formé peu après juillet 1918. Mon oncle, mon grand-oncle étaient membres de cette Sainte Compagnie. J'ai été recruté voilà des décennies, et j'ai fini par en prendre la direction. Notre but est de garder le secret et d'en révéler les termes au moment crucial. À la suite des purges communistes, beaucoup d'entre nous sont morts. Afin d'assurer le secret, personne ne connaît l'intégralité des termes. Une large partie du message avait été perdue, y compris son point de départ. Mais vous l'avez retrouvé.

— Comment cela ?

— Vous avez toujours vos photocopies ? »

Lord les sortit de sa poche et les tendit à Pachenko.

« Voici ce que dit Lénine : "L'attitude de Yurovsky est troublante. Je ne crois pas que les rapports établis sur le déroulement de l'opération d'Ekaterinbourg soient entièrement exacts, et l'information concernant Felix Youssoupov le confirme. La mention de Kolya Maks est intéressante. J'ai déjà entendu ce nom. Le village de Starodug a également été cité par deux gardes Blancs qu'on avait pu faire parler." Le renseignement perdu était ce nom de Kolya Maks et celui du village, Starodug. C'est le point de départ de la quête.

— La quête ?

— Pour retrouver Alexis et Anastasia. »

Lord se renversa en arrière, contre le dossier de son siège. Il était fatigué, et les paroles du vieil historien lui faisaient tourner la tête.

« Quand les dépouilles des Romanov ont été finalement exhumées en 1991, reprit Pachenko, et qu'elles ont été réellement identifiées, nous avons appris que deux des enfants avaient pu survivre au massacre.

212

Les restes d'Alexis et d'Anastasia n'ont jamais été retrouvés.

— Yurovsky a prétendu les avoir brûlés séparément.

— Qu'est-ce que vous auriez fait si on vous avait chargé de supprimer toute la famille impériale et que deux corps aient manqué à l'appel ? Vous auriez menti, afin de ne pas être fusillé pour incompétence. Yurovsky a dit à Moscou ce que Moscou voulait entendre. Mais de nombreux rapports ont fait surface, depuis la chute des soviets, pour jeter d'énormes doutes sur les déclarations de Yurovsky. »

Pachenko avait raison. Les déclarations sous serment arrachées à des gardes Rouges, ainsi qu'à d'autres comparses de l'époque, attestaient que tout le monde n'avait pas dû mourir cette nuit-là. Les récits variaient énormément. Il était question d'égorgements à la baïonnette de grandes-duchesses suppliantes aussi bien que de meurtres à coups de crosse de victimes hystériques. Il existait d'innombrables contradictions. Mais Lord se souvenait aussi de bribes de témoignage recueillis apparemment de la bouche d'un des gardes d'Ekaterinbourg, trois mois après le massacre.

« J'ai réalisé ce qui se préparait. Leur destin était tout tracé. Yurovsky s'était assuré que nous comprenions bien ce que nous avions à faire. Au bout d'un certain temps, j'ai commencé à me dire que quelque chose devrait être fait pour les laisser s'enfuir. »

Il désigna les papiers.

« Il y a ici un autre feuillet, professeur. Quelques mots d'un des gardes, que vous ne connaissez pas encore. Si vous en preniez connaissance ? »

Pachenko fit ce qui lui était demandé.

« "Conforme à d'autres témoignages sur la grande sympathie dégagée autour d'elle par les membres de la famille impériale. Beaucoup des gardes les détestaient, et leur volaient tout ce qu'ils pouvaient, mais d'autres pensaient différemment. L'Instigateur se servait de cette sympathie."

— L'Instigateur ? releva Akilina.

— Felix Youssoupov. »

Lord protesta :

« L'homme qui a assassiné Raspoutine ?

— Lui-même. »

Pachenko s'agita sur son siège.

« Mon père et mon oncle m'ont raconté une histoire. Quelque chose qui s'est passé au palais d'Alexandre, à Tsarskoye Syelo. Transmis à la Sainte Compagnie par l'Instigateur en personne. En date du 28 octobre 1916.

— La même date que sur cette lettre d'Alexandra à Nicolas.

— Précisément. Alexis avait subi un autre accès d'hémophilie. L'impératrice appela Raspoutine, qui calma rapidement les souffrances du gamin. Puis Alexandra craqua littéralement, et le *starets* lui reprocha de ne pas croire assez fort en Dieu et en lui-même. C'est alors qu'il prophétisa que le plus coupable de tous reconnaîtrait ses erreurs, et que le sang de la famille impériale serait régénéré. Il prédit aussi qu'un aigle et un corbeau réussiraient là où tous les autres auraient échoué…

— … et "que l'innocence des bêtes, arbitre ultime de la victoire, montrerait le chemin vers le succès."

— La lettre confirme l'histoire que j'ai entendue

voilà des années. Une lettre que vous avez découverte dans les archives d'État.

— Mais où tout cela nous mène-t-il ?

— Monsieur Lord, vous êtes le corbeau.

— Parce que je suis noir ?

— En partie. Une rareté dans ce pays. Mais il y a beaucoup plus. »

Pachenko se retourna vers Akilina.

« Cette jolie dame. Votre nom, ma chère, signifie "aigle" en russe archaïque. »

Akilina, surprise, ouvrit de grands yeux.

« Vous voyez, maintenant ? Un aigle et un corbeau réussiront où tous les autres auront échoué. Le corbeau s'allie à l'aigle. Que vous le vouliez ou non, mademoiselle Petrovna, vous faites partie d'un tout plus complexe que vous ne le soupçonniez. C'est pourquoi je tenais le cirque sous surveillance. La prophétie de Raspoutine se confirme d'heure en heure. »

Lord contint un éclat de rire.

« Raspoutine était un opportuniste. Un paysan corrompu qui exploitait le chagrin d'une tsarine torturée par le sentiment de sa culpabilité. Sans l'hémophilie du tsarévitch, le *starets* n'aurait jamais pu se faufiler, comme il l'a fait, dans l'intimité de la famille royale.

— Il n'en reste pas moins que Raspoutine était seul à pouvoir calmer les affres du petit.

— Nous *savons* aujourd'hui qu'un abaissement du stress émotionnel peut influer sur une hémorragie. L'hypnose est utilisée, depuis un bout de temps, pour traiter l'hémophilie. Le stress affecte le flux sanguin et la résistance des parois vasculaires. D'après tout ce que j'ai lu, Raspoutine ne faisait que calmer l'enfant. Il lui parlait, il lui disait des contes sur la

215

Sibérie, il lui affirmait que tout irait bien. Alexis finissait par s'endormir et ne souffrait plus… jusqu'à la crise suivante.

— Moi aussi, j'ai lu ces explications. Mais le fait est là. Raspoutine pouvait agir sur le tsarévitch. Et il avait prédit sa propre mort, avec ce qui se passerait s'il était assassiné par un membre de la famille royale. Et il avait également prédit une résurrection. Celle sur laquelle s'est fondé Felix Youssoupov. Et que vous allez contribuer à réaliser, tous les deux. »

Lord chercha le regard d'Akilina. Il repoussait la coïncidence. Une coïncidence qui aurait mis des décennies à se produire. « Seuls, un aigle et un corbeau réussiront là où tous auront échoué. » Quelle blague !

« Stefan Baklanov, conclut Pachenko avec force, n'est qu'un crétin pompeux sans aucune aptitude pour le gouvernement. Il se laissera facilement manipuler, et je crains bien que la Commission tsariste ne l'investisse de pouvoirs disproportionnés. Avec l'accord automatique de la Douma. Le peuple désire un souverain, pas un simple symbole. Monsieur Lord, je comprends que votre travail est de soutenir la prétention au trône de Baklanov. Mais je crois qu'il y a, là-dehors, un héritier direct du sang des Romanov. Où précisément ? Je n'en ai aucune idée. Vous seul, avec Mlle Petrovna, possédez le pouvoir de le découvrir. »

Lord soupira :

« C'est trop, professeur. C'est infiniment trop pour un seul homme… et une seule femme ! »

Un léger sourire détendit les traits fatigués du vieil historien.

« Votre émoi est compréhensible. Mais avant de vous en dire davantage, je vais aller m'occuper de notre dîner, à la cuisine. Poursuivez la discussion sans moi. Vous avez une décision à prendre.

— À quel sujet ? » s'enquit Akilina.

Pachenko se leva.

« Au sujet de votre avenir. Et de celui de la Russie. »

22

8 H 40

Hayes se pencha en arrière et saisit la barre de fer qui courait au-dessus de sa tête. Puis il poussa les poids au maximum et poursuivit ses pompes inversées, épaules et biceps durement mis à l'épreuve, sous son épiderme mouillé de sueur. Il était heureux que l'organisation interne du Volkhov comprît une telle salle de sport. Bien que frisant la soixantaine, il n'avait aucune intention de capituler devant l'âge. Rien ne s'opposait à ce qu'il vécût encore quarante ans. Il avait besoin de tout ce temps-là. Tant de choses restaient à faire, et il se savait en bonne position pour gagner sur toute la ligne. Après le couronnement de Baklanov, il pourrait œuvrer à sa guise et réaliser toutes ses ambitions. Il avait déjà dans le collimateur un ravissant chalet des Alpes autrichiennes, en un lieu où il pourrait profiter pleinement du plein air, de la chasse, de la pêche, bref, vivre comme un roi dans son propre manoir. Rien que la pensée était follement excitante. La meilleure motivation pour le propulser toujours vers l'avant, quoi qu'il eût encore à faire.

Il exécuta une nouvelle série d'efforts scientifiquement dosés, s'empara d'une serviette et s'épongea le front. Puis il quitta la salle de sport et se dirigea vers les ascenseurs.

Où était Lord ? Pourquoi ne l'avait-il pas appelé ? Hayes avait dit à Orleg que, par sa faute, Lord avait probablement perdu toute confiance, mais il n'en était pas tout à fait convaincu. Lord avait dû déduire que les téléphones du Volkhov étaient sur écoute. Dans le cadre de la paranoïa généralisée, tout le monde pensait à une initiative de ce type, réputée automatique de la part d'un gouvernement russe pourri au cœur. Voire de n'importe quel organisme privé. Telle était probablement l'explication du silence de Miles, dont il était sans nouvelles depuis l'erreur commise par ce crétin d'Orleg. Sans doute eût-il pu appeler la firme, à Atlanta, et organiser un contact. Une simple vérification, moins d'une heure auparavant, lui avait confirmé qu'il n'en était rien.

Quel merdier !

Lord était en passe de devenir un sacré problème.

Il ressortit de l'ascenseur sur le palier lambrissé du sixième. Chaque étage avait le sien, avec fauteuils club, journaux et magazines. Carrés dans deux des sièges, attendaient Brejnev et Staline. Il devait les rencontrer, eux et le reste de la chancellerie secrète, environ deux heures plus tard, dans une villa au sud de Moscou, et leur présence en ce lieu, à cette heure, ne présageait rien qui vaille.

« Messieurs... Quel mauvais vent vous amène ? »

Staline se leva pesamment.

« Un problème qui demande solution. Il fallait qu'on vous en parle de toute urgence... et pas moyen de vous obtenir au bout du fil.

« — Comme vous pouvez le voir, je me payais une bonne suée, dans la salle de sport.

— On peut aller bavarder dans votre chambre ? »

Ils passèrent devant la *dejournaya* qui ne leva pas les yeux de son magazine. Dès qu'ils furent dans la chambre de Hayes, à l'abri d'une porte bouclée, Staline attaqua :

« M. Lord a été localisé, plus tôt dans la journée, au cirque de Moscou. Nos hommes ont tenté de l'intercepter. L'un d'eux a été neutralisé par Lord lui-même, l'autre par des individus non identifiés. Notre homme s'est vu contraint de tuer son agresseur afin de pouvoir s'échapper.

— Qui sont ces hommes ? » demanda Hayes.

Brejnev se pencha en avant, sur sa chaise.

« C'est bien là tout le problème. Il est grand temps que vous appreniez quelques petites choses ! Il y a toujours eu des spéculations, quant à la survie éventuelle d'héritiers Romanov. Votre Lord a mis la main, parmi les "Papiers protégés" des archives de Moscou, sur des informations dont nous n'avions pas connaissance. Nous pensions, au départ, que l'affaire pouvait être sérieuse, mais qu'il serait facile de l'étouffer. Ce n'est plus le cas. L'homme avec qui Lord a noué le contact s'appelle Semyon Pachenko. Professeur d'université, mais également leader d'un groupe subversif qui se consacre à la restauration du tsarisme.

— Comment cela pourrait-il compromettre ce que nous comptons faire nous-mêmes ? »

Brejnev se redressa, le regard scrutateur. De son vrai nom Vladimir Kulikov, il représentait une importante coalition de nouveaux riches, cette poignée de bienheureux qui s'étaient débrouillés pour accumuler d'énormes profits, depuis la chute de l'Union soviétique. Très sérieux, très concentré, il avait le teint boucané d'un paysan sibérien. Le nez busqué, le cheveu rare et court, il affichait en permanence un air supérieur qui irritait fort les autres membres de la chancellerie secrète.

Militaires et hommes politiques n'appréciaient pas spécialement les nouveaux riches. La plupart étaient d'anciens satellites du parti, des hommes avisés qui avaient su manipuler, dans leur seul intérêt, des réseaux chaotiques de relations utiles. Aucun d'entre eux ne travaillait dur. Et beaucoup des clients américains de Taylor Hayes participaient à leur financement occulte.

« Jusqu'à sa mort, résuma Brejnev, Lénine s'est intéressé à la boucherie d'Ekaterinbourg. Staline partageait ses préoccupations au point de mettre sous clef, aux archives, le moindre chiffon de papier concernant les Romanov. Ensuite, il a fait tuer ou boucler dans les camps tous ceux qui risquaient d'en savoir un peu trop. Son fanatisme est responsable, aujourd'hui, des difficultés que nous avons à glaner des informations. Staline se tracassait à cause d'un possible survivant de la famille Romanov, mais vingt millions de morts peuvent engendrer un sacré chaos, et nulle opposition ne l'a jamais contrecarré. Le groupe de Pachenko spécule sur la possibilité qu'il existe un ou plusieurs survivants chez les Romanov. Comment ? Nous n'en savons rien. Mais le bruit court, depuis des décennies, qu'un Romanov serait planqué quelque part, jusqu'à ce que son existence puisse être enfin révélée. »

Il fit une courte pause avant de poursuivre :

« Nous savons, à présent, que deux des enfants

ont pu survivre : Alexis et Anastasia, puisque leurs corps n'ont pas été retrouvés. Naturellement, si l'un ou l'autre ou les deux ont échappé au massacre, ils sont morts depuis longtemps, le garçon surtout, en raison de son hémophilie. Nous parlons donc de leurs enfants ou petits-enfants, s'ils en ont eu. Dans ce cas, ils seraient directement apparentés aux Romanov, et les prétentions de Baklanov tomberaient d'elles-mêmes. »

Hayes n'en croyait pas ses oreilles.

« Impossible qu'il y ait eu des survivants ! Tous ont été abattus à bout portant, puis achevés à la baïonnette. »

Les grosses pattes de Staline caressaient inconsciemment les deux accoudoirs de son fauteuil.

« Je vous l'ai dit à notre dernière rencontre. Les Américains ont du mal à comprendre la perception russe de la notion de fatalité. En voici un exemple : j'ai des comptes rendus d'interrogatoires du KGB. Raspoutine a prédit la renaissance du sang des Romanov. Il est censé avoir dit qu'un aigle et un corbeau accompliraient cette résurrection. Votre M. Lord a déterré un document qui confirme la prophétie. Est-il possible que ce soit lui, le fameux corbeau ?

— Parce qu'il est noir ? »

Staline haussa les épaules.

« Une raison parmi d'autres. »

Hayes n'arrivait pas à se persuader qu'un homme doté de la réputation de Staline pût croire dur comme fer qu'un misérable paysan de la première partie du XXe siècle eût effectivement prédit la résurgence, au début du XXIe siècle, de la dynastie des Romanov. Encore moins qu'un Américain noir de Caroline du

Sud participât aujourd'hui, d'une façon quelconque, à l'événement.

« Il se peut que je ne comprenne pas votre perception de la fatalité, mais au moins, je comprends le sens commun. Tout ça, ce sont des conneries.

— Telle n'est pas l'opinion de Semyon Pachenko. Il a, pour je ne sais quelle raison, disposé des hommes à l'entrée du cirque, et tapé dans le mille ! Nos hommes nous ont signalé qu'il y avait une acrobate de cirque, dans la Flèche rouge, la nuit dernière. Une nommée Akilina Petrovna. Ils lui ont même parlé, et n'y ont plus pensé. Mais elle a quitté le cirque avec Lord sous la protection des hommes de Pachenko. Pourquoi, si tout n'est que fiction ? »

Bonne question, admit Hayes, en son for intérieur.

La face de Staline se durcit.

« Akilina veut dire "aigle", en vieux slavon. Vous qui parlez notre langue, y aviez-vous pensé ?

— Ma foi non. »

Staline appuya de tout son poids :

« C'est sérieux. Il y a des choses que nous ne comprenons pas. Voilà quelques mois, lors du référendum, personne ne songeait vraiment au retour possible d'un tsarisme utilisable à des fins politiques. Maintenant, c'est évident, et nous devons y mettre le holà, tout de suite. Appelez le numéro qu'on vous a donné, rassemblez les hommes et retrouvez votre Lord.

— La chose a déjà été tentée.

— Tentons-la de nouveau… pour de bon !

— Pourquoi ne pas le faire vous-mêmes ?

— Parce que, contrairement à nous, vous disposez d'une totale liberté de mouvement. C'est votre boulot. Ici ou même hors de nos frontières.

— Orleg le recherche actuellement.

— Peut-être un véritable avis de recherche consé-
cutif à la fusillade de la place Rouge multiplierait-
elle les chercheurs ? Un policier a été tué. La *militsia*
serait ravie d'arrêter le perturbateur. Peut-être même
de régler le problème avec une balle bien placée ! »

23

« Je regrette, pour vos parents. »

Lord était sincère. Akilina Petrovna n'avait pas dit un mot, depuis que Pachenko avait quitté la pièce.

« Mon père voulait vivre avec son fils. Il avait l'intention d'épouser la mère, mais pour émigrer, il lui fallait l'autorisation de ses parents, une règle soviétique absurde qui empêchait tout le monde de bouger. Ma grand-mère, bien sûr, avait donné son consentement, mais mon grand-père avait disparu au cours de la Seconde Guerre mondiale.

— Et votre père devait toujours obtenir son autorisation ! »

Elle acquiesça.

« Il n'avait jamais été déclaré officiellement mort. Aucun disparu ne l'était. Pas de père, pas d'autorisation, pas de visa. Les répercussions furent immédiates. Mon père a été expulsé du cirque, avec interdiction d'exercer sa spécialité nulle part ailleurs. Et c'était tout ce qu'il savait faire.

— Pourquoi ne les avez-vous pas revus, ces dernières années ?

— Ils étaient totalement insupportables. Ma mère

ne pensait qu'à cette autre femme qui avait donné un fils à son ex-mari. Et mon père ne voyait plus en ma mère que celle qui l'avait quitté pour un autre homme. Mais leur devoir était d'endurer la situation jusqu'au bout, pour le bien de tous. »

L'amertume, la rancœur étaient claires.

« Ils m'ont expédiée chez ma grand-mère. Je les ai détestés, tout d'abord, de m'avoir joué ce tour, et puis, en vieillissant, j'ai eu tout simplement beaucoup de mal à les accepter, ensemble ou séparément, et je me suis tenue à l'écart. Ils sont morts à quelques mois d'intervalle. D'une simple grippe devenue pneumonie. Je me demande parfois si mon destin sera le même. Quand je ne pourrai plus amuser les foules, où et comment finirai-je ? »

Lord ne trouva rien à lui répondre. Elle enchaîna :

« Il vous est difficile, à vous autres Américains, de comprendre ces choses du passé. Qui n'ont pas totalement disparu, si vous voyez ce que je veux dire. On ne pouvait pas… et dans une certaine mesure, on ne peut toujours pas… vivre comme on le voudrait. D'autres choisissent pour vous, tôt dans votre vie. »

Il savait qu'elle parlait de la *raspredeleniye,* la distribution. Une décision qui fixait, dès l'âge de seize ans, ce qu'une personne ferait du reste de sa vie. Les plus coriaces avaient le choix, dans une certaine mesure. Les autres prenaient ce qui restait. Ceux qui tombaient en disgrâce n'avaient plus qu'à se conformer aux décisions prises pour leur compte.

« Les enfants des membres du parti étaient toujours favorisés. Ils obtenaient les meilleurs postes, à Moscou. Tout le monde voulait rester dans la capitale.

— Pas vous ?

— Je détestais ça. Il n'y avait que misère pour moi, dans cette ville. Mais ils m'ont forcée à revenir. L'État avait besoin de mes petits talents.

— Vous ne vouliez pas être artiste ?

— Vous saviez, à seize ans, ce que vous vouliez être toute votre vie ? »

Un point pour elle. Il le lui accorda, d'un hochement de tête.

« Quelques-uns de mes amis ont choisi le suicide, plutôt que de végéter dans le cercle Arctique ou dans quelque trou de Sibérie, à faire des choses abhorrées. J'avais une copine d'école qui voulait être médecin. Une excellente élève, mais dépourvue des filiations nécessaires pour être admise à l'université. D'autres, infiniment moins brillantes, étaient déjà en place. Elle a fini dans une fabrique de jouets. Vous avez de la chance, Miles, quand vous serez vieux, vous bénéficierez de l'aide du gouvernement. Rien de tel n'existe chez nous. Les communistes parlaient des tsars et de leur extravagance. Ils ne valaient pas plus cher. »

Lord commençait à comprendre l'attachement des Russes à leur lointain passé.

« Dans le train, je vous ai parlé de ma grand-mère. Tout était vrai. Une nuit, ils l'ont emmenée, et on ne l'a jamais revue. Elle travaillait dans un magasin d'État et voyait les directeurs en piller les étagères, puis attribuer les vols à leurs employés. Elle a écrit une lettre à Moscou. On l'a renvoyée, on lui a supprimé sa pension et tamponné tous ses papiers avec la mention "dénonciatrice". Personne ne voulait plus l'engager. Elle s'est mise à écrire des vers et a finalement été condamnée pour crime de poésie.

— Que voulez-vous dire au juste ?

— Elle aimait décrire l'hiver russe, la faim, les cris des enfants, l'indifférence du gouvernement à l'égard des petites gens. Ça n'a guère traîné. Le soviet local du parti lui a accroché l'étiquette "menace contre l'ordre national". Elle s'était fait remarquer, en s'élevant au-dessus de la communauté anonyme. Tel était son crime. Elle pouvait devenir un point de ralliement de l'opposition. Une sorte de meneuse. Ils l'ont donc fait disparaître... probablement le seul pays au monde où l'on exécute les poètes.

— Akilina, je peux comprendre votre haine des communistes. Mais il faut aussi admettre la réalité. Avant 1917, le tsar était un souverain largement incapable de gouverner, qui bronchait bien rarement lorsque sa police tuait des civils. Le Dimanche rouge[1] a fait des centaines de morts, en 1905, juste parce qu'ils contestaient sa politique. C'était un régime violent qui ne survivait que par la force, comme, plus tard, celui des communistes.

— Le tsar représente un lien avec notre héritage. Un lien qui remonte à des centaines d'années. Il incarne la Russie. »

Lord s'installa confortablement dans son fauteuil et reprit haleine. Le feu dansait dans la cheminée. Les bûches craquaient dans les flammes.

« Akilina, Semyon veut que nous recherchions cet héritier présumé dont on ne sait pas s'il est en vie ou non. Tout ça parce qu'un crétin de guérisseur a prédit, voilà près d'un siècle, que nous le ferions.

---

1. Le 22 janvier 1905, l'armée et la police du tsar massacrèrent un millier d'ouvriers pacifistes qui manifestaient à Saint-Pétersbourg. *(N.d.T.)*

— Je veux partir d'ici.

— Pourquoi ?

— Depuis notre rencontre, je me sens mal à l'aise. Comme si cette rencontre était écrite depuis toujours. Je n'ai pas eu peur de vous, quand vous avez fait irruption dans mon compartiment. Je n'ai pas hésité à vous suggérer de passer la nuit auprès de moi. Quelque chose me dictait ma conduite. Et je savais que nous nous reverrions. »

Lord se sentait beaucoup moins mystique que cette jolie Russe semblait l'être.

« Mon propre père était prêtre, Akilina. Il voyageait de ville en ville en mentant à ses ouailles. Il aimait les menacer des foudres de Dieu, mais tout ce qu'il faisait, c'était jouer sur leurs craintes, exploiter leurs peurs à son seul profit. C'était l'homme le moins *saint* qu'il m'ait été donné de connaître. Traître envers son épouse, ses enfants et son Dieu.

— Mais il vous a élevé.

— Il a participé à ma conception, mais il ne m'a pas élevé. Je me suis élevé tout seul. »

Akilina posa la main sur sa poitrine.

« Mais il est en vous... que cela vous plaise ou non. »

Lord n'était pas prêt à l'admettre. Quelques années plus tôt, il avait même envisagé de changer de nom. Seules, les supplications de sa mère l'en avaient dissuadé.

« Vous vous rendez compte, Akilina, que tout ça pourrait être faux d'un bout à l'autre ?

— Pour quelle raison ? Vous vous demandiez, depuis des jours, pourquoi des hommes essayaient de vous tuer. Le professeur vous a fourni la réponse.

— Qu'ils aillent débusquer eux-mêmes ce rejeton de Romanov ! Je leur ai communiqué toutes mes trouvailles.

— Raspoutine a prédit que seuls vous et moi pourrions y parvenir.

— Vous ne croyez tout de même pas à ces histoires !

— Je ne sais que croire. Ma grand-mère m'a dit, quand j'étais enfant, qu'elle voyait de bonnes choses dans ma vie future. Elle avait peut-être raison. »

Ce n'était pas la réponse qu'il désirait entendre, mais quelque chose, au fond de lui, le poussait également en avant. Et puis, cette quête l'éloignerait de Moscou, de Droopy et de Cro-Magnon. Sans compter la fascination indéniable que toute l'affaire exerçait sur lui.

Pachenko était dans le vrai. Trop de coïncidences s'étaient accumulées, durant les derniers jours. Il ne croyait pas une seconde aux talents prophétiques de Grigori Raspoutine, mais le rôle de Felix Youssoupov l'intriguait. « L'Instigateur », disait Pachenko avec une sorte de respect infini.

Lord se souvenait de l'histoire de Youssoupov, travesti bisexuel qui avait assassiné Raspoutine sur la foi du sentiment erroné que le sort du pays dépendait de son geste. Il avait tiré de cette initiative un orgueil presque pervers. S'était pavané sous les feux de la rampe jusqu'à la fin du demi-siècle qui avait suivi son acte démentiel. Un dangereux exhibitionniste doublé d'un fieffé hypocrite, un imposteur malveillant comme Raspoutine l'avait été lui-même, ou comme Grover Lord, le père de Miles. Et pourtant, d'après le contexte de l'époque, Youssoupov semblait avoir agi sur l'impulsion de mobiles altruistes, dictés par l'intérêt général.

« Très bien, Akilina. On va s'en occuper. Pourquoi pas ? Que puis-je faire d'autre, de toute manière ? »

Il se tourna vers la porte de la cuisine, qui se rouvrait derrière eux.

« Je viens de recevoir des nouvelles consternantes, annonça Pachenko. L'un de mes amis, chargé d'emmener ce gangster au cirque n'est pas arrivé avec son prisonnier au lieu du rendez-vous convenu. Il a été retrouvé mort. Assassiné. »

Droopy s'était donc évadé. Une perspective assez peu réjouissante.

« Je suis navrée, soupira Akilina. Il nous a sauvé la vie. »

Pachenko semblait profondément affecté.

« Il était au courant des risques, quand il a rejoint notre Sainte Compagnie. D'autres sont morts pour la cause. »

Le vieil homme s'effondra, les traits ravagés, sur le premier siège disponible.

« Et ce ne sera sûrement pas le dernier.

— Nous avons pris notre décision, déclara Miles Lord. Nous marchons avec vous.

— Bien. Je m'y attendais. Mais n'oubliez pas que, d'après Raspoutine, douze devront mourir pour que la résurrection s'accomplisse. »

La prophétie vieille de cent ans inquiétait assez peu Miles. Bien des mystiques s'étaient trompés, au cours de l'histoire. En revanche, la réalité immédiate s'appelait Droopy et Cro-Magnon.

« Vous vous rendez compte, monsieur Lord, reprit Pachenko, que c'était bel et bien vous, et pas Artemy

Bely, qui étiez visé sur la perspective Nikolskaya, voilà quatre jours. Pour le compte d'hommes qui savent, au moins partiellement, ce que nous savons. Ces hommes tenteront encore de vous arrêter.

— Je suppose que personne ne saura où nous sommes, en dehors de vous-même ?

— C'est exact. Et ça restera ainsi. Seuls, moi, vous et Mlle Petrovna connaîtrons les détails de notre plan de campagne.

— Ce n'est pas tout à fait vrai. L'homme pour qui je travaille est au courant de la lettre d'Alexandra. Mais je doute qu'il puisse être compromis dans toute cette histoire. Même si c'est le cas, je le vois mal cautionner mon exécution.

— Avez-vous des motifs sérieux de ne plus lui faire confiance ?

— Voilà belle lurette que je lui ai montré mes dernières trouvailles, et il ne m'en a jamais reparlé. Je doute même qu'il y ait jamais cru. »

Lord marqua un bref temps d'arrêt.

« Puisque nous avons décidé de nous ranger à vos côtés, pouvez-vous nous parler des modalités auxquelles vous avez fait allusion, avant de vous retirer dans la cuisine ? »

Le visage de Pachenko traduisit le retour d'une émotion violente.

« L'Instigateur a divisé la recherche en étapes successives, indépendantes les unes des autres. Si la personne adéquate prononce, à chacune de ces étapes, les mots convenus, elle recevra les renseignements nécessaires pour passer à la suivante. Seul, Youssoupov connaissait toute la marche à suivre, et si l'on peut se fier à sa parole, il ne l'a jamais révélée à âme qui vive.

« Nous savons maintenant que quelque part dans le village de Starodug, réside la première étape. J'ai procédé à certaines vérifications, après notre dernier entretien. Kolya Maks était l'un des gardes du palais de Nicolas II. À la révolution, il s'est converti au bolchevisme. À l'époque du massacre des Romanov, il était membre du soviet de l'Oural. Au début de la révolution, avant que Moscou prenne le contrôle, les soviets locaux géraient leurs secteurs géographiques respectifs. Le soviet de l'Oural était donc infiniment plus responsable que le Kremlin du sort de la famille impériale. Et cette région de l'Oural était farouchement antitsariste. Ils ont voulu la mort de Nicolas dès son installation sur le territoire d'Ekaterinbourg.

— Oui, je m'en souviens, approuva Lord en se remémorant le traité qui, en mars 1918, avait écarté la Russie du conflit mondial. Lénine s'estimait débarrassé des Allemands. Bon sang, il avait littéralement imploré cette paix ! Les termes en étaient tellement humiliants qu'à l'issue de la cérémonie, un général russe s'était tiré une balle dans la tête. Et puis l'ambassadeur d'Allemagne a été assassiné à Moscou, le 6 juillet 1918, et Lénine a dû faire face à l'éventualité d'une nouvelle invasion allemande. Il a donc tenté de négocier un nouveau traité de non-agression, avec les Romanov en tant que monnaie d'échange. Il pensait que le kaiser serait heureux de les récupérer, surtout Alexandra, princesse allemande.

— Mais les Allemands, compléta Pachenko, ne tenaient pas aux Romanov. La famille est alors devenue une surcharge inutile, et le soviet de l'Oural a reçu l'ordre de la liquider. Kolya Maks y a sans doute participé. Peut-être même a-t-il assisté à l'exécution.

— Professeur, objecta Akilina, cet homme est sûrement décédé depuis longtemps.

— Mais c'était son devoir de veiller à la transmission de la vérité. Il l'avait juré. Nous devons tabler sur sa fidélité à son serment. »

Lord était perplexe.

« Pourquoi n'iriez-vous pas vous-même à la recherche de Maks ? J'ai cru comprendre que vous ne disposiez pas de son identité, jusque-là, mais pourquoi devrions-nous personnellement rechercher sa trace ?

— L'Instigateur nous affirme que seuls, l'aigle et le corbeau pourront recueillir l'information désirée. Même si j'y allais, ou si j'envoyais quelqu'un d'autre, elle ne nous serait sans doute pas transmise. Nous devons nous conformer à la prophétie de Raspoutine. Le *starets* a prédit que seuls, ces deux-là réussiraient là où tous les autres auraient échoué. Moi aussi, je dois rester fidèle à mon serment, et respecter les exigences de l'Instigateur. »

Lord fouillait son esprit en quête d'autres détails sur Felix Youssoupov. Sa famille avait été l'une des plus riches de Russie, dont Felix avait perçu l'héritage à la mort de son frère aîné, tué en duel. Il avait déçu ses parents dès sa naissance. Sa mère, qui désirait une fille, l'avait élevé comme une fille, robes et cheveux longs, jusqu'à l'âge de cinq ans.

« Est-ce que Youssoupov n'était pas fasciné par Raspoutine ? »

Pachenko acquiesça.

« Certains biographes vont jusqu'à suggérer un lien homosexuel désiré par Youssoupov, mais repoussé par

Raspoutine. D'où le ressentiment de Youssoupov, dont la femme était la nièce favorite de Nicolas II. Il était farouchement attaché à Nicolas, et il a pensé que son devoir était d'affranchir l'empereur de l'influence néfaste de Raspoutine. Une autre conception aberrante, encouragée par d'autres nobles qui supportaient mal la position du *starets* à la cour.

— Je n'ai jamais considéré Youssoupov comme particulièrement intelligent. Plus qu'un chef de file, c'était un comparse qui ne se mettait jamais en avant.

— En fait, tout nous porte à croire qu'une telle attitude était voulue. »

Pachenko réfléchit un instant.

« Maintenant que vous êtes d'accord, je vais vous transmettre quelques-uns des autres renseignements en ma possession. Mon oncle et mon grand-oncle ont soigneusement gardé pour eux cette partie du secret jusqu'à leur mort. Ce sont les mots qui doivent être dits au maillon suivant de la chaîne, c'est-à-dire, selon moi, au nommé Kolya Maks ou à son successeur. "Celui qui tiendra jusqu'à la fin, celui-là sera sauvé." »

Lord pensa immédiatement à son père.

« Citation de l'Évangile selon saint Mathieu.

— Et formule qui donnera accès à la seconde partie du voyage.

— Vous vous rendez compte qu'il s'agit peut-être là d'une simple chasse au dahu ?

— Je ne le pense pas, ou je ne le pense plus. Alexandra et Lénine ont fait la même citation. Alexandra dans sa lettre de 1916 rapportant la prophétie de Raspoutine. Et Lénine, six ans plus tard, qui l'avait apprise de la bouche d'un garde Blanc soumis à la torture. Il avait spécifiquement nommé Kolya Maks.

Non, il y a quelque chose à Starodug. Quelque chose que Lénine n'a pu découvrir. Après son attaque de 1922, il s'est plus ou moins retiré de la scène politique. Il est mort en 1924. Quatre ans plus tard, Staline a tout fait classer dans les "Papiers protégés", et c'est resté comme ça jusqu'en 1991. "L'affaire Romanov", disait Staline. Et défense à quiconque d'évoquer, fût-ce indirectement, la famille impériale. Personne, donc, n'a suivi la piste Youssoupov, en admettant même que quelqu'un ait pu s'aviser qu'il existait une piste.

— Si ma mémoire est fidèle, reprit Lord, Lénine ne considérait pas nécessairement le tsar comme un point de ralliement de l'opposition. En 1918, les Romanov étaient totalement discrédités. Il était question de "Nicolas le Sanglant" et autres appellations désobligeantes. La campagne de désinformation des communistes, hostile aux impériaux, avait parfaitement fonctionné. »

Pachenko précisa :

« Quelques-uns des manuscrits du tsar et de la tsarine ont été publiés à cette époque. Une idée de Lénine. Afin de prouver au peuple l'indifférence de la famille royale à son égard. Extraits soigneusement isolés de leur contexte et lourdement modifiés. Calculés, aussi, pour transmettre un message au-delà des frontières. Lénine espérait toujours que le kaiser voudrait reprendre Alexandra. Il s'imaginait sans doute que la menace qui pesait sur la tête des Romanov rendrait les Allemands plus conciliants, voire même entraînerait la libération des prisonniers de guerre russes. Mais les Allemands possédaient en Russie un énorme réseau d'espionnage, particulièrement dans la région de l'Oural, et le massacre de 1918 n'a pu leur échapper bien longtemps. Lénine négociait alors, en quelque sorte, avec des cadavres.

— D'où viennent ces rumeurs de survie de la tsarine et de ses filles ?

— Autre campagne de désinformation organisée par les soviets. Lénine se demandait comment l'opinion mondiale accueillerait la nouvelle du massacre. Moscou s'est efforcé de peindre l'événement sous les traits d'une exécution après jugement équitable. D'où cette histoire de transfert des femmes de la famille, et de leur mort tragique au cours d'une bataille contre l'armée Blanche. Lénine s'imaginait que cette désinformation duperait l'opinion allemande. Lorsqu'il s'est aperçu que personne ne se souciait du sort des Romanov, il a laissé tomber le conte de fées.

— Mais la désinformation s'est perpétuée, au moins en partie. »

Le sourire de Pachenko exprimait une sorte de jubilation contenue.

« Grâce, largement, à notre Sainte Compagnie. Mes prédécesseurs ont fait un sacré bon boulot d'intoxication. Le plan de l'Instigateur était de conserver les soviets dans l'incertitude, et avec eux, le reste du monde. Bien qu'à mon avis, toute l'histoire d'Anna Anderson ait été une création personnelle de Felix Youssoupov. Une supercherie bien montée que la terre entière a gobée durant un sacré bout de temps.

— Jusqu'à ce que les tests ADN prouvent l'imposture.

— Mais cela est récent ! Je pense que Youssoupov lui avait enseigné tout ce qu'elle devait savoir pour tenir le rôle. Avec beaucoup de talent, il faut le reconnaître.

— Une pierre de plus à l'édifice ?

— Parmi beaucoup d'autres, monsieur Lord. Youssoupov a vécu jusqu'en 1967, et s'est toujours assuré de l'efficacité de son plan. La désinformation ne visait pas seulement à déstabiliser les soviets, mais à garder au pas les Romanov survivants. Aucun ne pouvait savoir qui avait survécu, de telle sorte que personne ne jouissait d'un contrôle absolu sur l'ensemble de la famille. Anna Anderson a si bien joué son rôle que de nombreux Romanov ont juré qu'il s'agissait effectivement d'Anastasia. Youssoupov s'est montré fort brillant sur toute la ligne. Au bout d'un moment, des prétendants se sont matérialisés de toutes parts. La supercherie avait acquis une existence propre.

— Afin de préserver le véritable secret.

— Exact. Depuis la mort de Youssoupov, cette responsabilité incombe à quelques autres, moi compris, mais à cause des restrictions sur les voyages imposées par les soviets, la tâche était difficile. C'est peut-être Dieu qui vous a conduit jusqu'à nous, monsieur Lord. Nous avons grand besoin de vos services.

— D'accord, mais quels services pourrai-je vous rendre ? »

L'historien darda sur Akilina Petrovna un regard empreint d'attendrissement.

« Et pareil pour vous, ma chère. À présent, quelques détails supplémentaires. La prophétie de Raspoutine prédit l'intervention de bêtes innocentes. Dans quelles circonstances ? Je n'en ai pas la moindre idée. Et aussi que Dieu fournira le moyen d'assurer la justice. Peut-être une allusion aux tests ADN, qui permettent à présent de vérifier l'authenticité de toute candidature.

Nous ne sommes plus à l'époque de Lénine ou de Youssoupov. C'est désormais l'ère de la science. »

Le calme de l'appartement avait détendu Lord, et l'odeur du chou et des pommes de terre se faisait de plus en plus précise.

« Pitié, professeur. Je meurs de faim.

— Naturellement. Ceux qui vous ont amenés s'occupent de tout. »

Il revint à Akilina.

« Pendant le dîner, je vais envoyer quelqu'un à votre appartement pour vous rapporter tout le nécessaire. Je vous recommanderais d'y inclure votre passeport, car nous ne savons pas jusqu'où vous entraînera votre quête. En outre, nous avons des contacts avec l'administration du cirque. Je vais obtenir pour vous un congé exceptionnel qui ne nuira en rien à votre carrière. Même si nous n'aboutissons nulle part, au moins vous conserverez votre place au cirque de Moscou.

— Je vous remercie.

— Et vous, monsieur Lord ?

— Je vais remettre à vos hommes la clef de ma chambre d'hôtel. Ils me rapporteront ma valise. Je leur demanderai, en outre, de transmettre un message à mon patron, Taylor Hayes.

— Je ne vous le conseille pas. La prophétie insiste sur la nécessité du secret. Je crois que nous devrions en tenir compte.

— Mais Taylor pourrait nous aider.

— Vous n'aurez pas besoin de son aide. »

Lord était trop las pour discuter plus longuement. D'ailleurs, Pachenko avait sans doute raison. Moins il y aurait de gens dans le secret, plus les risques seraient limités. Il pourrait toujours appeler Hayes un peu plus tard.

« Vous dormirez ici en toute sécurité, conclut Pachenko. Et vous pourrez partir, dès demain, sur le sentier de la guerre. »

24

Lord pilotait la Lada déglinguée sur un tronçon de route à deux voies. Pachenko leur avait fourni le véhicule, neutre à souhait, avec un plein dans le réservoir et cinq mille dollars. Lord avait préféré se munir de monnaie américaine plutôt que de simples roubles, dans la mesure où Pachenko avait eu raison, la veille : ils ignoraient où ce voyage allait les conduire. L'avocat était toujours convaincu que cette excursion en province serait une perte de temps, mais il se sentait déjà beaucoup mieux dans sa peau, à cinq heures de Moscou, parmi les paysages boisés de la Russie du Sud-Ouest.

Il portait un chandail et un jean. Les hommes de Pachenko avaient récupéré sa valise, au Volkhov, sans aucun problème. Une bonne nuit de repos, une douche chaude et un coup de rasoir l'avaient complètement remis à neuf. Akilina, elle aussi, était en pleine forme. Les hommes de Pachenko avaient scrupuleusement respecté sa liste d'effets personnels, et découvert son passeport à l'endroit qu'elle leur avait indiqué. Pour faciliter leurs déplacements fréquents à l'étranger, les artistes de cirque bénéficiaient d'un visa permanent, sans date d'expiration.

Elle avait peu parlé, pendant toute la première partie du voyage. Elle portait un col roulé vert olive, un jean et un manteau de suédine. Un ensemble, avait-elle précisé, qu'elle avait acheté à Munich, l'année passée. Les revers accentuaient la largeur de ses épaules naturellement minces, et lui prêtaient une allure à la Annie Hall que Lord trouvait fort à son goût.

À travers le pare-brise, défilaient champs et bois. La terre était noire, très différente de l'argile rouge d'un endroit comme la Géorgie du Nord. Les pommes de terre constituaient la culture essentielle de la région. Lord se rappelait avec amusement l'histoire de Pierre le Grand, qui avait décrété que les étranges tubercules seraient cultivés par les paysans, sous le nom de *pommes de la terre.* Les pommes de terre étaient étrangères à la Russie, et le tsar n'avait pas précisé quelle partie de la plante devait être récoltée. Quand, au comble du désespoir, les paysans avaient essayé de manger tout ce qui poussait, excepté les racines, ils étaient tombés malades. Rendus furieux, de surcroît, ils avaient brûlé toute la récolte. C'était seulement après que quelqu'un eut goûté l'intérieur des patates carbonisées que la pomme de terre avait acquis sa renommée.

Leur itinéraire traversait également quelques zones plutôt sinistres de fonderies et d'usines de tracteurs. L'air était un smog acide de fumée et de suie. Toute la région avait été un immense champ de bataille. Païens contre chrétiens, rivalités de princes avides de mater le peuple, Tartares affamés de conquêtes. Un endroit où, selon le mot d'un écrivain, « la terre russe s'était gorgée de sang russe ».

Starodug était une petite ville étroite, tout en longueur, dont les boutiques à colonnades et les bâtisses de pierre et de bois ramenaient à l'époque impériale. Des bouleaux argentés s'alignaient le long des rues, vers le centre dominé par une église à trois campaniles coiffés de coupoles en forme d'oignon et d'étoiles d'or qui brillaient dans les derniers rayons du couchant. Une vague odeur de pourriture planait sur le village, en provenance de maisons croulantes, de trottoirs crevés et d'espaces de verdure laissés à l'abandon.

« Une idée pour trouver Kolya Maks ? plaisanta Miles alors qu'ils remontaient lentement la rue principale.

— Je ne pense pas que ce soit bien difficile. »

Elle désignait quelque chose, du menton. Il loucha à travers le pare-brise sali par le voyage et repéra, après elle, l'enseigne qui affichait : KAFÉ SNEJINKI, GÂTEAUX, PÂTÉS, GLACES ET AUTRES SPÉCIALITÉS. L'établissement occupait le rez-de-chaussée d'un immeuble de trois étages en brique rouge, aux fenêtres gaiement tarabiscotées. JOSIF MAKS, PROPRIÉTAIRE, annonçait un dernier écriteau bien en vue.

« Ce n'est guère commun », remarqua Lord.

Les Russes, en général, ne proclamaient pas leur titre de propriétaire. Lord regarda autour de lui et, parmi les autres enseignes, ne distingua aucun autre nom, aucun autre titre de propriété. Il se souvenait de la perspective Nevsky, à Saint-Pétersbourg, et du quartier Arabat, à Moscou. Deux endroits à la mode où des centaines de boutiques offraient des articles dans le vent. Peu de ces magasins affichaient leurs prix en vitrine et pas un seul ne proclamait l'identité de son propriétaire.

« Peut-être un signe des temps, commenta Akilina. L'invasion du capitalisme. Même ici, dans la Russie la plus rurale. »

Son sourire prouvait qu'elle blaguait.

Ils parquèrent la Lada et descendirent dans l'obscurité naissante, puis ils revinrent sur leurs pas, vers le Kafé Snejinki. Personne dans la rue, à l'exception d'un chien qui pourchassait une pie. La plupart des boutiques de détail étaient sans lumière. En dehors des régions métropolitaines, peu de magasins restaient ouverts pendant le week-end. Une séquelle du récent passé bolchevique.

La salle du café était chichement décorée. Quatre rangées de tables en meublaient le centre. Des armoires vitrées exposaient les plats du jour. Une odeur de café fort emplissait l'air. Trois consommateurs assis à la même table, un autre seul à l'écart. Bien que Lord se demandât combien de Noirs ils avaient pu voir avant lui, nul ne releva les yeux à leur entrée.

L'homme debout derrière le comptoir était petit et gros, avec des cheveux hirsutes couleur cuivre et une moustache de même teinte. Il portait un tablier constellé de taches plus variées qu'une palette de peintre, et lorsqu'il vint à leur rencontre, une odeur de fromage frais à la grecque vola jusqu'à leurs narines, alors qu'il s'essuyait les mains à l'aide d'une serviette sale.

« Vous êtes Josif Maks ? » s'enquit Miles Lord, en russe.

Le visage de l'homme se rembrunit.

« Vous venez d'où ? »

Lord estima qu'il était un peu tôt pour en dire davantage.

« Quelle importance ?

— Vous entrez chez moi, et vous me posez des questions. Dans ma langue.

— Puis-je tenir pour acquis que vous êtes Josif Maks ?

— Dites-moi ce que vous voulez. »

Le ton était franchement désagréable. Préjugé ou ignorance ?

« Écoutez, monsieur Maks, nous ne sommes pas là pour vous causer des ennuis. Nous cherchons M. Kolya Maks. Il est probablement mort depuis longtemps, mais connaîtriez-vous l'un de ses parents, dans cette ville ? »

Le regard de l'homme exprimait toujours une bonne dose d'hostilité.

« Qui êtes-vous ?

— Je m'appelle Miles Lord. Et voilà Akilina Petrovna. Nous venons de Moscou, à la recherche de Kolya Maks. »

L'homme jeta sa serviette sur une table et croisa les bras sur sa poitrine.

« Il y en a, des Maks, par ici. Mais je ne connais aucun Kolya.

— Il vivait ici à l'époque de Staline, mais ses enfants ou petits-enfants sont peut-être encore dans le coin ?

— Maks était le nom de ma mère, mais je n'ai jamais été proche des autres.

— Mais votre nom de famille est bien Maks ? »

De mais en mais, l'hostilité de l'homme tournait carrément à l'agressivité.

« Pas le temps de vous écouter. J'ai des clients. »
Akilina s'approcha des vitrines d'exposition.

« Monsieur Maks, c'est important. Nous avons besoin de joindre la famille de Kolya Maks. Pouvez-vous au moins nous dire s'ils vivent encore ici ?

— Qu'est-ce qui vous porte à croire qu'ils y ont jamais vécu ? »

Lord perçut des pas, derrière lui, et se retourna juste à temps pour voir un policier pénétrer dans la salle, en uniforme de la *militsia* rurale, coiffé d'une chapka de fourrure. Il déboutonna sa capote et l'ôta, puis s'assit à l'une des tables en saluant Josif Maks de la main. Le propriétaire comprit au quart de tour et se mit à préparer du café. Lord s'avança jusqu'au comptoir. La présence de ce flic le rendait nerveux. Maks lui tournait le dos. Il articula, à voix basse :

« Celui qui tiendra jusqu'au bout, celui-là sera sauvé. »

Maks le regarda par-dessus son épaule.

« Qu'est-ce que ça veut dire ?

— À votre avis ?

— Cinglé d'Américain ! Êtes-vous tous aussi dingues ?

— Qui vous dit que je suis américain ? »

Maks interrogea Akilina, du regard.

« Qu'est-ce que vous faites avec ce *tchornye* ? »

Ni elle ni lui ne relevèrent la remarque méprisante. Ils devaient quitter ce café sans incident. Pourtant, il y avait quelque chose, dans l'attitude de Maks, qui contredisait ses mots. Lord n'en était pas sûr, mais il se pouvait que l'homme tentât de lui faire parvenir un message signifiant « Pas ici. Plus tard ». Il décida de courir le risque :

« Nous partons, monsieur Maks. Navrés de vous avoir dérangé. Auriez-vous une idée d'où nous pourrions loger pour la nuit ? »

Le propriétaire acheva de préparer son café puis l'apporta au policier, attablé à l'écart. Il revint ensuite lentement vers eux.

« Essayez l'hôtel Okatyabrsky. Première à gauche et troisième rue, dans le centre-ville.

— Merci. »

Lord espérait une suite, mais Maks n'ajouta pas un mot, avant de se retrancher derrière son comptoir. En repartant vers la sortie, Lord et Akilina ne purent éviter de passer tout près du policier qui dégustait, à petites gorgées, son café brûlant. Le flic les suivit des yeux plus longtemps qu'il n'était indispensable. Par-dessus son épaule, Lord vit que Josif Maks l'avait remarqué, lui aussi.

Ils trouvèrent facilement l'Okatyabrsky, un hôtel de quatre étages aux chambres équipées d'un balcon plutôt fragile, à première vue. Le plancher de la réception était noir de crasse, et l'air fleurait la plomberie défectueuse. Un employé revêche les informa qu'on n'acceptait pas les étrangers. Akilina prit la situation en main et déclara avec fermeté que Miles était son mari, et qu'elle exigeait qu'on le traitât avec respect. Au terme d'une discussion orageuse, une chambre au troisième étage leur fut accordée, à un tarif supérieur aux prix habituellement pratiqués dans les établissements de cette catégorie.

La chambre était spacieuse, mais le décor sortait tout droit d'un film des années 1940. La seule concession au modernisme était représentée par un petit frigidaire qui ronronnait par intermittence, dans un coin de la pièce. La salle de bains ne valait pas mieux. Ni papier ni siège aux toilettes. Et quand Lord voulut se laver la figure, il découvrit que l'eau chaude et l'eau froide pouvaient couler, mais pas en même temps.

« Je ne pense pas que beaucoup de touristes descendent aussi bas dans le Sud, remarqua-t-il en se séchant le visage.

— Cette région était interdite pendant toute l'ère communiste, répondit Akilina, assise sur le lit. Il n'y a pas longtemps qu'elle est de nouveau accessible.

— Bravo pour votre numéro, en bas, avec ce que j'hésite à appeler le réceptionniste.

— Désolée pour ce qu'il a dit. Maks pareil. Ils n'en ont pas le droit.

— Je ne suis pas sûr qu'il l'ait pensé. »

Il expliqua la sensation ambiguë que lui avait inspirée l'attitude de Maks.

« Je crois que l'arrivée du flic l'a rendu aussi nerveux qu'on l'était nous-mêmes.

— Pourquoi ? Il a dit qu'il ne connaissait aucun Kolya Maks.

— Je crois qu'il mentait. »

Elle lui sourit.

« Vous êtes optimiste, Corbeau.

— Pas vraiment. J'espère simplement qu'il y a un grain de vérité, quelque part dans cette aventure.

— Je l'espère aussi.

— Ce que vous avez dit hier soir était vrai. Les Russes ne veulent se rappeler que les bons aspects du tsarisme. Mais vous aviez raison. C'était une autocratie. Répressive et cruelle. Cette fois-ci, ce pourrait être différent... »

Elle s'interrompit, le temps d'un sourire.

« Ce que nous faisons sera peut-être la meilleure façon de tricher avec les soviets une dernière fois. Ils se croyaient tellement intelligents ! Mais il se peut que des Romanov aient survécu. Est-ce que ce n'est pas ça, le plus extraordinaire ? »

Lord l'approuva en silence.

« Vous avez faim ? s'informa Akilina.

— Oui. Mais je crois qu'on va se faire aussi petits que possible. Je vais descendre au rez-de-chaussée, acheter de quoi manger au kiosque de la réception. Le pain et le fromage ne peuvent pas être complètement pourris. On va grignoter tranquillement ici.

— Excellente idée », approuva Akilina, souriante.

En bas, Lord s'adressa à la vieille femme qui tenait le kiosque. Il choisit un pain noir, un bon morceau de fromage, deux ou trois saucisses, et deux bières. Il régla l'addition à l'aide d'un billet de cinq dollars, qu'elle accepta avec empressement. Il repartait vers l'escalier quand il entendit approcher les voitures. Des gyrophares blanc et rouge envahirent le rez-de-chaussée, à travers les fenêtres de la rue. Il aperçut trois voitures de police, stoppées en parallèle devant l'Okatyabrsky.

Il connaissait le motif de leur visite.

En quelques bonds, il rejoignit Akilina, dans la chambre du troisième.

« Prenez vos affaires. La police est là. »

Rapidement, Akilina passa son manteau. Jeta son sac sur son épaule. Il s'empara, lui-même, de son sac et de son manteau.

« Dépêchons-nous. Ils vont très vite apprendre le numéro de cette chambre.

— Où allons-nous ? »

Une seule voie de retraite possible. Le quatrième étage.

Ils montèrent l'escalier obscur alors que de grosses godasses grimpaient du rez-de-chaussée.

Sur la pointe des pieds, ils parcoururent le couloir du quatrième. Les flics étaient déjà à l'étape au-dessous, beaucoup moins discrets dans leur mode de progression. À la lueur de l'unique ampoule nue, Lord enregistra, dans sa foulée, la disposition des sept chambres. Trois d'un côté, sur la rue, trois de l'autre, une seule à l'extrémité du couloir. Toutes étaient ouvertes, donc inoccupées.

Au troisième, des poings martelaient fortement une porte.

Un doigt sur les lèvres, Lord désigna la chambre du fond. Akilina se dirigea vers elle. En chemin, Lord ferma doucement toutes les portes, des deux côtés du couloir. Puis rejoignit Akilina, repoussa le battant et le boucla au loquet, derrière lui.

Le vacarme, au troisième, était à son comble.

La chambre dont ils venaient de prendre possession baignait dans l'obscurité, mais pas question de donner de la lumière. Lord alla jeter un coup d'œil par la seule fenêtre. Découvrit, à une dizaine de mètres en contrebas, l'allée encombrée de quelques voitures. Il ouvrit la fenêtre, sortit la tête dans le froid nocturne. Pas de flics en vue. Trop sûrs d'eux, sans doute. À droite de la fenêtre, une gouttière dégringolait du toit jusqu'aux mauvais pavés de l'allée.

Il recula d'un pas, en se redressant.

« On est coincés. »

Akilina le poussa de côté pour s'approcher de la fenêtre. Des pas escaladaient les marches conduisant du troisième au quatrième. Les policiers étaient sûrs, à présent, qu'il n'y avait plus personne à l'étage inférieur. Toutes ces portes closes pourraient les retarder un brin, mais pas bien longtemps. Akilina jeta son sac par la fenêtre et ordonna :

« Passe-moi le tien ! »

Le sac de Lord alla rejoindre l'autre dans l'allée.

« Regarde-moi et fais exactement ce que je fais. »

Cramponnée à la barre d'appui, elle se projeta littéralement hors de la fenêtre. Il l'observa tandis qu'elle empoignait la gouttière, les pieds fermement plantés contre les briques de la façade, entourant de ses deux mains le tuyau vertical. Avec une habileté consommée, elle descendit, utilisant ses jambes comme points d'appui, agrippant et lâchant le tuyau, alternativement, à mesure que la gravité l'attirait vers le sol. En un temps record, elle prit pied dans l'allée.

Des portes s'ouvraient dans le couloir. Lord ne se croyait pas réellement capable d'imiter l'exemple d'Akilina, mais il n'y avait pas d'autre solution.

À son tour, il sortit par la fenêtre, empoigna la gouttière. Le métal lui glaçait les mains, et l'humidité menaçait sa prise, mais tout comme la jeune acrobate, il planta ses semelles souples contre la façade et amorça sa descente.

Les flics russes cognaient à présent dans la seule porte bouclée de l'intérieur.

Il dépassa les fenêtres du deuxième. Là-haut, ils enfonçaient la porte. Lord poursuivit sa descente, mais perdit sa prise alors qu'un collier de fixation cédait sous son poids. Il tomba au moment précis où une tête apparaissait là-haut.

Heurtant le mur d'un genou, il se cuirassa pour le

proche contact avec le sol. Le choc fut rude à l'atterrissage. Il roula sur l'impulsion acquise, et s'écrasa contre le pneu d'une des voitures.

En relevant les yeux, il vit apparaître un poing armé d'un revolver. Il se releva d'un bond, s'efforçant d'oublier la douleur aiguë qui vrillait sa jambe droite. Il prit Akilina par le bras et la poussa derrière la voiture.

Deux détonations claquèrent dans la nuit. Une balle ricocha sur le capot, l'autre fracassa le pare-brise.

« Allons-y, pliés en deux. »

Traînant leurs sacs, ils crapahutèrent entre les voitures. Les coups de feu se succédaient, mais la fenêtre du quatrième étage n'offrait pas un poste de tir idéal. Des vitres se fracassaient, à la ronde. Des projectiles ricochaient au hasard. Ils parvinrent à l'extrémité de l'allée et en sortirent, persuadés que les policiers devaient garder cette issue.

Personne.

Ils scrutèrent la nuit, dans les deux directions. Aucune lumière dans les boutiques. Et pas d'éclairage urbain, pas de lampadaires. Lord jeta son sac sur son épaule. Prenant la main d'Akilina, il l'entraîna sans égard pour sa propre jambe douloureuse.

Une voiture jaillit du tournant, à leur droite. Des phares les éblouirent. Le véhicule leur arrivait droit dessus.

Ils se figèrent sur place, au milieu de la rue. Des pneus grincèrent sur la chaussée rugueuse.

La voiture s'arrêta juste à côté d'eux.

Lord remarqua qu'il ne s'agissait nullement d'un véhicule officiel. Pas de feux clignotants, pas de plaques. Les traits du conducteur, en revanche, étaient

clairement identifiables, à travers le pare-brise poussiéreux.

Josif Maks.

Le Russe passa la tête à travers le trou noir de sa
vitre baissée.

« Montez ! Vite ! »

Ils s'engouffrèrent à l'arrière. Maks poussa l'accélérateur au plancher.

« Juste à l'heure ! » haleta Lord en regardant par
la lunette arrière.

Le gros citoyen de Starodug avait les yeux fixés
droit devant lui, mais prit le temps d'aboyer :

« Kolya Maks est mort depuis longtemps. Mais son
fils vous recevra, dès demain matin. »

25

MOSCOU

DIMANCHE 17 OCTOBRE – 7 HEURES

Hayes déjeunait seul dans la grande salle à manger du Volkhov. L'hôtel offrait un merveilleux buffet matinal. Il aimait particulièrement les blinis que le chef saupoudrait de sucre et garnissait d'un sirop de fruit frais. Le garçon lui apporta les *Izvestia* du jour, et il déplia le journal pour prendre connaissance des dernières nouvelles.

L'article de fond, à la une, rappelait les activités de la chancellerie secrète, au cours de la semaine écoulée. Au lendemain de la session d'ouverture du mercredi, avaient commencé les nominations. Jeudi, le nom de Stefan Baklanov avait mis en avant sa candidature proclamée, comme prévu, par le maire de Moscou, personnage très populaire dont l'intervention donnait encore plus de vraisemblance au candidat de la chancellerie. Un menu stratagème soutenu par les éditorialistes des *Izvestia*.

Deux clans de Romanov proposaient leur doyen, se targuant de liens de sang plus directs, avec Nicolas II, que ceux de Stefan Baklanov. Trois autres noms émergeaient encore, mais les journalistes ne leur donnaient aucune chance. Un entrefilet signalait qu'il existait beaucoup d'autres Russes apparentés, de loin, aux Romanov. Des laboratoires de Saint-Pétersbourg, de Novossibirsk et de Moscou proposaient, pour cinquante roubles, de tester le sang de quiconque le désirerait, afin d'en comparer la composition génétique à celle de la famille impériale. Apparemment, des tas de gens avaient payé cette somme et subi le test en question.

Le débat initial entre les membres de la Commission et les « nominés » avait été intense, mais Hayes savait que ce n'était qu'une habile comédie, puisque quatorze des dix-sept personnages étaient achetés. Ce débat avait été son idée. Mieux valait que les membres parussent en désaccord avant de se rallier à une décision commune.

La semaine s'était terminée sur l'annonce que la procédure de nomination aurait lieu le surlendemain, après qu'un autre vote initial aurait réduit la liste à trois candidatures. Et puis, deux autres jours plus tard, le jeudi, ce serait le vote final. Vendredi, tout serait terminé, et l'on proclamerait Stefan Baklanov tsar de toutes les Russie. Les clients de Taylor Hayes seraient heureux, la chancellerie secrète satisfaite, et lui-même plus riche de quelques millions de dollars.

Il acheva sa lecture, émerveillé par le penchant russe pour les spectacles publics. Ils avaient même un mot pour ce genre de manifestation : *pokazoukha*. Le plus bel exemple dont il eût gardé le souvenir était la visite de Gerald Ford, dans les années 1970, rendue encore plus pittoresque par les ifs coupés dans une forêt voisine et plantés directement dans la neige, tout au long du parcours.

Le garçon lui apporta ses blinis fumants et son café. Il feuilleta le reste du journal, s'attardant, de loin en loin, sur quelque historiette.

L'une, en particulier, retint son regard : ANASTASIA, BIEN VIVANTE AUPRÈS DE SON FRÈRE LE TSAR. Le choc lui secoua la colonne vertébrale jusqu'à ce qu'il lût l'article et découvrît qu'il s'agissait tout bonnement de la critique d'une pièce de théâtre jouée à Moscou.

« Inspirée par un médiocre roman trouvé chez un bouquiniste, la dramaturge anglaise Lorna Gant a exploité cette histoire rocambolesque de survie d'un des membres de la famille impériale au massacre d'Ekaterinbourg.

J'ai été fascinée par l'affaire Anastasia-Anne Anderson, écrit Lorna Gant en se référant à l'imposture la plus fameuse d'une longue série. *La pièce suggère qu'Anastasia et son frère Alexis auraient échappé à la mort, en 1918. Leurs dépouilles n'ont jamais été retrouvées et, depuis des décennies, les hypothèses abondent sur cet épisode de l'histoire russe. Un sol fertile pour l'imagination féconde de l'auteur. On pense,* poursuit Lorna Gant, *à Elvis et à Marilyn vivant ensemble en Alaska. Il y a dans cette analogie un humour noir et une ironie incontestables.*

Hayes poursuivit sa lecture, et vit qu'il s'agissait plutôt d'une farce que d'une version vraisemblable de la survie éventuelle d'un Romanov. La critique la comparait, d'ailleurs, au célèbre *Tchekhov rencontre*

Carol Burnett. Et elle recommandait plutôt au public de s'abstenir.

Une chaise glissant à bas d'une table l'alerta. Détachant ses yeux du journal, il regarda Feliks Orleg s'asseoir en face de lui.

« Votre petit déjeuner semble fort appétissant, constata l'inspecteur.

— Je vais vous commander le même, mais est-ce que ce n'est pas un endroit un peu trop public pour votre goût ? »

Hayes parvenait tout juste à cacher son mépris.

Orleg attira une assiette à lui, et cueillit une fourchette. Hayes garda le silence tandis que l'inspecteur inondait un *blini* d'une confiture très liquide, et l'engloutissait en trois bouchées.

« Café ?

— Si ce n'est pas trop demander », accepta Orleg, la bouche pleine.

Hayes hésita, puis pria le garçon de rapporter du café, et une cruche de jus d'orange. Orleg termina les blinis puis s'essuya la bouche en cochonnant toute une serviette de toile blanche.

« J'ai entendu dire que les déjeuners du Volkhov étaient somptueux, mais c'est tout juste si je peux me payer l'apéritif.

— Espérons que vous allez bientôt faire fortune. »

Un sourire sarcastique retroussa les lèvres craquelées du policier.

« Je ne fais pas tout ça pour amuser la galerie.

— Alors, pourquoi cette sympathique visite matinale ?

— L'avis de recherche lancé contre Miles Lord a porté ses fruits. Il a été localisé.

— Où ça ?

— À Starodug. Cinq heures de route au sud de Moscou. »

Le nom figurait dans les documents dénichés par Lord, aux archives. Lénine en parlait, ainsi que d'un certain Kolya Maks. Que disait le leader soviétique ? « Le village de Starodug a également été cité par deux gardes Blancs poussés à s'exprimer, sous contrainte. Quelque chose s'est passé là-bas, j'en ai maintenant la certitude. »

Une certitude que Taylor Hayes partageait à présent. Trop de coïncidences.

Visiblement, Lord avait mis le pied dans un drôle de plat.

Au cours de la nuit, sa chambre avait été mystérieusement vidée de tout effet personnel. Les membres de la chancellerie secrète s'inquiétaient, et s'ils s'inquiétaient, Hayes s'inquiétait à leur suite. Ils lui avaient dit de régler le problème, et c'était bien ce qu'il avait l'intention de faire.

« Que s'est-il passé ?

— Il a été repéré dans un hôtel, en compagnie d'une femme. »

Silence. Orleg le faisait languir. Il goûtait la situation en gourmet.

« Le manque de compétence de la *militsia* locale n'a d'égale que sa stupidité. Ils ont investi l'hôtel, mais négligé d'en couvrir l'arrière. Lord et la fille se sont enfuis. Par une fenêtre du quatrième étage ! Ils leur ont tiré dessus, mais sans plus de succès.

— Ont-ils appris pourquoi ils étaient là ?

— Ils ont posé des questions, dans un café local, au sujet d'un certain Kolya Maks. »

Autre confirmation.

« Quels ordres avez-vous donnés aux flics de Sta-rodug ?

— Je leur ai dit de ne rien faire en attendant de mes nouvelles.

— Il faut qu'on parte immédiatement.

— C'est bien ce que je pense. Voilà pourquoi je suis venu si tôt. Et j'ai même eu le temps de prendre mon petit déjeuner ! »

Le garçon revenait avec le jus d'orange. Hayes se leva. Un peu lourdement.

« Terminez sans trop vous presser. Il faut que je donne un coup de fil, avant de prendre la route. »

26

STARODUG
10 HEURES

Lord ralentit. Une pluie glacée crépitait sur le pare-brise. Au cours de la nuit, Josif Maks les avait installés dans une maison isolée, à l'ouest de Starodug. Elle appartenait à un autre membre de la famille Maks qui leur avait préparé deux lits de camp, devant le feu de bois allumé dans la cheminée.

Maks était revenu, au petit matin, leur expliquer que la police l'avait interrogé au sujet d'un Noir et d'une femme blanche qui étaient entrés dans son établissement, la veille. Il leur avait raconté ce qui s'était passé, confirmé par le témoignage d'un agent de la *militsia* présent dans la salle. Ils semblaient l'avoir cru, puisqu'ils n'étaient pas revenus. Par bonheur, personne ne l'avait vu ramasser les fuyards, à proximité de l'Okatyabrsky. Maks leur avait aussi procuré un autre véhicule, sous la forme d'un antique coupé Mercedes maculé de boue noire, aux sièges de cuir fendus par l'usure. Il leur avait également fourni toutes les indications pour se rendre chez le fils de Kolya Maks.

La ferme était un bâtiment bas, sans étage, à double paroi de planches fourrée de copeaux de chêne, sous un toit d'écorce envahi par la moisissure. Une cheminée de pierre crachait une colonne de fumée noire dans l'air froid du matin. Alentour, s'étendait une vaste terre labourée, produit du travail des charrues et autres instruments agraires rangés sous un appentis.

Tout ce décor rappelait à Akilina la cabane que sa grand-mère avait jadis occupée, auprès d'un semblable bouquet de bouleaux. Elle avait toujours eu horreur de l'automne. Une saison qui arrive sans crier gare et, deux jours plus tard, débouche sur l'hiver. Sa présence annonçait la fin des forêts verdoyantes et des prairies herbeuses. Autre souvenir lointain du village de l'Oural où sa grand-mère l'avait élevée et de l'école où elles portaient toutes la même robe, le même tablier, les mêmes rubans rouges.

On leur racontait l'oppression imposée aux travailleurs, et comment Lénine avait changé tout ça, et combien le capitalisme était infâme, et ce que la collectivité attendait de ses membres. Le portrait de Lénine était accroché dans chaque classe, dans chaque foyer. Toute parole dirigée contre lui était un crime. Seule consolation : la certitude que tout le monde pensait exactement la même chose.

L'individu n'existait pas.

Pourtant, son père avait été un individu.

Tout ce qu'il avait désiré, c'était d'aller vivre en Roumanie avec sa nouvelle femme et son fils. Mais le *kollektif* l'interdisait. Les bons parents devaient être membres du parti. Aucune échappatoire. Quiconque ne partageait pas les idées révolutionnaires devait être dénoncé. Une histoire mémorable retraçait l'aventure d'un fils qui avait dénoncé son père accusé de distribuer des tracts aux paysans rebelles. Le fils avait longuement témoigné contre son père, et s'était fait massacrer par les paysans. Mais des chansons, des poèmes avaient vanté le dévouement de ce fils exemplaire à la mère patrie.

Pourquoi ? Qu'y avait-il d'admirable dans l'histoire d'un père trahi par son fils ?

La voix de Miles Lord coupa le fil de ses pensées :

« Je pénètre dans la Russie rurale seulement pour la troisième fois, dit-il. Les deux autres fois sans toutes ces complications. Aujourd'hui comme hier, c'est très différent. Un tout autre monde.

— Au temps des tsars, les villages étaient appelés *mir*. La paix. Une bonne définition pour ceux qui ne quittaient jamais leur village. C'était leur monde. Un monde de paix éternelle. »

Le smog industriel de Starodug était loin, remplacé par des arbres verts, des champs de foin qui devaient, en été, accueillir des milliers d'alouettes.

Lord rangea la voiture devant la ferme. L'homme qui vint leur ouvrir était petit, un peu fort. Un rouquin à la face rougeaude, presque assortie à sa chevelure. Il devait approcher des soixante-dix ans, mais se déplaçait avec une agilité surprenante. Il les toisa de ses yeux scrutateurs, comparables au regard d'un garde frontalier, mais les pria d'entrer, tout de suite. Sans la moindre hésitation.

Relativement spacieux, l'intérieur de la ferme comprenait une chambre, une cuisine et un petit salon confortable. Le mobilier était un mélange hétéroclite de nécessité et de sens pratique. Les planchers avaient été poncés et cirés à l'origine. Mais ils avaient connu de meilleurs jours. Pas d'éclairage électrique. Des lampes à pétrole, et la lueur dansante du feu de bois.

« Je m'appelle Vassily Maks. Je suis le fils de Kolya. »

Ils s'assirent à la table de la cuisine. Sur un poêle à bois, chauffait une marmitée de *lapsha*, nouilles artisanales de fabrication maison, qu'Akilina avait toujours aimées. Il y avait aussi une odeur de viande rôtie. D'agneau, si elle ne se trompait pas. Le tout un peu voilé par des relents de tabac bon marché. Dans un coin, trônait une icône entourée de bougies. Sa propre grand-mère avait entretenu, jusqu'au bout, un tel coin dédié à la foi.

« J'ai préparé le déjeuner, dit Vassily Maks. J'espère que vous avez faim.

— Merveilleuse idée, réagit Lord. D'autant que ça sent tellement bon…

— La bonne cuisine est un des derniers petits plaisirs dont je puisse encore profiter. »

Debout devant le poêle, Maks leur tournait le dos, et remuait les nouilles dans l'eau bouillante de la grande marmite.

« Mon neveu m'a bien précisé que vous aviez quelque chose à me dire. »

Lord comprit à demi-mot.

« Celui qui tiendra jusqu'au bout, celui-là sera sauvé. »

Vassily Maks revint poser sa cuiller sur la table.

« Je croyais ne jamais entendre cette parole. Je pensais que mon père avait tout inventé. Et de la bouche d'un homme de couleur ! Le corbeau ? Et vous, mon enfant, vous savez que votre nom veut dire aigle…

— C'est ce qu'on m'a déjà dit.

263

— Vous êtes une ravissante créature. »

Elle le remercia d'un sourire.

« J'espère que la quête de votre Graal particulier ne mettra pas en danger une telle beauté.

— Comment le pourrait-elle ? »

Le vieil homme frotta distraitement son nez bulbeux.

« Quand mon père m'a passé le relais, il m'a averti qu'un jour, j'y risquerais peut-être ma vie. Je ne l'avais pas pris au sérieux… jusqu'à maintenant.

— Que savez-vous, en fait ? » questionna Lord.

Leur hôte respira profondément.

« Je pensais souvent à tout ce qui est arrivé. Là encore, mon père m'avait prévenu, et je ne l'avais cru qu'à moitié. Je pouvais presque les voir réveillés au milieu de la nuit et forcés de descendre au rez-de-chaussée. Ils espéraient, ils croyaient que l'armée Blanche était tout près de là, et qu'elle allait leur rendre la liberté. Yurovsky, le juif fou, leur a dit qu'ils allaient être évacués, mais qu'auparavant, on allait les photographier, à seule fin de prouver aux gens de Moscou qu'ils étaient toujours en vie. Il les a fait poser en groupe. Mais au dernier moment, pas de photos. Rien que des hommes armés et l'annonce de leur exécution. Yurovsky a pointé son revolver… »

Il s'interrompit en secouant la tête.

« Asseyons-nous autour du déjeuner… Je vais vous raconter tout ce qui s'est passé à Ekaterinbourg, en cette fatale nuit de juillet 1918. »

Yurovsky pressa la détente de son colt, et la tête de Nicolas II, tsar de toutes les Russie, explosa dans un grand jaillissement de sang et de parcelles d'os. Le tsar bascula vers son fils. Alexandra se signait quand les autres membres de l'expédition ouvrirent le feu. Touchée par plusieurs balles, la tsarine tomba à bas de son siège. Yurovsky avait assigné une cible précise à chacun de ses tueurs, en leur enjoignant de tirer droit au cœur pour tenter de réduire l'effusion de sang. Mais le corps de Nicolas continua de tressauter sous les balles des bourreaux acharnés à détruire leur tsar jadis bien-aimé.

Le peloton d'exécution était réparti en trois rangs. Ceux des deuxième et troisième rangs tiraient par-dessus les épaules du premier rang, dont ils étaient si proches que plusieurs hommes furent brûlés par les gaz d'éjection des cartouches. Kolya Maks occupait le centre du premier rang, et subit deux brûlures au cou. Sa cible devait être Olga, l'aînée, mais il ne put se résigner à la fusiller. Il était arrivé à Ekaterinbourg trois jours plus tôt, avec mission d'orchestrer l'évasion de la famille. Mais les événements s'étaient accélérés à un train d'enfer.

Plus tôt dans la journée, Yurovsky avait convoqué les gardes dans son bureau, où il leur avait expliqué :

« Aujourd'hui, nous allons exécuter toute la famille, ainsi que le médecin et les serviteurs qui vivent avec eux. Dites au détachement de ne pas s'effrayer, quand ils entendront des coups de feu. »

Onze hommes avaient été choisis. Maks inclus. Il avait été chaudement recommandé par le soviet de l'Oural comme un gaillard réputé pour suivre les ordres, et le commandant Yurovsky avait besoin de toute la loyauté disponible.

Deux Lettons avaient immédiatement refusé de tirer sur des femmes. Ce scrupule de conscience, chez des hommes de guerre apparemment dépourvus de toute sensibilité, avait impressionné Kolya Maks. Yurovsky les avait simplement remplacés par deux autres, moins sensibles, qui s'étaient portés volontaires. Le peloton final comprenait six Lettons et cinq Russes, plus Yurovsky. Des hommes endurcis nommés Nikouline, Ermakov, deux Medvedev, et Pavel. Autant de noms que Kolya Maks n'avait jamais oubliés.

Un camion stationnait à l'extérieur du local, moteur emballé pour couvrir la fusillade. Très vite, la fumée des coups de feu emplit la cave d'un épais brouillard. Difficile de voir qui tirait sur qui. Plusieurs heures de beuverie avaient brouillé les sens au point qu'à l'exception de lui-même et peut-être de Yurovsky, personne n'était totalement lucide. Peu retiendraient les détails. Ils se souviendraient seulement d'avoir tiré, presque à bout portant, sur tout ce qui bougeait. Maks avait été très prudent avec sa consommation de vodka. Il savait qu'au moment crucial, il aurait besoin de toute sa tête.

Olga était tombée juste après sa mère, une balle dans le crâne. Les tueurs visaient droit au cœur, selon les instructions reçues, mais il se produisait des choses étranges. Les balles ricochaient sur la poitrine des femmes. Rejaillissaient en sifflant dans toutes les directions. L'un des Lettons s'écria qu'elles étaient sous la protection de Dieu. Un autre se demanda, à voix haute, si tout ceci n'était pas une ignominie.

Maks vit la grande-duchesse Tatiana et sa sœur Maria se réfugier dans un coin, en se protégeant futilement de leurs bras levés. Les balles criblèrent ces deux jeunes corps, certaines rebondissant, d'autres faisant mouche. Deux hommes rompirent la formation pour aller les achever d'une balle dans la tête.

Le valet, le cuisinier, le médecin s'écroulèrent sur place, foudroyés. La soubrette était folle. Elle maintenait son oreiller devant elle, comme un bouclier, et là encore, certaines balles ricochaient de manière inexplicable. De quelle protection surnaturelle disposaient ces gens ? La tête de la servante éclata enfin, sous un tir précis, et ses cris, ses gesticulations hystériques s'interrompirent, au grand soulagement de tous.

« Cessez le feu ! » hurla Yurovsky.

Le silence retomba.

« Assez de ce vacarme qu'on doit entendre de la rue. Achevez-les à la baïonnette. »

Les tireurs rengainèrent leurs revolvers, reprirent leurs carabines américaines Winchester et avancèrent, baïonnette au canon.

La servante vivait encore, malgré sa balle dans le crâne. Elle gémissait doucement. Deux Lettons plongèrent leur lame dans l'oreiller qu'elle tenait toujours. L'arme buta sur quelque chose de dur. Elle tenta de s'en saisir en criant de plus belle. Un des hommes lui abattit sur le crâne la crosse de son fusil. Ses gémissements rappelaient à Maks la plainte d'un animal blessé. Enfin, sous une grêle de coups de crosse, ils cessèrent pour de bon. Les hommes n'en plongèrent pas moins leur baïonnette dans le corps inerte, comme pour s'exorciser d'une malédiction. C'était un spectacle effroyable.

Maks s'approcha du tsar. D'épais ruisseaux de sang coulaient sur sa chemise et son pantalon. Les autres gardes se concentraient encore sur la servante et l'une des grandes-duchesses. La fumée était suffocante. Yurovsky, de son côté, examinait la tsarine.

Maks fit rouler Nicolas de côté. Le tsarévitch était

juste au-dessous, vêtu de la même chemise de campagne, du même pantalon militaire, des mêmes bottes. Exactement comme son père. Maks savait à quel point le père et le fils aimaient porter les mêmes tenues.

Le gosse ouvrit les yeux. Son regard exprimait une terreur sans nom. Maks se hâta de le bâillonner d'une main, son autre index en travers des lèvres.

« Silence. Fais le mort », articula-t-il d'une voix à peine audible.

Les yeux de l'enfant se refermèrent.

En se redressant, Maks tira une balle dans le plancher, tout près de la tête d'Alexis largement souillée du sang de son père. Le corps du gosse sursauta. Maks tira une balle de l'autre côté, souhaitant que personne n'observât et ne trouvât bizarres les tressautements de l'enfant. Mais tout le monde paraissait absorbé dans le carnage environnant. Onze victimes, douze bourreaux. La fumée et le sang.

« Le tsarévitch était toujours en vie ? lança Yurovsky.

— Plus maintenant », riposta Maks.

Sa réponse sembla satisfaire le commandant.

Maks ramena partiellement le corps de Nicolas sur celui de son fils. Il vit un des Lettons s'approcher d'Anastasia, la cadette. Elle s'était effondrée dès les premiers tirs et gisait sur le plancher, dans une mare de sang. Le sien, peut-être ? Maks se demanda si l'une des balles ne l'avait pas réellement touchée. Elle gémissait doucement, largement inconsciente. Le Letton levait bien haut la crosse de son fusil lorsque Maks l'arrêta.

« Un peu à moi ! Laisse-moi ce plaisir ! »

Un sourire fendit la face de l'homme, qui recula. Maks baissa les yeux vers la petite fille. Elle respirait difficilement, sa robe était saturée de sang. Mais était-ce le sien ou celui de sa sœur, tombée tout contre elle ?

Dieu me pardonne.

Il la frappa de sa crosse. Juste assez fort, il l'espérait, pour la plonger dans l'inconscience. Pas assez pour la tuer.

« Maintenant, je vais la finir », s'esclaffa-t-il en retournant son arme.

Par bonheur, le Letton avait trouvé un autre sujet d'intérêt. Se penchait sur un autre corps.

« Stop ! » vociféra Yurovsky.

Silence de mort. Plus de détonations, plus de coups sourds, plus de lames pénétrant dans des chairs mortes ou encore vives. Plus de gémissements. Seulement une douzaine d'hommes debout dans une épaisse fumée, l'ampoule qui se balançait au plafond singeant le soleil dans la brume.

« Ouvrez la porte, ordonna le commandant, qu'on puisse respirer un peu. On n'y voit goutte. Vérifiez les pouls et tenez-moi au courant. »

Maks tâta celui d'Anastasia. Très faible, mais toujours là.

« Grande-duchesse Anastasia. Morte. »

D'autres gardes annoncèrent d'autres morts. Maks repoussa le corps de Nicolas pour prendre le pouls du tsarévitch. Fort et régulier, sur un rythme accéléré. Avait-il même été touché ? Il annonça :

« Tsarévitch Alexis. Mort.

— Bon débarras, souligna l'un des Lettons.

— Il va falloir évacuer les corps en vitesse, ordonna Yurovsky. Plus aucune trace dans cette pièce demain matin. Qu'on aille chercher des draps, là-haut. Et qu'on les enveloppe en position allongée. »

Maks vit l'un des Lettons empoigner une des grandes-duchesses. Laquelle ? Peu importait.

« Visez-moi un peu ça ! »

Tous les regards se concentrèrent sur le corps ensanglanté. Maks et Yurovsky se penchèrent, côte à côte. Un diamant brillait à travers l'une des déchirures du corset. Le commandant s'agenouilla pour regarder de plus près. Puis il s'empara d'une baïonnette et fendit le corset, détachant du torse immobile un sachet de toile. D'autres joyaux cascadèrent. Tombèrent en pluie sur le plancher souillé.

« Nom de Dieu, jura Yurovsky, c'était ça qui les protégeait. Ces putains avaient cousu des fortunes dans leurs saloperies de corsets. »

Plusieurs des hommes se rendirent compte de ce qu'ils avaient à portée de la main, et s'approchèrent vivement des autres femmes.

« Plus tard ! aboya Yurovsky. Et tout ce que vous trouverez sur elle devra m'être remis en main propre. Quiconque détournera la moindre babiole sera fusillé. C'est clair ? »

Personne ne répondit. Maks savait que Yurovsky n'avait qu'une hâte : évacuer les cadavres. L'aube n'était plus qu'à quelques heures, et l'armée Blanche approchait. Elle était aux portes de la ville.

Le corps du tsar fut transporté, le premier, dans le camion en attente.

Déposée sur un brancard, une des grandes-duchesses se redressa tout à coup, en hurlant. L'horreur s'empara de tous. Le ciel était-il contre eux ? Allaient-ils ressusciter les uns après les autres ? Portes et fenêtres étaient ouvertes, à présent. Plus de fusillade. Yurovsky s'empara d'une des Winchester et plongea la baïonnette dans la poitrine de la malheureuse. La lame refusa de pénétrer. Il retourna le fusil et lui fracassa la tête d'un violent coup de crosse. Maks perçut le craquement de la boîte crânienne. Puis Yurovsky plongea la baïonnette dans le corps de la jeune fille et la tordit en tous sens. Le sang jaillit à profusion. Tout mouvement cessa définitivement.

« Sortez-moi d'ici toutes ces sorcières ! Elles sont possédées du démon. »

Maks revint vers Anastasia. L'enveloppa dans un des draps. Un nouveau vacarme éclata, sur le chemin du camion. Une autre des grandes-duchesses avait repris connaissance. Maks ferma les yeux une seconde, pour ne pas voir les hommes s'acharner sur elle, à coups de crosse et de baïonnette. Il mit la diversion à profit pour retourner se pencher sur le tsarévitch, immobile et blême dans le sang de ses parents.

« Petit ! »

L'enfant ouvrit les yeux.

« Ne dis rien. Il faut que je te transporte au camion. Tu m'entends ? »

Hochement de tête presque imperceptible.

« Un seul cri, un seul mouvement, et ils vont te massacrer ! »

Il chargea sur chacune de ses larges épaules un des deux enfants enveloppés d'un drap. Pourvu que la grande-duchesse n'allât pas, au plus mauvais moment, ressortir de son inconscience ! Il espérait, aussi, que personne ne revérifierait leur pouls. Dehors, il constata que les hommes étaient plus intéressés par leurs trouvailles que par le sort des victimes. Montres, bagues, bracelets, étuis à cigarettes, joyaux de toutes sortes.

« Je répète, disait Yurovsky. Un seul objet détourné

et le coupable sera fusillé. Une grosse montre a disparu. Ornée de diamants. Je vais chercher le dernier cadavre. Si elle n'a pas rejoint le tas, à mon retour, il va y avoir de la casse. »

Nul n'en doutait. L'un des Lettons ressortit, à regret, la montre de sa poche et la jeta sur le tas, sans le moindre commentaire.

Yurovsky revint avec le dernier corps qu'il jeta à l'arrière du camion. Puis il enfonça une casquette de type militaire sur le crâne d'un des tueurs.

« C'est celle du tsar. Mais tu n'as pas la tête assez grosse ! »

Sa plaisanterie eut beaucoup de succès.

« Ils avaient la vie dure », remarqua l'un des Lettons, parmi les rires.

Yurovsky jeta un coup d'œil aux cadavres empilés les uns sur les autres. Ils recouvrirent d'un carré de bâche les sinistres paquets oblongs, progressivement imprégnés de sang rouge et de débris sans nom. Yurovsky désigna quatre hommes pour accompagner le véhicule, puis alla s'asseoir dans la cabine. Le reste du peloton d'exécution se dispersa lentement. Chacun regagna son poste. Kolya Maks s'approcha de la fenêtre du camion, ouverte à l'opposé du siège du conducteur.

« Camarade Yurovsky, puis-je être du voyage ? On ne sera pas de trop pour finir le boulot. »

Yurovsky se pencha un peu vers l'extérieur. Il était aussi noir que la nuit. Barbe et cheveux noirs, veste de cuir noir. Maks ne distinguait que le blanc de ses yeux, impérieusement dardés sur cet homme qui se permettait de prendre une initiative.

Et puis, dans un haussement d'épaules :

« Plus on est de fous… Monte avec les autres ! »

Le camion quitta la maison Ipatiev par le portail ouvert à deux battants. Un des autres hommes éprouva le besoin de souligner, à voix haute, quelle heure il était. Trois heures du matin. Ils avaient intérêt à se presser. Deux bouteilles de vodka circulèrent à la ronde, parmi les hommes assis sur les corps. Maks fit semblant de boire à la suite des autres.

Il avait été envoyé à Ekaterinbourg pour organiser une évasion collective. Certains généraux de l'ancien état-major du tsar prenaient leur serment très au sérieux. Il y avait beau temps que circulait la rumeur, quant au sort réservé à la famille impériale. Maks avait appris, trop tard, ce qu'il en était au juste.

Il baissa les yeux jusqu'à la bâche qui recouvrait les corps. Le garçon et la fille étaient juste au-dessous, avec leur mère. Il se demanda si le tsarévitch l'avait reconnu. Peut-être était-ce à cause de cela qu'il avait compris si vite ? Et qu'il saurait se tenir tranquille.

Le camion dépassa le champ de courses proche de la ville. Longea des marais, des excavations, des mines abandonnées. Au-delà de l'usine du Haut-Isetsk et de la voie du chemin de fer, on entrait dans une épaisse forêt. Quelques kilomètres et une autre voie plus loin, ils parvinrent à une zone uniquement occupée par les cabanes des cheminots, tous endormis à cette heure.

Maks sentait la route se transformer, peu à peu, en un chemin défoncé recouvert de boue. Les pneus dérapaient de plus en plus souvent. Puis les roues arrière s'enfoncèrent et se mirent à tourner sur place, sans réussir à s'arracher du bourbier. Une vapeur épaisse s'échappait du capot. Le moteur chauffait atrocement. Ils risquaient de tomber en panne. Yurovsky mit pied à terre et désigna au conducteur la cabane qu'ils venaient de dépasser.

« Va réveiller le gars du chemin de fer et fais-toi donner un seau d'eau. »

Il se retourna vers l'arrière du camion.

« Trouvez des planches pour aider à sortir nos pneus de cette mélasse. »

Deux des hommes étaient déjà ivres morts. Deux autres sautèrent à bas du camion et disparurent dans la nuit. Simulant l'ivresse, Maks resta où il était. Il regarda le conducteur remonter la voie, cogner à la porte de la cabane.

Une lampe s'alluma, la porte s'ouvrit, et la discussion commença. Au bout d'un moment, la voix d'un des gardes hurla, d'une courte distance, qu'ils avaient trouvé les planches souhaitées.

C'était maintenant ou jamais.

Il souleva un côté de la bâche. La puanteur du sang répandu lui retourna l'estomac. Il poussa de côté le corps de la tsarine et tira sur le drap qui enveloppait le tsarévitch.

« C'est moi, petit. Surtout, pas un cri. »

L'enfant murmura quelque chose qu'il ne put comprendre.

Il transporta le paquet dans le sous-bois, à quelques mètres de la route.

« Ne bouge pas d'ici. »

Il alla chercher Anastasia, la déposa sur le sol, derrière le camion et replaça correctement la bâche. Puis il ramassa le paquet et courut le déposer à côté de l'autre. Il dégagea le visage des deux enfants. Reprit le pouls d'Anastasia. Faible, mais clairement perceptible.

Alexis ne le quittait pas du regard.

« Je sais que c'est affreux, lui dit-il. Mais il faut que vous restiez ici. Que vous n'en bougiez pas de sitôt. Veille sur ta sœur. Je vais revenir. Quand ? Je l'ignore. Tu comprends ? »

L'enfant acquiesça d'un minuscule signe de tête.

« Alors, fais-moi confiance, petit. »

Alexis lui jeta ses deux bras autour du cou, avec une ardeur désespérée qui lui fendit le cœur.

« Essaie de dormir. Je reviendrai. »

Maks regagna le camion. S'y réinstalla auprès des deux pochards toujours ivres morts. Des pas approchaient, dans les ténèbres. Il se redressa en grognant.

« Debout, Kolya, on a besoin de toi, lui dit un des deux hommes. On a trouvé des planches, derrière la voie de chemin de fer. »

Maks sauta à terre en titubant un peu, pour la frime. Il aida les deux autres à enfoncer les planches sous les roues du camion, en travers de la route. Dans le même temps, le préposé au volant revint avec un seau d'eau pour refroidir le moteur.

Yurovsky les rejoignit quelques minutes plus tard.

« On est à deux pas du rendez-vous avec Ermakov. »

Le camion redémarra laborieusement. Les planches fournirent, de justesse, la traction nécessaire. À moins d'un kilomètre au-delà, les attendaient le camarade Ermakov et sa troupe, tous munis de torches fumantes. D'après les cris qu'ils poussaient, l'ivresse générale était évidente.

À leur tête, Maks reconnut Peter Ermakov, dans la lueur des phares. La mission de Yurovsky s'arrêtait à l'exécution sommaire des Romanov. L'escamotage des cadavres, en revanche, était réservé à Ermakov. Il travaillait à l'usine du Haut-Isetsk, et son goût pour le meurtre était si poussé que beaucoup l'appelaient « camarade Mauser », comme le pistolet d'origine allemande.

Quelqu'un plaisanta :

« Pourquoi que vous nous les avez pas ramenées bien vivantes ? »

Maks ne doutait pas que la promesse d'Ermakov à ses hommes n'eût été la suivante : Soyez de bons petits soldats soviétiques, faites tout ce qu'on vous dit et vous pourrez vous amuser avec les femmes de la famille, sous les yeux du tsar. La possibilité du viol collectif de quatre jeunes vierges était le meilleur stimulant possible pour obtenir de ces brutes une collaboration totale.

La troupe se rassembla derrière le camion, les torches craquant à qui mieux mieux dans l'obscurité dense. L'un des hommes écarta la bâche.

« Pff, ça pue !

— L'odeur de la royauté », lança un autre type en rigolant.

Deux hommes grognèrent qu'il n'était pas question, pour eux, de toucher à ces choses répugnantes, et Peter Ermakov bondit dans le camion.

« Descendez-moi de là toutes ces saletés. Le soleil va se lever dans deux ou trois heures, et il y a encore un sacré boulot ! »

À l'empressement de la troupe, Maks comprit qu'il n'était pas recommandé de contrarier Ermakov dont les hommes entreprirent, illico, de décharger les corps et de les balancer sur les quatre *droschkis* disponibles. Quatre chariots seulement, constata Maks en souhaitant que personne ne s'avisât de compter les cadavres. Seul, Yurovsky était capable d'y penser, mais son autorité s'effaçait, ici, au profit de celle d'Ermakov. Et ceux qui venaient de la maison Ipatiev étaient trop soûls, ou trop crevés, pour faire la différence entre neuf et onze victimes.

Ils dégageaient les corps à mesure de leur chargement sur les quatre chariots. Tous fouillaient avidement les hardes ensanglantées. L'un des hommes d'Ekaterinbourg avait eu la langue trop longue, en parlant de leurs premières découvertes.

Yurovsky tira en l'air.

« Pas question de ça ! On les déshabillera sur le lieu de l'enterrement. Mais tout ce qui leur appartenait me sera remis. Tout voleur paiera son acte de sa vie ! »

Personne ne discuta.

À défaut du nombre de chariots nécessaire, il fut décidé que le camion irait jusqu'au bout avec le reste des corps. Assis sur le bord du camion, jambes ballantes, avec les *droschkis* en remorque, Maks ne quittait pas des yeux les corps agités par les cahots de la route. Il savait qu'ils allaient la quitter, bientôt, pour s'engager sous les arbres. Le lieu prévu pour l'enterrement collectif était une mine désaffectée connue sous le nom de « mine des Quatre-Frères ».

Dix minutes plus tard, le camion s'arrêta, et Yurovsky descendit en vitesse. Il se porta vivement à la rencontre d'Ermakov. L'empoignant par ses vêtements, il lui enfonça au creux de la gorge le canon de son revolver.

« C'est la merde noire ! Le type qui a pris le volant du camion dit qu'il ne retrouve pas le chemin de la mine. Vous y étiez pas plus tard qu'hier. Et tout à coup, plus de mémoire ? Tu espères que je vais vous laisser les corps tels quels, avec tout loisir de les dépouiller. Mais ça, ça n'arrivera pas. Ou tu trouves le chemin de la mine, ou je te descends. Et le comité de l'Oural me soutiendra jusqu'au bout, sois tranquille ! »

Deux hommes d'Ekaterinbourg s'avancèrent, armant ostensiblement leurs carabines. Maks suivit leur exemple.

« Ne nous fâchons pas, dit calmement Ermakov. Pas de violence inutile. Je vais prendre personnellement la tête du cortège. »

27

Lord vit apparaître des larmes, dans les yeux de Vassily, et se demanda combien de fois le septuagénaire avait pu vivre et revivre ces événements, en pensée, depuis que Kolya Maks lui avait « passé le relais ».

« Mon père servait dans la garde de Nicolas. Il avait été affecté à Tsarskoye Syelo, pour y veiller sur le palais d'Alexandre où vivait la famille impériale. Les enfants le connaissaient bien. Surtout Alexis.

— Comment s'est-il retrouvé à Ekaterinbourg ?

— Felix Youssoupov avait pris contact avec lui. Ils avaient besoin d'hommes pour infiltrer Ekaterinbourg. Les bolcheviks adoraient détourner les gardes du palais. Leur trahison constituait un excellent argument de propagande pour la révolution. Voyez comment les meilleurs partisans de Nicolas l'abandonnent ! Beaucoup l'ont fait, effectivement. Des âmes faibles qui craignaient pour leur peau. D'autres étaient recrutés comme espions. Papa connaissait de nombreux leaders révolutionnaires, qui le croyaient de leur côté et s'en réjouissaient. C'est le hasard seul, ou la chance, qui l'a amené à Ekaterinbourg. Et peut-être un signe du destin que Yurovsky l'ait intégré au peloton d'exécution. »

Ils avaient fini de manger, mais s'attardaient autour de la table.

« Votre père n'était pas seulement un brave homme, déclara Miles Lord. C'était aussi un homme brave.

— Très brave. Il avait juré allégeance au tsar, et il a tenu son serment jusqu'au bout.

— Même bien au-delà ! Qu'est-il arrivé, en fait ? »

Le vieux fermier eut un pâle sourire.

« Quelque chose de merveilleux... mais seulement après quelque chose de terrible. »

Le convoi roulait dans la forêt. Au pas. Le chemin n'était plus qu'un étroit sentier bourbeux qui ralentissait encore une progression déjà infernale. Quand le camion se bloqua entre deux arbres, Yurovsky décida de laisser le véhicule en arrière et d'aller jusqu'au bout, avec les seuls *droschkis*. Les corps en trop furent transportés sur des brancards confectionnés à partir de la bâche. L'ancienne mine des Quatre-Frères était à moins de cent mètres de là, et Maks aida à transporter la civière improvisée chargée de la dépouille du tsar.

« Posez-les tous par terre, ordonna Yurovsky », dès qu'ils arrivèrent à pied d'œuvre.

Ermakov éleva la voix :

« Je croyais que c'était à moi de diriger cette partie de l'opération.

— Plus maintenant », trancha Yurovsky.

Ils allumèrent un grand feu. Tous les corps furent dépouillés de leurs vêtements, jetés à mesure dans le brasier. Avec une majorité de viande soûle dans cette troupe de vingt à trente hommes, l'inorganisation touchait à son comble. Maks s'en félicitait. Au cœur de cette pagaille, l'absence de deux des onze corps avait toutes les chances de passer inaperçue.

« Encore des diams ! » s'exclama l'un des sbires au service d'Ermakov.

Le mot amorça un mouvement convergent. Sans perdre une seconde, Yurovsky se lança dans la bousculade, à grands coups d'épaule.

« Kolya, viens avec moi ! »

Ils étaient tous réunis autour d'un corps féminin. L'un des hommes d'Ermakov présentait, dans ses grosses pattes réunies en coupe, un autre corset rempli de bijoux. Yurovsky cueillit le sac, d'une main, braquant son colt de l'autre.

« Il n'y aura pas de pillage. Qui s'y frotte, crève comme un chien ! Tuez-moi, et le comité vous aura tous. Ou contentez-vous de les déshabiller, et de me remettre tout ce que vous trouverez.

— Pour que tu te le fourres dans la poche ? lança une voix.

— Pour que je le transmette à qui de droit. Ce n'est pas plus à moi qu'à vous. C'est le bien de l'État. Tout sera remis entre les mains du comité de l'Oural. Tels sont mes ordres.

— Va te faire foutre, juif de merde ! »

Dans la lumière incertaine, Maks vit la colère flamber dans les yeux de Yurovsky. Il en avait suffisamment appris sur cet inquiétant personnage pour savoir qu'il abhorrait qu'on lui rappelât son héritage. Père verrier, mère retoucheuse, neuf frères et sœurs. Il avait grandi pauvre, à la dure, et avait adhéré au parti après la révolution avortée de 1905. Exilé à Ekaterinbourg pour activité révolutionnaire, il avait été élu au Comité de l'Oural après la révolte de février, l'année précédente. Militant infatigable au service du parti, depuis lors. Il n'était plus juif, mais communiste jusqu'au fond de l'âme. Un homme qui savait recevoir des ordres et les exécuter à la lettre.

L'aube se précisait, à travers les peupliers environnants.

« Rompez, tous autant que vous êtes ! À l'exception des hommes qui sont venus avec moi !

— Tu ne peux pas faire ça ! hurla Ermakov.

— Ou tu te retires, ou je te fais fusiller. »

Cliquetis d'armes braquées, de part et d'autre. Ceux du peloton d'exécution plus rapides que les autres à épauler leurs Winchester. Les hommes d'Ermakov comprirent rapidement que, même s'ils bénéficiaient d'une supériorité numérique écrasante, leur victoire éventuelle ne demeurerait pas impunie. Le Comité de l'Oural ne plaisantait pas avec les infractions à la discipline. Maks ne fut guère surpris de les voir se retirer en désordre.

Yurovsky rengaina son colt sous sa ceinture.

« Achevez de les déshabiller ! »

Maks et deux autres s'en chargèrent, tandis que les deux derniers montaient la garde. Difficile de leur donner un nom, à présent, excepté dans le cas de la tsarine dont l'âge et la taille restaient clairement identifiables. Maks était malade de compassion envers ces pauvres gens qu'il avait fidèlement servis.

Deux autres corsets libérèrent leur butin de pierres et de joyaux. La tsarine avait porté, en outre, un long collier de perles cousu dans la ceinture de son sous-vêtement, à même la peau.

« Il n'y a que neuf corps, constata soudain Yurovsky. Où sont le tsarévitch et l'une des filles ? »

Nul ne répondit.

« Les salauds ! continua Yurovsky. Les ignobles fils de chiens puants ! Ils ont dû les planquer en route, pour être sûrs d'empocher ce qu'ils trouveraient. Ils sont en train de les fouiller, dans les bois ! »

Maks étouffa, en silence, un soupir de soulagement.

« Qu'est-ce qu'on fait ? » demanda l'un des gardes.

Yurovsky n'hésita pas.

« On ne fait foutre rien. On déclare que neuf ont été expédiés dans la mine, et deux brûlés à la surface. On essaiera de les retrouver quand on en aura terminé. Tout le monde est d'accord ? »

Aucun d'entre eux, réalisa Maks, particulièrement Yurovsky, ne tenait à signaler la disparition de deux des corps. Aucune justification ne leur épargnerait la colère du comité. Le silence général confirma qu'ils étaient bien tous d'accord.

Le reste des pauvres défroques sanglantes finit également dans le brasier. Neuf corps furent alignés près d'un large orifice creusé dans la terre. Maks remarqua combien les corsets truqués avaient laissé, dans la chair morte, l'empreinte des nœuds et des agrafes qui avaient maintenu le tout en place. Les grandes-duchesses avaient porté en outre, pendues à leur cou, d'étranges amulettes représentant Raspoutine, accompagnées du texte de quelque prière. Grigris et incantations rejoignirent les vêtements dans les flammes. Kolya se rappelait la beauté radieuse de ces femmes, et souffrait de les voir ainsi.

Un des hommes se pencha en avant pour tripoter les seins de l'impératrice.

Deux autres l'imitèrent.

« Maintenant, je peux mourir, soupira le premier. J'ai peloté les nichons de la tsarine. »

Ses deux collègues éclatèrent d'un rire gras, éthylique. Maks se détourna vers le tas de vêtements que le feu réduisait en cendres.

« Jetez les corps dans la mine ! » ordonna Yurovsky.

L'un après l'autre, ils les traînèrent sur le sol et les précipitèrent dans le vide. À chaque fois, plusieurs secondes s'écoulaient avant que ne remontât d'en bas un bruit d'eau percutée retombant en grosses gouttes.

En moins d'une minute, tout fut terminé.

Vassily Maks s'arrêta, respira profondément, plusieurs fois de suite, puis s'accorda une gorgée de vodka.

« Après ça, Yurovsky s'est assis sur une souche pour manger ses œufs durs. Les nonnes du monastère les avaient déposés la veille, à l'intention du tsarévitch, et Yurovsky leur avait recommandé de bien les emballer. Il savait ce qui se préparait. Après avoir rempli sa panse, il a jeté des grenades dans le puits de la mine pour enterrer plus complètement les corps.

— Vous avez dit qu'il était également arrivé quelque chose de merveilleux », lui rappela Akilina.

Le vieux fermier dégusta une autre gorgée de vodka.

« Oui, c'est bien ce que j'ai dit. »

Maks quitta le lieu de l'enterrement vers dix heures, en compagnie des autres hommes. Un garde avait été dûment affecté à la surveillance du site funéraire, et Yurovsky s'était retiré pour aller présenter son rapport au Comité de l'Oural. Par bonheur, il n'avait pas ordonné la recherche des deux corps disparus, se bornant à confirmer leur destruction par le feu, quelque part au cœur de la forêt.

Les instructions étaient de regagner la ville sans se faire remarquer. Étrange recommandation, songeait Maks, en songeant à tous ceux qui étaient au courant. Comment le lieu de l'inhumation pourrait-il rester secret, avec l'amertume des espoirs de rapine tués dans l'œuf ? Eux-mêmes ne devaient parler, sous aucun prétexte, des événements de la nuit, avant de se présenter au rapport, le jour même, à la maison Ipatiev.

Maks laissa les quatre autres prendre de l'avance, prétextant un besoin d'emprunter quelque itinéraire moins direct, pour laisser à sa tête le temps de s'éclaircir. Le canon grondait au loin. Ses camarades l'avertirent que l'armée Blanche approchait toujours d'Ekaterinbourg, mais il leur assura que pas un de ces cochons de Blancs n'était de taille à lui faire peur.

Il remonta, rapidement, la piste qu'il avait parcourue la veille. En plein jour, il lui était d'autant moins difficile de s'orienter qu'ils avaient un peu tourné en rond à cause des fausses manœuvres d'Ermakov, et qu'il était chez lui, dans ces sous-bois broussailleux. Il retrouva la cabane de surveillance du chemin de fer, mais évita de s'en approcher. Il reconnut, de même, l'endroit où le camion s'était embourbé. Les planches utilisées n'avaient pas changé de place.

Il jeta un coup d'œil circulaire. Personne en vue. Il s'avança entre les arbres.

« Hé, petit, tu es là ? »

Sans crier. De sa voix la plus rassurante.

« C'est moi, petit. Kolya. Je suis revenu, comme je te l'avais promis. »

Rien.

Il pénétra plus avant parmi la futaie, en écartant les buissons épineux.

« Alexis, je suis revenu. Montre-toi, petit. Le temps presse. »

Seuls, les oiseaux lui répondirent.

Il s'arrêta dans une clairière. Les pins environnants étaient très vieux. Leur écorce avouait de nombreuses décennies d'existence immobile. L'un d'eux avait succombé et gisait sur le sol. Ses racines s'élançaient tels ces bras et ces jambes vus plus tôt et dont le spectacle ne quitterait jamais sa mémoire. Quelle abomination ! De quelle géhenne sortaient ces démons qui prétendaient représenter le peuple ? Ce qu'ils proposaient à la Russie était-il meilleur que les maux dont ils promettaient de la guérir ? Comment cela serait-il possible, après un tel commencement ?

Les bolcheviks avaient coutume d'exécuter leurs prisonniers d'une balle dans la nuque. Pourquoi toute cette barbarie, en la circonstance ? Ce massacre des innocents annonçait-il la suite envisagée ? Et pourquoi le secret ? Si Nicolas II était le pire ennemi de l'État, pourquoi pas un jugement public ? Et une exécution de même ? La réponse était facile : jamais un tribunal ne sanctionnerait le massacre des femmes et des enfants.

C'était effroyable.

Une branche craqua derrière lui.

Sa main se porta, d'instinct, au revolver glissé sous sa ceinture. Il en saisit la crosse et pivota sur lui-même, l'arme au poing.

Au-delà du canon braqué, souriait le visage enfantin, presque angélique, d'Alexis Romanov.

Sa mère l'appelait « mon tout petit » ou « mon rayon de soleil ». Il avait occupé le centre des attentions de toute la famille. Un gentil garçon. Très affectueux, avec une nuance d'entêtement. Au palais, Maks avait souvent entendu parler de son étourderie, de son peu de goût pour les études et de son amour des frusques paysannes. Gâté et capricieux, espérant un jour marcher sur les eaux, au point que son père se demandait parfois, en plaisantant, si la Russie survivrait à Alexis le Terrible.

À présent, c'était lui, le tsar. Alexis II. Oint des saintes huiles. Le successeur de droit divin que Maks avait juré de protéger.

Près d'Alexis, se tenait sa sœur, qui lui ressemblait tellement. Son obstination était légendaire, son arrogance souvent intolérable. Elle avait du sang sur le front, sa robe était en lambeaux, révélant la présence insolite d'un corset. Les vêtements des deux enfants étaient saturés de sang. Ils puaient la mort.

Mais ils étaient en vie.

C'était proprement incroyable, mais le vieux fermier parlait avec une telle conviction qu'il était impossible de douter de ses paroles. Deux des Romanov avaient survécu à l'atroce boucherie. Tout cela grâce à la bravoure d'une sorte de héros. Beaucoup, de tout temps, avaient émis cette hypothèse, fondée sur plus de suppositions que de preuves consistantes.

Mais là, c'était la vérité.

« À la tombée de la nuit suivante, mon père les a conduits loin d'Ekaterinbourg. D'autres les attendaient pour les emmener dans l'Ouest. Plus ils seraient loin de Moscou, mieux cela vaudrait.

— Pourquoi ne pas les avoir confiés à l'armée Blanche ? demanda Miles Lord.

— Les Blancs n'étaient pas tsaristes. Ils haïssaient les Romanov autant que les Rouges. Nicolas avait vu en eux son salut, mais eux aussi auraient probablement exterminé toute la famille. Personne n'aimait les Romanov en 1918, à peu d'exceptions près. De précieuses exceptions.

— Ceux pour qui travaillait votre père ? »

Maks acquiesça.

« Qui étaient-ils ?

— Je n'en ai pas la moindre idée. C'est l'un des nombreux renseignements que je n'ai jamais eus en ma possession. »

Akilina intervint :

« Qu'est-il arrivé aux enfants ?

— Mon père les a éloignés de la guerre civile qui a fait rage pendant deux ans de plus. Bien au-delà de l'Oural, au plus profond de la Sibérie. Moins difficile qu'à première vue. Personne ne connaissait leur visage, en dehors des courtisans de Saint-Pétersbourg, et la plupart d'entre eux étaient morts. De vieux vêtements et des figures sales composaient, pour eux, le meilleur déguisement. Ils ont vécu en Sibérie avec des gens qui faisaient parti du plan, et finalement, sont allés à Vladivostok, sur le Pacifique. Ensuite, je l'ignore. C'est une autre destination, une autre étape de votre voyage vers laquelle je ne saurais vous guider.

— Dans quel état étaient-ils quand votre père les a retrouvés ?

— Alexis n'était pas blessé. Le corps du tsar l'avait protégé. Anastasia avait des blessures légères qui se sont vite guéries. Tous deux portaient des corsets, même le garçon. La famille avait cousu des pierres dans les ourlets, afin de les soustraire aux voleurs.

Une bonne précaution. Une monnaie d'échange pour l'avenir. Qui a contribué, elle aussi, à préserver leurs existences.

— Moins que les actes de votre père. »

Maks remercia Lord du regard.

« C'était un homme de bien.

— Que lui est-il arrivé ? voulut savoir Akilina.

— Il est revenu ici, où il est mort de vieillesse. Les purges l'ont épargné. Il est mort voilà une trentaine d'années. »

Lord pensait à Yakov Yurovsky. Le destin du chef exécuteur n'avait pas été si clément. Il était mort, vingt ans après Ekaterinbourg, d'un ulcère cancéreux. Mais seulement après que Staline eut envoyé sa fille dans un camp de travail. Nul ne se souciait qu'il eût été le bourreau de la famille impériale. Sur son lit de mort, il avait maudit ces divers coups du sort. Mais l'explication figurait dans la Bible. Les Romains, chapitre XII, verset 19 : « La vengeance m'appartient, dit le Seigneur. Et je la ferai s'accomplir. »

« Alors, cette étape suivante ? »

Maks haussa les épaules.

« Vous ne pourrez recevoir cette information que de mon père.

— Mais comment ?

— Elle tient dans un coffret de métal. Je n'ai jamais eu la permission de l'ouvrir ni de lire son contenu. Seulement de le signaler à qui viendrait me voir et prononcerait le mot de passe. »

Lord avait peine à comprendre.

« Mais où se trouve à présent le coffret ?

— Le jour où mon père est mort, je l'ai revêtu de son bel uniforme impérial, et j'ai enterré le coffret avec lui. Voilà trente ans qu'il dort avec ce coffret sur la poitrine. »

Ni Lord ni Akilina n'aimaient la conclusion évidente.

« Oui, Corbeau. Mon père vous attend dans sa tombe. »

28

STARODUG
16 H 30

Hayes regarda Feliks Orleg enfoncer le battant de bois, dans le nuage vaporeux de sa propre respiration précipitée. Fixés au mur de brique, voisinaient deux petits écriteaux : KAFÉ SNEJINKI et JOSIF MAKS, PROPRIÉTAIRE.

La porte céda. Le gros inspecteur russe disparut à l'intérieur.

Personne dans la rue. Toutes les boutiques étaient closes. Staline suivit Hayes dans la place. Il faisait nuit depuis près d'une heure, après les cinq heures de route nécessaires pour accomplir le trajet de Moscou à Starodug. La chancellerie secrète avait exigé la présence de Staline, dans la mesure où la mafia serait l'entité la plus compétente pour régler ce genre d'affaire. Son représentant saurait quelle décision prendre, face à n'importe quel imprévu.

Ils s'étaient rendus, tout d'abord, au domicile de Josif Maks, juste en dehors de la ville. La police tenait l'endroit sous discrète surveillance, depuis le lever du jour, et pensait que Maks était chez lui. Mais son épouse leur avait appris que Josif avait du travail à faire, dans son café. Une lumière, à l'intérieur de l'établissement, avait confirmé l'information, et Staline n'avait pas hésité à préconiser l'entrée en force.

Droopy et Cro-Magnon couvraient l'arrière de la boutique. Hayes se souvenait des surnoms que Lord leur avait donnés, et les jugeait fort appropriés. Il était au courant de l'enlèvement de Droopy, au cirque de Moscou. Et de la mort de son adversaire encore non identifié ni relié aux activités de cette « Sainte Compagnie » dirigée *peut-être* par Semyon Pachenko. Toute l'affaire tournait à la *commedia dell'arte,* mais le sérieux avec lequel ces diables de Russes prenaient toute chose n'en inquiétait pas moins Taylor Hayes. Et pourtant, il n'était pas un homme facile à désarçonner.

Orleg réapparut, poussant devant lui un rouquin mal à l'aise, Droopy et Cro-Magnon en arrière-garde.

« Il allait filer par-derrière. »

Staline désigna une lourde chaise de bois.

« Asseyez-le ici. »

Sur un simple signe de sa part, Droopy et Cro-Magnon refermèrent la porte enfoncée, tant bien que mal, et se postèrent en vue de la vitrine, l'arme au poing. La police locale avait été sommée de se tenir à carreau, et toute ordonnance de Moscou, transmise par un policier du grade d'Orleg, constituait une prière instante que la *militsia* locale ne pouvait se permettre d'ignorer. Les autorités de Starodug avaient reçu auparavant, de Khrouchtchev en personne, l'avis d'une proche opération de police dans leur juridiction, consécutive au meurtre d'un policier sur la place

Rouge, alors, bonne nuit les petits, pas question de vous mêler du travail de ceux qui savent.

« Monsieur Maks, amorça Staline, il s'agit d'une affaire sérieuse. Il faut absolument que vous le compreniez. »

Hayes observait attentivement le visage de Josif Maks. Il ne trahissait aucune crainte.

Staline s'approcha de lui.

« Hier, vous avez reçu la visite d'un couple bizarre, vous vous en souvenez ?

— Je suis dans le commerce. Je reçois des quantités de visites.

— J'en ai pleinement conscience. Mais je ne pense pas que vous receviez beaucoup de Noirs dans votre établissement. »

Le robuste cafetier poussa en avant sa mâchoire inférieure.

« Allez vous faire foutre ! »

Toujours sans la moindre peur apparente.

Staline ne releva pas l'insulte. Il adressa un signe à Droopy et Cro-Magnon qui empoignèrent Maks et lui plaquèrent, brutalement, le visage contre le sol.

« Trouvez quelque chose avec quoi nous puissions nous amuser », suggéra Staline.

Droopy disparut dans l'arrière-boutique tandis que Cro-Magnon maintenait sa prise. Orleg gardait la porte de derrière. Une attitude avisée, en prévision de la suite. Ils auraient sans doute besoin de rester en contact avec la *militsia* de Starodug, au cours des semaines à venir, et l'inspecteur Orleg constituait le meilleur lien possible avec les autorités moscovites.

Droopy revint, porteur d'un gros rouleau de ruban adhésif. Il s'en servit pour bloquer les poignets de

Maks l'un contre l'autre. Puis Cro-Magnon souleva le prisonnier et l'installa sur le vieux siège de chêne où ils achevèrent de l'immobiliser, à grand renfort de bande autocollante dont un dernier morceau lui fut appliqué en travers de la bouche.

Staline continua :

« Maintenant, monsieur Maks, laissez-moi vous résumer ce que nous savons. Un Américain du nom de Miles Lord et une Russe du nom d'Akilina Petrovna sont entrés ici, dans la journée d'hier. Ils recherchaient un certain Kolya Maks, mais vous avez prétendu ne pas connaître cette personne. Aujourd'hui, je veux savoir qui est ce Kolya Maks et pour quelle raison cet homme et cette femme le recherchent. Vous détenez la réponse à ma première question, je le sais, et peut-être également à la seconde. »

Maks secouait la tête.

« Réaction irréfléchie, monsieur Maks. »

Droopy coupa un autre morceau de ruban adhésif et le remit à Staline. Ce n'était sûrement pas la première fois qu'ils employaient cette méthode, en étroite collaboration. Staline se pencha pour appliquer ce dernier tronçon de bande autocollante, sans appuyer, en travers du nez de Josif Maks.

« Si j'insiste un peu, vos narines seront totalement obstruées, monsieur Maks. Il restera encore un peu d'air dans vos poumons, mais ce ne sera que momentané. Vous ne tarderez pas à suffoquer. Désirez-vous une petite démonstration ? »

Staline tendit le ruban adhésif sur le nez de Maks et le plaqua soigneusement contre sa peau.

Hayes vit se soulever la poitrine du prisonnier. Il savait que la bande autocollante était parfaitement étanche. Les yeux du Russe sortaient de leurs orbites à mesure que ses cellules sanguines commençaient à manquer d'oxygène. La peau de son visage passa par toute une gamme de couleurs, pour déboucher enfin sur un gris cendreux. Le malheureux se débattait dans ses liens pour tenter de respirer, mais Cro-Magnon le rabattit brutalement sur sa chaise.

Négligemment, Staline détacha le ruban de la bouche de Josif Maks. Qui aspira goulûment, par cette voie, l'air provisoirement restitué. La couleur revenait graduellement sur ses joues.

« Veuillez répondre à mes deux questions », insista Staline.

Pour l'instant, Maks ne pensait qu'à respirer.

« Vous êtes un homme réellement très brave, monsieur Maks. Je ne comprends pas votre attitude, mais j'admire votre courage. »

Staline marqua un temps d'arrêt, probablement pour donner à l'homme qu'il torturait le temps de se reprendre un peu.

« Quand nous sommes passés chez vous, votre ravissante épouse nous a reçus gentiment. Une femme adorable. Nous avons bavardé, et c'est elle qui, sans penser à mal, nous a dit où vous étiez. »

Les traits de Maks se convulsèrent. Enfin la terreur.

« Ne vous inquiétez pas. Elle croit que nous travaillons pour le gouvernement, et que cette enquête est tout ce qu'il y a de plus officielle. Mais je peux vous assurer que la méthode marche également avec les femmes.

— Pourriture de mafia !

— Rien à voir avec la mafia. C'est beaucoup plus gros, et je pense que vous l'avez déjà compris.

— Vous me tuerez, quoi que je puisse vous dire.

— Dites-le-nous, simplement, et je vous donne ma parole que votre épouse ne sera pas inquiétée. »

Le rouquin de Starodug sembla réfléchir sérieusement au problème.

« Vous croyez en ma parole ? » s'informa calmement Staline.

Maks ne répondit pas.

« Si vous vous obstinez à garder le silence, je vais envoyer ces hommes chercher votre femme. Je l'attacherai sur une autre chaise, près de vous, et vous la regarderez souffrir de suffocation. Voire en mourir. Et puis je vous ferai grâce. Pour que vous puissiez, toute votre vie, cultiver ce souvenir.

Staline n'y mettait aucune intonation spéciale. Comme s'il discutait simplement d'une affaire sans importance. Hayes était à la fois horrifié et très impressionné par cet homme élégant, en jeans Armani et sweater de cachemire, qui distillait paisiblement ses menaces.

« Kolya Maks est mort, avoua finalement Josif Maks. Son fils Vassily habite à environ dix kilomètres au sud de la ville, sur la route nationale. Pourquoi Lord et cette fille voulaient-ils le voir, je n'en ai aucune idée. Vassily est mon grand-oncle. Les gens de la famille ont toujours tenu des commerces, en ville, avec leur nom clairement inscrit sur leur vitrine. C'est ce que voulait Vassily, et on l'a fait à sa demande.

— Je pense que vous mentez, monsieur Maks. Appartenez-vous à la Sainte Compagnie ? »

Maks ne répondit pas. Apparemment, sa coopération avait ses limites.

« Vous ne l'admettrez jamais, c'est ça ? La conséquence de votre serment au tsar.

— Demandez-le à Vassily.

— J'y compte bien », rétorqua Staline.

Sur un nouveau signe de sa main, Droopy bâillonna étroitement Josif Maks à l'aide du ruban adhésif.

Le Russe résista farouchement, puis il fut agité de soubresauts convulsifs. Mais c'était perdu d'avance. La chaise bascula d'un côté, lui de l'autre.

Tout se termina une minute plus tard.

« Un bon mari qui, jusqu'au bout, aura protégé son épouse, commenta Staline, les yeux fixés sur le cadavre. On ne peut vraiment que l'admirer.

— Allez-vous tenir votre parole ? » lui demanda Hayes.

Le regard que lui jeta Staline était sincèrement choqué.

« Mais naturellement. Pour quel genre de personne me prenez-vous donc ? »

29

18 h 40

Lord se rangea dans les bois, à l'écart de la route boueuse. Le crépuscule glacé avait débouché sur une nuit sans lune, plus froide encore. Il n'était pas fou de joie à l'idée d'exhumer et d'ouvrir un cercueil vieux de trente ans, mais pouvait-il s'en dispenser ? Il était convaincu, désormais, que deux Romanov avaient quitté vivants Ekaterinbourg. Avaient-ils pu également quitter la Russie ? Et survivre assez longtemps pour avoir des enfants ? C'était une autre paire de manches, et il n'y avait qu'une seule façon de le découvrir.

Vassily Maks leur avait fourni deux bêches et une torche électrique aux piles quelque peu défaillantes. Le cimetière était situé en pleine forêt, à trente kilomètres de Starodug. Rien ni personne alentour, excepté de gros peupliers et une ancienne chapelle de pierre qui servait occasionnellement aux funérailles.

Ils utilisaient toujours le véhicule que Josif Maks leur avait procuré le matin même. Maks avait promis de les rejoindre chez Vassily, avec leur propre voiture. Mais comme il n'était pas encore là vers six heures, Vassily leur avait conseillé de partir. Il s'expliquerait avec Josif et tous deux attendraient leur retour. Le vieux fermier paraissait aussi impatient qu'eux d'apprendre quel secret son père avait préservé si longtemps, fût-ce au-delà de sa propre mort. Il existait une autre information qu'il leur transmettrait lorsqu'il connaîtrait les dispositions posthumes de son père. Un autre dispositif de sécurité dont il ferait part à son neveu Josif, qu'il initiait peu à peu et qui lui succéderait, dans la connaissance du secret, lorsqu'il irait rejoindre son père.

Miles Lord portait, sur un chandail de laine, une veste apportée d'Atlanta, avec des gants de cuir et de grosses chaussettes tricotées. Son jean venait également d'Atlanta. Quant au chandail, il l'avait acheté à Moscou, deux ou trois semaines auparavant. Dans des circonstances normales, son monde eût été celui des costumes trois-pièces et des chemises à cravate, avec le jean réservé au dimanche. Mais le monde avait beaucoup évolué, durant les quelques derniers jours.

Maks leur avait également fourni de quoi se défendre. Sous la forme d'un vieux fusil à culasse mobile qu'un spécialiste eût probablement tenu pour une antiquité. Mais l'arme était bien graissée, et Vassily leur avait montré comment la charger et procéder correctement à l'éjection de la cartouche brûlée. Ils risquaient, leur avait-il dit, de rencontrer des ours, particulièrement susceptibles à la veille de leur hibernation.

Lord ne connaissait pas grand-chose en matière d'armes à feu. Il n'avait tiré qu'une fois ou deux avec un fusil de chasse, en Afghanistan. L'idée d'avoir à recommencer ne lui souriait guère, mais un peu plus, tout de même, que cette confrontation possible avec un ours susceptible. La surprise était venue d'Akilina, qui avait adroitement épaulé le fusil et logé, à cinquante mètres, trois balles bien groupées dans le tronc d'un arbre. Un autre petit talent qu'elle tenait de sa grand-mère. Lord en était très heureux. Au moins, sur eux deux, il y en avait une qui savait ce qu'elle faisait.

Il sortit les deux bêches et la torche électrique du coffre arrière où se trouvaient également leurs sacs. Dès qu'ils auraient terminé, après un dernier crochet par la ferme de Vassily, ils avaient l'intention de partir. Où, c'était toute la question, mais si leur quête du Graal devait s'arrêter là, ils fileraient jusqu'à Kiev et prendraient un avion pour les États-Unis.

Il ne rappellerait Taylor Hayes qu'une fois bien au chaud à Atlanta, dans son appartement.

« Allons-y. Autant nous débarrasser de cette corvée. »

Le cimetière était entouré de grands arbres dont les branches, fouaillées par une brise qui leur coupait la figure, emplissaient de surcroît leurs oreilles d'une musique de circonstance. Ils pénétrèrent dans l'enceinte en ruine, utilisant leur torche électrique à regret. Les piles tiendraient-elles jusqu'à l'exhumation du cercueil ?

Les premières tombes se dressaient droit devant eux, au-delà d'une clairière. Des pierres hautes à la mode du vieux monde, et même au sein de l'obscurité, il était évident que les concessions n'avaient pas été renouvelées. Une couche de givre recouvrait tout, et la noirceur du ciel annonçait encore de la pluie, à brève échéance. Aucune barrière ne marquait les divisions, si divisions il y avait jamais eu. L'ancien portail avait également disparu, la piste extérieure se poursuivait simplement dans le cimetière, sans solution de continuité. Lord se représenta, vaguement, une famille endeuillée conduite par un prêtre en robe noire jusqu'à un cercueil en attente, auprès d'un trou fraîchement creusé.

Un bref jet de lumière leur révéla que toutes les tombes étaient envahies par des mauvaises herbes. Des plantes grimpantes s'enroulaient autour des pierres dressées. Lord éclaira quelques noms, quelques dates. Certaines remontaient à plus de deux cents ans.

« Maks nous a dit tout au fond, à partir de la route. »

Leurs souliers s'enfonçaient dans la terre spongieuse, détrempée par les pluies tenaces de l'après-midi. Du moins n'auraient-ils pas trop de mal à creuser.

Ils découvrirent la tombe, un peu mieux entretenue que ses voisines. Un peu seulement. Ils déchiffrèrent les mots gravés au-dessous de Kolya Maks :

CELUI QUI TIENDRA JUSQU'AU BOUT,
CELUI-LÀ SERA SAUVÉ

Akilina soulagea son épaule du poids de l'antique pétoire.

« On y est, non ? »

Il lui tendit une des bêches.

« Le mieux est de s'en assurer tout de suite. »

La terre était effectivement plus que meuble. Vassily leur avait dit que le cercueil ne serait pas enterré bien profond. Les Russes tendaient à inhumer leurs morts de cette façon, et Lord espérait que le vieux fermier ne se trompait pas.

Akilina creusait sur le devant de la tombe, lui à sa partie postérieure. Il décida que le plus pressé était de savoir si le cercueil était toujours là et perça, volontairement, un étroit puits vertical qui, à nettement moins d'un mètre, rendit un son mat au fer de sa bêche. Il éclaira son travail, révélant ce qui devait être un couvercle de bois pourri.

« Ce cercueil ne sortira jamais de là-dedans !

— Voilà qui augure assez mal du corps », renchérit la jeune femme, frissonnante.

Ils continuèrent à creuser, rejetant des pelletées lourdement chargées de terre et d'eau. Vingt à vingt-cinq minutes plus tard, ils disposaient d'une large tranchée rectangulaire.

Lord braqua la torche électrique.

À travers les brèches du couvercle, ils distinguèrent le corps. Utilisant sa bêche comme un levier, Lord évacua les morceaux de bois désagrégé, exposant ce qui avait été Kolya Maks.

Le Russe portait l'uniforme d'un garde du palais. Des taches de couleur se devinaient encore, çà et là, dans le faisceau déclinant de la torche. Des rouges fanés, des bleus passés, des noirs qui avaient dû être blancs, jadis. Boutons de cuivre et ceinturon à boucle dorée tenaient encore leur place, mais des vêtements eux-mêmes, ne restaient que lambeaux et débris divers.

Le temps n'avait pas davantage épargné le corps. Plus rien ne subsistait du visage, sinon les orbites vides, l'orifice osseux du nez disparu, et les dents serrées sur un ultime rictus. Comme son fils l'avait dit, les os des mains croisées encadraient un coffret de métal posé sur les côtes pointées selon un angle baroque.

Lord avait appréhendé la puanteur, mais rien ne s'élevait de la tombe sinon une odeur de moisissure, de terre humide et de lichen. Il se servit de la bêche pour disperser les restes des mains et des bras. Un petit morceau d'une des mains acheva de tomber en poussière, et deux gros asticots s'enfuirent éperdument, sur le couvercle du coffret.

Akilina s'empara de l'objet, le déposa doucement dans la terre remuée. L'extérieur était sale, mais apparemment intact. Du bronze, sans doute, pour mieux résister à l'oxydation. Un cadenas fermait le couvercle.

« C'est lourd », dit-elle, un peu essoufflée par l'effort qu'elle venait de faire.

Il s'agenouilla et soupesa le coffret. Elle avait raison. Il le secoua d'un côté et de l'autre. Quelque chose de massif et de dur se déplaça à l'intérieur. Il reposa l'objet sur le sol et saisit une bêche.

« Reculez un peu ! »

Il frappa le cadenas du fer de la bêche. Trois coups rompirent le système de fermeture. Il se penchait pour soulever le couvercle quand une lumière apparut, derrière les grands arbres. Ils aperçurent quatre points lumineux, à quelque distance, les phares de deux voitures qui approchaient rapidement de l'endroit où était parquée la leur. Et puis, les phares s'éteignirent.

« Fichons le camp ! »

Il prit le coffret sous son bras, abandonnant les bêches. Akilina portait le fusil.

Ils plongèrent entre les arbres au-delà du trou béant, assez loin pour se perdre dans la broussaille. Lord se sentait trempé jusqu'aux os, mais prenait surtout garde à ne pas trop secouer le coffret, dont le contenu était peut-être fragile. Ils décrivirent un large crochet, pour se rapprocher de leur voiture. Le vent soufflait de plus en plus dans les arbres dégarnis par l'automne.

Deux torches électriques s'allumèrent, au loin.

Pliés en deux, ils s'écartèrent un peu plus du chemin

direct, toujours parmi les arbres. Quatre silhouettes sombres apparurent, qui pénétrèrent dans le cimetière. Trois se tenaient très droits et progressaient d'un bon pas. Penchée en avant, la quatrième se déplaçait moins vite. L'une des torches électriques révéla le visage de Droopy, les traits empâtés de l'inspecteur Orleg. Puis Lord reconnut la silhouette voûtée. C'était celle de Vassily Maks.

« Monsieur Lord, appela Orleg, en russe, nous savons que vous êtes ici. Ne compliquez pas les choses.

— C'est qui ? chuchota Akilina.

— Un problème.

— Le type qui tient la torche était dans le train.

— L'autre aussi. »

Il baissa les yeux vers le fusil.

« Au moins, cette fois, on est armés. »

Ils continuèrent à les observer, d'où ils étaient, alors que les quatre hommes marchaient vers la tombe ouverte, à la lueur de leurs torches.

« C'est là que le paternel est enterré ? demanda Orleg.

Vassily Maks s'arrêta près de la tombe. Ils n'entendirent pas sa réponse, mais perçurent clairement, en revanche, l'apostrophe de l'inspecteur :

« Montre-toi, Lord, ou je descends ce vieux gâteux. À toi de choisir ! »

Lord faillit arracher le fusil des mains d'Akilina, pour foncer sur cette ordure, à l'aveuglette, mais les autres portaient sûrement des armes, eux aussi, et savaient s'en servir. Était-ce le moment de jouer leur vie sur la prédiction d'un charlatan mort depuis près d'un siècle ? Avant qu'il pût prendre une décision, toutefois, Vassily Maks lui cria :

« Pas de souci à mon sujet, Corbeau. J'y suis préparé. »

Simultanément, le vieux fermier prit sa course. Les trois autres ne bougèrent pas, mais Droopy leva le bras, pointant un revolver.

« Si tu m'entends, Corbeau… *La colline russe !* »

Une détonation déchira la nuit. Vassily Maks s'écroula dans la terre détrempée.

La respiration de Miles Lord se coinça dans sa gorge. Il sentit Akilina se raidir contre lui. Ils regardèrent Cro-Magnon parcourir quelques mètres, ramasser le cadavre et le traîner jusqu'à la tombe de Kolya Maks où il le laissa choir auprès de son père.

« Il faut qu'on s'en aille », murmura Lord.

Elle ne discuta pas.

Ils rampèrent, d'arbre en arbre, vers l'endroit où étaient parquées les trois voitures.

Des pas approchaient, venant du cimetière.

Les pas d'une seule personne.

Ils s'accroupirent dans la broussaille.

Droopy apparut, torche au poing. Des clefs cliquetèrent, dans l'obscurité, et la malle arrière d'une des voitures s'ouvrit brusquement.

Lord se rua en avant. Droopy parut l'entendre, et se redressa. Trop tard. Lord abattit le lourd coffret métallique sur la tête du gangster.

Droopy s'écroula dans la boue.

Lord s'assura qu'il avait son compte, et jeta un coup d'œil dans la malle ouverte. Une petite lumière éclairait les yeux morts de Josif Maks.

Quelle était cette autre prédiction de Raspoutine ? « Douze devront mourir avant que la résurrection ne soit accomplie ». Par la Sainte Vierge et tous les saints ! Deux étaient morts. Deux de plus.

En le rejoignant, Akilina découvrit le corps.

« Ah non. Pas les deux !

— Le temps nous manque pour nous attendrir. Va t'asseoir au volant de notre voiture. Pas de claquement de portière. Ne démarre pas le moteur avant que je te le dise. »

Il lui remit les clefs et le coffret métallique. Puis il s'empara du fusil.

La tombe des Maks était à une bonne cinquantaine de mètres. Pas le terrain le plus facile à négocier, surtout dans le noir. Cro-Magnon et Orleg devaient battre la campagne. Droopy, de son côté, avait reçu mission de ramener le corps de Josif. Une tombe ouverte : quel meilleur endroit où cacher deux corps ? Ils leur avaient même laissé les bêches. Mais le temps travaillait pour eux. Il fallait faire vite.

Il tira une balle dans un des pneus arrière de la voiture. Puis, après avoir vivement rechargé selon les instructions de Vassily, il creva un pneu avant de l'autre voiture. Alors, il courut jusqu'à la leur et s'y engouffra.

« Démarre. En vitesse. »

Akilina tourna la clef de contact et passa la première. Les pneus dérapèrent dans la boue, elle redressa tant bien que mal et catapulta le véhicule vers la route.

Elle poussa l'accélérateur au plancher. Ils foncèrent dans la nuit noire.

Ils retrouvèrent, bientôt, la route nationale et piquèrent droit au sud. Une heure s'écoula, durant laquelle leur excitation tomba graduellement, tempérée par le souvenir de la mort effroyable de ces deux hommes, dont il leur était impossible de ne pas endosser la responsabilité. S'ils n'étaient pas venus les voir…

La pluie recommençait. Même le ciel semblait partager leur détresse. Pour lui-même plus que pour Akilina, Lord murmura :

« Je ne peux pas croire à tout ce qu'il nous est arrivé, depuis hier.

— Ce que nous a dit le professeur Pachenko doit être vrai. »

Pas exactement ce que Miles Lord souhaitait entendre.

« Range-toi, à présent. »

Rien alentour, que champs obscurs et forêts touffues. Ils roulaient depuis des kilomètres sans apercevoir une seule maison. Aucun autre véhicule derrière eux, et seulement trois dans la direction opposée.

Akilina dirigea la voiture sur la berme herbeuse.

« Qu'est-ce qu'on fait ? »

Il attrapa le coffret de bronze, sur la banquette arrière.

« On essaie de voir si tout ça valait le coup d'être vécu. »

Il posa sur ses genoux la lourde boîte métallique. Le fer tranchant de la bêche en avait brisé la serrure, et le rebord extérieur avait un peu souffert. Il acheva de dégager le porte-cadenas et souleva lentement le couvercle. Il braqua alors le faisceau de la torche électrique sur le contenu du coffret.

La première chose qui lui sauta aux yeux fut la couleur de l'or.

Le lingot avait la taille d'une barre de chocolat Hershey's. Trente ans sous terre n'avaient pas diminué son éclat. Imprimé dans le métal se distinguait un numéro, suivi des lettres N et R que séparait un aigle à deux têtes. Le sceau de Nicolas II. Lord l'avait vu plus d'une fois, en reproduction. Il y avait là au moins deux kilos d'or. Peut-être plus. Il en estima la valeur à environ trente mille dollars.

« En direct du trésor royal ! s'exclama-t-il.

— Comment tu le sais ?

— Je le sais. »

Un petit sac de toile, détérioré par le temps, matelassait le lingot. Probablement du velours, jadis. Bleu foncé ou bien pourpre. Il le pressa entre ses doigts. Le sac contenait quelque chose de dur ainsi qu'un autre objet plus petit. Il remit la torche à Akilina et se servit de ses deux mains pour déchirer la toile pourrissante.

Une plaque en or apparut. Ainsi qu'une clef de cuivre. Numérotée C.M.B. 716. Les mots gravés sur la plaque étaient en caractères cyrilliques. Il les lut à haute voix :

Servez-vous de l'or. Vous en aurez besoin, et votre tsar le comprend. Vous pourrez aussi fondre cette plaque pour acquérir un peu plus d'argent. La clef vous permettra d'accéder au prochain portail, dont l'emplacement devrait déjà être clair à vos yeux. Sinon, votre quête s'arrête ici, comme il se doit. Seule, la cloche de l'enfer pourra vous emmener plus loin.

À l'Aigle et au Corbeau, bonne chance, sous le regard de Dieu. Et que tout intrus, pour l'éternité, connaisse la griffe du diable.

« Mais on ne sait pas où se trouve le prochain portail ! s'exclama Akilina.

— Ou peut-être que oui. »

Elle lui jeta un coup d'œil surpris.

Lord entendait encore les derniers mots que Vassily Maks avait hurlés, juste avant de mourir, à l'intention du Corbeau : « la colline russe ».

Sa mémoire lui restitua, en avalanche, tout ce qu'il avait appris au cours des années. De 1818 à 1920, la guerre civile avait sévi sur la Russie. Les forces de l'armée Blanche recevaient d'importants subsides des Américains, des Anglais et des Japonais, dont les intérêts menaçaient de s'engloutir dans la tourmente. Le sort des bolcheviks chancelait sur ses bases, et de l'or, des munitions, du ravitaillement pénétraient en Russie par la ville frontière de Vladivostok, sur la côte du Pacifique. D'après Maks, les deux petits Romanov avaient été convoyés vers l'est, à l'écart de l'armée Rouge. Vladivostok se situait à l'extrême point oriental. Des milliers de réfugiés russes avaient suivi ce même itinéraire, les uns pour fuir les soviets, les autres pour repartir du bon pied, loin de chez eux. La côte ouest des États-Unis était devenue un pôle magnétique autant qu'un miroir aux alouettes, tant pour les réfugiés que pour le financement de l'armée Blanche, finalement écrasée par Lénine et les Rouges.

Lord entendit, de nouveau, résonner l'appel ultime de Vassily Maks. « Si tu m'entends, Corbeau… La colline russe. »

Entendre au sens propre, mais aussi *comprendre*.

North Beach à l'est, Nob Hill au sud. Vieilles maisons et cafés pittoresques, magasins de curiosités voisinant au sommet comme à flanc de pente, dans un secteur « tendance » d'une ville « tendance ». Mais au début du XIXe siècle, c'était là qu'un groupe de trappeurs russes avait essaimé. À l'époque, versants rocheux et terrains abrupts n'étaient peuplés que d'Indiens Miwok et Ohlone. Plusieurs décennies s'écouleraient avant que l'homme blanc n'affirmât sa suprématie. Le nom du lieu-dit découlait de la légende des tombes étrangères.

La colline russe.

San Francisco, Californie.

Amérique du Nord.

C'était là que les deux petits Romanov avaient été conduits.

Lord expliqua tout à Akilina.

« C'est parfaitement logique. Les États-Unis sont vastes. Facile d'y planquer deux ados que personne n'aurait l'idée d'aller rechercher là-bas. Les Américains ne savaient presque rien de la famille impériale. Tout le monde s'en fichait. Si Youssoupov était aussi intelligent qu'il commence à nous apparaître, c'est la question, ou plutôt la réponse qui nous vaudra le jackpot. »

Akilina l'écoutait, perplexe. Il lui montra la clef de cuivre marquée C.M.B. 716.

« À mon avis, c'est la clef d'un compartiment numéroté, dans une banque de San Francisco. Nous n'aurons qu'à trouver laquelle, quand on y sera. En souhaitant qu'elle existe encore.

— Possible, d'après toi ?

— San Francisco possède un vieux quartier financier. Il y a une bonne chance. Même si la banque a disparu, il est possible que les coffres aient été transférés chez un successeur désigné. C'est une pratique très courante. »

Après un temps de réflexion :

« Vassily nous avait dit qu'il aurait un renseignement de plus à nous donner, si nous ne revenions pas bredouilles du cimetière. Je parie que San Francisco sera notre prochaine étape.

— Il a dit qu'il ne savait pas où les enfants avaient été conduits.

— Un pieux mensonge, pour le cas où nous ne rapporterions pas le coffret. Notre boulot, maintenant, va être de trouver cette cloche de l'enfer, quelle qu'elle puisse être. »

Il soupesa le lingot.

« Malheureusement, ce truc est inutile. On ne lui fera jamais passer la douane. Peu nombreux doivent être aujourd'hui les possesseurs d'or impérial ! Tu as raison, Akilina. Tout ce que nous a dit le professeur Pachenko doit être vrai. Aucun paysan russe ne garderait un truc pareil sous le coude sans le faire fondre, à moins d'estimer qu'il est plus précieux tel quel. Kolya Maks y croyait, ainsi que Vassily. Idem pour Josif. C'est ce qui a causé leur perte. »

Il regardait droit devant lui, à travers le pare-brise de plus en plus crasseux.

« Où sommes-nous ? demanda-t-il.

— Près de la frontière avec l'Ukraine, presque en dehors de Russie. Cette route mène à Kiev.

— Loin ?

— Quatre cents bornes. Peut-être moins. »

Il se remémora les briefings du département d'État, avant son départ pour Moscou. Pas de contrôles à la frontière entre Ukraine et Russie. Trop cher pour équiper, en hommes et en matériel, tous les postes nécessaires. Et trop de Russes vivaient en Ukraine pour que l'entreprise eût le moindre sens.

Il se retourna pour observer la route, à travers la lunette arrière. Combien de temps avant que Droopy, Cro-Magnon, Orleg aient pu reprendre la poursuite ?

« Allons-y. Pleins gaz. Et à Kiev, le premier avion. »

30

MOSCOU

Le regard de Taylor Hayes passait de l'un à l'autre des cinq visages réunis dans la pièce aux murs recouverts de bois clair. La pièce même qui avait vu toutes leurs réunions précédentes, depuis sept semaines. Staline, Lénine, Brejnev et Khrouchtchev étaient là, ainsi que le prêtre désigné par le patriarche Adrian pour le représenter : un petit homme à la barbe en copeaux d'acier, sous une paire d'yeux chassieux, mais attentifs, et qui avait eu le bon goût de s'habiller normalement, costume et cravate, sans aucun signe d'appartenance à l'Église. À son profond déplaisir, ils l'avaient baptisé Raspoutine.

Tous avaient été arrachés au sommeil et convoqués impérativement à cette réunion extraordinaire. Trop d'intérêts en cause pour attendre le soleil. Hayes était heureux qu'une collation nocturne leur eût été réservée. Poisson en tranches et salami, caviar rouge et noir, œufs durs, cognac, vodka et café. Il avait passé les pre-

313

mières minutes à résumer les événements de la veille, à Starodug. Deux tués, dans la famille Maks, mais pas la queue d'une information. Josif Maks les avait simplement conduits à Vassily, Vassily à la tombe de son père. Sans en cracher une. À part un hurlement destiné au Corbeau.

« La tombe était celle de Kolya Maks, expliqua Staline. Vassily Maks était son fils. Kolya, au temps de Nicolas, avait été garde du palais. Fidèle au clan Romanov, jusqu'à Ekaterinbourg. Il n'a jamais figuré sur la liste des membres du peloton d'exécution. Un fait qui ne signifie rien, étant donné l'inexactitude des rapports de l'époque. Jamais interrogé, non plus. Enterré dans un uniforme qui n'était pas celui des soviets. Probablement impérial. »

Brejnev s'agitait sur sa chaise.

« Monsieur Hayes, il semble que votre M. Lord escomptait trouver quelque chose dans cette tombe, quelque chose qui serait maintenant en sa possession. »

Tard dans la nuit, Hayes et Staline avaient poussé jusqu'au cimetière. Sans rien y relever d'utile, et les deux Maks reposaient maintenant auprès de leur ancêtre.

« Vassily Maks nous a conduits sur place afin de pouvoir transmettre ce message à Lord, déclara Hayes. C'était sa seule motivation.

— Qu'est-ce qui vous fait dire ça ?

— C'était un homme qui avait un sens très profond du devoir. Il savait qu'il allait mourir. Et n'aurait jamais révélé l'emplacement de la tombe, s'il n'avait eu à cœur de délivrer cet ultime message. »

Les Russes l'exaspéraient de plus en plus, avec leur manie de couper les cheveux en quatre.

« Pourriez-vous me dire exactement ce qui se trame ? Vous me traînez à travers ce pays, en tuant quelqu'un de temps à autre, mais je n'ai aucune idée du pourquoi de la chose. Que cherchent Lord et la fille ? Y a-t-il eu des survivants au massacre d'Ekaterinbourg ?

— Bien parlé, approuva chaleureusement Raspoutine. Je veux savoir ce qui se passe. On m'a dit que le problème de la succession était tout réglé. Qu'il n'y avait plus aucun problème. Je n'ai pas du tout cette impression, à vous entendre ! »

Brejnev plaqua son verre de vodka sur une petite table, à côté de lui.

« Depuis des décennies, le bruit court que certains des enfants de la famille n'auraient pas été exterminés. Grandes-duchesses et tsarévitchs sont apparus un peu partout en ce monde. À la fin de notre guerre civile, en 1920, Lénine lui-même était persuadé qu'au moins l'un des enfants avait survécu. On le disait sauvé par Felix Youssoupov. Mais il n'a jamais pu s'en assurer vraiment, et il a emporté sa conviction dans la tombe. »

Hayes ne cachait pas son scepticisme.

« Youssoupov avait assassiné Raspoutine. Raison pour laquelle Nicolas et son épouse ne pouvaient plus le voir en peinture. Ils le haïssaient. Pourquoi se serait-il soucié de sauver une partie de la famille ? »

Khrouchtchev se chargea de lui répondre.

« Youssoupov était un personnage unique en son genre. Il souffrait de troubles obsessionnels compulsifs. Des idées fixes, quoi. Il a assassiné le *starets* sur une impulsion soudaine, en se disant qu'il arrachait la famille impériale aux griffes d'un suppôt de Satan.

315

Chose intéressante, sa punition a été un simple bannissement sur ses terres de la Russie centrale. C'est ce qui lui a sauvé la peau, car il n'était pas là lors des révolutions de février et d'octobre qui ont coûté la vie à des tas de Romanov collatéraux et d'aristocrates. »

Hayes s'était toujours passionné pour l'histoire de Russie et le destin de la famille impériale. Il se souvenait, entre autres choses, que le grand-duc Mikhaïl, frère cadet de Nicolas, avait été tué six jours *avant* Ekaterinbourg. La sœur d'Alexandra, en revanche, le cousin de Nicolas, Serguei, et quatre autres grands-ducs avaient été assassinés vingt-quatre heures *après,* et jetés dans une mine désaffectée de l'Oural. Au cours des mois suivants, d'autres grands-ducs et grandes-duchesses avaient également connu une mort plus ou moins violente. En 1919, la famille Romanov était virtuellement détruite. Fort peu avaient pu gagner l'Occident.

Khrouchtchev enchaîna :

« Raspoutine avait prédit que s'il était assassiné par des boyards, leurs mains resteraient souillées de son sang. Il avait dit aussi que dans le cas où son meurtrier serait apparenté aux Romanov, aucun des membres de la famille ne lui survivrait plus de deux ans. Ils seraient tous exterminés par le peuple russe. Or, Raspoutine a été assassiné en décembre 1916 par le mari d'une nièce royale. En août 1918, plus un Romanov ne foulait le sol de cette planète ! »

Hayes n'était nullement convaincu.

« On n'a aucune preuve que cette prédiction se soit entièrement réalisée. »

Brejnev accourut à la rescousse.

« Avec ou sans preuves, on sait. La lettre d'Alexandra, dénichée par Lord, confirme que Raspoutine avait fait sa prophétie à la tsarine en octobre 1916, deux mois avant sa mort. »

Brejnev se fit sarcastique.

« Le grand fondateur de ce pays, notre bien-aimé Lénine, prenait évidemment cette histoire au sérieux. Et Staline était lui-même assez impressionné pour mettre sous clef tous les documents qui traînaient et trucider, par-ci, par-là, quelques témoins possibles. »

Hayes n'avait pas totalement assimilé, jusque-là, toute l'importance des trouvailles de Miles. Et Lénine poursuivait, sur sa lancée :

« Le gouvernement provisoire a offert le trône au sieur Youssoupov, en mars 1917, après l'abdication de Nicolas et de son frère Mikhaïl. C'était la fin de la famille Romanov. Alors, le gouvernement s'était dit que Youssoupov pourrait prendre la suite. Il était presque unanimement respecté, en tant qu'assassin de Raspoutine. Le peuple voyait en lui un sauveur. Mais après la prise de pouvoir effective des soviets, Youssoupov a finalement quitté le pays.

— Quoi qu'il en soit, ajouta Khrouchtchev, Youssoupov était un patriote. Hitler lui a offert le gouvernement de la Russie, après la conquête du pays par ses armées, et Youssoupov a refusé catégoriquement. Les communistes lui ont proposé le poste de conservateur des musées nationaux, et il a dit non. Il aimait sa mère Russie et n'a jamais compris, jusqu'à ce qu'il soit trop tard, que le meurtre de Raspoutine était une erreur. Il n'avait jamais nourri d'intentions néfastes contre la famille impériale. Dont le massacre lui a laissé un énorme complexe de culpabilité. Après la mort du tsar, il a, pour se racheter, échafaudé un plan.

— Comment savez-vous cela ? » s'impatienta Hayes.

Staline eut un sourire indulgent.

« Les archives ont livré la plupart de leurs secrets, après la chute du communisme. C'est un peu comme une poupée *matriochka*. Chaque couche en révèle une autre. Personne ne désirait une telle révélation, mais nous pensons tous, à présent, qu'elle est inévitable.

— Vous avez toujours soupçonné que l'un des Romanov pouvait avoir survécu ?

— Nous n'avons jamais rien soupçonné du tout. Nous craignions, simplement, que les graines plantées voilà des décennies ne recommencent à germer, avec la résurgence d'un régime tsariste. Le rôle de ce fouinard de Miles Lord n'avait pas été prévu, mais que la situation ait évolué dans ce sens est peut-être une bonne surprise. »

Staline reprit le flambeau :

« Nos archives d'État sont pleines de rapports et de témoignages de gens qui ont participé, peu ou prou, à l'exécution collective d'Ekaterinbourg. Mais Youssoupov ne manquait pas d'habileté. Son plan n'impliquait qu'un petit nombre de personnes. Lénine et la police secrète de Staline n'ont pu mettre au jour que très peu de détails. Aucun n'a jamais été confirmé. »

Entre deux gorgées de café, Hayes relança :

« Si ma mémoire est fidèle, Youssoupov, après son départ de Russie, a mené une existence des plus modestes.

— En cela, il a suivi le tsar et, lors de la Seconde Guerre mondiale, il a rapatrié, officiellement, la plupart de ses investissements à l'étranger. Ce qui voulait dire que tout son patrimoine était ici. Les bolcheviks ont saisi tous ses avoirs, y compris les bijoux et les objets d'art collectionnés par sa famille. Mais Felix était plus retors qu'il n'en avait l'air. Il avait également investi en Europe. En Suisse et en France, surtout. Il vivait très simplement, mais il avait toujours de l'argent. Des documents indiquent qu'il possédait un gros paquet de titres des chemins de fer américains qu'il a convertis en or juste avant votre grande dépression, monsieur Hayes. Les soviets ont fouillé la chambre forte où cet or était censé dormir, mais n'y ont absolument rien trouvé.

— Il avait sans doute aussi investi dans le tsarisme, confirma Lénine. Des investissements qui restèrent hors d'atteinte des bolcheviks. Beaucoup s'imaginaient que Nicolas II avait planqué des millions de roubles dans des banques étrangères, et vers la fin des années 1970, jusqu'à la veille de sa mort, Youssoupov a fait de nombreux voyages aux États-Unis. »

Hayes avait du mal à garder l'œil ouvert, mais l'adrénaline coulait dans ses veines.

« Alors, qu'est-ce qu'on fait, maintenant ? »

Khrouchtchev prit le temps de souffler. Enfin :

« On doit retrouver Miles Lord et la fille qui l'accompagne. J'ai fait alerter tous les postes frontières, mais j'ai bien peur qu'il ne soit déjà trop tard. Nous n'avons plus de points de contrôle sur la frontière avec l'Ukraine, et c'était la sortie la plus proche. Monsieur Hayes, vous avez toute latitude pour voyager où et quand vous le désirez. Nous avons besoin de vous. Une fois dans votre pays, Lord entrera certainement en contact avec vous. Il n'a aucune raison de ne pas vous faire confiance. Quand il se manifestera, agissez vite et bien. Je pense que vous concevez la gravité de la situation.

— Oh oui, reconnut Hayes, très las. Je la conçois on ne peut plus clairement. »

31

ATLANTA, GEORGIE

7 H 15

Akilina suivit Miles Lord à l'intérieur de son appartement.

Ils avaient dormi dans l'aéroport de Kiev, avant de pouvoir attraper la première navette à destination de Francfort. Tous les vols de l'après-midi et du début de soirée étant complets, ils avaient dû attendre deux désistements de dernière minute, sur un vol de nuit de la Delta Airlines en direct pour Atlanta, auquel Lord avait consacré la moitié de la provision fournie par Semyon Pachenko.

Le lingot d'or était resté à Kiev, dans une consigne automatique. Combien de temps y serait-il en sécurité ? Mais Akilina s'était ralliée à l'opinion de Miles. Jamais cet or frappé d'un symbole tsariste ne passerait la douane.

Ils avaient également dormi dans l'avion, mais le décalage horaire pesait lourd sur leurs épaules, et le retour vers le soleil n'était pas encore terminé. À l'aéroport d'Atlanta, Lord avait retenu deux places pour San Francisco, départ à midi. Comme ils rêvaient tous les deux d'une bonne douche et de changer de vêtements, vingt minutes de taxi les avaient amenés au domicile de Miles.

L'appartement enchanta Akilina. Beaucoup plus beau et plus confortable que celui de Semyon Pachenko, mais sans doute très commun, conclut-elle, ici, aux États-Unis. Tapis doux et propres, élégants et probablement très coûteux. Il faisait un peu frisquet, mais Lord régla le thermostat mural, et la chaleur centrale se répandit dans toutes les pièces. Une sacrée différence avec ses radiateurs de Moscou, qui ne marchaient que poussés à fond, ou pas du tout. Elle remarqua la netteté impeccable des lieux, et n'en fut pas surprise. Miles lui produisait exactement le même effet depuis qu'elle le connaissait.

« Il y a des serviettes dans l'armoire de la salle de bains, lui dit-il en russe. Installez-vous dans cette chambre. Vous êtes chez vous. »

L'anglais d'Akilina était fonctionnel, mais limité. Elle avait rencontré quelques difficultés à l'aéroport d'Atlanta. Surtout avec les douaniers. Heureusement, son visa d'artiste de cirque lui ouvrait l'accès à ce pays, sans questions oiseuses.

« Ma chambre a sa salle de bains. À tout à l'heure. »

Elle prit son temps, tirant une véritable volupté du passage de l'eau chaude sur ses muscles raidis par la fatigue. Pour elle et pour l'ensemble de ses membres, c'était encore le milieu de la nuit. Dans la chambre, elle trouva un peignoir éponge étalé à son intention en travers du lit. Elle l'enfila en remerciant mentalement son hôte pour sa charmante attention. Miles lui avait expliqué qu'ils disposaient d'une grande heure, pas davantage, avant de regagner l'aéroport. Elle se sécha les cheveux, laissant ses boucles emmêlées tomber librement en cascade jusque sur ses épaules. Le bruit d'une autre douche, dans la chambre du fond, lui confirma que Lord était à sa toilette.

Elle passa dans le salon où elle admira les photos accrochées aux murs ou posées sur deux petites tables. Visiblement, Miles Lord était fils de famille nombreuse. Il y avait là un assortiment d'images de lui-même en compagnie de jeunes gens et de jeunes filles d'âges variés. L'une des photos le montrait adolescent. Apparemment l'aîné de cinq frères et sœurs échelonnés sur quelques années.

Une autre photo le représentait en tenue de footballeur américain, avec casque et masque protecteurs, les épaules démesurément élargies par les rembourrages caractéristiques. Son père y était également, dans un cadre isolé. Quarante et quelques années, le regard intense et les cheveux coupés en brosse. Son front luisait de transpiration, et il se tenait devant une chaire d'église, la bouche ouverte, les dents en vitrine, l'index de la main droite pointé vers le ciel. Il portait un costume qui lui seyait à merveille, et elle remarqua, sur son bras tendu, l'or d'un bouton de manchette. Dans le coin inférieur droit, figurait une inscription. Elle s'empara du cadre et tenta de la déchiffrer, mais sa connaissance de l'alphabet occidental était plus que réduite.

« Mon fils, viens me rejoindre », traduisit Lord, en russe.

Elle se retourna.

Une robe de chambre marron enveloppait son corps athlétique à la peau plus foncée que la teinte sombre du peignoir. Dans le V du décolleté, elle devina une poitrine musclée parsemée de quelques poils plus clairs.

« Il m'a donné cette photo pour essayer de me convaincre de l'assister dans son ministère.

— Pourquoi ne l'avez-vous pas fait ? »

Il s'approcha d'elle. Il sentait le shampoing et le savon de Marseille. Elle remarqua qu'il s'était rasé. Débarrassé de la barbe de deux jours qui avait recouvert son visage énergique et lisse, sur lequel les tragédies des heures écoulées, sous d'autres cieux, n'avaient laissé aucune trace.

« Mon père a trompé ma mère et nous a laissés sans le sou. Je n'avais aucune envie de marcher sur ses brisées. »

Elle se souvenait de l'amertume qu'il avait exprimée le vendredi soir, chez Semyon Pachenko.

« Et votre mère ?

— Elle l'aimait. Elle l'aime toujours. Elle ne veut pas entendre un seul mot contre lui. Pas plus que ses fidèles. Pour eux tous, Grover Lord était un saint.

— Personne ne connaissait la vérité ? »

— Personne ne l'aurait crue. Il aurait tout simplement hurlé à la discrimination, et proclamé à quel point il était difficile, à un pauvre homme noir, d'être apprécié pour lui-même.

— On nous a rebattu les oreilles, à l'école avec les préjugés qui règnent dans ce pays. Et le fait que les Noirs n'ont aucune chance dans une société de Blancs. Est-ce vrai ?

— C'était vrai. Certains prétendent que c'est toujours vrai, mais je ne le crois pas. Ce pays n'est pas parfait, il en est même très loin. Mais c'est un pays où chacun peut trouver sa place, s'il sait attendre et saisir sa chance. Au bon moment

— C'est ce que vous avez fait, Miles Lord ? »

Il esquissa un sourire.

« Pourquoi faites-vous ça ?

— Quoi donc ?

— M'appeler par mon nom et mon prénom, comme s'ils étaient inséparables.

— Une habitude. Je n'y voyais aucune offense.

— Appelez-moi Miles. Et pour répondre à votre question, oui, je crois que j'ai su saisir toutes les occasions, au vol. J'ai étudié d'arrache-pied. Et j'ai monnayé tout ce que j'avais appris, à la dure.

— Votre intérêt pour mon pays ? Vous l'avez ressenti de tout temps ? »

Il montra les étagères chargées de livres, à l'autre bout du salon.

« J'ai toujours été fasciné par la Russie. Votre histoire est tellement passionnante. Celle d'une nation outrancière, dans son étendue, dans son climat, dans sa politique. Dans ses attitudes. »

Elle l'observait attentivement. Ses yeux brillaient, sa voix tremblait d'émotion contenue. Il était parfaitement sincère.

« Ce qui s'est passé en 1917 est tellement triste. Le pays était à la veille d'une renaissance sociale. Poètes, écrivains, peintres, dramaturges étaient au plus haut. La presse était libre. Et puis, tout s'est écroulé, d'un jour à l'autre.

— Vous aimeriez participer à notre renaissance. »

Une affirmation plus qu'une question. Lord sourit.

« Qui aurait pensé qu'un gamin de Caroline du Sud puisse nourrir une telle ambition ?

— Vous êtes proche de vos frères et sœurs ? »
Il haussa les épaules.

« Nous sommes éparpillés dans tout le pays. Où trouver le temps de nous rendre visite, à tour de rôle ?

— Eux aussi se sont fait une place dans la vie ?

— Il y a un médecin, deux professeurs d'école, un expert comptable…

— On dirait que votre père ne s'est pas trop mal débrouillé.

— Il n'a rien fait du tout. C'est ma mère qui nous a tous portés à bout de bras. »

Bien qu'elle en sût si peu sur le compte de Grover Lord, elle eut l'air de comprendre.

« Peut-être sa vie a-t-elle été l'exemple dont chacun de vous avait besoin. »

Il ricana :

« Un exemple dont je me serais bien passé.

— Est-ce à cause de lui que vous ne vous êtes pas encore marié ? »

Il s'approcha d'une des fenêtres, contempla, sans le voir, le soleil du matin.

« Pas vraiment. Trop occupé pour y penser. »

Le grondement de la circulation leur parvenait, par intermittence. Akilina concéda :

« Je ne suis pas mariée non plus. Je voulais être artiste. Le mariage peut être difficile, en Russie. Nous ne sommes pas un pays comme le vôtre, où chacun peut trouver sa place.

— Personne dans votre vie ? »

Elle faillit lui parler de Tousya, mais y renonça.

« Personne qui ait compté vraiment.

— Vous pensez que le retour du tsar résoudra tous les problèmes ? »

Elle lui sut gré de ne pas insister. Peut-être avait-il perçu son hésitation.

« Les Russes ont toujours été menés par quelqu'un, tsar ou président. Quelle importance, si l'homme au pouvoir sait ce qu'il fait ?

— Quelqu'un paraît vouloir s'opposer au prétendant que nous avions choisi. Sans doute voient-ils une monarchie restaurée comme un moyen de prendre le pouvoir, et rien de plus.

— Pour l'instant, ils sont à des milliers de kilomètres.

— Dieu merci. »

Elle changea de sujet.

« Je pense sans cesse aux Maks. Morts tous les deux pour leurs convictions. Comment cela pouvait-il avoir une telle importance à leurs yeux ? »

Il alla extraire un volume de sa bibliothèque. Elle reconnut au passage, sur la couverture, une photo de Raspoutine, l'œil perçant et la barbe en bataille.

« Cette histoire est peut-être la clef de l'avenir de votre peuple. J'ai toujours tenu ce type pour un imposteur qui a su se trouver où il fallait au bon moment. Toute cette étagère lui est consacrée. J'ai lu tous ces livres sans jamais changer d'avis. Pas plus qu'à l'égard de mon propre père.

— Et maintenant ?

— Je ne sais plus trop que penser. Tout me paraît incroyable. Felix Youssoupov emmenant deux des héritiers du tsar en Amérique ! »

Il désigna une autre étagère.

« J'ai ici plusieurs biographies de Youssoupov. Le portrait qu'elles en donnent est celui d'un habile manipulateur, mais d'un piètre illusionniste inca-

pable, même, d'assassiner un homme correctement. »

Elle cueillit le livre, entre ses doigts. S'absorba dans
la contemplation de Raspoutine.

« Ses yeux vous transpercent, même en photo.

— Mon père disait que les mystères divins étaient
indéchiffrables. J'ai toujours pensé que c'était une
façon astucieuse d'entretenir la loyauté des fidèles.
De leur inspirer l'envie de poser d'autres questions.
Aujourd'hui, j'espère qu'il avait tort.

— C'est mal de haïr son père.

— Je n'ai jamais dit que je le haïssais.

— Non, mais c'est tout comme.

— Je hais tout ce qu'il a fait. Le gâchis qu'il a
laissé derrière lui. Son hypocrisie.

— Mais peut-être, comme Raspoutine, a-t-il laissé
un héritage plus important que vous ne l'imaginez.
Peut-être êtes-vous cet héritage. Le corbeau.

— Vous y croyez vraiment, n'est-ce pas ? »

Elle achevait de se relaxer dans l'atmosphère
douillette de cet appartement confortable.

« Tout ce que je peux dire, c'est que depuis l'instant précis où vous êtes entré dans mon compartiment, ma vie a changé. C'est difficile à expliquer.
Je viens d'une famille très simple. Ma grand-mère a
été assassinée. Mes parents ont vu leur vie détruite.
Depuis toujours, j'assiste à la souffrance des autres,
et je me demande ce que je pourrais bien y faire.
Aujourd'hui, peut-être, j'ai une chance de contribuer
à changer le monde. »

Lord sortit de sa poche la clef de cuivre qu'ils
avaient trouvée dans la tombe de Kolya Maks. Les

initiales C.M.B. et le chiffre 716 se détachaient nettement sur le fond du métal terni.

« Pourvu qu'on trouve cette cloche de l'enfer et la serrure que cette clef peut ouvrir.

— Je suis sûre qu'on va trouver les deux. J'ai confiance. »

Il fit la grimace.

« C'est bon de savoir qu'un de nous deux, au moins, a confiance ! »

32

Hayes observait attentivement Stefan Baklanov. Perché sur une table drapée de soie, l'héritier présomptif tenait tête aux dix-sept membres de la Commission tsariste. Le Grand Hall du palais à Facettes grouillait de spectateurs et de journalistes perdus dans le brouillard bleu d'une épaisse tabagie dont les cigares, cigarettes et bouffardes de la Commission étaient largement responsables.

Très chic dans son costume sombre de bonne coupe, Baklanov répondait avec aisance aux questions les plus longues comme les plus percutantes. C'était sa dernière apparition en public, après le vote destiné à départager les trois finalistes. Neuf noms à l'origine. Trois qui n'avaient aucune chance. Deux autres à peine envisageables. Et quatre qui avaient pour eux une parenté sanguine compatible avec la loi de Succession de 1797. Les premiers débats s'étaient concentrés sur les mariages postérieurs à 1918 et le degré de dilution du sang originel, chaque prétendant ayant

330

eu tout loisir de plaider sa cause. Hayes avait fait en sorte que Baklanov passât le dernier.

La voix, dans le micro, était grave et posée, mais ferme :

« Je pense à mon ancêtre. Dans cette salle du palais à Facettes, ont siégé les boyards, en janvier 1613, afin d'y procéder à l'élection d'un nouveau tsar. Le pays émergeait à peine d'une douzaine d'années de troubles occasionnés par la vacance du trône. Comme vous-mêmes aujourd'hui, messieurs, le groupe avait fixé des conditions précises. Après maints débats, maints rejets, fut choisi, à l'unanimité, un aimable jouven-ceau de seize ans. Il n'est pas indifférent de souligner qu'il avait été découvert au monastère Ipatiev, où com-mença la dynastie des Romanov, et que trois cents ans plus tard, dans une autre maison Ipatiev, celle du But suprême, s'y est achevée celle d'un autre Romanov. »

Baklanov s'interrompit une seconde afin de préci-ser, non sans intention :

« Du moins pour un temps.

— Mais Michel Ier n'a-t-il pas été sélectionné, objecta l'un des membres de la Commission, parce qu'il s'était déclaré d'accord pour consulter les boyards sur toute décision à l'étude ? Faisant d'eux, en consé-quence une véritable assemblée nationale, la première Douma ? Est-ce également votre intention ? »

Baklanov s'agita légèrement, mais resta serein. Ouvert. Bienveillant.

« Mon valeureux ancêtre n'avait pas été choisi pour cette seule raison. Avant de procéder au vote, l'assem-blée avait organisé une consultation sommaire, une sorte de sondage avant la lettre, et pu établir qu'il existait un large consensus populaire favorable à la nomination de Michel Romanov. Nous nous trouvons aujourd'hui, messieurs, dans la même situation. Tous les sondages à l'échelle nationale indiquent que le peuple approuve ma restauration. Mais pour répondre directement à votre question, Michel Romanov vivait à une époque différente.

« La Russie s'était essayée à la démocratie, et nous en constatons les résultats, chaque jour. Notre pays n'a pas l'habitude de se méfier du gouvernement qu'il s'est choisi. Qui dit démocratie, dit défis répétés, et notre histoire ne nous y a pas préparés. Chez nous, le peuple attend du gouvernement qu'il soit mêlé à sa vie quotidienne. Les sociétés occidentales prêchent exactement l'inverse.

« Ce pays a perdu sa grandeur en 1917. Notre empire, qui fut jadis le plus vaste de la terre, ne subsiste aujourd'hui que par la générosité de nations étrangères. J'en suis écœuré jusqu'au fond de l'âme. Nous avons passé plus de trois quarts de siècle à fabriquer des bombes et à équiper des armées, alors que le pays s'écroulait de toutes parts. Il est grand temps de réparer toutes ces erreurs. »

Hayes savait que Baklanov jouait son rôle en fonction des caméras braquées par toutes les grandes chaînes de télévision internationales, CNN, CNBC, BBC, FOX, toutes actionnaires de l'entreprise. Baklanov avait esquivé la question posée, mais profité de l'occasion pour marquer un premier point. Ce type ne serait sûrement pas fichu de gouverner, mais pratiquait, en virtuose, l'art de noyer le poisson.

Un autre membre de la Commission demanda :

« Le père de Michel, Filaret si je n'ai pas oublié mon Histoire, a régenté le pays pendant la quasi-totalité du règne de son fils. Michel n'était rien de plus qu'une marionnette dont papa tirait les ficelles. Ce pays doit-il s'attendre à quelque chose de semblable ? Vos décisions vous seront-elles dictées ? »

Toujours sans hausser le ton, Baklanov se rebiffa :

« Je puis vous assurer, monsieur, que mes décisions seront bien les miennes. Ce qui ne signifie nullement que je ne consulterai pas mon conseil d'État, chaque fois que je pourrai mettre à profit son expérience et sa sagesse. Une autocratie ne peut survivre qu'avec le soutien de son gouvernement et de son peuple. »

Encore une excellente réponse, se congratula Taylor Hayes.

« Et vos fils ? Sont-ils préparés aux mêmes responsabilités ? »

L'homme insistait. L'un des trois qu'on n'avait pu encore acheter à cent pour cent, et dont la loyauté demeurait aux enchères. Mais Hayes avait ouï dire que d'ici au lendemain, l'unanimité serait assurée.

« Mes fils sont prêts. L'aîné a pleinement assimilé ses responsabilités. Il est fin prêt à assumer celles du tsarévitch. Je l'y entraîne depuis sa naissance.

— Vous comptiez sur la restauration ?

— Mon cœur m'a toujours dit que, tôt ou tard, le peuple russe exigerait le retour de son tsar. Il lui a été enlevé par la violence, dépossédé de son trône sous la menace d'un revolver. Mauvaise action ne peut engendrer que déshonneur. Ce pays est à la recherche de son passé, et nous pouvons espérer que le souvenir des fautes révolues nous conduira jusqu'à la victoire. Nul d'entre nous ne naît uniquement pour lui-même. C'est encore plus vrai pour ceux que prédestinent leurs racines impériales. Le trône de cette nation est celui des Romanov, et je suis le descendant mâle actuellement en vie le plus proche par le sang de Nicolas II. Les grands honneurs engendrent de lourds fardeaux. Je suis prêt à les porter, pour le bien de mon peuple. »

Baklanov but un peu d'eau. Plus de questions pour le moment. Il posa le verre sur la table et conclut :

« Michel Romanov n'a jamais aimé le pouvoir, mais je ne m'excuserai pas de mon propre désir de gouverner cette nation. La Russie est ma mère patrie. Je crois que toutes les nations ont un genre, et que la nôtre est spécifiquement féminine. De cette féminité, découle notre fertilité. C'est l'un des biographes de Fabergé, quoique britannique, qui l'a le mieux traduit. "Fournissez-lui le point de départ, la graine, et elle la maternera, dans son style très personnel, jusqu'à remporter des victoires stupéfiantes". C'est mon destin d'engendrer ces victoires.

« Chaque graine connaît son temps de maturation. Je connais le mien. On peut forcer un peuple à éprouver de la crainte, mais pas de l'amour. Je le comprends. Je ne brigue ni conquête impériale ni domination mondiale. Notre grandeur, dans les années qui nous attendent, sera d'assurer au peuple un mode de vie qui lui garantira santé, bonheur et sécurité. Peu importe que nous puissions réduire le monde à néant des centaines de fois. Ce qui importe, c'est que nous soyons en mesure de nourrir notre peuple, de guérir ses maux, d'assurer son confort au sein d'une nation prospère, pour nous-mêmes et pour les générations à venir. »

Réelle ou parfaitement simulée, son émotion passait la rampe, tant sur place qu'à la radio et à la télé. Hayes lui-même était très impressionné.

« Je ne prétendrai pas que Nicolas II était sans

défauts. C'était un autocrate obstiné qui avait perdu de vue son objectif. Nous savons maintenant que son épouse brouillait son jugement, et que la maladie de leur fils les rendait tous deux vulnérables. Alexandra était une femme merveilleuse, sous bien des aspects, mais écervelée, hélas ! Elle subissait l'influence de Raspoutine, un homme en qui tout le monde s'accorde, aujourd'hui, à reconnaître un vil opportuniste. L'Histoire est un bon professeur, je ne renouvellerai pas cette sorte d'erreur. Ce pays ne peut plus se contenter d'un gouvernement faible. Nos rues doivent être sûres, nos institutions placées sous le sceau de la vérité, de la franchise et de la confiance. C'est seulement ainsi que notre pays connaîtra le progrès et la paix.

— On dirait, monsieur, que vous vous êtes déjà personnellement élu tsar de toutes les Russie. »

Toujours le même perturbateur. Baklanov riposta doucement :

« Ma naissance, cher monsieur, a fait ce choix en mes lieu et place. Ma seule réponse est de lui obéir. Le trône de Russie appartient aux Romanov. C'est un fait indiscutable.

— Mais Nicolas II n'y avait-il pas renoncé, en son nom et en celui de son fils Alexis ?

— Il l'a fait en son nom. Mais je doute que l'historien le plus pointilleux puisse prétendre qu'il ait eu le droit d'abdiquer également au nom d'Alexis. Lors de cette abdication, en mars 1917, son fils est devenu Alexis II. Nicolas n'avait aucun droit de l'éloigner du trône. Ce trône revient à la lignée Romanov, celle de Nicolas II. Et je suis, par le sang, son plus proche parent mâle. »

Hayes approuvait la performance. Baklanov savait

exactement quoi répondre et à quel moment. Il formulait ses déclarations avec assez de nuances pour remporter chaque échange sans jamais offenser quiconque.

Stefan Ier allait faire un excellent tsar.

Pourvu qu'il sache suivre les ordres autant qu'il aimait les donner, avec la même assurance.

Le L-1011 des United Airlines volait à quarante
mille pieds au-dessus du désert de l'Arizona. Il avait
décollé, à midi cinq, de l'aéroport d'Atlanta et, grâce
à un vol de cinq heures compensé par un décalage
horaire de trois heures, ils se poseraient à San Francisco peu après quatorze heures. Au cours de la journée écoulée, Lord avait fait les trois quarts d'un tour
du monde, mais il était heureux d'être rentré au ber-
cail, même s'il ne savait pas très bien ce qu'il allait
faire en Californie.

« Vous êtes toujours aussi nerveux ? lui demanda
Akilina, en russe.

— Pas habituellement. Mais les circonstances sont
tout à fait inhabituelles.

— Il faut que je vous avoue quelque chose. »

Lord percevait clairement son embarras.

« Je n'ai pas été totalement franche avec vous...
dans votre appartement. »

Assis auprès d'elle, du côté droit de l'appareil, il
l'observait, légèrement perplexe.

« Vous m'avez demandé si personne n'avait jamais

compté dans ma vie, et j'ai répondu non. Ce n'était pas totalement vrai. »

Elle était de plus en mal à l'aise, et il se sentit forcé de lui dire :

« Vous n'avez rien à m'expliquer, si vous ne le désirez pas vraiment.

— Mais je le désire. »

Il s'assit plus confortablement sur son siège.

« J'ai rencontré Tousya à l'école du cirque, où l'on m'avait envoyée après mes études secondaires. Il n'avait jamais été prévu que j'entrerais à l'université. Mon père était trapéziste, et j'avais toujours eu envie de prendre sa suite, dans quelque autre spécialité. Tousya était acrobate. Bon, mais pas assez pour quitter le professorat. Toutefois, il ambitionnait de se marier.

— Alors ?

— Sa famille vivait dans le Nord, à la limite des plaines gelées. Comme il n'était pas de Moscou, nous aurions été forcés de vivre chez mes parents, en attendant d'obtenir un autre logement. Pour nous marier, il nous fallait leur consentement, et ma mère l'a refusé.

— Pourquoi diable ?

— À ce moment-là, c'était déjà une femme aigrie. Mon père n'était pas encore ressorti du camp de travail. Elle lui en voulait à cause de son projet de quitter le pays. Elle a vu que je pourrais être heureuse, et elle s'est vengée de ses propres souffrances en frustrant mes espoirs de bonheur.

— Vous n'auriez pas pu aller vivre ailleurs ?

— Tousya ne le voulait pas. Il voulait rester à Moscou. Tous ceux qui n'étaient pas moscovites ambitionnaient de le devenir. Sans me consulter, il s'est engagé dans l'armée. C'était ça ou travailler en usine, quelque part ailleurs. N'importe où. Dès qu'il aurait acquis le droit de vivre où il le désirait, il reviendrait.

— Et qu'est-il devenu ? »

Elle hésita un instant avant de répondre :

« Il est mort en Tchétchénie. Pour rien puisqu'à la fin du compte, tout est retombé comme avant. Je n'ai jamais pardonné à ma mère ce qu'elle nous avait fait.

— Vous l'aimiez ?

— Autant qu'une très jeune fille peut aimer. Qu'est-ce que l'amour ? Pour moi, c'était un répit temporaire dans la réalité de la vie. Vous m'avez demandé si je pensais que les choses seraient différentes, avec le retour d'un tsar. Comment pourraient-elles être pires ? »

Il ne discuta pas son point de vue. Elle reprit au bout d'un moment :

« Nous sommes différents, vous et moi. D'une certaine façon, je ressemble à mon père. La cruauté de notre mère patrie nous a coûté, à lui comme à moi, notre amour. Vous haïssez votre père. Mais vous avez pleinement profité des occasions offertes par votre pays. Intéressant de voir comment l'existence peut créer de tels extrêmes ! »

Bien vrai, pensa-t-il.

Une foule compacte encombrait l'aéroport international de San Francisco. Ils avaient voyagé léger, juste avec un sac pendu à l'épaule. S'ils ne trouvaient rien dans les quarante-huit heures, Lord avait l'intention de regagner Atlanta et de renouer le contact avec Taylor Hayes. Tant pis pour Raspoutine et pour Pachenko, qu'ils aillent au diable ! Il avait failli appeler le bureau, avant de quitter Atlanta, mais y avait renoncé finalement. Autant exaucer les vœux de Pachenko le plus longtemps possible, en essayant de confirmer cette prophétie qu'il avait prise, jusque-là, pour une pure foutaise.

Ils se laissèrent porter par la foule jusqu'à la paroi de Plexiglas au-delà de laquelle brillait le soleil de la côte ouest.

« Qu'est-ce qu'on fait ? » murmura Akilina, en russe.

Il ne répondit pas. Quelque chose venait d'attirer son attention, au cœur de la bousculade environnante.

« Venez », souffla-t-il en lui prenant la main.

Contre le mur, non loin du tapis roulant où cascadaient les bagages, trônait une des vitrines murales violemment éclairées vantant les mérites de n'importe quoi, depuis les préservatifs jusqu'aux grands hôtels de San Francisco. Lord avait repéré, de loin, cette reproduction photographique d'une sorte de temple barré de la mention :

CREDIT AND MERCANTILE BANK OF SAN FRANCISCO
UNE TRADITION LOCALE DEPUIS 1884

« Qu'est-ce que ça dit ? »

Il lui rappela la raison sociale ainsi que son slogan, sortit de sa poche la clef de cuivre et lui montra les initiales gravées dans le métal : C.M.B.

« Je crois que cette clef est celle d'un coffre de la banque de crédit en question. Qui était déjà là au temps de Nicolas II.

— Vous êtes absolument sûr qu'il s'agit du bon endroit ?

— Absolument, non.

— Alors ?

— Bonne question. Il nous faut, d'abord, une histoire convaincante. Je doute que la banque nous accueille à bras ouverts, avec une clef vieille de plusieurs décennies, et qu'elle nous laisse vider le coffre, si coffre il y a. Ils vont forcément nous poser des questions. »

Son esprit d'avocat tournait à plein rendement.

« Mais j'entrevois un bon moyen de contourner la difficulté. »

Trente minutes de taxi entre l'aéroport et le centre-ville. Lord avait choisi un hôtel de la chaîne Marriott, juste dans le voisinage du quartier des affaires. Le gigantesque bâtiment vitré ressemblait à un juke-box. Il avait opté pour cet hôtel à cause de son emplacement, mais aussi, et surtout, à cause de son cyber-espace bien équipé.

Ils déposèrent leurs sacs dans la chambre et redescendirent tout de suite. Sur un des ordinateurs disponibles, il pianota HAUTE COUR DE JUSTICE DU COMTÉ DE FULTON – DIVISION TESTAMENTAIRE. Il connaissait par cœur la façon réglementaire de présenter le document autorisant un tiers à opérer au nom d'une personne décédée. Il en avait lui-même rédigé plusieurs dans le passé, mais pour être sûr de ce qu'il faisait, il se brancha sur Internet. Le Web regorgeait d'adresses offrant toute possibilité de réaliser les documents les plus complexes Il y avait un site ouvert par l'université d'Emory, à Atlanta, dont il utilisait couramment les services.

Quand l'imprimante cracha la feuille fraîchement remplie, il la montra à Akilina.

« Vous êtes la fille d'une certaine Zaneta Ludmilla.

Votre mère vient de mourir et vous a laissé cette clef dans son coffre de banque. La haute cour du comté de Fulton, Georgie, vous a désignée comme sa seule représentante légale, et je suis votre avocat. Comme votre connaissance de la langue anglaise n'est pas parfaite, je suis là pour parler en votre nom. En tant que représentante de votre mère, vous avez le droit et le devoir d'inventorier ses biens, y compris le contenu de son coffre. »

Elle souriait.

« Juste comme en Russie, quoi. Faux papiers et mensonges bien préparés. La voie royale du succès. »

Malgré l'impression suscitée par sa publicité, la Banque de commerce et de crédit n'était pas logée dans quelque bâtiment de granit néo-classique, mais dans un des immeubles ultramodernes de verre et d'acier du quartier des affaires, à l'ombre des tours caractéristiques de la Transamerica. Lord connaissait sur le bout du doigt l'histoire de ce quartier entouré de gratte-ciel. Banques et compagnies d'assurances y abondaient, qui valaient au secteur l'étiquette de « Wall Street de l'Ouest ». Firmes d'engineering, d'informatique et de vêtements en gros y figuraient également en grand nombre. L'or de la Californie avait alimenté la création ainsi que la nature du secteur, et puis l'argent du Nevada s'était forgé une place de choix dans le monde financier de l'Amérique du Nord.

L'intérieur de la Credit and Mercantile Bank était un mélange très tendance de bois plastifié, de pierre artificielle et de Plexiglas. Les coffres occupaient une salle du troisième étage, avec une préposée aux cheveux blonds assise derrière un bureau. Lord exhiba sa clef, ses documents bidon et sa propre carte professionnelle. Il déployait tout son charme, espérant qu'il n'y aurait pas de questions, mais l'expression curieuse de l'employée n'était guère encourageante.

« Ce numéro ne correspond à aucun de nos coffres.

— Mais la C.M.B. est bien votre banque ? »

Elle se reporta à la clef de cuivre.

« Ce sont bien nos initiales. »

À regret. Comme si cette constatation lui causait une peine immense.

Il décida d'essayer la fermeté.

« Madame… Mlle Ludmilla, ici présente, brûle de régler les affaires de sa mère. Ce décès lui a été particulièrement douloureux. Nous avons toutes raisons de croire qu'il s'agit là d'un coffre très ancien. Est-ce que votre banque ne conserve pas les coffres sur une longue période de temps ? D'après vos placards publicitaires, cet établissement existerait depuis 1884.

— Monsieur Lord, je vais parler plus lentement, puisque vous ne semblez pas me comprendre. »

Lord détestait cette femme un peu plus à chaque nouvelle syllabe prononcée.

« La banque ne possède aucun coffre numéroté 716. Notre système de numérotation est différent. Nous utilisons, depuis l'origine, un code composé de lettres et de chiffres. »

Il se retourna vers Akilina pour lui traduire en russe :

« Elle ne va pas céder d'un pouce. Elle dit que la banque n'a aucun coffre numéroté 716.

— Qu'est-ce que vous racontez ? s'inquiéta la femme.

— Je lui dis qu'elle va devoir contenir son chagrin un peu plus longtemps, parce que ce n'est pas ici qu'on trouvera la moindre réponse. »

Puis, à Akilina :

« Prenez un air triste. Avec quelques larmes, si possible.

— Je suis acrobate de cirque, pas actrice. »

Il lui prit les mains, tendrement, avec un regard compréhensif.

« Essayez. Ça peut marcher.

— Écoutez, intervint la femme en leur rendant la clef. Allez donc voir à la Commerce and Merchants Bank. C'est à trois rues d'ici.

— Ça marche ? questionna Akilina.

— Qu'est-ce qu'elle dit ? intercala l'employée.

— Elle me demande de lui traduire vos paroles. »

Il se retourna vers Akilina.

« Cette garce a tout de même un cœur, après tout. »

Puis il revint à l'anglais pour une ultime question :

« Cette autre banque existe aussi depuis très longtemps ?

— Ils sont comme nous. vieux comme Hérode. Quelque part vers les mil huit cent quatre-vingt-dix... Je crois. »

La Commerce and Merchants Bank était un monolithe de granit et de marbre, avec une façade monumentale à colonnades corinthiennes qui offrait un contraste frappant avec la Credit and Mercantile et les autres gratte-ciel miroitants du voisinage.

Dès qu'ils en franchirent l'entrée, l'intérieur impressionna favorablement Miles. Cette banque était un établissement à l'ancienne : pylônes de faux marbre, sols dallés, caissiers en cage, vestiges d'un temps où des grilles de fer assuraient la sécurité mieux que les caméras les plus sophistiquées.

On les conduisit au bureau qui contrôlait l'accès aux salles des coffres situées, leur apprit un garde en uniforme, au sous-sol de la banque.

Un Noir d'âge moyen, aux cheveux grisonnants, les y accueillit. Il portait cravate et veste à galons. La chaîne d'une montre de gousset barrait son amorce de bedaine. Il déclina fièrement son nom : James Randall Maddox, apparemment très satisfait que son nom fût en trois parties.

Lord lui montra ses documents testamentaires ainsi que la vieille clef de cuivre. Randall Maddox ne fit aucune objection, posa une question ou deux, et les pilota jusqu'à un petit escalier, puis à travers plusieurs salles aux murs garnis de rangées de petites portes en acier inoxydable. Tout au fond, s'étendait un local d'apparence très différente. Le métal des petites portes avait perdu tout éclat, et les serrures n'étaient que des points noirs symétriques, sous la lumière crue.

« Ce sont les plus vieux de la banque, expliqua Randall. Ils étaient déjà là, lors du tremblement de terre de 1906. Ce sont les derniers dinosaures de leur espèce. On se demande souvent quand ils seront liquidés.

— Vous ne les vérifiez pas de temps à autre.

— Ce serait contraire à la loi. Tant que le loyer annuel est réglé… »

Lord leva la clef à hauteur d'œil.

« Vous voulez dire qu'il a été payé régulièrement, depuis les années 1920 ?

— Bien sûr. Autrement, il aurait été déclaré caduc et ouvert à la perceuse. La personne décédée a dû s'assurer que tout était en règle. »

Lord se mordit la langue.

« C'est vrai. Mais c'est surprenant tout de même. »

James lui indiqua le 716, à mi-hauteur d'homme. La porte mesurait environ trente centimètres de long sur vingt-cinq de large.

« Si vous avez besoin de quoi que ce soit, je suis dans mon bureau. »

Lord attendit que la grille d'entrée se fût refermée pour introduire la clef dans la serrure.

Le compartiment recelait un coffret métallique. Lord le fit glisser à l'extérieur. Il était plus lourd, probablement à cause de son contenu, que ses dimensions ne le laissaient prévoir. Il le posa sur une petite table de noyer et l'ouvrit.

À l'intérieur, voisinaient trois sacs de toile pourpre, en bien meilleur état que celui qu'ils avaient extrait de la tombe de Kolya Maks. Il y avait aussi un journal de Berne, soigneusement plié, daté du 25 septembre 1920. Le papier était friable, mais intact. Il palpa l'un des sacs, sentit, à travers la toile, des objets durs de formes diverses. Ouvrant le sac, il en tira deux lingots d'or semblables à celui qui dormait à l'aéroport de Kiev, dans une consigne automatique. Également marqués des initiales N et R et de l'aigle à deux têtes. Il cueillit un des deux derniers sacs, plus gros, mais plus léger, presque rond. Il en dénoua les cordons de cuir.

Ce qu'il en sortit lui infligea un choc.

L'objet en forme d'œuf représentait une rose guillochée dressée sur un piédestal de couleur verte composé de feuilles veinées qui se révélèrent, à l'examen, ornées de petits diamants roses. Au sommet, brillaient une couronne impériale et deux arcs minuscules sertis d'autres petits diamants et d'un rubis central de la plus belle eau. Quatre lignes de diamants et de perles s'épanouissaient en fleurs de lys sur toute la courbure délicate de l'œuf, parmi des feuilles presque translucides d'or sur fond vert. Le tout pouvait faire quinze centimètres, de la base du piédestal à la couronne miniature.

Il avait déjà vu cette magnifique œuvre d'art.

« Signé Fabergé, dit-il. C'est un œuf de Pâques impérial.

— Je sais, chuchota Akilina. Je les ai vus au musée du Kremlin.

— Celui-ci est connu sous le nom de *Lys de la Vallée*. Il a été offert en 1898 à l'impératrice douairière Maria Feodorovna, la mère de Nicolas II. Il n'y a qu'un problème. Cet œuf de Fabergé faisait partie d'une collection privée. Celle de Malcolm Forbes, un millionnaire américain qui avait acheté douze des cinquante-quatre modèles existants. Sa collection était plus importante que celle du musée moscovite. J'ai déjà vu cet œuf exposé à New York. »

Le claquement de la grille d'entrée lui coupa la parole. James Randall Maddox revenait vers eux, à travers les salles adjacentes. Lord remit l'œuf dans son sac et renoua les cordons de cuir. Les lingots d'or n'avaient pas quitté leur propre sac.

« Tout va bien ? demanda James.

— À merveille. Vous auriez une boîte en carton ou un sac en papier pour nous aider à transporter ces bricoles ? »

James jeta un bref coup d'œil aux petits sacs posés sur la table.

« Naturellement, monsieur Lord. La banque est à votre disposition. »

Lord avait hâte d'examiner l'ensemble de leurs trouvailles, mais jugea préférable de quitter d'abord l'établissement. Peut-être devenait-il paranoïaque, mais Randall Maddox James lui paraissait trop curieux. Bien compréhensible, se consola-t-il en revivant, brièvement, tout ce qu'il avait enduré depuis quelques jours.

Ils emportèrent leur butin dans un sac de la Commerce and Merchants Bank muni de solides poignées de corde, et ils s'engouffrèrent dans un taxi qui les déposa devant la bibliothèque municipale. Il se souvenait, depuis une visite précédente, du bel immeuble de trois étages, construit vers la fin du XIXe siècle, qui avait résisté aux tremblements de terre de 1906 et de 1989. Un autre bâtiment s'élevait juste à côté, et la préposée du bureau de renseignements les y renvoya, avec toutes les indications nécessaires. Avant d'examiner les autres articles, Lord voulait consulter un ou plusieurs ouvrages consacrés aux œuvres de Fabergé. Y compris celui qui donnait la liste des œufs de Pâques impériaux.

Dans une salle d'étude, derrière une porte fermée à clef, il étala le contenu du coffre sur la table. L'un des livres lui apprit que cinquante-six et non cinquante-quatre de ces œufs avaient été créés, à partir de 1885, lorsque le tsar Alexandre III avait chargé Fabergé de façonner à l'intention de son épouse, l'impératrice Marie, un cadeau de Pâques. Cette fête était la plus importante de l'Église orthodoxe russe, traditionnellement célébrée par un échange d'œufs et de baisers. L'œuvre d'art avait été si chaleureusement accueillie que le tsar en avait commandé une autre pour chacune des Pâques suivantes. Nicolas II, fils d'Alexandre, avait perpétué la tradition, après son couronnement, en 1894. Seule différence, il lui en avait fallu deux, à partir de là, un pour sa femme, Alexandra, un autre pour sa mère.

Chacune de ces créations uniques, toutes d'or émaillé et de pierres précieuses, contenait une surprise : un petit carrosse du couronnement, une réplique du yacht royal, un train, des animaux à ressort ou quelque autre gadget mécanique. Quarante-sept des cinquante-six œufs réalisés étaient répertoriés, avec photos et légendes. Les neuf autres avaient disparu à la révolution bolchevique.

Il trouva une pleine page sur le *Lys de la Vallée*. La légende était la suivante :

C'est le maître orfèvre Michael Perchin, de l'atelier Fabergé, qui, en 1898, a créé cette merveille. La surprise intérieure consiste en trois miniportraits du tsar et des grandes-duchesses Olga et Tatiana, les deux premières filles nées du couple impérial. Fait partie désormais d'une collection privée, à New York.

La photo en couleurs était grandeur nature, et les trois miniportraits surmontaient, en éventail, la couronne supérieure. Chaque photo mettait en valeur le fond d'or, les minuscules diamants qui ornaient ces portraits. Celle du tsar montrait Nicolas II en grand uniforme, visage barbu, épaules et haut du torse clairement visibles. À sa gauche, c'était Olga, l'aînée, visage angélique de trois ans encadré de boucles blondes. À sa droite, c'était Tatiana bébé, âgée de moins d'un an.

Au dos de chaque portrait, figurait la date du 5 avril 1898.

Il compara l'œuf retrouvé à la photo pleine page.

« C'est bien celui-là.

— Mais pas de miniportraits à l'intérieur du nôtre », déplora Akilina.

Lord se reporta au bouquin. Il apprit qu'un mécanisme caché – commandé par un petit bouton, sur le côté de l'œuf – déployait l'éventail des trois portraits. Il posa l'œuf sur la table et tourna le bouton. Lentement, la couronne endiamantée s'éleva, le portrait de Nicolas II apparut, identique à la reproduction de l'ouvrage documentaire. Puis ce fut le tour de deux autres portraits en miniature, un garçon et une fille.

Le bouton refusait de tourner davantage. Il n'insista pas. Les deux visages étaient clairement lisibles. Alexis et Anastasia. En feuilletant un autre ouvrage, il découvrit une photo des enfants impériaux, prise en 1916, avant leur emprisonnement. C'étaient bien Alexis et Anastasia, mais sur les portraits sortis de l'œuf, ils étaient nettement plus âgés, leurs vêtements, de facture occidentale, aussi bien la chemise du tsarévitch que la blouse claire d'Anastasia. Au dos des deux portraits, apparaissait également une date : 5 avril 1920.

« Ils sont plus vieux, s'étrangla Miles Lord. Ils ont survécu. »

Il déplia le journal jauni. Il lisait sans trop de difficultés le suisse allemand, et remarqua tout de suite l'article que présentait la pliure des vieilles feuilles. MORT DU MAÎTRE ORFÈVRE FABERGÉ, disait la manchette. Le texte rapportait le décès de Carl Fabergé, à l'hôtel Bellevue, la veille, à Lausanne. Il était arrivé depuis peu d'Allemagne, fuyant la révolution bolchevique d'octobre 1917. L'article rappelait en outre que la maison Fabergé, créée par Carl en personne, quarante-sept ans auparavant, avait fermé ses portes à la mort des Romanov. Les soviets avaient saisi un maximum de choses et fermé l'atelier, bien qu'une tentative eût été faite pour que l'entreprise continuât de tourner sous le nom plus politiquement correct de Comité des artisans de la compagnie Fabergé. Le reporter estimait que la fin du parrainage impérial n'avait pas été la seule cause de cet effondrement. La Première Guerre mondiale avait lourdement sapé les ressources de la riche clientèle qui s'intéressait à ses œuvres. L'article se terminait sur la remarque que la société des privilèges semblait définitivement bannie de la Russie. La photo qui accompagnait l'article présentait Fabergé sous les traits d'un homme fini, irrémédiablement brisé.

« Le journal est là comme preuve d'authenticité. »

Il posa l'œuf sur le côté et déchiffra, sous le piédestal, la marque de l'homme qui l'avait ciselé : H.W. Il chercha, dans le même volume, la liste des orfèvres que Fabergé avait employés. Fabergé lui-même ne dessinait ni ne façonnait absolument rien de ses propres mains. C'était lui, le génie tutélaire sous l'égide duquel un conglomérat de sous-fifres avait produit quelquesunes des plus belles pièces d'orfèvrerie jamais conçues. Mais la réalisation effective était l'œuvre des orfèvres. Le livre précisait que Michael Perchin, qui avait créé le *Lys de la Vallée*, était mort en 1903. Un certain Henrik Wigström mort en 1923, un an avant Fabergé, avait alors repris les rênes jusqu'à la faillite finale. Le volume contenait une photo de la marque de Wigström – H.W. Lord les compara à celles du piédestal. Elles étaient identiques.

Il vit qu'Akilina tenait en main une autre feuille d'or gravée d'un texte en alphabet cyrillique. Il dut plisser les paupières pour le déchiffrer, mais y parvint peu à peu :

À l'Aigle et au Corbeau,
Ce pays est bien le havre qu'il prétend être. Le sang du corps impérial est sauvé. Il attend votre arrivée. Le tsar règne, mais ne gouverne pas. Vous devez y remédier. Les héritiers légitimes se tairont jusqu'à ce que vous puissiez réveiller leurs esprits. Ce que je souhaite aux despotes qui ont détruit notre nation, Radichtchev l'a dit, voilà plus de cent ans, mieux que je ne saurais le dire : « Non, vous ne serez pas oubliés. Damnés pour le siècle des siècles. Du sang dans votre berceau, des cantiques et le grondement de la bataille. Couverts de sang, vous basculerez dans la tombe. »
Veillez-y.

« Voilà qui nous fait une belle jambe ! râla Lord. Et la cloche de l'enfer ? L'autre texte arraché à la tombe de Maks disait que seule, la cloche de l'enfer pourrait nous montrer le chemin du prochain portail. Il n'y a rien, ici, sur la cloche de l'enfer ! »

Il reprit l'œuf en main et le secoua. Rien à l'intérieur. Il l'examina soigneusement. N'y releva aucune ligne de séparation, aucune ouverture.

« Apparemment, nous sommes supposés en savoir davantage, à ce stade, que nous n'en savons vraiment. Pachenko nous a dit que certaines parties du secret avaient été probablement perdues avec le temps. On a sans doute manqué quelque chose. Qui pourrait nous dire ce qu'est la cloche de l'enfer ? »

Il rapprocha l'œuf de ses yeux afin de contempler les trois petits portraits déployés à sa partie supérieure.

« Alexis et Anastasia ont survécu. Ils étaient là, dans ce pays. Ils sont morts depuis longtemps, mais leurs enfants sont peut-être encore de ce monde. Nous sommes près du but, mais tout ce que nous avons, c'est un peu d'or et un œuf qui vaut une fortune. Youssoupov s'est donné beaucoup de mal. Il est allé jusqu'à y mêler Fabergé, ou tout au moins son dernier maître orfèvre, pour réaliser cette œuvre.

— Que va-t-on faire, à présent ? »

Lord se redressa sur sa chaise et réfléchit au problème. Il aurait voulu exprimer un espoir, mais opta finalement pour la franchise :

« Je n'en ai pas la moindre idée. »

34

MOSCOU

MARDI 19 OCTOBRE
7 HEURES

Hayes ne fit qu'un bond jusqu'à sa table de chevet, où carillonnait le téléphone. Il venait de se raser et de prendre sa douche, en prévision d'une nouvelle journée en marge de la Commission. Un jour crucial entre tous, puisqu'il verrait la sélection officielle des trois finalistes. Avec Baklanov en tête d'affiche, aucun doute là-dessus depuis que les dix-sept membres de la chancellerie secrète étaient désormais tous aux ordres. Même le maudit trublion coupable du harcèlement de Baklanov, la veille, avait fini par donner son prix.

Il décrocha l'appareil à la quatrième sonnerie et reconnut immédiatement la voix de Khrouchtchev.

« Nous avons reçu, voilà une petite demi-heure, un appel du consulat russe de San Francisco, en Californie. Votre M. Lord s'y trouve en compagnie de Mlle Petrovna. »

Hayes encaissa le choc.

« Qu'est-ce qu'il fait là-bas ?

— Il s'est présenté dans une banque locale, muni d'une clef de coffre. Probablement récupérée dans la tombe de Kolya Maks. La Commerce and Merchants Bank est une des institutions mondiales suivies de près par les soviets, au fil des années. Déceler les avoirs tsaristes était l'une des obsessions du KGB. Ils étaient convaincus de l'existence de tels avoirs en or, déposés avant la révolution. C'était le reflet d'une certaine vérité, puisque des millions de dollars ont été découverts, après 1917, sur de nombreux comptes numérotés.

— Vous êtes en train de me dire que votre pays continue à rechercher de l'argent vieux de près d'un siècle ? Pas étonnant que votre gouvernement soit fauché. Vous devriez abandonner ce miroir aux alouettes et aller de l'avant.

— Vraiment ? Regardez ce qui se passe. Nous ne sommes peut-être pas aussi stupides que vous le pensez. Même si vous avez en partie raison. Après la chute des communistes, le jeu semblait en valoir la chandelle. Mais à la création de notre société secrète, j'ai fait preuve de prévoyance en renouant des contacts qui risquaient de s'avérer utiles. Notre consulat de San Francisco est resté en rapport, depuis des décennies, avec deux établissements bancaires fréquentés, avant la révolution, par des agents tsaristes. Par bonheur, une de nos sources nous a signalé l'accès à un coffre ancien soupçonné, depuis toujours, d'utilisation tsariste.

— Et alors ?

— Lord et Mlle Petrovna ont prétendu s'intéresser à la succession d'une personne décédée fictive. Un jeu d'enfant, avec la formation juridique de Lord et l'appoint de documents falsifiés. L'employé n'y penserait même plus s'ils ne lui avaient présenté la clef d'un des plus vieux coffres de la banque. L'un de ceux que nous tenions particulièrement à l'œil. Lord a quitté l'établissement avec trois sachets de velours dont nous ignorons le contenu.

— Où sont-ils à présent ?

— Lord a dû signer, de son vrai nom, la décharge correspondant aux mystérieux sachets. Il a laissé l'adresse d'un hôtel local, et tous deux y sont encore. Apparemment, ils se sentent en sécurité, sur le territoire des États-Unis. »

Hayes consulta sa montre. Mardi, sept heures du matin, à Moscou. Cela correspondait à lundi, huit heures du soir, en Californie.

Douze heures avant que Lord ne reprenne ses recherches.

« J'ai une idée, dit-il à Khrouchtchev.

— C'est ce que j'escomptais vous entendre dire. »

Lord et Akilina débouchèrent de l'ascenseur dans le hall du Marriott, après avoir déposé leur butin dans le coffre-fort d'étage. La bibliothèque publique de San Francisco ouvrait à neuf heures, et Lord avait l'intention d'y retourner glaner des informations supplémentaires qui pussent leur permettre de progresser dans leur quête.

Simple façon, au départ, de quitter Moscou, cette quête se révélait fort intéressante. À l'origine, il avait prévu, aussitôt après Starodug, de regagner directement la Georgie. Mais la mort des Maks et ce qu'ils venaient de découvrir à la banque changeaient totalement la face des choses. Il était fermement déterminé

à pousser la quête jusqu'à son terme. Quel serait-il ?
Ni lui ni Akilina n'en avaient la moindre idée.

Ils n'avaient pris qu'une seule chambre, au Marriott.
Et, bien qu'ayant dormi séparément, sentaient grandir, entre eux, une intimité de plus en plus étroite. Ils
avaient regardé un film à la télé, une comédie romantique dont il avait traduit les dialogues. Elle avait beaucoup aimé, et sa traduction, et ses commentaires, et
lui, de son côté, avait beaucoup aimé partager avec
elle ces instants de détente.

Tout comme Akilina, Lord n'avait eu qu'un seul
amour dans sa vie, une collègue étudiante de l'université de Virginie qui malheureusement, pensait davantage à se servir de lui pour faire avancer sa carrière
que pour construire en sa compagnie quelque chose
de plus durable. Elle l'avait quitté, après sa licence,
pour saisir, à Washington, une occasion qui était en
train de la hisser, peu à peu, au sommet de sa hiérarchie. Lui-même avait fait son chemin chez Pridgen
et Woodworth, sans jamais rencontrer personne d'aussi
attachant que cette Akilina. Il ne croyait guère au
destin, concept favori des ouailles de son père, mais
les événements qu'ils partageaient, l'attirance réciproque qu'ils ressentaient, modifiaient peu à peu sa
définition du terme.

« Monsieur Lord ? »

L'appel de son nom, dans le hall du Marriott, le
prit totalement par surprise. Personne, à San Francisco, n'était au courant de sa présence.

Ils s'arrêtèrent et se retournèrent.

Un élégant petit gnome à moustache et cheveux
très noirs s'approchait d'eux, sans se presser. Il por-

tait un costume croisé à larges revers, en s'appuyant négligemment sur une canne.

« Je m'appelle Filip Vitenko, du consulat de Russie », se présenta-t-il, en anglais.

Lord se congela sur place.

« Comment avez-vous su où me trouver ?

— Pourrions-nous nous asseoir ? Je souhaiterais discuter de certaines choses avec vous. »

Le moyen de refuser ? Ils s'installèrent dans le hall de l'hôtel, et Vitenko amorça :

« Je suis au courant de cette histoire de vendredi dernier, sur la place Rouge.

— Ça vous ennuierait de parler russe pour que Mlle Petrovna puisse vous suivre ? Son anglais n'est pas aussi bon que le mien et le vôtre. »

Vitenko se tourna vers Akilina, lui dédia un grand sourire.

« Mais comment donc ! »

En russe.

« Comme je vous le disais, je suis au courant de la mort d'un policier. Vous faites l'objet d'un avis de recherche, et même d'un mandat d'amener. Pour interrogatoire et témoignage oculaire. »

Un développement prévisible, mais rien moins que rassurant.

« Informations communiquées par un certain inspecteur Feliks Orleg. J'imagine, monsieur Lord, que vous n'étiez pas directement impliqué dans cette affaire de la place Rouge. En fait, c'est l'attitude de l'inspecteur Orleg qui est suspecte. J'ai été chargé de prendre contact avec vous afin de solliciter votre coopération.

— Vous n'avez toujours pas dit comment vous avez su où nous trouver.

— Depuis des années et des années, notre consulat garde un œil fixé sur deux établissements financiers de cette ville. Tous deux existaient déjà à l'époque tsariste, avec pour clients certains agents de l'empire. Le bruit courait que Nicolas II y avait caché de l'or avant la révolution. Quand vous êtes passé, hier, dans ces deux institutions, en exigeant l'accès à ce coffre sous surveillance, nous avons été prévenus.

— Cela est illégal, déclara Lord. Nous ne sommes pas en Russie. Il existe des règles de confidentialité bancaire, dans ce pays ! »

L'homme du consulat n'eut aucune réaction.

« Je connais vos lois. Prévoient-elles l'utilisation de faux documents légaux pour obtenir l'ouverture d'un coffre appartenant à quelqu'un d'autre ? »

Le message était sans équivoque.

« Que désirez-vous au juste ?

— L'inspecteur Orleg fait l'objet, depuis quelque temps, d'une enquête administrative. Il appartient à une organisation qui s'efforce d'influencer le résultat du travail de la Commission tsariste. Artemy Bely, le jeune avocat descendu, voilà quelques jours, sur la voie publique, a été tué parce qu'il posait des questions sur Orleg et sur cette fameuse organisation. Vous étiez là. Les assassins d'Artemy Bely ont dû supposer qu'il vous avait fait des confidences, et vous connaissez la suite. Dans les rues de Moscou et sur la place Rouge…

— Et dans le train de Saint-Pétersbourg…

— J'ignorais ce détail.

— Quelle sorte d'organisation tenterait d'influencer le jugement de la Commission ?

— Nous comptons sur vous pour nous le dire.

Les autorités savent seulement que certains individus œuvrent de concert et que de grosses sommes changent de mains. Orleg est de mèche. Leur objectif paraît être d'asseoir Stefan Baklanov sur le trône de Russie. »

La conclusion de Vitenko ne manquait pas de logique, et Lord en profita pour lancer ce coup de sonde :

« Certains hommes d'affaires américains sont-ils soupçonnés de participer à l'opération ? Nombre d'entre eux ont chargé ma firme de les représenter.

— Nous le pensons. En fait, c'est d'ici que viendrait le financement. Nous espérons que vous pourrez nous renseigner également sur ce point.

— En avez-vous parlé avec Taylor Hayes, mon patron ? »

Vitenko secoua la tête.

« Mon gouvernement essaie de garder ses investigations secrètes, afin de ne pas révéler la nature et l'étendue de ce que nous savons. Des arrestations se préparent, mais on m'a demandé de vous interroger, au cas où vous pourriez nous renseigner davantage. Un représentant de Moscou aimerait d'ailleurs vous rencontrer, si possible. »

Lord n'aimait pas du tout l'idée que Moscou sût déjà où il était, en Amérique, et son inquiétude croissante devait se lire sur son visage, car Vitenko se hâta de poursuivre :

« Vous n'avez rien à craindre, monsieur Lord. Il s'agira d'une simple conversation téléphonique. Ce qui s'est passé là-bas, depuis quelques jours, intéresse mon gouvernement. Nous avons besoin de votre aide. La Commission est sur le point de prononcer son verdict. S'il y a eu corruption quelque part, nous nous devons de le découvrir. »

Lord n'émit aucun commentaire.

« Nous ne pouvons pas bâtir une nouvelle Russie sur les vestiges de l'ancienne. Si des membres de la Commission se sont laissé acheter, Serge Baklanov lui-même a été compromis. Nous ne pouvons pas le permettre. »

Lord jeta un rapide coup d'œil à Akilina, qui exprima son accord d'un léger signe de tête. Pendant qu'ils y étaient, autant essayer d'en savoir un peu plus :

« Pourquoi votre gouvernement continue-t-il à se soucier d'éventuelles richesses tsaristes ? Ça semble dérisoire. Il a coulé tant d'eau sous les ponts. »

Vitenko ne partageait pas cette opinion.

« Avant 1917, Nicolas II avait caché des millions, en or impérial. Les soviets ont estimé qu'il était de leur devoir d'essayer de récupérer cette richesse. San Francisco était devenu le nombril du soutien des Alliés à l'armée Blanche. D'énormes quantités d'or tsariste sont passées par les banques de Londres et de New York, qui finançaient l'achat d'armes et de munitions. Des émigrés russes ont suivi cet or jusqu'à San Francisco. Beaucoup étaient de simples réfugiés, mais certains avaient d'autres objectifs. »

Filip Vitenko se redressa, droit comme un « i » dans son fauteuil.

« Le consul général russe, dans cette ville, s'est ouvertement déclaré antibolchevique. Il a pris une part active à l'intervention américaine dans la guerre civile russe. Et profité personnellement du pactole qui transitait par les banques locales. Les soviets ont pu se convaincre que d'énormes quantités de ce qu'ils considéraient comme *leur* or étaient toujours là, quelque part. Et puis, il y a eu l'affaire du colonel Nicolas F. Romanov. »

Le ton de la voix annonçait quelque chose d'important. De la poche de son veston, Vitenko tira un article du *San Francisco Examiner* remontant au 16 octobre 1919. Il y était question de l'arrivée d'un colonel russe portant le même nom que la famille impériale déchue. En route pour Washington afin d'y récolter une assistance efficace, à l'intention de l'armée Blanche.

« Son débarquement inopiné a causé une grosse effervescence. Le consulat d'ici a suivi de près ses activités. Qu'il ait été un authentique Romanov ou non, personne ne le sait. À mon avis, il s'appelait tout autrement, le nom n'étant destiné qu'à concentrer l'attention sur sa personne. Il a échappé à toute surveillance, et nous n'avons aucune idée de ce qu'il a pu faire, où et pourquoi. Nous savons que quelques comptes ont été souscrits, à l'époque, dont un à la Commerce and Merchants Bank, concurremment à la location de quatre coffres, dont vous avez ouvert, hier, le numéro 716. »

Lord commençait à comprendre l'intérêt évident de cet homme. Trop de coïncidences pour que les événements ne fussent qu'un effet du hasard.

« Ça vous ennuierait de me dire ce qu'il y avait dans ce coffre, monsieur Lord ? »

Pas question sans chercher à découvrir, auparavant, jusqu'où il était possible de lui faire confiance.

« Peut-être plus tard, monsieur Vitenko.

— Vous le direz au représentant de Moscou ? »

Autre problème, et loin d'être résolu. Vitenko parut comprendre son hésitation :

« Monsieur Lord, je vous ai parlé franchement. Vous n'avez aucune raison de penser le contraire. L'intérêt de mon gouvernement, à l'égard de tout cela, est bien compréhensible.

— Vous devez comprendre que, de mon côté, je puisse redoubler de prudence. J'ai failli me faire tuer plusieurs fois, depuis quelques jours. Et vous ne m'avez toujours pas dit comment vous nous avez retrouvés.

— Vous avez donné l'adresse de cet hôtel, sur la décharge que vous a demandée la banque.

— Bonne réponse. »

D'une autre poche de son veston, Vitenko tira une carte de visite.

« Je comprends vos réticences, monsieur Lord. Voici de quoi me joindre. N'importe quel chauffeur de taxi vous conduira au consulat de Russie. Le représentant de Moscou téléphonera à quatorze heures trente, heure locale. Si vous acceptez de lui parler, soyez là un peu avant. Sinon, vous n'entendrez plus jamais parler de nous. »

Lord accepta la carte. Incapable de décider, sur le moment, s'il se rendrait ou non à l'invitation des Russes de San Francisco.

Akilina suivait des yeux un Miles Lord absorbé qui tournait en rond dans leur chambre d'hôtel. Ils avaient passé le reste de la matinée à la bibliothèque publique, en quête d'autres articles évoquant la visite à San Francisco du colonel Nicolas F. Romanov, en 1919. Il n'y avait pas grand-chose, à part quelques potins sans importance, et Lord était visiblement déçu. Ils s'étaient assurés, aussi, que l'œuf au *Lys de la Vallée* dormait toujours dans une collection privée, ce qui n'expliquait pas comment ils pouvaient en posséder un double absolument identique, à l'exception des miniportraits.

Après un déjeuner léger, dans un restaurant sympa, ils avaient réintégré leur chambre, et Lord tardait à reparler de la suggestion de Vitenko. Elle avait bien observé le bonhomme, pendant toute la durée de la conversation, sans pouvoir se faire une idée sur sa sincérité ou sa duplicité éventuelle.

Comme elle observait à présent Miles Lord. C'était un bel homme. Le fait qu'il fût « de couleur », comme elle avait toujours entendu dire, ne signifiait rien pour elle.

Il lui faisait l'effet d'un type authentique et sincère, projeté dans une aventure qui le dépassait. Ils venaient de passer cinq nuits ensemble, sans un geste déplacé de sa part. Un genre d'homme nouveau pour elle, comparé à ceux du cirque et de la vie courante, qui semblaient tous obsédés par le sexe.

« Akilina ? »

Elle se retourna vers lui.

« Où étiez-vous ? »

Au lieu de lui avouer qu'elle pensait à lui, elle improvisa :

« Ce Vitenko avait l'air franc du collier.

— Oui. Mais ça ne prouve pas grand-chose. »

Assis sur le bord du lit, il contemplait rêveusement l'œuf de Fabergé.

« On a dû louper quelque détail. Une partie du secret s'est perdue. On est dans une impasse. »

Elle devinait à quoi il faisait allusion.

« Vous allez vous rendre au consulat ?

— Ai-je le choix ? Si quelqu'un essaie de manipuler la Commission, il faut que je le sache et que je transmette l'info à qui de droit.

— Mais vous n'avez rien de précis.

— Je suis curieux d'entendre ce que me dira le représentant de Moscou. L'information pourra être utile à mon employeur. N'oubliez pas que mon objectif initial était d'accompagner Baklanov jusqu'au trône.

— Alors, on va y aller ensemble.

— Oh non. Je veux bien prendre un certain risque, mais je ne suis pas fou. Vous allez réunir toutes ces babioles et vous transférer dans un autre hôtel. Sortez par le parking. Ne retraversez pas le hall, il est probablement surveillé. Défiez-vous de toute filature. N'allez pas directement à un autre hôtel. Prenez le métro ou un bus, ou peut-être un taxi. N'hésitez pas à vous balader une heure ou deux. Je serai au consulat à deux heures et demie. Vous m'y appellerez une heure plus tard. D'une cabine publique. Si je ne réponds pas ou si on vous dit que je ne suis pas disponible ou encore que je suis déjà reparti, prenez le maquis. Profil bas.

— Je n'aime pas du tout ça. »

Lord se remit sur pied et s'approcha de la table où gisait le sachet de velours vide. Il y glissa l'œuf.

« Moi non plus, Akilina. Mais on n'a pas le choix. S'il existe des héritiers Romanov vivants, en ligne directe, le gouvernement russe a besoin de le savoir. On ne pas va fonder nos vies sur ce que Raspoutine a prédit voilà près d'un siècle.

— Mais nous ne savons pas où chercher...

— À force de claironner l'événement, tous les descendants d'Alexis ou d'Anastasia, s'il en existe, finiront par se manifester. Et l'ADN permettra de trier le bon grain de l'ivraie.

— On ne nous a pas dit de chercher tout seuls.

— Mais c'est la mission de l'aigle et du corbeau, d'accord ? Alors, c'est à nous de fixer les règles.

— Je doute que nous en ayons les moyens. Je pense qu'il importe de rechercher les héritiers du tsar en suivant jusqu'au bout les prédictions du *starets*. »

Lord posa ses deux mains à plat sur la table.

« Le peuple russe a droit à la vérité. Pourquoi la franchise et la sincérité sont-elles aussi étrangères à ce peuple ? Je crois qu'on devrait laisser le gouvernement russe et le ministère américain des Affaires étrangères démêler cet imbroglio. Je vais tout raconter au représentant de Moscou. »

Akilina ne voyait pas les choses sous le même angle. Elle préférait l'anonymat, la protection offerte par des centaines de milliers d'hommes et de femmes ignorant leur problème. Mais sans doute avait-il raison. Mieux vaudrait peut-être alerter les autorités compétentes avant que Stefan Baklanov, ou tout autre fantoche, ne soit couronné tsar de toutes les Russie ?

« Mon boulot était de mettre au jour tout ce qui risquerait de contredire les prétentions de Baklanov. C'est ce qu'on a fait, non ? Mon patron, l'homme pour qui je bosse, doit apprendre tout ce qu'on sait. Il y a tellement d'intérêts en jeu, Akilina.

— Y compris votre carrière ? »

Après un long silence :

« C'est bien possible. »

Elle brûlait d'envie de poser d'autres questions, mais opta pour le silence. Il était évident qu'il avait pris sa décision, et qu'il n'avait rien d'une girouette. Le seul espoir d'Akilina était que Lord sût réellement ce qu'il faisait.

« Comment se retrouvera-t-on après le consulat ? »

Il ouvrit une des brochures disponibles, dont la couverture portait un zèbre et un tigre.

« Le parc zoologique reste ouvert jusqu'à dix-neuf heures. Rendez-vous devant la cage aux lions. Votre anglais est largement suffisant pour vous conduire jusque-là. Si je n'y suis pas, disons pour six heures, allez trouver les flics et racontez-leur toute l'histoire. Exigez la présence d'un représentant des Affaires étrangères. Mon patron s'appelle Taylor Hayes. Il est à Moscou, auprès de la Commission tsariste. Demandez au secrétaire d'État d'établir le contact avec lui. Expliquez-lui tout de A jusqu'à Z. Quand vous m'appellerez à trois heures et demie, si je ne peux pas répondre au téléphone, ne croyez pas un traître mot de tout ce qu'on pourra vous suggérer. Pensez au pire et faites ce que je vous ai dit. OK ? »

Elle aimait encore moins cette perspective, et le lui dit.

« Je comprends, admit-il. Vitenko a l'air régulier. Et on est à San Francisco, pas à Moscou. Mais on doit rester réalistes. Si les choses vont beaucoup plus loin que ce qu'on nous a laissé entendre, je doute que nous ayons l'occasion de nous revoir. »

35

14 h 30

Le consulat de Russie était situé dans une rue à la mode, en dehors du quartier des affaires, non loin de Chinatown et de l'opulence ostensible de Nob Hill. Immeuble en pierre brune de deux étages, le bâtiment officiel se dressait au coin d'un carrefour animé. Des balcons ornés de grilles en fer richement ouvragées couraient sur toute la largeur du premier étage. Un chapiteau de fer forgé couronnait l'édifice.

Lord sortit de son taxi dans le brouillard frais qui venait de la mer, et ne put réprimer un frisson. Il paya le chauffeur et remonta la courte allée jusqu'aux deux lions de marbre qui encadraient l'entrée. CONSULAT DE LA FÉDÉRATION DE RUSSIE, disait la plaque de bronze fixée à la façade.

Il pénétra dans le vestibule décoré de statues diverses, aux murs lambrissés de chêne clair et au sol recouvert de mosaïque. Un garde en uniforme lui indiqua le bureau du deuxième étage où Vitenko l'attendait.

Le drôle de petit bonhomme lui désigna un des deux fauteuils de brocart disponibles.

« Très heureux que vous ayez décidé de nous apporter votre collaboration, monsieur Lord. Mon gouvernement y sera très sensible.

— Ma simple présence ici me place terriblement en porte à faux, monsieur Vitenko. Mais j'ai pensé que je devais faire de mon mieux.

— J'ai transmis vos réticences à mes supérieurs de Moscou. Ils m'ont assuré que nulle pression ne serait exercée sur vous afin de requérir votre assistance. Ils sont parfaitement au courant de tout ce que vous avez subi, sur notre territoire, et ils le déplorent. »

Vitenko s'empara d'un paquet de cigarettes, origine évidente de l'odeur aigre-douce qui planait dans la pièce. Il en proposa une à Miles Lord, qui déclina poliment son offre.

« Moi aussi, j'aimerais perdre cette habitude ! »

Vitenko inséra le bout filtre dans un long fume-cigarette et très vite, une épaisse fumée monta vers le plafond.

« Qui va me parler au téléphone ? questionna Lord.

— Un représentant de notre ministère de la Justice. Il connaissait Artemy Bely. Plusieurs mandats d'arrestation se préparent, à l'intention de Feliks Orleg et de quelques autres. Ce flic est à la tête du complot. Mais quelques faits tangibles de plus corroboreraient les charges retenues contre ces criminels.

— La Commission tsariste a été informée ?

— En la personne de son président, mais sans aucune proclamation publique, et je pense que vous comprenez pourquoi. Une telle mesure ne ferait que gêner l'enquête. Notre situation politique est très fragile, et les délibérations de la Commission en sont au point le plus critique. »

Lord commençait à se détendre. Aucune menace ne s'était précisée jusque-là et les paroles de Vitenko paraissaient rassurantes.

Le téléphone sonna, sur le bureau. Vitenko décrocha, ordonna au standard de passer la communication. Puis il raccrocha l'appareil et pressa un bouton qui le plaçait sur haut-parleur.

« Monsieur Lord, je suis Maxim Zoubarev, du ministère de la Justice, à Moscou. J'espère que vous avez passé une bonne journée. »

Il parlait russe. Il savait donc que son interlocuteur pratiquait couramment cette langue. Information transmise par le camarade Vitenko ?

« Jusqu'à présent, monsieur Zoubarev, je vous remercie. Vous n'allez pas dormir de bonne heure. »

Le Russe s'esclaffa.

« Ici, à Moscou, c'est le milieu de la nuit. Mais il s'agit d'une affaire pressante. Quand vous avez surgi à San Francisco, nous avons poussé un soupir de soulagement. Nous craignions que les hommes qui vous ont persécuté sur notre sol aient fini par vous atteindre.

— J'ai cru comprendre qu'ils en voulaient à ce pauvre Artemy ?

— Artemy menait, pour mon compte, une enquête discrète. Je me sens responsable. Il était volontaire, mais j'aurais dû sentir la puissance des hommes impliqués dans cette trahison, et mon cœur saigne à ce souvenir.

— La Commission a-t-elle été compromise ?

— Pas que je sache. Mais nous avons de lourds soupçons. Nous espérons que la corruption n'est pas encore allée trop loin, et qu'il sera possible de l'endiguer. On espérait, au départ, que la clause d'unani-

370

mité préviendrait cette gangrène, mais hélas, j'ai bien peur qu'elle n'ait surtout servi à faire monter les tarifs des vénalités concernées.

— Je travaille pour Taylor Hayes. Un avocat américain très versé dans les investissements étrangers en Russie.

— Je connais M. Hayes.

— Pourriez-vous lui faire savoir où je suis ?

— Naturellement. Mais dites-moi, de votre côté, pourquoi vous êtes à San Francisco, et quelle est la raison de votre visite à ce vieux coffre de la Commerce and Merchants Bank.

— Si je vous la donne, vous allez douter de ma raison.

— Pourquoi ne pas m'en laisser juge ?

— Je recherche Alexis et Anastasia Romanov. »

Il y eut un long silence, à l'autre bout de la ligne. Vitenko avait légèrement sursauté.

« Vous pouvez m'expliquer ça, monsieur Lord ?

— Il semble que deux des enfants de Nicolas II aient échappé au massacre d'Ekaterinbourg et qu'ils aient été amenés dans ce pays par Felix Youssoupov. Il réalisait une prophétie faite par Raspoutine en 1916 J'en ai trouvé confirmation aux archives de Moscou.

— Vous en avez la preuve ? »

Avant que Lord pût répondre, le hululement d'une sirène retentit dans la rue, au-dessous des fenêtres. Le fait n'était pas si rare et Lord n'y eût prêté aucune attention si le même hululement ne s'était fait entendre par l'intermédiaire du téléphone placé sur haut-parleur.

La conclusion s'imposait d'elle-même.

Il se redressa d'un bond et courut vers la sortie.

Vitenko cria son nom.

Lord ouvrit la porte et tomba face à face avec le visage hilare de Droopy. Près de lui, se tenait Feliks Orleg. Frappé au visage, Lord fut projeté en arrière contre le bureau de Vitenko. Du sang jaillit de ses narines. Le décor s'estompa, autour de lui.

Orleg se rua en avant et le frappa de nouveau.

Lord s'effondra sur le parquet. Quelqu'un prononça une courte parole, mais il n'en comprit pas le sens.

Il tenta de se raccrocher aux branches mais, sous les coups répétés, il sombra dans un gouffre de ténèbres.

36

Lord ressortit de l'abîme, bras et jambes immobilisés, à l'aide de ruban adhésif, dans le fauteuil qu'il avait occupé pendant sa conversation avec Vitenko. Un autre morceau de la même bande plastique autocollante lui fermait la bouche. Son nez le faisait souffrir et du sang tachait son sweater et son jean. L'enflure d'un de ses yeux tuméfiés brouillait les images des trois hommes debout en face de lui.

« Réveillez-vous, monsieur Lord. »

Il se concentra sur celui qui venait de parler. Orleg. En russe.

« Je sais que vous me comprenez. Veuillez me faire signe que vous entendez clairement mes paroles. »

Lord hocha légèrement la tête.

« Parfait. Ravi de vous revoir, ici, en Amérique, pays de l'égalité des chances. Merveilleux endroit, non ? »

Droopy se pencha en avant pour frapper Lord au bas-ventre. La douleur le parcourut tout entier et lui amena des larmes aux yeux, mais son bâillon l'empêcha de crier. Respirer le mettait à la torture.

« Putain de *tchornye* ! » jura Droopy.

Il ramena son poing en arrière pour frapper encore, mais Orleg lui agrippa le bras.

« Assez, ou il ne pourra plus être utile à personne. »

Il repoussa Droopy vers le bureau.

« Ce brave garçon ne vous aime pas beaucoup, monsieur Lord, dit-il. Dans le train, vous lui avez flanqué dans les yeux une giclée d'aérosol, et dans les bois, vous n'avez pas hésité à l'assommer. Il aimerait beaucoup vous tuer, et je ne saurais dire que je l'en blâme, mais les gens pour qui je travaille désirent certains renseignements. Ils m'ont autorisé à vous faire savoir que votre vie sera épargnée si vous nous dites ce que nous attendons de vous. »

L'incrédulité, dans les yeux de Lord, lui arracha un rire caquetant.

« Vous ne me croyez pas. Excellent. C'était un mensonge. Vous allez mourir, et ça, c'est une certitude. Mais vous pouvez encore choisir la façon dont vous mourrez. »

Orleg lui parlait sous le nez, et son haleine chargée d'alcool se mêlait à l'odeur du sang.

« Pile ou face. Une balle dans la tête, façon rapide et indolore, ou bien ceci... »

Le morceau de ruban adhésif qui pendait à son index vint s'appliquer brutalement sur les narines du prisonnier.

La douleur redoubla ses larmes, mais c'est le manque d'air qui décupla sa terreur. Avec la bouche et le nez obstrués, plus aucune parcelle d'oxygène ne parvenait à ses poumons. Il ne pouvait ni inhaler ni exhaler, et l'accumulation monstrueuse d'oxyde de carbone l'entraînait, de nouveau, vers la syncope. Ses yeux paraissaient sur le point d'exploser. Juste avant qu'il ne reperdît connaissance, Orleg arracha le dernier morceau de ruban adhésif.

À la souffrance, se mêla le soulagement de pouvoir respirer. Du sang coulait dans sa gorge. Pas moyen de le recracher. Il se résigna à l'avaler, en remplissant ses poumons d'air frais, luxe auquel personne ne pense, dans des circonstances normales.

« Solution deux très déplaisante, n'est-ce pas ? » souligna Orleg.

S'il avait pu, il aurait tué Orleg de ses propres mains. Sans hésitation, sans le moindre sentiment de culpabilité. Et cette fois encore, ses yeux trahirent ses pensées.

« Pourquoi tant de haine ? Vous voudriez me tuer, n'est-ce pas ? Dommage que vous ayez laissé passer votre chance. Comme je vous l'ai dit, vous allez mourir. Vite ou bien lentement, c'est pile ou face. À moins qu'Akilina Petrovna ne vienne nous rejoindre. »

Nouvel éclat de rire.

« Je savais que j'allais capter votre attention ! »

Filip Vitenko s'approcha d'Orleg.

« Est-ce que tout ça ne va pas trop loin ? Il n'a jamais été question de meurtre, quand j'ai transmis ces informations à Moscou. »

Oleg pivota sur lui-même afin de lui faire face.

« Ta gueule et tiens-toi tranquille !

— Vous savez à qui vous parlez ? suffoqua Vitenko. Je suis le consul général de cette ville. Je n'ai d'ordres à recevoir d'aucun flic moscovite !

— Excepté de celui-là », trancha Orleg. Puis, s'adressant à Droopy, il aboya :

« Débarrasse-moi de ce crétin ! »

Droopy empoigna Vitenko qui se dégagea d'une secousse et recula vers la porte.

« J'appelle Moscou. Je ne pense pas que tout cela soit nécessaire. Il y a ici quelque chose qui cloche. »

Le battant s'ouvrit sur un homme d'un certain âge au visage en lame de couteau, aux yeux d'un étrange marron clair, métallique.

« Consul Vitenko, personne n'appellera Moscou. Est-ce que je me suis fait bien comprendre ? »

Vitenko hésita une seconde. Il reconnaissait la voix. C'était celle de l'homme qui avait été censé téléphoner de Moscou. Le consul se réfugia dans un coin du bureau alors que le nouveau venu déclarait :

« Je suis Maxim Zoubarev. Nous avons parlé plus tôt dans la journée. Apparemment, notre petite ruse n'a pas réussi. »

Orleg recula. Zoubarev était le chef de l'opération.

« L'inspecteur a raison quand il vous dit que vous allez mourir, monsieur Lord. C'est malheureux, mais je n'ai pas le choix. Ce que je puis vous promettre, c'est que Mlle Petrovna sera épargnée. Nous n'avons aucune raison de la supprimer, dans la mesure où elle ne sait rien d'important, ni ne saurait nous apporter quoi que ce soit d'utile. En revanche, il nous faut savoir ce que vous savez. Inspecteur Orleg, ôtez-lui son bâillon. »

Sur un signe de Zoubarev, Droopy alla refermer la porte.

« Inutile également d'appeler au secours, monsieur Lord. La pièce est insonorisée. Essayons plutôt d'avoir une conversation intelligente. Si vous parvenez à me convaincre de votre totale sincérité, Mlle Petrovna, je le répète, restera en vie. »

Orleg arracha le bâillon. Lord fit marcher sa mâchoire dans le vide. Zoubarev insista :

« Prêt, monsieur Lord ? »

Il ne répondit pas. Zoubarev rapprocha une chaise et s'assit en face du captif.

« Maintenant, dites-moi ce que vous ne m'avez pas dit au téléphone. Quelles preuves avez-vous qu'Alexis et Anastasia ont survécu au bolchevisme ?

— Baklanov est votre créature, c'est ça ? »

L'autre soupira.

« Je ne vois pas en quoi cela vous regarde, mais dans l'intérêt de notre collaboration, je vais vous répondre. La seule chose qui puisse encore l'empêcher d'accéder au trône serait précisément l'apparition inopinée d'un descendant direct de Nicolas II.

— Et l'objectif de tout ça ?

— La stabilité, monsieur Lord. Le rétablissement d'un tsar qui ne soit pas aux ordres pourrait dangereusement compromettre mes intérêts, et ceux de nombreuses personnes importantes. N'était-ce pas le but de votre présence à Moscou ?

— J'ignorais que Baklanov était une marionnette.

— Une marionnette consentante, monsieur Lord. Et nous sommes d'habiles manipulateurs. La Russie va prospérer sous son règne. Et nous aussi. »

Zoubarev s'absorba dans la contemplation des ongles de sa main droite.

« Nous savons que Mlle Petrovna est à San Francisco. Elle a quitté votre hôtel, mais j'ai envoyé des hommes à sa recherche. S'ils la retrouvent avant que vous ne me disiez ce que je veux savoir, il n'y aura pas de pitié. Je leur dirai de s'amuser avec elle autant qu'ils le voudront, avant de la tuer.

— On n'est pas en Russie.

— Exact. Mais elle y sera quand nous l'aurons récupérée. Un avion l'attend à l'aéroport. Elle est recherchée pour interrogatoire et son transfert est déjà réglé, avec les autorités locales. Votre FBI nous a même offert de la retrouver, ainsi que vous-même. La collaboration internationale est une chose merveilleuse. »

Lord savait ce qu'il avait à faire. En souhaitant que devant son absence au rendez-vous convenu, Akilina se hâtât de quitter la ville. La perspective de ne jamais la revoir ajoutait à sa souffrance.

« Je n'ai strictement rien à vous dire. »

Zoubarev se leva.

« À votre guise. »

Alors qu'il sortait de la pièce, Oleg appliqua un nouveau bâillon sur la bouche de Miles Lord.

Droopy s'approcha en souriant.

Lord pria que la fin fût rapide, mais sans réel espoir d'être exaucé.

Lorsque Zoubarev pénétra dans la pièce où se trouvait Hayes, celui-ci se détourna du haut-parleur qui, par le truchement d'un micro, placé dans le bureau de Vitenko, lui avait permis de suivre toute l'affaire.

Lui, Khrouchtchev, Orleg et Droopy avaient quitté Moscou la nuit précédente, après réception du message confirmant la présence de Miles Lord à San Francisco. Le décalage de onze heures leur avait permis de franchir seize mille kilomètres et d'arriver sur place alors que Miles Lord et Akilina Petrovna prenaient leur petit déjeuner. Grâce aux relations diplomatiques du gouvernement de Zoubarev, Orleg et Droopy avaient pu obtenir leurs visas en urgence.

Ce que Khrouchtchev avait dit à Lord était vrai. Douane et FBI avaient offert leur assistance pour surveiller le couple en transit, mais Hayes avait opté pour la discrétion. Le retour de Lord et de Petrovna en Russie était déjà arrangé avec les services d'immigration impressionnés par le mandat d'arrêt international émis au nom de Miles Lord. Un mandat d'arrêt pour meurtre. Le but étant de stopper définitivement les activités de celui-ci, quel que pût être leur objectif. On n'accréditait pas encore, en haut lieu, l'hypothèse rocambolesque qu'un ou plusieurs héritiers directs de Nicolas II puissent être encore vivants.

« Votre monsieur Lord est un homme résolu, dit Khrouchtchev, alias Zoubarev, en refermant la porte.

— Mais à quoi cela lui sert-il ?

— La question du jour ! Quand je suis sorti, Orleg dénudait les deux fils d'une des lampes. Quelques décharges électriques dans le corps vont peut-être lui délier la langue, avant de lui coûter la vie. »

Le micro leur transmit la voix de Droopy ordonnant à Orleg d'enfoncer la prise. Le hurlement de Miles Lord dura une bonne quinzaine de secondes.

« Êtes-vous prêt à nous dire tout ce que nous voulons savoir ? » jappa Orleg.

Pas de réponse.

Le hurlement suivant dura encore plus longtemps.

Khrouchtchev alla puiser un gros chocolat dans la boîte posée sur une table, à l'autre bout de la pièce. Il le retira méthodiquement de son enveloppe et l'enfourna tout entier dans la bouche.

« Ils vont augmenter la dose jusqu'à ce que le cœur cède. Une mort peu enviable. »

Aucune émotion dans la voix. Mais Hayes n'en fut

pas choqué. Il n'éprouvait plus aucune sympathie pour Miles. L'imbécile l'avait placé dans une position délicate. Ses actes irrationnels menaçaient de bouleverser les plans de son patron et de lui coûter pas mal de millions. Il fallait absolument lui faire dire ce qu'il savait. Hayes y tenait autant et même plus que les gens de Moscou.

Un autre hurlement fit vibrer le haut-parleur.

Le téléphone sonna. Hayes décrocha. Le réceptionniste l'informa que quelqu'un, une dame, demandait M. Lord.

« M. Lord, riposta Taylor Hayes, est actuellement en conférence et ne saurait être dérangé. Passez-moi la communication. »

Il pressa l'appareil contre sa poitrine.

« Coupez le haut-parleur ! »

Un déclic dans son oreille, puis une voix féminine :

« Miles ? Est-ce que tout va bien ? »

En russe.

« M. Lord est inaccessible pour le moment. Il m'a chargé de vous répondre.

— Où est Miles ? Qui êtes-vous ?

— Akilina Petrovna ?

— Comment le savez-vous ?

— Mademoiselle Petrovna, il faut absolument que nous parlions, tous les deux.

— Je n'ai rien à vous dire. »

Hayes réclama, d'un signe, le rétablissement du haut-parleur. Un nouveau cri fracassa le silence.

« Vous avez entendu, mademoiselle Petrovna. C'était Miles Lord. Il est interrogé, dans une autre pièce, par des policiers russes très déterminés. Vous possédez le pouvoir d'abréger ses souffrances en me disant simplement où vous êtes, et en nous y attendant. »

Silence sur la ligne.

Puis un autre cri.

« Il reçoit des décharges électriques de plus en plus longues et de plus en plus intenses. Je doute fort que son cœur puisse y résister encore longtemps. »

Nouveau déclic. Il n'y avait plus personne au bout du fil.

Les cris cessèrent.

« La garce a raccroché. »

Il foudroyait l'appareil du regard.

« Des gens coriaces, non ?

— Votre idée de piéger Lord était bonne... mais elle n'a pas fonctionné.

— Il semble que le couple soit plus uni que nous ne le pensions. Lord a eu la prévoyance de la cacher quelque part. Mais il leur fallait un moyen de se retrouver, s'il ne s'agissait pas d'un piège. »

Khrouchtchev maugréa :

« J'ai bien peur que nous ne puissions pas la rattraper, maintenant. »

Hayes souriait.

« Ce n'est pas exactement ce que je dirais. »

37

16 h 30

Akilina refoulait ses larmes. Debout dans la cabine téléphonique, avec toute l'animation de la rue alentour, elle réentendait, en écho, les hurlements atroces de Miles. Que pouvait-elle faire ? Lord lui avait interdit de s'en remettre à la police. Ou de se rendre au consulat de Russie. Descendre dans un autre hôtel, et rendez-vous au jardin zoologique, à six heures, telles étaient ses instructions. Seulement s'il n'apparaissait pas à ce rendez-vous, alerter les autorités américaines. De préférence les gens des Affaires étrangères.

Le cœur lui manquait. Quelles avaient été les paroles de ce monstre ? « Il reçoit des décharges électriques. Je doute fort que son cœur puisse y résister longtemps. » Paroles débitées comme si le meurtre ne signifiait rien pour lui. Son russe était correct, mais elle y avait décelé des maniérismes typiquement américains. Les autorités locales étaient-elles compromises ? Travaillaient-elles avec leurs persécuteurs ?

La main de la jeune femme agrippait toujours le téléphone. Elle ne voyait rien autour d'elle jusqu'à ce qu'une main lui touchât l'épaule droite. Elle se retourna d'un bloc alors qu'une personne âgée lui disait quelque chose. Elle ne comprit qu'un seul mot Une question posée, semblait-il :

« … fini ? »

Des larmes coulaient sur ses joues, et l'expression de la dame s'adoucit. En s'essuyant les yeux d'un revers de manche, Akilina bégaya :

« *Spasibo*. »

Puis trouva la force de traduire :

« Merci. »

Elle sortit de la cabine et s'éloigna, au hasard. Elle avait déjà changé d'hôtel, mais sans confier au coffre de l'établissement l'œuf de Fabergé, les lingots d'or et le vieux journal découverts à la banque. Suivant les recommandations de Miles, elle trimbalait le tout dans un des sacs. Seule solution devant l'impossibilité de faire confiance à quiconque.

Elle errait dans les rues depuis déjà deux heures, en s'assurant, de son mieux, qu'elle n'était pas suivie. Mais où était-elle ? À l'ouest de la Commerce and Merchants Bank, bien sûr, en dehors du secteur financier. Boutiques d'antiquités, galeries d'art, bijouteries, librairies, restaurants… Où se réfugier ? La seule chose importante était de pouvoir reconnaître le chemin de son hôtel, le nouveau. Elle avait emporté leur brochure publicitaire et pourrait toujours la montrer à un chauffeur de taxi.

Ce qui l'avait amenée dans cette direction n'était autre que le clocher aperçu au tournant d'une rue. L'architecture était russe, avec un dôme caractéristique et une abondance de croix dorées. Une image du pays, quoique abâtardie par tout un tas d'influences étrangères, portail en faux bois, balustrade forgée qui ne figuraient en façade d'aucune église orthodoxe. Un titre en caractères cyrilliques donnait la traduction du nom anglais de cette CATHÉDRALE DE LA SAINTE-TRINITÉ. C'était bien une église locale de confession orthodoxe, et elle était si fatiguée. Sans plus d'hésitation, elle traversa la rue et pénétra dans la cathédrale.

Décor traditionnel en forme de croix, avec le grand autel orienté vers l'est. Un massif lustre de bronze pendait du centre de la coupole. Une odeur de cire d'abeille, mêlée au parfum résiduel de l'encens, émanait des cierges allumés dans le clair-obscur. Et partout des icônes. Sur les murs, dans les vitraux, et sur le panneau destiné à séparer l'autel de la congrégation. Dans l'église de sa jeunesse, la cloison avait été plus largement ouverte sur les prêtres officiants. Mais celle-ci était recouverte d'images de pourpre et d'or représentant le Christ et la Vierge Marie. Pas de chaises ni même de bancs nulle part. Comme en Russie, les gens assistaient, debout, aux offices.

Elle s'approcha d'un autel latéral, espérant peut-être que Dieu l'aiderait à résoudre son dilemme. Ses larmes coulaient de nouveau. Elle n'avait jamais beaucoup pleuré, mais la pensée des tortures infligées à Miles lui était insupportable. Il y avait bien la police, mais il l'avait clairement mise en garde contre tout recours prématuré aux forces de l'ordre. Gouvernement n'était sans doute pas synonyme de salut. La principale leçon que sa grand-mère lui eût opiniâtrement enfoncée dans le crâne.

Elle se signa, marmonnant une prière qui remontait de sa prime jeunesse.

« Est-ce que tout va bien, mon enfant ? » s'enquit une voix d'homme, en russe.

Elle se retourna pour découvrir un prêtre d'âge moyen, en robe sacerdotale orthodoxe. Il ne portait pas la coiffure traditionnelle commune au clergé russe, mais la croix d'argent qui pendait à son cou semblait sortie tout droit, elle aussi, de vieux souvenirs d'enfance. Vivement, elle sécha ses yeux. S'efforça de se maîtriser.

« Vous parlez russe, mon père.

— Je suis né là-bas. J'ai entendu votre prière. Il est rare d'entendre quelqu'un parler aussi bien cette langue. Vous êtes ici en visite ? »

Elle acquiesça.

« Quels sont ces ennuis qui vous affligent ? »

La voix du prêtre était apaisante.

« Un de mes amis court un grand danger.

— Pouvez-vous l'aider ?

— Je le voudrais plus que tout au monde. Mais je ne sais pas comment.

— Vous avez choisi le bon endroit pour y chercher conseil. »

Il désigna le panneau d'icônes.

« En temps d'affliction, Notre-Seigneur est le meilleur conseiller qui soit. »

La grand-mère d'Akilina avait été une fervente orthodoxe. Elle s'était efforcée de faire partager sa foi à sa petite-fille. Mais c'était la première fois qu'elle avait tant besoin de Dieu. Malheureusement, le prêtre ne pourrait ni l'aider ni même la comprendre, et trop en dire risquerait sans doute d'être dangereux. Prudemment, elle murmura :

« Avez-vous suivi ce qui se passe en Russie, mon père ?

— Avec le plus grand intérêt. Je suis partisan de

la restauration. C'est ce qui peut arriver de mieux à la Russie.

— Qu'est-ce qui vous le fait penser ?

— Depuis des décennies, tant d'âmes y ont été détruites. L'Église avait presque totalement disparu. Peut-être les Russes vont-ils à présent regagner le troupeau. Les soviets avaient peur de Dieu. »

Réflexion paradoxale, mais elle était d'accord. Tout ce qui pouvait fortifier l'opposition était vu comme une menace. L'Église. Une certaine poésie. Une vieille dame.

« Je vis ici depuis des années, déclara le prêtre. Ce pays n'est pas la géhenne qu'on nous a tant décrite. Tous les quatre ans, les Américains élisent leur président, en fanfare. Mais dans le même temps, ils lui rappellent qu'il n'est qu'un être humain, apte à commettre des erreurs. J'ai appris que moins un gouvernement s'autodéifie, plus il doit être respecté. J'espère que notre nouveau tsar aura compris la leçon de l'Histoire. »

Elle acquiesça. Était-ce un message ?

« Vous aimez cet ami qui court un grand danger ? »

Une question qu'elle ne s'était encore jamais posée. Elle répondit sincèrement :

« C'est un homme de bien.

— Mais vous éprouvez pour lui de l'amour ?

— Notre rencontre est très récente. »

Il désigna le sac accroché à son épaule.

« Vous allez quelque part ? Cherchez-vous à fuir ? »

Elle se rendit compte que le prêtre ne comprenait pas, ni ne pourrait comprendre. Lord lui avait bien dit de ne parler à personne, jusqu'à son éventuel faux bond à six heures. Elle avait la ferme intention de respecter ses ordres à la lettre.

« Aucune voie de repli ne nous est ouverte, mon père. Mes ennuis et les siens sont ici.

— J'ai peur de ne pas comprendre votre situation. Et l'Évangile nous rappelle que si l'aveugle conduit l'aveugle, tous deux tomberont dans le fossé. »

Elle eut un pâle sourire.

« Moi-même, je ne comprends pas vraiment. Mais j'ai un devoir à remplir. Qui m'obsède actuellement plus que je ne saurais le dire.

— Un problème qui implique cet homme que vous aimez peut-être d'amour ? »

Elle approuva d'un signe de tête.

« Aimeriez-vous que nous priions pour lui ? »

Au moins, ça ne pouvait pas nuire.

« Il se peut que cela nous aide. Ensuite, vous m'indiquerez le chemin du zoo ? »

38

Lord ouvrit les yeux puis retomba, instantanément, dans l'horrible attente de la prochaine décharge électrique ou de l'application brutale d'une nouvelle longueur de ruban adhésif en travers de son nez meurtri.

Il n'aurait su dire ce qui était le plus affreux. Il se rendit compte, non sans un choc au cœur, qu'il n'était plus attaché sur son siège, mais allongé sur le parquet, bras et jambes libérés des liens qui les avaient immobilisés. En outre, il était seul dans le bureau aux larges baies que d'épaisses tentures isolaient à présent du grand soleil extérieur.

Les souffrances engendrées par le passage du courant avaient été atroces. Orleg s'était plu à varier les points de contact, depuis le front et la poitrine jusqu'au bas-ventre déjà douloureux des coups précédemment encaissés. Cette ultime décharge dans les organes génitaux avait déclenché une effroyable torture. Un peu comme une eau glacée projetée soudain sur les nerfs à vif d'une dent creuse. Assez violente pour lui faire perdre connaissance, bien qu'il se fût efforcé de rester conscient et sur le qui-vive. Il ne pouvait pas se permettre de faiblir et de lâcher le moindre détail concernant Akilina. Les héritiers hypothétiques de Nicolas II, c'était une chose. Akilina, c'en était une autre dont il mesurait de plus en plus l'importance.

Il tenta de se relever, mais sa cheville blessée refusait de le porter. Le cadran de sa montre dansait devant ses yeux. Il parvint, finalement, à lire l'heure. Cinq heures quinze. Plus que quarante-cinq minutes pour rejoindre Akilina au parc zoologique.

À condition qu'ils n'aient pas déjà retrouvé sa trace. Le fait que lui-même soit toujours en vie prouvait probablement leur échec. Et quand elle n'avait pu lui parler, à trois heures et demie, elle avait sûrement suivi ses instructions à la lettre.

Quelle sottise d'avoir fait confiance à ce Filip Vitenko ! Moscou pouvait se trouver à des milliers de kilomètres, ce n'était pas encore assez loin pour échapper à ces relations diplomatiques internationales qui ignoraient les frontières. Il ne commettrait pas deux fois la même erreur. Désormais, il se méfierait de tout le monde. Excepté d'Akilina et de Taylor Hayes. Son patron avait des relations dans tous les milieux. Assez pour reprendre le contrôle des événements en cours.

Mais il fallait, d'abord, sortir d'ici.

Orleg et Droopy n'étaient sûrement pas loin. Sans doute en train de prendre un café, les immondes fumiers, au-delà de cette porte. Il essaya de se rappeler ce qui s'était passé, juste avant qu'il sombre dans l'inconscience. Peine perdue. Sous l'empire de la douleur, son cœur avait flanché, point final. La dernière chose qui lui revînt à l'esprit était le regard d'Orleg, luisant d'une joie sadique. Et le rictus de Droopy repoussant l'inspecteur de côté, en protestant que c'était son tour de rigoler un peu, maintenant.

Une nouvelle tentative de se remettre sur pied ne réussit pas davantage. Sa tête tournait. Il se sentait faible comme un enfant.

La porte du bureau s'ouvrit. Orleg et Droopy entrèrent, une tasse fumante à la main.

« Bien, monsieur Lord, vous voilà de retour parmi nous », constata Orleg.

Ils le redressèrent. La rotation de la pièce s'accéléra. Il eut un violent haut-le-cœur. Alors que ses yeux se révulsaient, une eau froide lui aspergea le visage. La sensation n'était guère différente d'une décharge électrique, mais où le voltage brûlait, l'eau apaisait.

D'abord, dissiper ce vertige... Lord se concentra sur ses deux bourreaux. Droopy le maintenait par-derrière. Orleg se tenait devant lui. Il avait posé sa tasse et brandissait une cruche pleine d'eau.

« Encore soif ? »

Lord s'entendit râler, d'une voix qui n'était plus la sienne :

« Va te faire foutre, ordure ! »

Un revers de main frappa sa mâchoire tuméfiée, ravivant ses souffrances. Il avait la bouche pleine de sang et rêvait de se dégager afin de pouvoir rendre coup pour coup à ses tortionnaires. Mais c'était toujours Orleg qui avait la parole :

« Ce minable de consul est si délicat qu'il ne supporte pas l'idée d'un malheureux petit meurtre commis sous son toit ! On va donc t'organiser un joli petit voyage. Je me suis laissé dire qu'il y avait un désert, à quelques bornes de San Francisco. L'endroit idéal pour enterrer un macchabée, après un dernier interrogatoire. Moi qui suis né dans un pays froid, un peu d'air chaud ne me fera pas de mal ! »

Puis, affichant la satisfaction du gourmet qui se réjouit, d'avance, à l'idée de savourer, enfin, le plat de son choix :

« Une voiture nous attend pas très loin. Tu vas descendre bien calmement. Sans gueuler. Il n'y a personne, à portée d'oreille, pour entendre des appels au secours, et de toute façon, si tu l'ouvres, je te tranche la gorge... Je le ferais volontiers tout de suite, mais les ordres sont les ordres. Et tu ne perds rien pour attendre. »

Un couteau s'était matérialisé dans la main d'Orleg. Sa longue lame incurvée portait la trace d'un récent affûtage. Il le remit à Droopy qui l'appliqua, à plat, sur la gorge de Lord.

« Je te suggère de marcher droit. Et sans mouvements brusques ! »

Menaces outrancières et avertissements mélodramatiques n'atteignaient pas Miles. Les jambes molles, le cerveau débranché, il tentait désespérément de réunir assez de force pour saisir l'occasion au vol, si jamais elle se présentait.

Droopy le poussa, hors du bureau, dans une pièce habituellement réservée au secrétariat, mais inoccupée pour l'instant. Ils descendirent l'escalier l'un derrière l'autre, traversèrent plusieurs pièces vides que le crépuscule extérieur plongeait peu à peu dans une obscurité croissante.

Orleg, qui ouvrait le chemin, s'arrêta devant une porte blindée. Il en tira le lourd loquet, écarta le battant. Un moteur tournait, au-delà, dans une petite courette. Lord aperçut l'arrière d'une voiture noire dont le pot d'échappement emplissait l'air d'une épaisse fumée. Même à l'étranger, les Russes ne semblaient guère se soucier d'écologie !

L'inspecteur fit signe à Droopy de sortir le prisonnier.

« *Stoi !* » ordonna une voix, derrière eux.

Filip Vitenko bouscula Miles et Droopy pour s'adresser directement à Orleg :

« Je vous ai averti, inspecteur, que je ne tolérerai aucune autre violence sur la personne de cet homme, à l'intérieur de mon consulat !

— Et moi, je vous dis, monsieur le diplomate, que cette affaire ne vous concerne en aucune manière !

— Votre M. Zoubarev est parti. Je suis le maître chez moi. J'en ai référé à Moscou. Ils m'ont donné carte blanche. »

Orleg empoigna le consul par ses revers et le plaqua brutalement contre le mur.

« Xaver ! » cria Vitenko.

Des profondeurs du consulat, Lord entendit approcher un pas vif. L'instant d'après, le grand costaud nommé Xaver s'attaquait à Orleg.

Lord profita de la diversion pour expédier son coude, de toutes ses forces, dans l'estomac de Droopy. La cible était bardée de solides abdominaux, mais il y avait mis toute la gomme et frappé au bon endroit, juste sous les côtes. Droopy se courba en avant, dans un bruit de soufflet de forge. Lord repoussa la main armée du couteau alors que Vitenko rejetait Orleg de côté, puis se retournait contre Droopy et son arme blanche.

La confusion était à son comble. Difficile de savoir qui se battait contre qui. Momentanément dégagé de l'empoignade, Lord bondit vers la voiture au repos.

Personne sur le siège du conducteur, mais le moulin tournait toujours. Le temps de s'engouffrer dans le véhicule et d'enclencher la première, il écrasa le champignon. Les pneus agrippèrent le sol rugueux, et la voiture jaillit comme un boulet de canon, dans le claquement de sa portière arrière.

Droit devant lui, béait une porte cochère à double battant. Large ouverte.

Il la franchit. Une fois dans la rue, il vira sec sur la droite, en pleine accélération. À peine s'il pouvait y croire, et pourtant...

« Suffit ! » hurla Hayes.

Droopy, Orleg, Vitenko et le nommé Xaver cessèrent de batifoler.

Maxim Zoubarev apparut à son tour.

« Joli numéro ! C'était très convaincant. Bravo, messieurs.

— Mais ne comptez pas sur moi pour vous bisser ! ironisa Hayes. Allons pister cet enragé et finissons-en une fois pour toutes. »

39

Lord prit le tournant suivant sur les chapeaux de roue, avant de rétrograder jusqu'à une allure plus raisonnable. Il partageait son attention entre les deux rétroviseurs, mais jusqu'à preuve du contraire, nul ne s'était lancé à ses trousses, et la dernière chose à faire eût été d'attirer sur lui l'attention de la police locale. Il lui restait une petite demi-heure pour être à son rendez-vous. Sous réserve de retrouver, dans sa tête, la topographie de cette partie de la ville.

Le zoo se trouvait au sud du centre-ville, à proximité de l'océan et de l'université d'État sise sur la rive du lac Merced.

Lord se souvenait d'y avoir pêché la truite, en un temps qui paraissait aujourd'hui fantastiquement éloigné. Quand il n'était encore qu'un modeste rouage associé à la progression inexorable de Pridgen et Woodworth, une époque où seuls sa secrétaire et son chef de service s'intéressaient à ses faits et gestes.

Difficile, à présent, d'imaginer que tout ait pu commencer, une misérable semaine plus tôt, par un repas entre amis, dans un petit restaurant de Moscou. Artemy Bely avait même insisté pour payer l'addition, en s'engageant solennellement à lui laisser régler celle du lendemain. Lord avait accepté, par pure courtoisie, sachant très bien que le jeune avocat russe ne gagnait pas, en un an, ce qu'il gagnait lui-même en trois mois.

Bely avait été un garçon sympathique, très ouvert et pas compliqué pour un kopeck. Mais tout ce qui lui revenait, aujourd'hui, c'était la vision de son corps criblé de balles, allongé sur le trottoir. Et le commentaire d'Orleg disant qu'il y avait trop de morts, trop souvent, dans les rues de Moscou, pour que l'on pût prendre la peine de les couvrir.

Cette ordure d'Orleg...

Au carrefour suivant, il laissa, derrière lui, le pont du Golden Gate et mit le cap au sud, vers la rive océane de la péninsule. Bientôt, apparurent de précieuses pancartes indicatrices. Le chemin du zoo était fléché. Il le suivit à travers la circulation du soir, dont il put s'extraire assez vite, par les collines boisées de Saint Francis Wood, riches en villas retranchées dans la verdure, la plupart au-delà de grilles et de fontaines fallacieusement accueillantes.

Il s'étonnait, rétrospectivement, d'avoir pu s'évader et conduire avec une telle maestria. Le poids de la nécessité. L'énergie du désespoir. Ses muscles protestaient toujours contre la tétanisation imposée par le courant électrique, et son visage cuisait des arrachements répétés du ruban adhésif, mais il se sentait, progressivement, renaître à la vie.

« Faites qu'Akilina m'ait attendu », pria-t-il à mi-voix.

Il se rangea sur le parking brillamment éclairé du jardin zoologique, laissa la clef au tableau de bord et trotta jusqu'à la caisse où il acheta son ticket d'entrée.

Le contrôleur lui signala, au passage, que le zoo fermerait ses portes dans à peine plus d'une heure.

Imprégné de son propre sang dilué par les arrosages répétés d'Orleg, son sweater lui collait à la peau comme une serviette humide après un bain de mer. Il avait presque froid dans la fraîcheur du soir, et les nombreux coups reçus avaient inévitablement laissé des marques que rendait douloureuses toute ébauche de sourire. Il devait se trimbaler une sacrée gueule, mais Dieu merci, l'indifférence générale de la moyenne des gens pour le sort de leur prochain ne risquait pas de lui créer des difficultés supplémentaires.

La plupart des visiteurs du zoo refluaient, d'ailleurs, vers la sortie. Il remonta le flot, très vite, passa devant les singes, puis devant les éléphants, et marcha vers la cage aux lions.

Sa montre indiquait six heures. Les ombres s'allongeaient, la nuit commençait à chasser le jour, le silence n'était plus troublé que par les cris des bêtes, à travers murs et barreaux. L'air sentait la fourrure et le fourrage. Il pénétra dans le domaine des lions par une double porte de verre.

Akilina se tenait devant l'une des cages. Lord ressentit, pour les animaux emprisonnés, une sympathie soudaine. Lui-même sortait, tout juste, d'un emprisonnement beaucoup moins confortable.

Elle l'aperçut, à son tour, et ses traits s'illuminèrent d'une joie ineffable. Elle se précipita vers lui. Ils se serrèrent l'un contre l'autre avec une ardeur désespérée. Elle tremblait convulsivement dans ses bras.

« Oh, Miles ! J'allais repartir. »

Elle effleura, du bout d'un doigt, sa mâchoire enflée, son œil cerné d'une vaste ecchymose noirâtre.

« Miles ! Qu'est-ce qu'ils t'ont fait ?

— C'est Orleg et un des salopards de Moscou. Ils me sont tombés dessus à bras raccourcis.

— Je t'ai entendu crier quand je les ai eus au téléphone. »

Elle lui parla de l'homme qui avait pris la communication. Il résuma en quelques phrases :

« Le chef de l'opération est un nommé Zoubarev. D'autres membres du consulat doivent être à sa botte, mais pas Vitenko, le consul. C'est grâce à son intervention que j'ai pu filer. Sans être suivi... je pense. »

Il remarqua le sac pendu à l'épaule d'Akilina.

« Qu'est-ce que c'est ?

— Je n'ai rien voulu laisser à l'hôtel. »

Ce n'était peut-être pas la meilleure chose à faire, mais il se garda de contester son initiative.

« Sortons d'ici. Dès qu'on sera en sécurité, j'appelle Taylor Hayes. Il nous faut de l'aide. Tout ça va beaucoup trop loin.

— Je suis si heureuse que tu m'aies retrouvée. »

Il se rendit compte, à retardement, qu'ils étaient toujours étroitement pressés l'un contre l'autre, et se dégagea légèrement afin de pouvoir la regarder.

« C'est bien, chuchota-t-elle.

— Quoi donc ?

— Que tu aies envie de m'embrasser.

— Comment le sais-tu ?

— Je le sais. »

Leurs lèvres se joignirent pour un premier baiser chaste et passionné à la fois.

Un des félins rugit, dans la grande cage.

« Tu crois qu'il approuve ?

— Et toi ? »

— Moi ? À cent pour cent… Il faut qu'on parte. J'ai piqué une de leurs bagnoles, mais il vaut sans doute mieux y renoncer, s'ils déclarent le vol et nous collent la police aux fesses. Il y a une station de taxis, à la sortie du zoo. On va rentrer à l'hôtel que tu as choisi et demain matin, on louera une voiture. Il faut à tout prix qu'on évite l'aéroport et les transports publics. »

Lord accrocha le sac à sa propre épaule. Pas léger, avec les deux lingots d'or. Ils fendirent, la main dans la main, un groupe d'ados retardataires.

Et puis, à cent mètres de là, sous les lampadaires de l'allée principale, il aperçut Orleg et Droopy qui venaient à leur rencontre.

Dieu du ciel, comment avaient-ils pu les retrouver ?

Lord empoigna sa compagne par le bras, l'entraîna dans la direction opposée, de l'autre côté des lions, vers un bâtiment qualifié, par une large pancarte, de CENTRE DE DÉCOUVERTE DES PRIMATES.

Des singes glapissaient dans leurs cages. Ils remontèrent le sentier pavé jusqu'à l'endroit où il tournait brusquement à gauche. Devant eux, s'étendait une zone écologique d'arbres et de blocs rocheux. Un fossé profond, rempli d'eau, séparait le mur d'enceinte d'un enclos où rôdaient, entre les arbres, une famille de gorilles, un couple d'adultes et trois petits.

Courant toujours, Lord enregistra, au vol, la disposition des lieux. Le sentier aboutissait à une sorte de cul-de-sac divisé en deux moitiés par une barrière centrale. À gauche, les gorilles. À droite, identifiés par une autre pancarte, les BŒUFS MUSQUÉS.

Une dizaine de personnes regardaient encore les primates se gorger des fruits mis à leur disposition, au centre de leur habitat.

« Aucune issue », gémit Lord.

N'y avait-il vraiment aucune issue possible ?

Et puis, dans le fond du domaine des gorilles, il repéra une grille largement entrebâillée, donnant probablement sur l'endroit où les bêtes se retiraient pour la nuit. Peut-être pourraient-ils l'atteindre et claquer la grille derrière eux, avant que les singes réagissent ?

Tout valait mieux qu'une impasse. Orleg et Droopy approchaient. Il savait de quoi ces deux sadiques étaient capables. Pas question d'exposer Akilina à leur imagination pleine de ressources. Au-delà de la grille, une ombre bougeait. Quelqu'un se déplaçait rapidement, là-bas, hors de vue. Un employé du zoo ?

Sur le chemin probable d'une sortie.

Il balança le sac d'avant en arrière, comme une fronde. L'expédia chez les singes. Le ballot de toile atterrit près du tas de fruits. Les gorilles saluèrent cette intrusion par un premier réflexe de fuite. Et puis, la curiosité l'emporta sur la crainte.

« Allons-y ! »

Il sauta sur le mur d'enceinte. Les autres visiteurs l'observaient, éberlués. Akilina imita son exemple. La douve pouvait avoir trois mètres de large, le parapet, trente centimètres d'épaisseur. Calculant son élan, Lord se propulsa au-dessus du fossé. Toucha terre sur la rive opposée, une douleur aiguë remontant de sa cheville blessée jusqu'à son genou et sa cuisse.

Orleg et Droopy apparurent au moment où Akilina, aérienne, s'envolait. Oseraient-ils les suivre ou faire usage de leurs armes en présence de nombreux témoins ? Plusieurs spectateurs s'étaient mis à crier, et l'un d'eux réclamait la police.

Droopy sauta sur le mur d'enceinte. Il allait essayer

de franchir la douve quand l'un des gorilles adultes vint se planter en face de lui, sur le bord du fossé. Debout sur ses pattes de derrière, il lança un grondement de défi. Droopy s'immobilisa.

Lord fit signe à Akilina de courir vers la grille. L'autre gorille adulte s'approchait de lui, bondissant et rebondissant souplement sur ses quatre membres. D'après sa taille et son comportement, Lord déduisit qu'il devait s'agir du mâle, un superbe animal d'un gris-brun satiné, avec des zones de court pelage très noir au niveau de la poitrine, des paumes et de la face et le dos barré d'un rectangle de poils argentés, presque blancs.

Dressé de toute sa taille, le torse bombé, les naseaux dilatés, il menaçait le monde entier de ses grands bras tendus, d'une souplesse inhumaine. Lui aussi lança un rugissement sonore, à pleine gorge, et Lord se figea sur place.

Le second adulte, de plus petite taille, tirant sur le roux, probablement la femelle, coupait la route d'Akilina. Lord aurait voulu l'aider, mais son propre problème n'était pas résolu. Il espérait que tout ce qu'il avait entendu, jadis, au zoo d'Atlanta, n'était pas illusoire. Que ces énormes bêtes hurlaient plus fort qu'elles ne mordaient, et que leur danse de guerre n'était rien de plus qu'une manœuvre de diversion et d'intimidation, rarement suivie d'une réelle agression physique.

Du coin de l'œil, il vit que Droopy et Orleg battaient en retraite. Trop de témoins potentiels. Ils devaient avoir reçu des ordres dans ce sens.

Mais comment se soustraire, eux-mêmes, à tous ces regards braqués ? Il leur fallait éviter, coûte que coûte, de retomber sous la coupe des Russes et d'avoir également, jusqu'à nouvel ordre, à rendre compte de leurs actes à une police locale probablement déjà alertée.

Ils devaient absolument atteindre cette grille en dépit de la présence du colosse velu qui se martelait à présent la poitrine, de ses énormes poings fermés.

La femelle parut se désintéresser d'Akilina, qui fit un pas en avant. Mais ce n'était qu'une feinte. La bête opéra une volte-face, et Akilina réagit à sa manière. En agrippant, d'un saut, la branche d'un peuplier qui surplombait le terrain. Pivotant gracieusement autour de son trapèze improvisé, elle gagna, en souplesse, une branche plus élevée.

Surprise, la femelle entreprit de la suivre. Lord remarqua que son visage s'était curieusement adouci. On eût presque dit qu'elle souriait. Comme si la conduite insolite de cette créature humaine si différente des autres, loin de constituer une menace, l'invitait au contraire à quelque nouveau jeu dont il ne lui restait qu'à découvrir les règles.

Les branches du peuplier rejoignaient celles de ses voisins, et l'aire de jeu tridimensionnelle s'agrandissait à mesure que la jeune acrobate virevoltait de branche en branche et d'un arbre à l'autre. Avec la guenon dans son sillage, à deux ou trois longueurs.

Le mâle, en face de Lord, avait cessé de se frapper la poitrine pour reprendre position sur ses quatre membres.

De l'autre côté de la grille, une voix féminine lui parvint soudain :

« Je ne sais pas à quoi vous jouez, mais en tant que directrice de cette section, je vous conseille fortement de ne plus bouger d'un poil.

— Je peux vous assurer, madame, riposta Lord, sur le même ton, que je n'ai pas du tout envie de jouer !

— Je suis juste en dehors de l'enceinte rocheuse. Après la grille. C'est là qu'ils passent la nuit. Ils ne vous attaqueront pas avant d'avoir absorbé toute leur nourriture. Vous avez devant vous le roi Arthur. Il est plutôt inamical. Je vais essayer de le distraire pour que vous puissiez passer par ici.

— Mais mon amie a un autre genre de problème.

— J'ai vu ça. Une chose à la fois, je vous prie. »

Le roi Arthur s'approchait du sac.

Impossible de le lui laisser.

Lord dériva prudemment dans sa direction, mais le singe fit un bond en avant, grondant comme pour lui ordonner de se tenir tranquille.

Il obéit. La voix ajouta :

« Gardez-vous bien de le défier. »

Le gorille exhibait ses canines. Lord n'avait aucune envie de s'y frotter. Il se retourna vers les arbres où Akilina et la guenon poursuivaient leur partie de cache-cache à travers les feuillages. Akilina ne semblait courir aucun danger immédiat. Elle se maintenait hors de portée de l'animal, multipliait les feintes et, sur un ultime tourbillon, autour d'une branche flexible, lâcha tout pour atterrir, en parfait équilibre, sur le sol rocheux.

Sa partenaire de jeu voulut en faire autant, mais, beaucoup plus lourde, s'écrasa de tout son long sur la terre ferme. Akilina en profita pour franchir la grille.

Restait Lord.

Le roi Arthur s'était emparé du sac. Il essayait, maladroitement, d'en explorer le contenu. Lord tenta de s'en saisir, espérant être assez rapide pour le lui reprendre et foncer vers la grille. Mais le gorille possédait, lui aussi, des réflexes prompts. Sa main empoigna le chandail de son adversaire. Qu'il lui arracha, en force, sans que Lord fît un geste pour l'en empêcher.

Le singe tenait à présent le sac d'une main, le chandail de l'autre.

Lord ne bougeait pas.

Finalement, le gorille rejeta le chandail et s'efforça, une fois de plus, d'ouvrir le sac. En le déchirant, si nécessaire.

« Allez-y ! cria la femme.

— Pas sans mon sac ! »

Le grand singe cherchait toujours à déchirer le sac, en y mettant les dents. L'étoffe du solide bagage à main résistait encore. Au comble de la frustration, le roi Arthur le projeta contre la paroi rocheuse. Se précipita pour le ramasser et le jeter encore, à toute volée.

Lord fit la grimace.

L'œuf de Fabergé ne supporterait pas un tel traitement. Avec une parfaite inconscience, il plongea pour reprendre le sac alors que le gorille l'expédiait de nouveau contre la roche. Il allait y parvenir quand la femelle s'interposa dans sa trajectoire et le précéda, d'une fraction de seconde.

Courroucé, le roi Arthur empoigna la femelle par la nuque et l'envoya rouler à trois mètres. Lord en profita pour foncer vers la grille.

In extremis, toutefois, le grand singe réapparut entre lui et la sécurité entrevue.

Ils étaient tout proches de la grille, l'un et l'autre. À courte distance, l'odeur du gorille était encore plus insoutenable que son regard terrible et ses grondements furieux. Sa lèvre supérieure retroussée exposait des incisives longues comme le petit doigt de Miles. Il avait repris le sac et le tripotait, le pétrissait en tous sens comme pour se convaincre de sa réalité.

Lord se tenait parfaitement immobile.

Le roi Arthur lui meurtrit la poitrine de son index raidi. Pas assez fort pour le blesser. Juste assez pour tester sa résistance. Un geste presque humain, et la terreur de Lord s'apaisa d'un seul coup. Il regarda l'animal droit dans les yeux et crut y lire que l'affrontement était terminé. Qu'il ne courait plus aucun danger sérieux.

Le gorille ramena sa main en arrière et recula d'un pas.

La guenon avait rejoint ses petits, après le rappel à l'ordre de son seigneur et maître.

Le roi Arthur continua de reculer jusqu'à ce que le chemin fût totalement dégagé. Lord ramassa le sac et sortit sans courir. La grille métallique put claquer enfin derrière lui.

« C'est la première fois, dit la femme en bouclant la serrure, que je vois le roi Arthur réagir de cette façon. Lui qui est plutôt agressif... »

Lord observa un instant, à travers les barreaux, le gorille qui avait récupéré le chandail et le retournait entre ses grosses pattes. Bientôt, il cessa de s'y intéresser, l'abandonna sur place et se dirigea vers le tas de nourriture.

« Maintenant, conclut la femme en uniforme, vous allez pouvoir me dire ce que vous mijotez, tous les deux.

— On peut sortir par-derrière ?

— Pas si vite. Vous allez attendre l'arrivée de la police. »

Pas question, pensa Lord. Trop d'incertitudes dans les rôles tenus par tous et par chacun, trop de surprises potentiellement mortelles. Lord apercevait une porte de sortie donnant sur un vaste hall qui avait toutes les chances de communiquer directement avec l'extérieur. Il reprit le bras d'Akilina et l'entraîna dans cette direction.

La dame les intercepta à mi-chemin.

« J'ai dit que vous alliez attendre la police.

— Écoutez, madame, la journée a été dure. Il y a là-bas dehors des gens qui veulent notre peau, et je viens de batifoler avec un monstre qui pèse, à vue de nez, un bon quintal et demi. Je ne suis donc pas d'humeur à discuter longtemps, si vous voyez ce que je veux dire. »

La femme eut une dernière hésitation, puis s'écarta d'un pas.

« Excellent choix, madame. Vous avez la clef de cette porte ? »

Elle plongea la main dans sa poche. En sortit un anneau porteur d'une clef unique. Elle la tendit à Lord qui la remercia et sortit avec Akilina non sans avoir verrouillé la porte derrière eux.

Ils trouvèrent rapidement une issue qui débouchait, loin du public, entre deux hangars encombrés de matériel. À l'autre bout, s'étendait un parking réservé au personnel de l'établissement. Revenir vers l'accès principal du zoo était hors de question. Ils coururent vers la route qui longeait l'océan. Ils avaient hâte de quitter le secteur et, par chance, tombèrent assez vite sur un taxi en maraude. Dix minutes plus tard, ils débarquèrent devant l'une des entrées de l'immense parc du Golden Gate.

Ils y pénétrèrent. Devant eux, s'étendait un terrain de football américain, à leur droite, un petit étang. La vue se perdait sur des kilomètres, dans toutes les directions, les bois succédant aux prairies, dans l'ombre envahissante du crépuscule.

Ils s'assirent sur un banc. Lord avait les nerfs à vif. Il doutait de pouvoir jamais en supporter davantage. Akilina l'entoura de ses bras, posa la tête sur son épaule. Il murmura :

« C'est formidable, ce que tu as fait avec ce singe. Tu es une sacrée voltigeuse.

— Je ne crois pas que cette bête me voulait le moindre mal.

— Peut-être pas. Le mâle pouvait m'attaquer, mais il ne l'a pas fait, lui non plus. Il a même empêché sa femelle de me sauter dessus. »

Le sac n'avait pas eu la même chance. Un proche lampadaire les baignait d'une lueur orangée. Pas une âme alentour. L'air glacé charriait des lames de rasoir. Lord regrettait la perte de son chandail.

Il ouvrit la fermeture Éclair du sac de voyage.

« Chaque fois que le roi Arthur le balançait par terre, je ne pensais qu'à l'œuf de Fabergé. »

Il le fit glisser, avec précaution, hors de son étui de velours. Trois des pieds du socle étaient brisés, la plupart des diamants dessertis. Akilina recueillit les précieux débris dans ses mains réunies en coupe. L'œuf lui-même était fendu en deux, comme un pamplemousse coupé par le milieu.

« Il est foutu. Ce truc possédait une valeur inestimable. Encore heureux si sa destruction n'entraîne pas la fin de nos recherches. »

Un examen plus approfondi du désastre acheva de

lui retourner l'estomac. Tout doucement, il écarta la fêlure médiane. Le contenu était blanc et duveteux. Une sorte de matériau protecteur. Il en tira une pincée, et c'était du coton. Tellement tassé qu'il était difficile de l'extraire. Il poursuivit son exploration, en quête d'un mécanisme analogue à celui qui avait déployé les trois miniphotos en éventail.

Le bout de son doigt rencontra quelque chose de dur et de lisse.

En se rapprochant de la lumière, ils retrouvèrent l'éclat de l'or ainsi qu'une inscription gravée.

Sans hésiter davantage, il ouvrit l'œuf en deux, comme une grenade trop mûre.

TROISIÈME PARTIE

40

Hayes suivit du regard Orleg et Droopy qui ressor-
taient du zoo par la porte principale, pour rejoindre
précipitamment la voiture. Lui et Khrouchtchev les
attendaient depuis près d'un quart d'heure. Le transpondeur, de la taille d'un petit bouton, que Taylor
Hayes avait placé sur Miles Lord, s'était révélé parfaitement efficace. Le consulat possédait un stock
de ces minuscules dispositifs, souvenirs de la guerre
froide, quand San Francisco occupait le centre du système d'espionnage électronique des soviets en Californie.

Il avait personnellement organisé l'évasion de Lord
afin de retrouver Akilina Petrovna qui, d'après lui,
devait détenir tout ce que son propre collaborateur officiel avait découvert dans la tombe de Kolya Maks et
dans le coffre de la banque. C'était ainsi qu'ils avaient
pu suivre Lord à distance, sans risquer d'être repérés
dans le flot de la circulation du soir.

Étrange lieu de rendez-vous choisi par Miles, mais
pas si bête, à la réflexion. L'attention publique était
la dernière chose que Taylor Hayes souhaitât éveiller
dans sa situation présente.

« Je n'aime pas du tout la gueule qu'ils font »,
remarqua Khrouchtchev.

Hayes partageait son sentiment, mais ne fit aucun
commentaire. Le petit point mobile, sur l'écran de
poche, signifiait qu'ils tenaient toujours Lord. Il pressa
un bouton, et la portière arrière de la Lincoln s'ouvrit, dans une sorte de soupir. Orleg et Droopy montèrent à bord.

« Ils ont sauté chez les gorilles, expliqua Orleg. On
a voulu les suivre, mais ces saloperies de bêtes nous
ont éjectés. Je suppose que vous ne vouliez pas d'un
scandale public ? On va les rattraper avec le bip-bip.

— Bonne décision, approuva Hayes. On reçoit toujours un très bon écho. »

Il se retourna vers Khrouchtchev.

« On y va ? »

Zoubarev, dit Khrouchtchev, le suivit hors de la
Lincoln. Orleg s'empara de l'écran de poche et tous
repartirent dans la nuit. Quelque part en ville, approchaient des sirènes de police.

« Un imbécile a dû les prévenir, déplora Hayes.
Il faut trouver une parade en vitesse. On n'est pas à
Moscou. Les flics d'ici posent des tas de questions,
dès qu'on se fourre dans leurs pattes. »

Il ne restait plus personne derrière les caisses du zoo,
aussi purent-ils entrer sans difficulté. Toute l'assistance s'était agglomérée autour des gorilles. Le numéro
d'Akilina, en particulier, avait accrédité la thèse impro-
bable d'un divertissement organisé à l'intention des
touristes. Et l'écran signalait toujours la présence de
Lord. Khrouchtchev grogna :

« Mets ça dans ta poche. Pas la peine d'en rajouter. »

La rumeur publique leur apprit ce qui s'était passé.

Jusqu'à la disparition du monsieur et de la dame au-delà de la grille. Orleg ressortit l'écran de sa poche. Le signal était toujours là, clair et fort. Ils remarquè-rent alors le chandail que le plus grand des gorilles étirait en tous sens.

Un chandail de teinte foncée qu'ils reconnurent au premier coup d'œil.

Celui-là même sur lequel le transpondeur avait été soigneusement cousu, durant une des périodes d'in-conscience de Miles Lord. Hayes secoua la tête en se remémorant l'une des prédictions de Raspoutine à Alexandra : « L'innocence des bêtes, arbitre ultime de la victoire, montrera le chemin vers le succès. »

« Et maintenant, c'est le singe qui a le chandail », constata-t-il à l'adresse de Zoubarev.

L'expression du pseudo-Khrouchtchev lui prouva qu'il n'était pas le seul à se souvenir des termes de la prophétie.

« Les bêtes ont protégé leur chemin. Je me demande s'ils l'ont guidé, par-dessus le marché.

— Très bonne question », pesta Taylor Hayes, les dents serrées.

Lord acheva d'écarter les deux bords de la fente. Des diamants tombèrent comme autant de pépins d'orange. Un petit objet atterrit dans l'herbe humide de rosée. Akilina se pencha pour le ramasser.

Une clochette.

Le métal brillait dans la lueur des lampadaires. La première fois, sans doute, que cet or revoyait l'air libre, depuis son inclusion dans le *Lys de la Vallée*.

« Il y a des mots gravés…

— En caractères cyrilliques minuscules.

— Tu peux les lire ?

— "Où pousse l'arbre de la princesse, à la Genèse, une épine vous attend. Redites bien les mots qui vous ont conduits jusqu'ici. La victoire sera vôtre quand vous direz vos noms, et que la cloche de l'enfer sera reconstituée." »

Lord en avait assez des devinettes.

« Et ça signifie ? »

Lord cueillit la clochette dans la main d'Akilina. L'étudia de très près. Elle ne faisait pas plus de sept centimètres de haut, sur cinq de diamètre. Pas de battant. Son poids suggérait de l'or massif. Rien de plus. Aucun symbole, aucun signe. Le dernier message de Youssoupov s'arrêtait là.

Jambes sciées, Lord reprit place sur le banc. Akilina l'y rejoignit.

Ils s'absorbèrent dans la contemplation des débris de l'œuf. Durant une bonne partie du XXe siècle, et jusqu'aux premières années du XXIe, la descendance de Nicolas II avait été assurée. Tandis que les communistes usurpaient le pouvoir en Russie, des héritiers de la dynastie Romanov survivaient, dans l'ombre, « où poussait l'arbre de la princesse ».

Il importait, plus que jamais, de les retrouver. Stefan Baklanov n'avait pas ce qu'il fallait pour gouverner le pays. Peut-être la résurrection d'un authentique Romanov exalterait-elle le peuple russe plus que toute autre manifestation de la volonté divine ? Mais dans l'immédiat, Lord était trop las pour faire un pas de plus. Bien que fermement décidé à quitter la ville aussitôt que possible, il choisit de temporiser.

« Rentrons à ton hôtel et piquons un bon somme, dit-il. Il paraît que la nuit porte conseil.

— Pourra-t-on manger quelque chose en route ? Je n'ai rien avalé depuis le petit déjeuner. »

Il sourit en lui caressant distraitement la joue.

« Tu as été fantastique, aujourd'hui.

— J'avais si peur de ne jamais te revoir.

— Encore une chose que je partageais entièrement !

— J'en détestais la perspective.

— Moi aussi. »

Il l'embrassa brièvement sur la bouche et l'attira contre lui. Ils demeurèrent enlacés, un long moment, dans l'obscurité, à savourer intensément leur solitude. Puis ils rangèrent les morceaux de l'œuf ainsi que la clochette dans le sachet de velours. Il se chargea du sac et, main dans la main, ils quittèrent le parc du Golden Gate.

Le premier taxi disponible les conduisit à l'hôtel choisi par Akilina. Assis auprès d'elle, tout contre elle, sur la banquette arrière, Miles se répétait les mots ciselés sur la cloche de l'enfer.

« Où pousse l'arbre de la princesse, à la Genèse, une épine vous attend. Redites bien les mots qui vous ont conduits jusqu'ici. La victoire sera vôtre quand vous direz vos noms, et que la cloche de l'enfer sera reconstituée. »

Encore une formule sibylline. Claire, sans doute, à condition d'en connaître la clef. Pas assez pour apparaître au premier regard. Ces mots avaient été gravés quelque part entre le massacre de la famille impériale, en 1918, et la mort de Fabergé, en 1924. Peut-être leur signification était-elle évidente, à l'époque, mais trois bons quarts de siècle s'étaient écoulés depuis lors, brouillant probablement le message original.

À travers la vitre du taxi, Lord regardait défiler

la parade des cafés et des restaurants. Il n'avait pas oublié la demande d'Akilina et, bien que peu désireux de s'afficher au grand jour, il sentait, lui aussi, le besoin d'assouvir sa faim.

Une idée surgit enfin, du chaos de ses pensées. Il dit au chauffeur ce qu'il désirait, et l'homme les déposa, quelques minutes plus tard, devant un des établissements en question.

Ce cybercafé, comme tous les autres, combinait l'accès à Internet et la nourriture dont ils avaient besoin.

Le cyberespace était plus qu'à moitié plein. Un endroit ultramoderne aux parois métallisées, ornées de tableaux empruntés à la vie locale. Un écran de télé géant dominait le coin le plus reculé de la grande salle, avec une petite foule agglomérée aux tables proches. Bière à la pression et sandwichs en tout genre circulaient généreusement à la ronde.

Lord alla aux toilettes baigner son visage d'eau fraîche, espérant ainsi atténuer les traces imprimées dans sa chair par les coups reçus. Son physique actuel n'était pas spécialement compatible avec l'apparence normale d'un honnête citoyen.

Ils s'installèrent dans une des logettes pourvues d'un terminal. La serveuse leur précisa les modalités d'accès au Web et leur fournit un mot de passe. Tandis qu'ils attendaient leur commande, Lord se brancha sur un programme de recherche et pianota ARBRE DE LA PRINCESSE. Une liste imposante apparut. La plupart des entrées traitaient d'une ligne de joaillerie appelée Collection de l'arbre de la princesse. D'autres rubriques se rapportaient à l'horticulture, la forêt tropicale et les plantes médicinales. L'une d'elles, toutefois, capta immédiatement son attention :

Paulownia tomentosa. Arbre de la princesse. Fleurs violettes très parfumées. Août-septembre.

Il cliqua sur le site et l'écran se couvrit d'infos résumant l'origine de cette appellation étrange, née dans le Far West américain au cours des années 1830. L'espèce s'était répandue, tout d'abord, dans l'Est des États-Unis, par la grâce d'une silique ou cosse porte-graines utilisée comme matériau d'emballage et de protection dans des caisses en provenance de Chine, avant d'être remplacée, à cet usage, par des copeaux de matière plastique.

Le bois de l'arbre de la princesse était léger, mais étanche. Employé par les Japonais pour fabriquer des bols, des meubles et des cercueils. Pousse rapide. Cinq à sept ans pour parvenir à pleine maturité. Floraison remarquable, avec de longues fleurs, rappelant la lavande par leur aspect comme par leur odeur. Usage intensif de l'espèce pour le bois de charpente et la fabrication de pâte à papier, en raison de sa croissance rapide et de son faible coût initial. Commune aux montagnes de la Caroline du Nord où les tentatives d'acclimatation s'étaient multipliées, au fil des décennies.

Mais c'est surtout l'origine du nom qui retint l'attention de Miles Lord. Le texte précisait que l'arbre portait le nom de la princesse Anna Paulownia, fille du tsar Paul Ier, qui avait régné sur la Russie de 1796 à 1801. Paul Ier était l'arrière-arrière-arrière-grand-père de Nicolas II.

Il rapporta le tout à Akilina, qui en resta médusée.

« Apprendre tant de choses en si peu de temps… »

Lord se rendit compte que l'Internet commençait tout juste à se répandre en Russie. Quelques-uns des clients de Pridgen et Woodworth travaillaient fiévreusement à intégrer la Russie au World Wide Web. Le problème, c'était qu'un simple ordinateur coûtait, là-bas, plus que le Russe moyen ne gagnait en deux ans.

Il interrompit le défilement des données puis consulta deux autres sites. Sans résultat. La serveuse leur apporta ce qu'ils avaient commandé, arrosé de deux Pepsi. Ils oublièrent, en calmant leur faim, les difficultés de leur situation actuelle. Lord terminait ses frites lorsqu'il lui vint une autre idée.

Il se reconnecta sur le programme de recherche. Pianota Caroline du Nord. Dénicha un site qui offrait une carte détaillée de l'État. Il se concentra sur les régions montagneuses de l'Ouest. Agrandit progressivement le secteur.

« Qu'est-ce que tu fais ? s'informa Akilina.

— Juste une intuition que je vérifie », riposta-t-il sans quitter des yeux le petit écran.

Au centre, trônait Asheville, avec les routes inter-États 26 et 40 pointant dans quatre directions. Au nord, Boone, Green Mountain et Bald Creek. Au sud, Hendersonville et la frontière de Georgie. À l'ouest, Maggie Valley et la frontière du Tennessee. À l'est, Charlotte. Il suivit la route qui serpentait, à travers le parc de Blue Ridge, depuis Asheville, au nord-est, jusqu'à la frontière de Virginie. Les villes portaient des noms pittoresques tels que Sioux, Bay Brook, Chimney Rock, Cedar Mountain. Et c'est au nord d'Asheville, au sud de Boone, près de la Montagne du Grand Parc, qu'il tapa finalement dans le mille.

Genesis. La Genèse. Sur la route 81.

« Où pousse l'arbre de la princesse, à la Genèse, une épine vous attend. »

Une épine. En anglais : *thorn*.

Lord releva les yeux vers Akilina, et lui dédia un large sourire.

41

MERCREDI 20 OCTOBRE

Lord et Akilina se levèrent de bonne heure, et quittèrent leur hôtel sans s'y attarder une minute de plus. Cette nuit-là, pour la première fois, ils avaient réellement dormi ensemble. Dormi seulement. Pas de sexe entre eux. Pas encore. Trop épuisés. Sûrs de rien. Mais ils avaient passé ces heures dans les bras l'un de l'autre, Lord se réveillant en sursaut, de loin en loin, au sortir de quelque cauchemar récurrent où la porte de la chambre volait en éclats, sous les coups de boutoir de Droopy et de l'inspecteur Orleg ou de Cro-Magnon.

Dès l'ouverture de l'agence Avis, ils louèrent une voiture, parcoururent cent soixante kilomètres vers le nord, jusqu'à Sacramento dont l'aéroport était probablement assez éloigné de San Francisco pour ne faire encore l'objet d'aucune surveillance. Là, ils rendirent la voiture au concessionnaire local et prirent un vol des American Airlines pour Dallas. En cours de vol, Lord se plongea dans la lecture de l'*USA-Today* mis à la disposition des voyageurs.

À la une, figuraient les derniers échos des activités

de la Commission tsariste, dont le travail touchait à sa fin. Trois finalistes confirmés. Dont Stefan Baklanov. Différé de vingt-quatre heures pour cause de deuil dans la famille d'un des membres de la Commission, le vote final n'aurait lieu que le vendredi. L'unanimité étant requise, c'était la seule solution. L'analyse donnait toujours Baklanov grand gagnant, avec une large avance. La meilleure chance de la Russie, soulignait un historien. Le parent le plus proche de Nicolas II. Le plus Romanov de tous les Romanov disponibles.

Lord contempla rêveusement le téléphone incorporé à son siège. Devait-il entrer en contact avec le ministère des Affaires étrangères ou directement avec Taylor Hayes, afin de transmettre tout ce qu'il savait ? Les infos dont disposaient Akilina et lui étaient de nature à modifier le vote de la Commission. Ou du moins à le retarder jusqu'à ce que les faits nouveaux eussent été dûment vérifiés.

Mais la prophétie spécifiait clairement qu'ils devaient aller seuls, tous les deux, jusqu'au terme de leur quête. Trois jours plus tôt, il aurait attribué ces divagations à la soif de pouvoir d'un paysan inculte, mais astucieux, qui avait réussi, par la ruse, à s'insinuer dans les bonnes grâces de la famille impériale. Mais le singe ? La bête innocente et déterminante ? Qui avait fracassé l'œuf de Fabergé. Après avoir empêché Droopy et Orleg de franchir la douve.

« L'innocence des bêtes, arbitre ultime de la victoire, montrera le chemin vers le succès. »

Comment Raspoutine avait-il pu le savoir ? Ou n'était-ce rien de plus qu'une autre coïncidence ? Mais dans ce cas, le fruit d'un hasard qui étirait le calcul des probabilités bien au-delà de l'infini. Alors ? L'héritier légitime du trône de Russie vivait-il paisiblement en Amérique ? À Genesis, Caroline du Nord, 6 356 habitants, d'après le guide acheté à Sacramento. Siège de l'administration du comté de Dillsboro, petite ville sans histoire nichée dans un comté peu étendu des Appalaches.

S'il était vraiment là, le cours de l'histoire en serait changé. Comment réagiraient les Russes en apprenant qu'un des enfants de Nicolas, deux peut-être, avaient survécu au massacre d'Ekaterinbourg et trouvé refuge dans cette Amérique dont on leur avait enseigné de se méfier, depuis toujours. À quoi ressembleraient leurs descendants, fils ou petit-fils d'Alexis ou d'Anastasia, purs produits de l'*American Way of Life* ? Quelles affinités les relieraient encore à une mère patrie tellement différente ?

C'était incroyable. Mais c'était son destin. Il en faisait partie. Partie intégrante. Miles Lord, le Corbeau. Akilina, l'Aigle. Leur mission était toute tracée. Poursuivre la quête et trouver ce *thorn*. Alors que d'autres cherchaient ailleurs et s'acharnaient à influencer le travail de la Commission.

Des hommes qui se servaient de l'argent et du pouvoir pour dominer un processus réputé neutre. Un mensonge ourdi par des gens qui avaient convaincu Filip Vitenko de l'attirer dans le piège du consulat de Russie. Quel crédit accorder encore aux paroles de Maxim Zoubarev ? Stefan Baklanov n'était qu'un pantin. Un pantin consentant, mais un pantin. Aux mains, selon Zoubarev lui-même, d'habiles manipulateurs bien résolus à le hisser sur le trône. C'était ce que désiraient les clients de Pridgen et Woodworth.

C'était ce que désirait Taylor Hayes. Pour le plus grand bien des parties intéressées.

Intéressées au sens le plus vénal du terme.

Politiques ou criminelles, politiques *et* criminelles, les factions qui avaient mis la Russie à genoux régissaient incontestablement les pensées, les « volontés » du futur monarque. Et non plus un potentat à la mode du XVIIIe siècle, armé de fusils et de canons ! Ce nouvel autocrate disposerait d'engins nucléaires, dont quelques-uns de volume assez réduit pour être transportés dans une valise.

Un tel pouvoir entre les mains d'une telle personne, c'était impensable et pis encore, suicidaire. Mais les Russes ne l'entendraient pas autrement. À leurs yeux, le tsar serait sacré, et représenterait leur lien direct avec Dieu et avec ce glorieux passé dont ils se sentaient privés depuis plus d'un siècle. Ils voudraient revenir à cette époque et c'est à cette époque qu'ils reviendraient. Avec les changements opérés, entretemps, par la science et la technique. En seraient-ils plus heureux ? Ou bien échangeraient-ils simplement leurs problèmes actuels contre d'autres qui ne vaudraient pas mieux, au contraire ?

Au bord du sommeil, Lord se souvint que Raspoutine avait dit, aussi, que « douze devraient mourir pour que la résurrection soit complète ».

Il se livra à un rapide inventaire. Quatre le premier jour, y compris Artemy Bely. Le garde de la place Rouge et le collaborateur de Pachenko. Josif et Vassily Maks. Jusque-là, toutes les prédictions du *starets* s'étaient réalisées.

Quels noms viendraient compléter la liste si Raspoutine avait dit vrai, cette fois encore ?

Taylor Hayes regardait Khrouchtchev s'agiter dans son fauteuil. L'ancien communiste et ministre à répétition des gouvernements successifs, estimé de ses pairs et pourvu des meilleures relations en haut lieu, se sentait vraiment mal dans sa peau. L'homme de Pridgen et Woodworth se rendait compte que, tout comme Maxim Zoubarev, alias Khrouchtchev, tous les Russes avaient tendance à se laisser conduire par leurs émotions.

Quand ils étaient heureux, ils bouillonnaient d'un enthousiasme disproportionné. Quand ils étaient malheureux, leur désespoir était sans borne. Ils oscillaient continuellement entre ces deux extrêmes, jamais à mi-chemin entre l'un et l'autre, et depuis deux ans qu'il traitait avec eux, Hayes avait appris que confiance et loyauté étaient à leurs yeux des notions aussi importantes qu'absolues. Avec eux, on était toujours au paroxysme de la joie ou au trente-sixième dessous. Le problème, c'était qu'il fallait des années pour qu'un Russe gagnât la confiance d'un autre Russe, et plus longtemps encore avant qu'un étranger fût pleinement accepté.

Khrouchtchev, en ce moment précis, se montrait particulièrement russe. Vingt-quatre heures auparavant, il avait fait preuve d'un optimisme inébranlable, convaincu de tenir bientôt ce Noir infernal dans sa main toute-puissante. À présent, il broyait du noir, mais uniquement au sens figuré du terme, car le maudit *tchornye* courait toujours et il allait devoir, lui-même, annoncer la nouvelle aux autres membres de la chancellerie secrète réunis en séance plénière. Comment leur expliquer qu'il avait personnellement approuvé le plan consistant à le laisser filer pour retrouver cette minable acrobate ?

Ils étaient au second étage du consulat, seuls dans le bureau de Vitenko, derrière une porte bouclée à double tour. À l'autre bout du téléphone branché sur haut-parleur, siégeait la chancellerie et, bien que personne ne critiquât ouvertement les mesures prises, personne non plus ne les approuvait, fût-ce du bout des lèvres. Toutes ces initiatives restaient l'œuvre exclusive de qui les avait décidées, et sans formuler la moindre objection, tous le faisaient clairement sentir.

« Évidemment, reconnaissait Lénine, hypocrite, à l'autre bout du fil, qui diable aurait pu prévoir l'intervention d'un gorille ?

— Raspoutine ! s'empressa de rappeler Hayes.

— Ah, monsieur Lincoln, vous commencez à comprendre nos problèmes intimes, ironisa Brejnev.

— Je suis persuadé que Lord est, aujourd'hui, convaincu de l'existence d'un descendant d'Alexis ou d'Anastasia, et qu'il se consacre activement à sa recherche. »

Hayes marqua une courte pause avant d'ajouter :

« La recherche d'un authentique héritier direct du trône des Romanov.

— Apparemment, soupira Staline, nos pires craintes se réalisent.

— Vous avez une idée de l'endroit où il peut être à présent ? » s'enquit doucement Lénine.

Telle était aussi l'obsession de Taylor Hayes, depuis des heures et des heures.

« Son appartement d'Atlanta est sous surveillance constante. S'il y remet les pieds, on le coincera sans coup férir, et cette fois, on ne le lâchera plus.

— Bravo, approuva Brejnev, sarcastique. Mais s'il va directement à l'endroit où ce fameux héritier n'attend que sa visite ? »

Évidemment, Taylor Hayes avait envisagé cette hypothèse. Il avait des relations au FBI, dans les douanes et dans les stups. Autant de contacts qui participeraient volontiers à la chasse au Lord, avec ou sans permis ! Surtout si Lord se servait de ses cartes de crédit là où il passait. Ces hommes auraient accès à des informations qui seraient particulièrement bienvenues.

Le revers de la médaille, c'était qu'il se placerait, ainsi, dans une position délicate, vis-à-vis de gens dont il valait mieux, en principe, éviter la fréquentation, surtout dans de telles circonstances. Ses millions étaient en sécurité, sous la protection des Alpes suisses, et il avait la ferme intention d'en profiter, ainsi que de tous ceux qu'il comptait bien gagner encore, jusqu'au dernier cent du dernier dollar.

Quand il prendrait sa retraite, ce serait avec les indemnités à sept chiffres que lui garantissait son contrat. À moins, comme c'était probable, que le conseil d'administration ne lui demandât de laisser figurer son nom sur les en-têtes de lettres, afin de conserver les nombreux clients qu'il avait personnellement recrutés. Alors, bien sûr, il se ferait violence. Moyennant une rente annuelle suffisante pour assurer l'argent de poche d'un châtelain à l'européenne.

Un vrai conte de fées, avec de manière bien réelle, quelques comptes en Suisse dont il ne laisserait personne le déposséder. Pas même Khrouchtchev. Et pour éviter tout conflit susceptible de compliquer le présent, aux dépens du futur, il improvisa calmement :

« Je dispose de recours officiels que je vais mettre en branle. Et je connais des hommes qui valent largement ceux que vous m'aviez recommandés à Moscou. »

Hayes n'avait jamais eu l'occasion d'employer de tels hommes de main, et n'était pas du tout sûr de savoir comment s'assurer les services de cette catégorie de spécialistes, mais c'était un détail que ses correspondants russes n'avaient nul besoin de connaître, et il ajouta, avec une force de conviction communicative :

« Je ne pense pas que Miles Lord demeure encore longtemps un problème. »

Khrouchtchev n'émit aucun commentaire. Ceux de Moscou non plus, par l'intermédiaire du haut-parleur. Tous, visiblement, attendaient quelque chose de plus concret.

« Quoi qu'il en soit, Lord finira par me rappeler, tôt ou tard.

— Qu'est-ce qui vous donne cette certitude ?

— Il n'a aucune raison de se méfier de moi. Je suis son employeur. En rapport direct avec le gouvernement russe. Il va falloir qu'il me consulte, particulièrement s'il a trouvé quelque chose. Dans ce cas, je suis le premier à qui il voudra en rendre compte. Il sait quels intérêts nos clients ont en jeu, et ce qu'une découverte de cette sorte signifierait pour eux, pour lui et pour moi. Il va m'appeler.

— Jusque-là, objecta Lénine, il s'en est soigneusement abstenu !

— Mais aujourd'hui, sa vie est menacée, et il n'est encore sûr de rien. Qu'il cherche donc tout son soûl. Et puis, il m'appellera. C'est une certitude.

— Plus que deux jours pour le contrecarrer, rappela Staline. Après le choix officiel de Baklanov, il sera difficile d'entraver son accession au trône. Surtout si les relations publiques sont rondement menées. Qu'il persiste à se manifester, après ça, et il nous suffira de présenter toute l'affaire comme une conspiration de plus, après tant d'autres. Personne, alors, n'y croira sérieusement.

— Sauf test ADN, le contredit Hayes, qui conclurait à la similitude du code génétique d'un personnage X ou Y, sorti du chapeau d'un prestidigitateur, avec les génomes parfaitement catalogués de Nicolas et d'Alexandra. Mais seuls, des héritiers *vivants* pourraient tout flanquer par terre. Il nous faut donc des cadavres dont on ferait disparaître toute trace.

— Possible, dans ce pays ? » s'informa Khrouchtchev.

Hayes n'en savait rien lui-même, mais il connaissait les enjeux, et que pouvait-il répondre, sinon :

« Tout à fait possible. Vous pouvez dormir sur vos deux oreilles. »

42

GENESIS, CAROLINE DU NORD

16 h 15

À travers le pare-brise, Miles Lord admirait, sans réserve, les grands arbres qui encadraient la montée abrupte. Leur écorce d'un beau gris foncé se détachait par plaques, sous un épais feuillage verdoyant. Il avait déjà visité cette région, plus d'une fois, et reconnaissait les essences les plus communes, sycomores, hêtres et chênes. Mais il avait toujours pris ces arbres touffus pour une variété de peupliers. Aujourd'hui, il avait pleinement connaissance de son erreur.

« Ce sont des arbres de la princesse. *Paulownia tomentosa*. J'ai lu hier soir qu'à cette époque de l'année, les plus mûrs expulsent leurs graines, et chacun d'eux répand des millions de semences. Pas étonnant qu'il en pousse dans tous les coins.

— Tu es déjà venu par ici ?

— Je connais Asheville, qu'on a traversé en venant, et aussi Boone, plus au nord. C'est un endroit magnifique où l'on peut skier en hiver, idéal également pour des vacances d'été.

— Ça me rappelle la Sibérie de ma grand-mère. Il y avait des montagnes de faible altitude et des forêts denses, comme celles-ci. L'air y était frais et pur. Je m'y plaisais beaucoup. »

Alentour, l'automne étalait ses couleurs. Prés et vallons flambaient, rouge et or, orange et jaune, dans la brume diffuse qui s'élevait, capricieuse, des creux les plus profonds. Seuls, pins et arbres de la princesse conservaient les teintes vivaces de l'été.

Ils avaient attrapé, à Dallas, la correspondance pour Nashville. De là, une navette à moitié vide les avait déposés à Asheville, une petite heure plus tôt. Auparavant, à Nashville, Lord avait manqué d'argent et s'était vu forcé d'utiliser sa carte de crédit. Nécessité regrettable, dans la mesure où les reçus correspondants pourraient être si facilement repérés. Mais ni plus ni moins, en somme, que les billets des lignes aériennes.

Il fallait espérer que les vantardises de Maxim Zoubarev, au sujet de ses accointances avec le FBI et l'administration des douanes, fussent nettement exagérées. Pourquoi, Lord n'aurait su le dire, mais il était persuadé que les Russes opéraient totalement à l'écart des autorités américaines. Avec d'occasionnels coups de pouce, sans doute, mais rien d'important ni de décisif pour une recherche à l'échelle nationale d'un avocat américain et d'une acrobate russe. Une telle recherche, estimait Lord, exigerait, à la base, trop d'explications trop approfondies. Que ne donneraient jamais les Russes avant de posséder les moyens d'en juguler les conséquences.

Non, les Russes travaillaient seuls. Du moins pour le moment.

Au terme de l'agréable trajet vers le nord, par la

nationale 81, au sein des montagnes émoussées du parc de Blue Ridge, Genesis était une petite ville digne d'une carte postale, tout en bois et pierre de la région, avec ses minuscules galeries d'art, ses boutiques de souvenirs et ses magasins d'antiquités. Des bancs s'alignaient sous les sycomores de l'artère principale. Un grand glacier occupait l'un des coins du carrefour central. Deux banques et un drugstore se partageaient les trois autres. Bureaux de change, agences de voyages et syndicat d'initiative émaillaient les rues adjacentes.

À leur entrée dans la ville, le soleil achevait sa descente sur l'horizon, peignant arbres et prés en violet, sur fond de ciel rose. La nuit tombait de bonne heure et en toute harmonie, dans cette région bénie des dieux.

« Nous y voilà, soupira Lord. Reste à trouver l'épine de cette rose. »

Il allait stopper devant la poste afin d'y consulter l'annuaire local quand une enseigne de fer forgé attira son regard. Elle pendait sur la face latérale d'un immeuble de brique rouge au-delà duquel, à courte distance, se dressait la salle d'audience du tribunal du comté, sur une placette plantée d'arbres. CABINET DE MICHAEL THORN – AVOCAT disaient les lettres noires.

Lord traduisit les deux mots importants, au profit d'Akilina qui conclut, souriante :

« Comme à Starodug. »

Il avait déjà tiré la même conclusion.

À la réception du cabinet de l'avocat, une secrétaire les informa que maître Thorn était au tribunal, en train de boucler un dossier urgent, mais qu'il ne tarderait guère à rentrer. Lord exprima le désir de lui parler immédiatement, et la secrétaire leur dit où le retrouver.

Ils entrèrent au tribunal du comté de Dillsboro, immeuble en brique et en pierre de style néo-classique, doté du portique à colonnades et de la haute coupole communs à tous ces bâtiments légaux du Sud. Une plaque de bronze précisait que l'édifice avait été construit en 1898. L'expérience de Miles, en matière de tribunaux, était plutôt restreinte. Sa pratique l'appelait toujours, de préférence, dans les salles de conseil d'administration ou les grandes institutions financières des grandes villes américaines ou des capitales d'Europe de l'Est. Il n'avait jamais eu, en fait, à témoigner devant la cour. Pridgen et Woodworth employaient, pour ces corvées, des centaines d'auxiliaires juridiques, et Miles faisait partie des élites. De ceux qui, dans la coulisse, négociaient les accords. Les éminences grises.

Jusqu'à cette journée incroyable qui l'avait projeté en pleine lumière. En première ligne du casse-pipe. Sous les feux de la rampe et le feu d'un ennemi dont quelques instants plus tôt, il n'avait même pas soupçonné l'existence.

Ils trouvèrent Michael Thorn au greffe, penché sur un énorme registre de jurisprudence. Sous l'éclairage cru des tubes fluo, Miles découvrit un homme d'âge moyen, au cheveu rare, de taille également moyenne et quelque peu replet sans être obèse. Les pommettes saillantes et le nez plutôt évident au milieu d'un visage d'apparence probablement plus juvénile que le nombre de ses années.

« Michael Thorn ? »

L'homme leva les yeux, souriant.

« Lui-même. »

Lord se présenta, ainsi que sa compagne. Il n'y avait personne d'autre dans le local sans fenêtre.

« Nous venons d'Atlanta. »

Il montra ses pièces d'identité professionnelle. Raconta la même histoire qu'à la banque de San Francisco.

« Je travaille sur le patrimoine d'un parent décédé de Mlle Petrovna.

— On dirait que vous ne pratiquez pas seulement ce genre de sport, plaisanta Thorn en désignant, de l'index, la face tuméfiée de Lord.

— C'est vrai, contre-attaqua Miles, sur l'inspiration du moment. Je pratique aussi la boxe, pendant le week-end. Lors de mon dernier entraînement, je suis tombé sur plus fort et surtout plus méchant que je ne m'y attendais. »

Thorn n'avait pas perdu son sourire.

« Et que puis-je faire pour vous, monsieur Lord ? En dehors du rôle de *sparring partner* dont je n'aurais pas les capacités.

— Vous exercez ici depuis longtemps ?

— Depuis toujours. »

La voix de Thorn exprimait une fierté mal contenue.

« Mes compliments. Genesis est une belle ville. J'en déduis que vous y êtes né ? »

L'expression de l'avocat se teinta de curiosité.

« Pourquoi ces questions, monsieur Lord ? Je croyais que vous travailliez sur une succession. Qui est le défunt ? Je suis à peu près certain de connaître la famille. »

Lord sortit de sa poche la cloche de l'enfer et la tendit à Thorn, en prenant grand soin d'observer sa réaction.

Aucune réaction perceptible. Mais après un examen méticuleux de l'objet :

« Impressionnant. Or massif, non ?

— Je le pense. Vous pouvez lire le texte gravé ? »

Thorn chaussa les lunettes posées, à hauteur de poitrine, sur le meuble de lecture.

« De sacrés petits caractères... »

Akilina et Lord échangèrent un regard. Elle aussi observait Michael Thorn avec une attention soutenue.

« J'ai bien peur qu'il ne s'agisse d'une langue étrangère. J'ignore laquelle, mais je ne peux même pas déchiffrer les caractères. L'anglais est la seule langue que je connaisse et certains disent même, parfois, que je devrais la connaître mieux.

— "Celui qui tiendra jusqu'à la fin, celui-là sera sauvé" », cita Akilina, en russe.

Thorn la regarda, interloqué. Vraiment ? Ou bien n'était-ce qu'une comédie ? Ou la simple surprise d'entendre parler une autre langue alors qu'il venait d'affirmer ne comprendre que l'anglais ?

« Qu'est-ce qu'elle a dit ? »

Lord traduisit. Thorn fronça les sourcils.

« Évangile selon saint Mathieu, c'est ça ? Mais qu'est-ce que ça vient faire là-dedans ?

— Ces mots ne signifient rien pour vous ? »

Thorn haussa les épaules en restituant la clochette.

« Monsieur Lord, que désirez-vous au juste ?

— Je comprends que tout ceci puisse vous paraître étrange, mais j'aimerais vous poser encore deux ou trois questions. Vous m'accordez cette latitude ? »

Thorn ôta ses lunettes.

« Je vous écoute.

— Y a-t-il d'autres Thorn, ici, à Genesis ?

— J'ai deux sœurs, mais elles ne vivent pas ici. Oui, il y a d'autres Thorn, en ville, le nom n'est pas si rare. Dont une famille assez nombreuse. Aucune ne m'est apparentée.

— Tous faciles à trouver ?

— Dans l'annuaire local. Votre succession concerne un nommé Thorn ?

— D'une manière indirecte. »

Lord s'efforçait de ne pas dévisager son vis-à-vis avec trop d'insistance, mais c'était plus fort que lui. Il recherchait, dans son physique, toute trace éventuelle de ressemblance avec Nicolas II. Ce qui était encore plus absurde que tout le reste. Il n'avait vu les Romanov qu'en photos et en films de qualité douteuse, et toujours en noir et blanc. Comment, dans ces conditions, déceler une quelconque ressemblance ?

Thorn était relativement petit et replet, comme Nicolas. Au-delà, commençait le travail de l'imagination. À quoi s'était-il attendu ? À voir l'héritier présumé lire le texte ciselé et se métamorphoser, subitement, en tsar de toutes les Russie ? Ce n'était pas un conte de fées. C'était une question de vie ou de mort. Et si quelque héritier supposé soupçonnait la vérité, l'imbécile était fichu de se rabattre dans l'anonymat qui lui avait servi de sanctuaire depuis sa naissance.

Lord remit la cloche de l'enfer dans sa poche.

« Désolé de vous avoir importuné, monsieur Thorn. Vous devez nous trouver un peu bizarres, et nous ne saurions vous le reprocher. »

Les traits de Michael Thorn s'éclairèrent d'un nouveau sourire.

« Pas du tout, monsieur Lord. Visiblement, vous êtes sur une affaire délicate, et vous devez justifier la confiance de votre client. Rien à dire contre ça. C'est une chose que je peux comprendre. Mais si vous en avez terminé, j'aimerais finir moi-même ce petit travail avant que le greffier ne me flanque à la porte. »

Les deux hommes se serrèrent la main.

« Ravi d'avoir fait votre connaissance, dit Lord.

— Moi de même. Et si vous avez besoin d'aide pour dénicher cet autre Thorn, mon cabinet est à deux pas d'ici. J'y serai demain toute la journée.

— Merci, je n'oublierai pas. Pouvez-vous nous recommander un endroit pour la nuit ?

— Voilà qui risque d'être un peu plus difficile. Nous sommes en pleine saison touristique, et la plupart des hôtels sont archicombles. Mais comme c'est un mercredi, il y aura probablement une chambre pour une nuit ou deux. Ce sont les week-ends qui sont les pires. Juste le temps de passer un coup de fil. »

Thorn tira son portable de sa poche et pianota un numéro. Il parla brièvement, puis raccrocha.

« Je connais le directeur d'un *bed and breakfast* qui m'a dit ce matin avoir encore deux ou trois places libres. À l'Auberge des azalées. Je vous fais un plan, c'est à deux pas d'ici. »

Située juste en dehors de la ville, l'Auberge des azalées était un établissement vénérable construit dans le style de la reine Anne. De grands hêtres dominaient, de très haut, un rectangle inscrit dans une enceinte de piquets peints en blanc. Le porche d'entrée s'agrémentait de fauteuils à bascule revêtus de toile verte. L'intérieur, à l'ancienne mode, offrait un florilège de patchworks, de plafonds à poutres et de cheminées garnies de grosses bûches.

Lord ne demanda qu'une seule chambre, choix qui lui valut un regard acéré de la réceptionniste d'âge mûr. Il se remémora la réaction de l'homme de Starodug, puis se rendit compte que celle-ci était différente. Un Noir avec une Blanche. Dur d'imaginer que ce n'était toujours pas accepté sans cette sorte de désapprobation tacite. Quelle naïveté d'avoir pu croire le contraire !

« Un problème à la réception ? » voulut savoir Akilina, une fois dans la chambre.

La pièce était claire et nette, avec des fleurs fraîches dans un vase et un gros édredon étalé sur le lit bateau. Baignoire sur pattes de lion à l'ancienne, et rideau en dentelle tiré devant la fenêtre.

« Certains pensent toujours que les races ne devraient pas se mélanger. »

Il jeta sur le lit les sacs que Semyon Pachenko leur avait fournis, une éternité plus tôt. Les deux derniers lingots d'or étaient restés à Sacramento, dans une consigne automatique. Avec celui de Kiev, trois petits morceaux de l'ex-puissance impériale qui attendraient paisiblement leur retour.

« Les lois peuvent contraindre les gens à changer, mais les vieilles attitudes, les vieilles habitudes demeurent. Essaie de ne pas t'en formaliser. »

Akilina haussa les épaules.

« Nous avons aussi des préjugés, en Russie. À l'égard des étrangers, surtout basanés. Des Mongols. Toujours mal accueillis, où qu'ils aillent.

— Il faudra bien qu'ils s'accommodent d'un tsar né en Amérique, élevé à l'américaine. À propos de notre recherche, je pense qu'elle avance plutôt bien.

— L'avocat m'a paru franc du collier. Il tombait des nues. »

Lord se percha sur le bord du lit.

« Oui, je ne l'ai pas quitté de l'œil pendant qu'il examinait la clochette.

— Il a dit qu'il y avait pas mal d'autres Thorn à Genesis. »

Par association d'idées, Miles Lord se releva pour aller ouvrir l'annuaire du téléphone, à la lettre T.

« Une demi-douzaine de Thorn et deux Thorne avec un *e*. Demain, on ira les voir tous, s'il le faut. Peut-être avec l'aide de l'avocat. Il a l'air de connaître son bled sur le bout du doigt. »

Puis il ajouta avec un sourire :

« Mais pas avant un repas correct et une bonne nuit de sommeil. »

Ils dînèrent dans un proche restaurant dont les fenêtres possédaient l'originalité de donner en direct sur un champ de citrouilles. Lord fit connaître à Akilina le poulet rôti, la purée de pommes de terre, le maïs en épi et le thé glacé. Sa surprise l'enchantait et le stupéfiait à la fois. Puis il se souvint qu'il n'avait jamais mangé de madeleines fourrées, de soupe à la betterave et de pâtés de viande sibériens avant de visiter la Russie.

Le temps était idéal. Pas un nuage dans le ciel. Et la Voie lactée déployée au-dessus d'eux, tel un tableau surréaliste...

Genesis était un de ces lieux enchantés qui ne vivent que le jour. Aucun mouvement dans les rues, en dehors de la clientèle des quelques restaurants. Mais quand ils regagnèrent l'auberge, Michael Thorn les attendait dans le hall, confortablement allongé sur un vieux sofa.

Il avait troqué son costume de ville contre un chandail et un pantalon sans plis. Il se leva à leur entrée, plus calme et détendu que jamais.

« Je peux revoir cette clochette ? »

Lord la lui remit. Il le vit alors sortir de sa propre poche un minuscule battant du même métal, et le mettre en place. Un coup de poignet ne donna rien de plus qu'un petit choc sourd.

« L'or est trop mou pour émettre un son de cloche, fit observer Thorn, mais je suppose qu'il vous en faut un peu plus pour vous prouver qui je suis ? »

Lord acquiesça d'un signe de tête.

« "Où pousse l'arbre de la princesse, à la Genèse, une épine vous attend. Redites bien les mots qui vous ont conduits jusqu'ici. La victoire sera vôtre quand vous direz vos noms, et que la cloche de l'enfer sera reconstituée." »

Il n'avait pas élevé la voix, mais venait de parler russe sans le moindre accent perceptible.

43

Lord n'en croyait pas ses oreilles.

Thorn suggéra :

« Si nous montions dans votre chambre ? »

Ils grimpèrent l'escalier, en silence. Une fois là-haut, derrière la porte bouclée, Thorn déclara, toujours en russe :

« Je n'ai jamais cru que je verrais un jour cette clochette ni n'entendrais ces paroles. J'ai toujours conservé le battant, en prévision d'une telle visite. Mon père m'avait dit que ce jour viendrait. Il l'a attendu soixante ans, et ne l'a jamais vu se réaliser. Avant de mourir, il m'a dit que je vivrais ce qu'il n'avait pas vécu... et je ne l'ai pas cru.

— Pourquoi dit-on la cloche de l'enfer ? »

Thorn s'approcha de la fenêtre.

« C'est tiré d'un poème de Radichtchev. »

Lord connaissait aussi le poème en question.

« Également cité sur un lingot d'or laissé en garde dans une banque de San Francisco.

— Youssoupov était un grand admirateur de Radichtchev. Et un amoureux de la poésie russe. Le vers dit exactement : "Les anges de Dieu marqueront le triomphe du ciel de trois coups de la cloche de l'enfer, un pour le Père, un pour le Fils, un pour la Sainte Vierge." Tout à fait de circonstance, vous ne croyez pas ? »

Lord se remettait, lentement, du choc subi.

« Vous suivez ce qui se passe en Russie ? Pourquoi ne pas vous être manifesté plus tôt ? »

Thorn lui fit face.

« Mon père et moi en avons souvent discuté. C'était un ardent impérialiste de la vieille école. Il connaissait personnellement Felix Youssoupov. Eux aussi ont eu de fréquentes discussions. J'estimais, pour ma part, que le temps de la monarchie était définitivement révolu. Plus aucune place dans la société moderne pour des conceptions aussi périmées. Lui, était convaincu que le sang des Romanov devait être régénéré. Aujourd'hui, c'est d'actualité. Mais on m'avait fait jurer de ne révéler mon secret qu'à l'Aigle et au Corbeau qui viendraient me dire les mots de passe. Toute autre manifestation du monde extérieur serait un piège tendu par nos ennemis.

— Le peuple russe souhaite votre retour, intervint Akilina.

— Au grand dam de Stefan Baklanov ! »

Thorn y avait mis une touche de sarcasme. Il confirma s'être intéressé de très près au travail de la Commission tsariste et aux événements de la semaine passée.

« C'est précisément pour ça que Youssoupov nous a gardés sous le boisseau durant toutes ces années. Lénine voulait annihiler toute trace du sang des Romanov. Toute possibilité d'une éventuelle restauration. Plus tard, quand il a réalisé que Staline serait bien plus néfaste, pour le pays, que le pire des tsars, il a compris quelle erreur il avait commise en faisant massacrer la famille impériale.

— Monsieur Thorn... amorça Miles Lord.

— Michael, je vous prie.

— Ou ne devrais-je pas plutôt dire Votre Majesté impériale ? »

Thorn fronça les sourcils.

« Voilà un titre auquel je vais avoir bien du mal à m'habituer !

— Votre vie est en danger, Michael. Je suppose que vous avez une famille ?

— Une femme et deux fils qui sont actuellement au collège. Je ne leur ai jamais parlé de quoi que ce soit. C'était l'une des conditions imposées par Youssoupov. Un anonymat absolu.

— Il va falloir les mettre au courant. Ainsi que les deux sœurs dont vous nous avez parlé.

— C'est bien mon intention. J'ignore comment ma femme va s'accommoder au titre de tsarine. Mes fils vont devoir s'adapter, eux aussi. Voilà l'aîné devenu tsarévitch et le cadet grand-duc ! »

Mille questions se pressaient dans la tête de Miles, mais il y en avait une qui prenait le pas sur toutes les autres :

« Pouvez-vous nous dire comment Alexis et Anastasia ont pu venir s'implanter en Caroline du Nord ? »

Et Thorn retraça, pour l'Aigle et le Corbeau, une histoire qui fit, plus d'une fois, courir des frissons dans le dos de ses auditeurs.

Tout commença le 16 décembre 1916 au soir, lorsque Felix Youssoupov assaisonna de cyanure les gâteaux et le vin de Raspoutine. Le poison n'ayant pas fait son office, Youssoupov tira une première balle dans le dos du *starets*. La balle unique n'ayant pas suffi, elle non plus, d'autres poursuivirent le *saint homme* dans une cour toute blanche de neige, et l'achevèrent de plusieurs balles. Puis ils jetèrent son corps dans la Neva gelée, satisfaits de leur dure soirée de travail.

Après le meurtre, Youssoupov en assuma ouvertement toute la gloire. Il envisageait même, pour la Russie, un avenir politique fondé, pourquoi pas, sur un transfert du pouvoir de la dynastie Romanov à la dynastie Youssoupov. Des rumeurs de révolution couraient dans le pays. La chute de Nicolas II paraissait imminente.

Youssoupov était déjà l'homme le plus riche de toute la Russie. Ses biens étaient considérables et lui procuraient une énorme influence politique. Mais un nommé Lénine surfait sur la vague de ressentiment à l'égard du pouvoir autocratique et préconisait l'annihilation des nobles, quel que pût être leur rang ou leur nom.

L'effet du meurtre de Raspoutine sur la famille impériale fut énorme. Nicolas et Alexandra se retirèrent au plus profond d'eux-mêmes, et l'influence de la tsarine sur son royal époux en fut largement renforcée. Le tsar présidait toujours aux destinées d'un clan très puissant qui ne se souciait tout simplement pas de leur réputation populaire. Ils parlaient mieux et plus volontiers le français que le russe. Ils séjournaient à l'étranger plus souvent qu'en Russie. Ils tenaient jalousement à leur nom et à leur rang, mais négligeaient leurs obligations publiques. Divorces retentissants, mariages ratés impressionnaient défavorablement les masses.

Tous les parents du couple impérial haïssaient Raspoutine. Aucun ne déplorait sa mort et certains allaient jusqu'à confier au tsar leur sentiment intime. Ce meurtre avait taillé une brèche dans la maison impériale, Quelques-uns des grands-ducs et grandes-duchesses commençaient même à parler de changement, et les bolcheviks exploitèrent cette faille en déposant le gouverneur provisoire qui avait succédé à Nicolas II, puis en s'emparant du pouvoir, avec, à la clef, le massacre de tout ce qui, de près ou de loin, s'appelait et rappelait Romanov.

Youssoupov, cependant, continuait d'affirmer que l'exécution de Raspoutine avait été un coup de maître. Relégué par le tsar dans une de ses propriétés de Russie centrale, il traversa sans dommage les révolutions de février et d'octobre 1917. Favorable, au départ, à la notion de changement, c'est lui qui changea d'avis quand les soviets saisirent tous ses biens familiaux et menacèrent de l'emprisonner. Alors, et alors seulement, il comprit quelle erreur il avait commise. La mort de Raspoutine était venue trop tard pour endiguer le flot des événements. Par sa tentative malavisée de sauver le royaume, Felix Youssoupov avait asséné, à la monarchie, un coup fatal.

Après la révolution d'octobre 1917, il changea son fusil d'épaule. Au nombre des rares nobles disposant encore de ressources financières, il parvint à rassembler un groupe d'anciens gardes impériaux dont la tâche serait de libérer la famille royale et de restaurer l'empire. Il espérait que son revirement, quoique tardif, lui vaudrait la reconnaissance de Nicolas et le pardon du meurtre de Raspoutine. Quelle meilleure façon de liquider son ardoise et de repartir du bon pied dans le sillage du tsar et de la tsarine ?

Lorsque la famille impériale fut transférée de Tsars-koye Syelo en Sibérie, au début de l'année 1918, Youssoupov comprit que l'heure d'agir avait sonné. Trois tentatives de sauver le tsar échouèrent l'une après l'autre. Les bolcheviks faisaient bonne garde. George V, roi d'Angleterre et cousin de Nicolas, fut sollicité d'offrir aux Romanov l'asile politique. Il accepta, tout d'abord, puis dut céder aux pressions internes qui lui enjoignaient de refuser tout permis d'immigration.

C'est alors que Youssoupov se souvint que, d'après Raspoutine, si son meurtrier appartenait à la classe noble, Nicolas II et toute sa famille ne lui survivraient que deux ans à peine. N'était-il pas, lui-même, le plus haut des nobles apparentés aux Romanov, et son épouse une nièce impériale ?

Plus déterminé que jamais à contrer le destin, il dépêcha Kolya Maks à Ekaterinbourg avec mission de sauver la famille, coûte que coûte. L'habileté dont Maks avait fait preuve pour se rapprocher des autres gardes était d'excellent augure, mais il fallut une sorte de miracle pour qu'il assistât au massacre et pût y soustraire, au prix de risques insensés, Alexis et Anastasia.

Autre miracle, Alexis n'avait été touché ni par balle ni par baïonnette. Et le pire dégât subi par Anasta-sia avait été le coup de crosse en pleine tête qui avait permis de la transporter, toujours vivante, dans le camion corbillard sans qu'elle se mît à hurler au mauvais moment. Protégée par le corps de sa mère et par son corset garni de pierres précieuses, elle n'avait souffert, en fait, que d'une blessure à la jambe dont elle avait gardé, à vie, une légère claudication.

Après les avoir récupérés dans la forêt, Maks se hâta de rallier, avec eux, une cabane située à l'ouest d'Ekaterinbourg. Trois autres hommes à la solde de Youssoupov les y attendaient. Leurs ordres étaient clairs. Emmener la famille vers l'est. Mais il n'y avait plus de famille. Rien que deux adolescents terrifiés jusqu'au fond de l'âme.

Durant les quelques jours qui suivirent le massacre, Alexis ne prononça pas une syllabe. Il restait assis dans un coin de la cabane. Il mangeait et buvait, quand on l'y obligeait, mais ne sortait pas de sa prostration. Il raconta, par la suite, que tandis que ses parents tombaient sous les balles, que sa mère s'étouffait avec son propre sang et que les baïonnettes lardaient les corps de ses sœurs, une seule pensée occupait son esprit hors circuit plus qu'aux neuf dixièmes. Un mot que Raspoutine lui avait dit :

« Tu es l'avenir de la Russie. Tu devras survivre. »

Il avait tout de suite reconnu, en Kolya Maks, le costaud chargé de le porter dans ses bras, chaque fois que l'hémophilie lui coupait les jambes. Il n'avait pas oublié sa douceur bourrue et s'était conformé, sans hésiter, à ses instructions les plus folles.

Près de deux mois s'écoulèrent avant que les rescapés pussent être transférés, en traîneau, à Vladivostok. Les prémices de la révolution y précédèrent leur arrivée, mais rarissimes étaient ceux qui savaient à quoi pouvaient ressembler les enfants Romanov. Le tsarévitch, par bonheur, avait connu une période de rémission, même si quelque récurrence de son hémophilie l'obligeait, de temps en temps, à ne pas se montrer en public.

Depuis le début, Youssoupov avait posté des hommes, en attente, sur la côte Pacifique. Son intention, à l'origine, avait été d'y parquer la famille royale jusqu'au retour de temps plus cléments. Mais la situation tournait rapidement à l'avantage des Rouges. Bientôt, les communistes tiendraient tout le pays sous leur botte et ne donnaient aucun signe de vouloir renoncer au pouvoir. Il ne restait donc qu'une seule chose à faire.

Les Russes émigraient, à pleins bateaux, vers la côte ouest des États-Unis d'Amérique. San Francisco était leur principal port d'entrée. Alexis, Anastasia et un couple de fidèles s'embarquèrent à leur tour, en décembre 1918. Youssoupov lui-même quitta la Russie en avril 1919, avec son épouse et leur petite fille de quatre ans. Pendant près de cinquante ans, il voyagea en Europe et en Amérique. Il écrivit un livre et protégea sa réputation à l'aide de procès truqués, quand il estimait que films et manuscrits tirés de sa vie ne lui rendaient pas justice.

Publiquement, il restait le parangon du rebelle audacieux et désintéressé, dont le haut fait restait le meurtre de Raspoutine. Il n'acceptait aucune critique et rejetait toute responsabilité dans ce qui était arrivé, ensuite, à la Russie. En privé, c'était une autre paire de manches. Il se déchaînait contre Lénine et, plus tard, contre Staline. Il avait voulu débarrasser Nicolas de sa sujétion à ce Raspoutine et de l'influence d'Alexandra, la princesse allemande. Mais il avait souhaité, aussi, la pérennité du régime tsariste. Hélas, selon la prédiction du *starets*, et le sang des Romanov, et celui des nobles de leur cour avaient rougi les eaux de la Neva.

La Russie n'existait plus.

L'Union des républiques socialistes soviétiques était née.

« Que s'est-il passé, après l'arrivée d'Alexis et d'Anastasia aux États-Unis ? »

Thorn était assis sur le canapé, près de la fenêtre. Akilina avait pris place, avec Lord, sur le bord du lit. Et tous deux avaient suivi, en proie à une stupéfaction croissante, ce récit qui complétait, peu à peu, tout ce qu'ils savaient déjà.

Youssoupov avait envoyé deux personnes, en avant-garde, afin de préparer le terrain. L'une d'entre elles s'était introduite sur le continent américain par la côte est, avant de s'enfoncer vers l'ouest, à travers les Appalaches. Il connaissait déjà les arbres de la princesse, dont le nom lui avait fait l'effet d'une sorte de prédestination. Son premier point de chute fut Asheville, et puis, plus au nord, Genesis.

Ils s'y fixèrent sous le nom de Thorn, très répandu dans la région, et devinrent Paul et Anna Thorn, couple slaves originaires de Lituanie. À l'époque, des millions de Russes émigraient dans le pays. Une colonie slave résidait toujours à Boone. Et personne, à l'époque, ne savait quoi que ce soit d'un tant soit peu précis sur la famille impériale.

« Ont-ils vécu heureux ? s'informa vivement Akilina.

— Très. Youssoupov avait du répondant, sur le sol américain, et ses dividendes ont financé leur installation. Mais tout a été fait pour éliminer le moindre signe extérieur de richesse. Les Thorn vivaient simplement et ne communiquaient avec Youssoupov que par des intermédiaires. Il s'est écoulé des décennies avant qu'ils ne se rencontrent enfin face à face.

— Combien de temps les enfants ont-ils survécu ?

— Anastasia est morte en 1922. D'une méchante pneumonie. À quelques semaines de son mariage. Youssoupov lui avait trouvé un excellent parti, correspondant à tous les critères requis, mais de noblesse incertaine. Alexis, lui, s'était marié l'année précédente. Il avait dix-huit ans, et l'on pouvait craindre que sa maladie ne devînt un fardeau trop lourd à porter. L'hémophilie, en ce temps-là, ne connaissait pratiquement aucun palliatif. Un mariage fut arrangé, avec la fille d'un des hommes de Youssoupov. Ma grand-mère n'avait que seize ans, mais satisfaisait, elle aussi, à tous les critères exigés d'une future tsarine. Elle émigra du pays, et un prêtre orthodoxe les maria, dans un chalet, pas très loin d'ici... dont je suis toujours propriétaire.

— Et lui, combien de temps est-il resté en ce monde ?

— Trois ans seulement. Mais assez pour engendrer mon père, qui fut un enfant sain et robuste. L'hémophilie ne se transmet que de la femme au mâle, jamais dans l'autre sens. Youssoupov en conclut, par la suite, que là encore, le destin était intervenu en notre faveur. Si Anastasia avait survécu, et donné naissance à un fils, la malédiction ne se serait peut-être pas arrêtée. Mais elle a cessé, à sa mort, et c'est ma grand-mère qui a donné naissance au mâle promis à succéder au tsar... »

Une étrange vague de tristesse vint baigner l'esprit de Miles. Un peu comme le jour où il avait appris la mort de son propre père. Regrets et soulagement combinés à une sorte de nostalgie. Il rejeta le tout d'un haussement d'épaules avant de demander :

« Où sont-ils enterrés ?

— Dans un très bel endroit, sous les arbres de la princesse. Je vous y conduirai demain.

— Pourquoi avez-vous commencé par nous mentir, demanda Akilina ? »

Thorn ne répondit pas tout de suite.

« La vérité, c'est que je suis mort de peur. Tous les mardis, je vais au Rotary Club, et tous les samedis, à la pêche. Ici, tous me font confiance pour leurs adoptions, leurs achats immobiliers, leurs successions, leurs divorces, et je les aide de mon mieux. Mais de là à gouverner une nation... »

Lord et Akilina le comprenaient parfaitement. Ils n'enviaient pas son sort.

« Mais vous pouvez être le catalyseur qui stabilisera ce pays. Les Russes se souviennent du tsar avec affection. Voire avec amour.

— C'est bien ce qui m'inquiète. Mon arrière-grand-père était un homme difficile. J'ai étudié sa vie dans le détail, et les historiens ne sont pas tendres avec lui. Encore moins avec mon arrière-grand-mère. On peut tirer de leurs outrances et de leurs échecs des leçons qui me terrorisent. Les Russes sont-ils vraiment prêts pour un nouveau régime autocratique ?

— Je ne suis pas sûre qu'ils aient jamais renoncé à l'ancien », dit Akilina.

Le regard de Thorn se perdait dans le vague.

« Oui, je crois que vous avez raison. »

Il parlait calmement, choisissant toujours le mot juste, soucieux d'être bien compris, de traduire exactement sa pensée.

« Ces gens qui vous poursuivent… Je dois être sûr, avant tout, qu'ils ne s'en prendront pas à ma femme. Elle n'a rien demandé de tout cela.

— Votre mariage a été arrangé, lui aussi ?

— C'est mon père et Youssoupov qui l'ont trouvée. Elle vient d'une famille orthodoxe très pratiquante. Avec du sang royal dans les veines. Assez, en l'occurrence, pour satisfaire les plus pointilleux. Venue d'Allemagne, sa famille a émigré ici dans les années 1950. Ils avaient fui la Russie à la révolution. Je l'aime plus que tout au monde. Notre vie a été belle… jusque-là ! »

Il manquait encore un chapitre à l'histoire telle que Lord et Akilina la connaissaient. Lord questionna :

« Youssoupov a-t-il jamais raconté ce qu'il est advenu des corps ? Josif Maks s'est arrêté au moment où son père est revenu chercher Alexis et Anastasia dans les bois où il les avait laissés. Kolya est parti le jour même…

— Pas du tout.

— C'est ce que son fils nous a dit.

— Il est bien parti, mais pas tout de suite après avoir retrouvé les enfants. Il est retourné à Ekaterinbourg. C'est seulement trois jours plus tard qu'il a pu repartir avec Alexis et Anastasia.

— Après avoir participé à… l'escamotage définitif des cadavres ? »

Thorn fit un signe affirmatif. Lord insista :

« J'ai lu des tas de versions contradictoires à ce sujet. Youssoupov a-t-il raconté ce qui s'est passé vraiment ?

— Oh oui, soupira Michael Thorn. Youssoupov a tout raconté, dans le détail. »

Et il enchaîna, sans attendre...

44

Kolya Maks rentra vers midi à Ekaterinbourg. Il avait mis Alexis et Anastasia en sécurité, avant de pénétrer en ville, à pied, sans en référer à quiconque. Il savait que Yurovsky l'y avait précédé, et que, fort satisfait de son rapport, le soviet de la région de l'Oural avait aussitôt transmis à Moscou le compte rendu détaillé de toute l'opération.

Mais les hommes que Yurovsky avait chassés de la mine des Quatre-Frères, ce ramassis de ruffians commandé par Peter Ermakov, révélèrent à qui voulait les entendre l'endroit où gisaient le tsar et sa famille. On parlait beaucoup de cadavres couverts de bijoux de valeur, et d'expéditions qui se préparaient, sous le manteau, pour aller glaner ces richesses. Trop de gens avaient pris part au macabre événement pour que le secret pût être gardé plus longtemps.

Vers le milieu de l'après-midi, Maks et trois autres gardes furent convoqués par le commandant Yurovsky.

« Ils vont retourner là-bas, leur dit-il. Ermakov est bien décidé à battre tous le monde de vitesse. »

L'artillerie grondait toujours au loin.

« Les Blancs ne sont qu'à quelques jours d'ici. Peut-être même quelques heures. Il faut qu'on ressorte les corps de la mine. »

Les yeux noirs de Yurovsky se plissèrent.

« D'autant que le compte n'y est pas. »

Maks et ses trois collègues savaient ce qu'il voulait dire. Neuf corps. Neuf au lieu de onze.

Yurovsky chargea les gardes de réquisitionner tout le pétrole lampant, tout l'acide sulfurique qu'ils trouveraient chez les marchands locaux. Puis Maks et Yurovsky quittèrent la ville par la nationale de Moscou. Il faisait un temps frais et maussade, sous un soleil dévoré par d'épais nuages d'un gris métallique.

« J'ai appris qu'il y avait à l'ouest d'anciennes mines profondes entièrement inondées, expliqua Yurovsky en chemin. C'est là-dedans qu'on va les balancer, lestés de grosses pierres. Mais pas sans les avoir brûlés et défigurés à l'acide. Comme ça, même si on les retrouve, personne ne pourra les identifier. Il n'y a pas, dans ce foutu secteur, un seul trou qui ne contienne déjà un ou deux macchabées. »

Maks n'appréciait guère la perspective d'avoir à remonter, du fond de la mine des Quatre-Frères, neuf corps en état de décomposition plus ou moins avancé. Il se souvenait des grenades lancées par Yurovsky, à la suite des cadavres, et cette simple idée avait quelque chose d'effroyable.

À trente kilomètres d'Ekaterinbourg, en direction de l'ouest, le camion tomba en panne. Yurovsky jura copieusement, puis décida de continuer à pied. Quelques kilomètres plus loin, ils découvrirent trois puits de mine particulièrement profonds, remplis d'eau. Ils regagnèrent la ville dans la soirée, sur un cheval réquisitionné chez un paysan du coin. Et peu après minuit, le lendemain, vingt-quatre heures après la débâcle de la nuit précédente, ils reprirent, avec les trois autres gardes, le chemin de la mine des Quatre-Frères.

Il leur fallut plusieurs heures pour éclairer le profond boyau vertical et procéder à tous les préparatifs. Autant et peut-être plus que ses collègues, Maks appréhendait de recevoir l'ordre tant redouté, mais c'est à lui que Yurovsky commanda :

« Kolya, descends et trouve-les. »

Maks envisagea, vaguement, de discuter, mais y renonça aussi vite. C'eût été trahir une faiblesse, la dernière chose qu'il pût se permettre en présence de ces hommes. Il avait leur confiance et, surtout, il avait celle de Yurovsky, dont il aurait tant besoin dans les jours à venir. Sans dire un mot, il noua une corde autour de sa taille. Deux hommes le descendirent, lentement, vers le fond de la mine. L'argile noire était poisseuse au toucher, l'air saturé d'odeurs de terre et de moisissure mêlées à une autre, puissante et douceâtre, qu'il avait déjà eu l'occasion de respirer plus d'une fois. Celle de la chair au premier stade de sa décomposition.

Vers quinze mètres de profondeur, sa torche se refléta dans une nappe d'eau noirâtre. Dans sa lumière dansante, il distingua un bras, la forme d'une tête. Il cria aux autres d'interrompre sa descente et reprit haleine, suspendu à quelques centimètres au-dessus de la surface miroitante.

« Encore un peu, maintenant ! En douceur ! »

Sa botte creva la nappe. L'eau était glacée. À mesure qu'il s'y enfonçait, un tremblement convulsif le saisissait. Par bonheur, lorsqu'il toucha le fond, l'eau ne lui arrivait que jusqu'à la ceinture. Il cria aux autres de garder la corde bien tendue. Puis une seconde corde tomba d'en haut. Il savait ce qu'il devait en faire.

Les grenades de Yurovsky n'avaient eu que peu d'effet. Maks attrapa le membre le plus proche et tira le corps à lui. C'était Nicolas. Il contempla, brièvement, ce visage méconnaissable. Tellement différent de celui qui emplissait sa mémoire, quoique toujours carré, barbu, imposant, impérieux.

Impérial.

Il noua la corde autour du cadavre et cria aux gardes de le hisser. Mais la terre ne lâchait pas aussi facilement sa proie. Chair et muscles morts cédèrent, et Nicolas II rejoignit l'eau noire.

Sa chute acheva de tremper Kolya Maks. La seconde corde retomba. Cette fois, il la serra davantage autour du corps, pinçant le torse et déchirant la chair.

Il ne fallut pas moins de trois autres tentatives pour haler le tsar hors du puits.

Luttant contre d'horribles nausées, Maks renouvela, huit fois, la même manœuvre. Le froid, l'obscurité, la décomposition de la chair compliquaient tout. Claquant des dents, Maks dut remonter, par trois fois, se réchauffer autour d'un feu. Quand ils le ramenèrent enfin, pour de bon, sur la terre ferme, le soleil était déjà haut dans le ciel et neuf corps mutilés s'alignaient dans l'herbe emperlée de la rosée du matin. Un des hommes lui tendit une couverture de laine qui empestait le bouc, mais qui lui apporta un certain réconfort.

« Si on les enterrait ici ? » proposa un des gardes.

Yurovsky secoua la tête.

« Pas dans cette boue. La tombe serait vite découverte. Il faut les transporter ailleurs. Et que ces démons disparaissent pour l'éternité. J'en ai marre de voir leurs trognes maudites. Approchez les chariots. On va leur trouver une autre sépulture ! »

Les roues des trois chariots patinaient dans la boue. Enveloppé dans sa couverture, au côté de Yurovsky, Maks assista, grelottant, au chargement des cadavres. Neuf, pas davantage.

« Où peuvent bien être passés les deux autres ?

— Pas ici, en tout cas, dit Maks. »

Le regard du petit juif Russe un peu trop corpulent pour sa taille revint se fixer sur lui, avec la force de percussion d'une balle.

« Je me demande si, tôt ou tard, ça ne posera pas un autre problème ! »

Ce triste bonhomme sans cou vêtu de cuir noir en savait-il plus long qu'il ne devrait ? Maks repoussa vivement cette pensée. Deux cadavres en moins pouvaient non seulement coûter sa carrière, mais également sa vie au commandant Yurovsky. Il ne pouvait donc pas laisser passer l'anomalie sans s'interroger sur ses causes.

« Je ne vois pas comment, releva Maks. Ils sont morts, c'est tout ce qui compte. Un cadavre n'apporte jamais qu'une confirmation. Alors, deux de plus ou de moins..

Hochant la tête, Yurovsky s'approcha d'une des femmes.

« J'ai bien peur que ces Romanov ne refassent un jour parler d'eux. »

Kolya Maks s'abstint de répondre. La conclusion du commandant Yurovsky n'appelait aucun commentaire.

Une fois les corps chargés sur les chariots, trois par

trois, et maintenus en place par des cordes et des couvertures, ils mangèrent leur pain noir et leur jambon à l'ail, puis se reposèrent quelques heures.

Le soleil amorçait sa descente lorsqu'ils repartirent vers le nouveau site choisi. La route était un bourbier presque impraticable. On savait que des éléments avancés des forces de l'armée Blanche patrouillaient dans les bois, et que des détachements de l'armée Rouge leur faisaient la chasse. Tout villageois présent dans la zone de combat serait abattu sans sommation. C'était leur seule garantie, toute relative, de pouvoir terminer leur boulot sans intervention extérieure.

Au bout de deux à trois kilomètres, l'essieu d'un des chariots se rompit. Yurovsky stoppa sa voiture, et vint inspecter les dégâts. Les deux autres chariots ne valaient guère mieux.

« Ne bougez pas d'ici et montez la garde. Je pousse jusqu'à la ville et je ramène un camion. »

Il le ramena à la nuit tombée. Les corps y furent entassés, et ils reprirent leur voyage. La voiture de Yurovsky n'avait plus qu'un phare. Le camion avait les deux, mais éclairait encore moins la route. Les roues trouvaient tous les nids-de-poule des chemins défoncés et les planches disposées de loin en loin pour boucher les trous ne facilitaient pas leur progression. Au contraire. Quatre fois, ils s'embourbèrent. Quatre fois, ils parvinrent à se dégager, au prix d'efforts éreintants.

Ils se reposèrent une heure de plus.

Le 18 juillet devint le 19.

Il était près de cinq heures du matin quand la boue les immobilisa de nouveau, et sans espoir de redémarrage. Ils redoublèrent d'efforts. En pure perte. Le camion était littéralement soudé au sol. Et les deux jours écoulés avaient lourdement puisé dans leurs réserves d'énergie.

« Ce tas de ferraille ne bougera plus jamais d'ici, diagnostiqua un des hommes, écœuré. »

Yurovsky leva les yeux. L'aube était proche.

« J'ai vécu trois jours avec ces charognes royales, ça suffit comme ça. On va les enterrer ici.

— Sur la route !

— Justement. C'est l'endroit idéal. On est en plein marécage. Personne ne verra qu'on a remué la terre. »

Ils s'emparèrent des bâches et creusèrent une fosse commune d'environ trois mètres carrés sur un peu moins de deux mètres de profondeur. Les corps y furent jetés en vrac, défigurés par l'acide afin de prévenir toute possibilité d'identification ultérieure. Puis ils rebouchèrent le trou et le recouvrirent de branches, de chaux et de morceaux de planches pourries.

Finalement dégagé, à la force des bras, le camion passa et repassa sur la tombe. Quand ils se déclarèrent satisfaits de leur œuvre, aucune trace ne subsistait de leurs travaux de terrassement. Et Yurovsky conclut :

« On est à vingt-deux kilomètres au nord-ouest d'Ekaterinbourg, et à deux cents mètres environ du croisement de la voie de chemin de fer avec la route, dans la direction de l'usine du Haut-Isetsk. Souvenez-vous bien de cet endroit. C'est là que repose désormais, pour l'éternité, notre glorieux tsar ! »

Une profonde émotion se lisait, à livre ouvert, sur le visage de Michael Thorn.

« Ils les ont laissés là, dans la boue. Où ils sont restés jusqu'en 1979. On cite fréquemment le mot d'un chercheur de l'époque qui a dit, en découvrant des vieilles planches, sous sa pelle : "Faites qu'il n'y ait rien, là-dessous." Mais il a exhumé les restes de neuf corps. Ma famille. »

L'avocat de Genesis regardait fixement le plancher. Une voiture passa sous les fenêtres de la chambre. Thorn reprit enfin :

« J'ai vu des photos de leurs os rangés sur une table de laboratoire. J'avais honte de les voir exposés comme des pièces de musée.

— Ils n'ont même pas pu se mettre d'accord sur l'endroit où il convenait de les enterrer », dit Akilina.

Lord se souvenait de l'odieuse bataille qui, durant des années, avait opposé deux villes. Ekaterinbourg exigeait que les dépouilles fussent inhumées à l'endroit où les personnes étaient mortes. Saint-Pétersbourg souhaitait les voir reposer dans la cathédrale Pierre-et-Paul, où dormaient déjà des générations de tsars.

Mais il n'y avait là aucune trace de respect. Pas même celui d'un quelconque protocole. Les édiles d'Ekaterinbourg et de Saint-Pétersbourg voyaient dans la présence du tsar sur leur sol une source de revenu potentielle. Et tout comme Thorn l'avait rappelé, durant des décennies, les os de la famille impériale avaient meublé plusieurs étagères d'acier, dans un labo de Sibérie.

Une ordonnance gouvernementale avait finalement tranché la question, en décidant que les neuf squelettes seraient enterrés à Saint-Pétersbourg, auprès des autres Romanov. Toute l'affaire avait découlé d'une nouvelle bourde d'un Eltsine toujours soucieux de n'irriter personne, généralement avec le résultat inverse.

Thorn enchaîna, les traits tendus :

« La plupart des biens personnels de mon grand-père ont été bradés par Staline pour se faire du fric. Voilà des années, mon père et moi sommes allés au musée des Beaux-Arts de Virginie pour y voir une icône de saint Pantalemion que des moines avaient offerte à Alexis, lors d'une de ses crises d'hémophilie. Elle était dans sa chambre, au palais d'Alexandre. J'ai lu récemment, dans un magazine, qu'une de ses paires de skis avait été vendue aux enchères, à New York.

Il secoua la tête.

« Ces maudits soviets détestaient tout ce qui rappelait la famille impériale, mais n'avaient aucun scrupule à fourguer chaque pièce de leur héritage, pour financer leur régime pourri.

— Est-ce à cause de ce que Kolya Maks avait fait que Youssoupov lui a confié la première pièce du puzzle ?

— Il était tout désigné pour ce rôle, non ? Il a gardé le secret jusque dans sa tombe. Son fils et son neveu étaient également des hommes de bien. Que Dieu prenne grand soin de leurs âmes.

— Le monde doit être informé de tout cela », énonça sobrement Miles Lord.

Thorn émit un profond soupir.

« Vous croyez que la Russie acceptera un tsar né en Amérique ?

— Quelle importance ? s'exclama Akilina. Vous êtes un Romanov de la branche la plus directe.

— L'âme russe n'est pas simple.

— Mais le peuple ne voudra que vous. »

Un pâle sourire dissipa brièvement les doutes de l'avocat.

« Souhaitons que votre confiance soit contagieuse, ma chère enfant.

— Vous verrez. Le peuple vous acceptera. Le monde entier vous acceptera. »

Lord alla décrocher le téléphone.

« J'appelle mon patron. Il faut que je le tienne au courant. Pour qu'il gèle le travail de la Commission tsariste.

Thorn et Akilina se turent, tandis qu'il pianotait son appel longue distance au bureau d'Atlanta. Il était près de sept heures, mais Pridgen et Woodworth tournaient vingt-quatre heures sur vingt-quatre. Secrétaires, auxiliaires et juristes étaient toujours là pour répondre à une clientèle éparpillée sur les vingt-quatre fuseaux horaires.

La standardiste lui passa le bureau de Taylor Hayes, dont la secrétaire était une vieille connaissance qu'il avait eu maintes fois l'occasion de rencontrer, au cours de ses propres nuits de permanence.

« Melinda, il faut que je parle à Taylor, quand il va appeler de Russie...

— Miles ! Il est sur l'autre ligne. Il m'a dit de te garder au chaud, quand on nous a passé ton appel.

— OK, mets-nous en duplex.

— C'est ce que je m'apprêtais à faire. »

Un instant plus tard, Hayes était en ligne.

« Miles ! Où es-tu ? »

Quelques minutes suffirent pour le mettre à la page, et quand Miles eut terminé, Hayes releva, incrédule :

« Tu me dis que l'héritier du trône des Romanov est assis là, dans la pièce d'où tu me téléphones ?

— C'est bien ce que j'ai dit.

— Aucun doute ?

— Aucun. L'ADN confirmera.

— Écoute-moi bien, Miles. Reste où tu es. Ne quitte pas cette ville. Donne-moi le nom de ton hôtel. »

Lord s'exécuta.

« Ne quitte pas non plus cette auberge. J'y serai demain après-midi. Je saute dans le premier avion pour New York. Dès mon arrivée, on met les Affaires étrangères sur le coup, ainsi que tous ceux que ça concerne. J'appellerai déjà de l'avion. À partir de maintenant, je prends les choses en main. D'accord ?

— Plutôt deux fois qu'une.

— Encore heureux. Je suis en rogne que tu aies attendu tout ce temps pour me consulter.

— Le téléphone n'est pas sûr, Taylor. Même celui-ci, peut-être…

— Je te garantis le contraire !

— Désolé d'avoir tant tardé, mais je n'avais pas le choix. Je t'expliquerai.

— Je brûle d'impatience. Passe une bonne nuit. À demain. »

45

Lord suivait attentivement les indications de Michael Thorn. Akilina était assise auprès de lui, et l'avocat occupait le siège arrière de la Jeep Cherokee louée la veille à l'aéroport d'Asheville.

Lord et Akilina avaient passé une nuit sans sommeil à l'Auberge des azalées. Profondément affectés, l'un et l'autre, par tout ce qu'ils venaient d'entendre. Ils ne doutaient pas un instant que l'homme d'âge moyen au doux regard clair, de nationalité américaine, ne fût l'héritier du trône des Romanov.

Qui d'autre eût pu leur répondre avec autant d'exactitude ? Sans parler du battant qui avait complété la cloche de l'enfer. Il avait satisfait à tous les critères fixés par Youssoupov en tant que preuves de sa légitimité. La science ferait le reste, par le truchement de ce test ADN que la Commission ne manquerait pas d'exiger.

« Tournez ici, Miles. »

Au petit déjeuner, après deux heures d'entretien à bâtons rompus, Thorn leur avait demandé s'ils désiraient voir les tombes. Non que Lord eût oublié l'ordre impératif de Taylor d'attendre son arrivée sans quitter l'auberge, mais leur but n'était qu'à quelques kilomètres du centre de Genesis, dans une ravissante vallée aux arbres de cuivre et d'or. La journée était magnifique. Un message du ciel en faveur d'une suite paisible, sans autre complication ni danger mortel d'aucune sorte.

Mais ce temps radieux exprimait-il un tel augure ?

Ici, dans ce coin perdu d'Amérique réputé pour le bon sens proverbial des Appalaches et les sommets brumeux découpés au loin sur un ciel immense, vivait depuis toujours un confrère de Miles, formé à l'université de Caroline du Nord, et puis préparé au barreau à la fac de droit de Duke. Le tout financé par un prêt scolaire d'État et divers boulots à temps partiel qui lui avaient permis de nourrir une femme et deux gosses.

Mais cet avocat de province se trouvait être, de surcroît, le tsar héréditaire de toutes les Russie. Venu s'installer à Genesis, après obtention de sa licence, il y avait ouvert, vingt-quatre ans auparavant, un cabinet juridique dont l'enseigne, conformément aux instructions de Youssoupov, se balançait en pleine vue dans la rue principale de la ville.

Bien sûr, l'étrange bonhomme venu de là-bas n'avait pu soupçonner, à l'époque, l'apparition des ordinateurs, des satellites de communication, de l'Internet et autres moyens de recherche presse-bouton qui rendaient le monde actuel si petit et si pauvre en cachettes inexpugnables. Mais de Kolya Maks au père de Michael Thorn ainsi qu'à Michael Thorn en personne, tous avaient observé les consignes de Youssoupov, et cette détermination commune avait reculé, de plusieurs décennies, l'échéance inéluctable.

« On peut se garer là », annonça Michael.

Lord gara la Jeep devant le tronc majestueux d'un chêne multicentenaire. Une légère brise animait les feuillages voisins et menait un ballet virevoltant de feuilles mortes.

Contrairement au territoire désolé de Starodug, le cimetière champêtre était impeccablement entretenu, coquettement tondu autour des tombes, avec une abondance de fleurs fraîches et d'autres témoignages de tendresse posthume. Aucune trace de moisissure ou de mousse sur les pierres gravées, bien que certaines fussent très anciennes. Une allée centrale partageait en deux un site vallonné, divisé, à droite et à gauche, en sections clairement étiquetées.

« C'est notre Société historique, expliqua Michael, qui entretient l'ensemble des concessions. Ils font un sacré bon boulot. On enterre ici depuis la guerre de Sécession. »

Il les guida jusqu'à la zone périphérique où se dressaient des arbres de la princesse aux rameaux cloutés de cosses porte-graines riches en couleurs vives.

Lord se pencha pour lire les inscriptions ciselées dans le marbre.

ANNA THORN
19 JUIN 1901 – 7 OCTOBRE 1922

PAUL THORN
12 AOÛT 1904 – 25 MARS 1925

« Intéressant qu'ils aient gardé les vraies dates de naissance. Mais est-ce que ça n'était pas légèrement imprudent ?

— Pas vraiment. Personne ne pouvait soupçonner leurs véritables identités. »

Au-dessous des noms, apparaissait la même épitaphe :

CELUI QUI TIENDRA JUSQU'À LA FIN,
CELUI-LÀ SERA SAUVÉ.

Lord désigna l'inscription.

« Dernier message de Youssoupov ?

— Je l'ai toujours trouvé très approprié. D'après ce que j'ai entendu dire, ils étaient tous les deux très spéciaux. S'ils avaient vécu en tant que tsarévitch et grande-duchesse, leurs personnalités auraient peut-être été corrompues. »

Mais ici, ils étaient simplement Anna et Paul.

« Comment était Anastasia ? »

Les traits de Michael Thorn s'adoucirent.

« Mieux que jamais, au seuil de sa maturité. Adolescente, elle était un peu boulotte et très arrogante. Ensuite, elle a minci, et on m'a dit qu'elle était très belle, comme l'était sa maman à son âge. Elle boitait un peu, et portait deux ou trois cicatrices, mais son visage n'avait pas souffert. Mon père s'était fait un devoir de me raconter tout ce que Youssoupov lui disait d'elle. »

Thorn alla s'asseoir sur un banc de pierre. Le croassement rauque d'un corbeau se répercutait à la ronde.

« En dépit des dangers de transmission de l'hémophilie à tout enfant de sexe mâle, elle représentait l'espoir. Personne ne croyait sérieusement qu'Alexis survivrait assez longtemps pour prendre femme et engendrer une descendance. C'était déjà un miracle qu'il ait pu sortir d'Ekaterinbourg sans subir une attaque. Ici, il en a souffert de nombreuses. Par bonheur, un médecin local a pu lui faire beaucoup de bien. Il avait confiance en lui comme en Raspoutine, et c'est une simple grippe qui l'a emporté, pas son sang défectueux. Soit dit en passant, le *starets* avait eu raison, là encore, de prédire que ce ne serait pas l'hémophilie qui tuerait l'héritier du trône. »

Le regard de Michael Thorn se perdait autant dans les brumes du souvenir que dans celles des montagnes dressées à l'horizon.

« À la mort d'Alexis, mon père avait un an. Ma grand-mère a vécu jusque dans les années 1970. C'était une merveilleuse personne.

— Elle savait tout au sujet d'Alexis ?

— Bien sûr. Elle était d'origine russe et de sang noble. Sa famille s'était expatriée à l'accession de Lénine au pouvoir. Elle n'ignorait rien des difficultés physiques d'Alexis, impossibles à cacher, d'ailleurs. Ils n'ont passé que trois ans ensemble, mais à l'entendre parler de lui, nul ne s'en serait douté. Elle a tendrement aimé Alexis Nicolaïevitch. »

Akilina s'était agenouillée auprès des tombes voisines. Lord la regarda se signer et dire une prière. Elle lui avait raconté sa visite à l'église orthodoxe de San Francisco, et il la soupçonnait, à présent, d'être beaucoup plus attachée à sa religion qu'elle ne voulait bien l'admettre. Lui aussi ressentait profondément la paix de ce moment béni, de ce décor idyllique et de ce silence absolu, souligné plutôt que troublé par le bruissement des arbres de la princesse livrés aux jeux aériens des écureuils.

« Je viens souvent ici, murmura Michael en désignant, du pouce, deux autres tombes dont les pierres leur tournaient le dos. Mon père, ma mère et ma grand-mère y reposent.

— Pourquoi, s'étonna Akilina, votre grand-mère n'a-t-elle pas été enterrée auprès de son mari ?

— C'est elle qui a refusé. Frère et sœur ne devaient pas être séparés, a-t-elle dit. Ils sont divins, de lignée royale, et doivent être seuls. Elle n'a jamais voulu en démordre. »

Ils rentrèrent à Genesis en silence. Lord monta directement au cabinet de Thorn, où il remarqua, sur le dessus légèrement poussiéreux d'un classeur, la présence des photos d'une femme et de deux jeunes gens, dans des cadres séparés. L'épouse de Michael était une jolie brune au sourire plein de charme. Leurs fils étaient de beaux garçons bien bâtis, dotés du teint mat, des traits accusés et des pommettes saillantes de leur père. Deux vrais Romanov. Quarterons en ligne directe de Nicolas II. Il se demanda comment les jeunes Thorn allaient réagir, quand on leur dirait qu'ils faisaient désormais partie de la noblesse russe.

Il tira de son sac de voyage les débris de l'œuf de Fabergé dont il avait omis, dans l'excitation du moment, de parler la veille. Les minuscules photos d'Alexis et d'Anastasia intéressèrent particulièrement Michael.

« On me les a tellement décrits, mais c'est la première fois que je les vois vraiment. Ma grand-mère m'avait parlé de ces photos. Elles ont été faites dans un chalet, près d'ici. »

Les yeux de Lord revinrent à celles de la famille Thorn, sur le classeur.

« Et votre femme ?

— Je ne lui ai encore rien dit. Dès que votre patron sera là et qu'on décidera de la marche à suivre, je lui parlerai. Elle est à Asheville, chez sa sœur. J'ai le temps de me retourner.

— Quelle est son histoire personnelle ?

— Vous voulez dire : a-t-elle les qualités requises pour faire une tsarine ?

— Il faudra bien y penser. L'acte de succession est toujours en vigueur, et la Commission voudra le suivre d'aussi près que possible.

— Margaret est orthodoxe de naissance, avec une bonne part de sang russe. Mon père s'en est assuré, voilà vingt-cinq ans, alors qu'il me cherchait une épouse.

— Vous en parlez de façon tellement imperson-nelle, lui reprocha Akilina.

— Ce n'était pas mon intention. Papa désirait pré-server l'avenir, en entretenant une continuité avec le passé.

— Elle est américaine ?

— De Virginie. Ce qui fait deux Américains que le peuple russe va devoir accepter. »

Lord voulait savoir encore autre chose.

« L'homme qui nous a envoyés ici a parlé de biens tsaristes qui pouvaient toujours être en banque. Vous disposez de cette information ? »

Thorn posa délicatement les photos de ses ancêtres auprès des débris de l'œuf.

« Je possède la clef d'un coffre de banque que je dois ouvrir, le moment venu. L'information s'y trou-vera, sans doute. Défense d'y toucher avant votre arrivée. Notre première étape sera impérativement New York.

— Vous êtes sûr que le coffre est toujours disponible ?

— J'en paie la location chaque année.

— Comme pour celui de San Francisco ? »

Thorn approuva d'un signe.

« Tous deux sont réglés par prélèvements automatiques sur des comptes ouverts voilà plusieurs décennies, sous des identités fictives. J'ai eu un problème à l'instauration de la loi stipulant que les numéros de Sécurité sociale devraient accompagner, désormais, les noms des loueurs de coffres bancaires. Mais je me suis débrouillé avec les noms et les numéros de clients décédés. Il ne me plaisait guère de laisser une piste aisément déchiffrable, mais je n'ai jamais estimé ma position dangereuse. En tout cas... pas jusqu'à ce soir !

— Je peux vous assurer, Michael, que la menace, elle, n'est pas fictive. Mais Taylor Hayes nous fournira toute la protection nécessaire. Tout ira bien. Lui seul sait où nous sommes. Ça, au moins, c'est une certitude. »

Hayes descendit de voiture et remercia le représentant de Pridgen et Woodworth qui était venu l'attendre à l'aéroport d'Atlanta. Il avait téléphoné, de l'avion, à sa secrétaire, afin qu'elle lui envoyât quelqu'un. Avec trois douzaines d'avocats dans sa division, plus autant d'auxiliaires diplômés, le choix n'avait pas dû être bien difficile.

Droopy et Orleg avaient pris le même avion, depuis la Californie, et sortirent avec lui dans le brouillard du matin. Aucun des deux Russes n'avait prononcé une parole au cours du voyage.

La maison de Taylor Hayes était une monstruosité de l'époque Tudor, bâtie sur un terrain d'une centaine d'hectares, au nord d'Atlanta. Il n'avait pas de femme. Son divorce remontait à une dizaine d'années. Par bonheur, il n'avait pas d'enfant. Et n'aurait pas d'autre femme. Il n'avait aucune envie de partager tout ce qu'il possédait avec quelque créature aux dents longues qui exigerait une fraction exorbitante de ses biens, en échange du plaisir qu'il aurait eu à partager sa vie.

Sa gouvernante, dûment prévenue, leur avait préparé de quoi manger, mais il lui tardait de reprendre la route. Une affaire importante l'attendait dans les montagnes de Caroline du Nord. Le genre d'affaire qui transforme un avenir. Des hommes sérieux dépendaient de lui. Des hommes qu'il n'entendait pas décevoir. Khrouchtchev avait bien proposé de l'accompagner, mais il avait refusé son assistance. C'était bien assez d'être encombré de ces deux lourdauds aussi vulgaires qu'à peu près inefficaces.

Il les regarda, avec dégoût, pénétrer sur ses terres par le grand portail de fer forgé. Des feuilles dansaient au gré d'une brise prometteuse de pluie. Dans la cuisine, sa gouvernante avait effectivement préparé un déjeuner de viande froide, de fromage et de pain frais.

Pendant que les deux exécuteurs russes se gorgeaient de nourriture, il passa dans la salle de ses trophées de chasse et ouvrit l'une des vitrines d'exposition consacrées à ses armes favorites. Il choisit deux fusils à grande puissance et trois armes de poing.

Les fusils étaient équipés de silencieux pour la

chasse en montagne, par temps de neige avalancheuse. Il en ôta les chargeurs et scruta les canons. Vérifia les hausses et les mires. Tout paraissait en ordre. Les armes de poing étaient à dix coups. Trois pistolets de concours Glock 17L achetés en Autriche, quelques années auparavant. Jamais Droopy et Orleg n'avaient eu le privilège de manier semblables merveilles.

Il préleva des munitions de rechange dans l'armoire blindée réservée à cet usage. Quand il réintégra la cuisine, les deux Russes bâfraient toujours. Il remarqua, du coin de l'œil, les boîtes de bière débouchées.

« Départ dans une heure. Doucement sur l'alcool. L'ivrognerie est sévèrement sanctionnée, dans ce pays.

— On va loin ? questionna Orleg, la bouche pleine.

— Environ quatre heures de route. On y sera vers le milieu de l'après-midi. Mais entendons-nous bien. On n'est plus à Moscou. On procède à ma façon. D'accord ? »

Pas de réponse.

« Vous voulez qu'on appelle Moscou pour vous faire confirmer qui dirige ce safari ? »

Orleg déglutit une ultime bouchée encore plus grosse que les autres.

« On a compris, l'avocat. Allons-y direct. Et on fera ce qu'il y aura à faire. »

46

GENESIS, CAROLINE DU NORD
16 H 25

La propriété où vivaient Michael Thorn et sa famille impressionna beaucoup Miles Lord. Située dans un secteur bucolique de maisons à l'ancienne entourées de bosquets et de vastes pelouses, c'était, comme la plupart des demeures de ce quartier, un ranch tout en longueur, sans étage, construit en dur, avec toits à pignons et cheminées de brique.

Ils s'y rendirent en priorité pour que Thorn pût s'occuper de ses chiens. La cour de derrière abritait plusieurs chenils, sous ses arbres, et Lord identifia, au premier coup d'œil, la race préférée du maître de maison. Les mâles étaient nettement plus forts, mais tous ces animaux, au nombre d'une bonne douzaine, ne variaient que par leur pelage, du roux zibeline au fauve et au noir. Têtes longues, étroites, crânes légèrement bombés, épaules souples, sans saillies disgracieuses, poitrines musclées, profilées, près d'un mètre au garrot, pour les mâles. Quarante à quarante-cinq kilos d'énergie contenue, taillés pour la vitesse sous leur poil soyeux. Leur nom russe, barzoï, signifiait, d'ailleurs, « rapide ».

Le choix de Michael Thorn fit sourire Miles. Il s'agissait là de chiens-loups d'origine russe, élevés par la noblesse pour répondre aux nécessités des courses folles à travers la steppe. Les enfants chéris de tous les tsars depuis 1650.

Y compris le dernier en date.

Passant d'un chenil à l'autre en remplissant d'eau les jattes à l'aide d'une longue lance, Thorn déclara :

« J'ai toujours aimé ces chiens. Je les avais découverts dans un livre, bien avant de pouvoir me payer le premier. Mais ils sont comme les cookies au chocolat. On ne peut pas se contenter d'un seul. J'ai fini par les élever pour la reproduction.

— Ils sont magnifiques », dit Akilina.

Elle se tenait très près des cages. Les barzoïs l'observaient fixement, de leurs yeux obliques sertis de noir.

« Ma grand-mère en avait un, qu'elle avait trouvé dans les bois. C'était un merveilleux animal. »

Thorn ouvrit une première cage afin de déposer dans les écuelles une nourriture appropriée. Les chiens suivaient chacun des mouvements de leur maître, mais aucun n'avançait d'un pouce vers les repas proposés. Puis l'avocat désigna, de l'index, les récipients fraîchement regarnis.

D'un même élan, les chiens se précipitèrent.

« Superbement dressés ! commenta Lord.

— Aucun sens d'élever ces bêtes si elles n'obéissent à personne. La race se prête admirablement au dressage.

— Vous les vendez ?

— Au printemps prochain, cette portée sera partie, et j'élèverai d'autres chiots. À chaque fois, je garde les plus beaux spécimens. »

Il désigna une cage : « Seuls ces deux-là restent avec moi. »

Lord s'arrêta devant la cage, la plus proche du porche de derrière. Mâle et femelle assortis, roux zibeline, le pelage aussi doux que de la soie. Leur chenil était plus vaste que les autres, à l'intérieur d'une enceinte de bois peint.

« Les plus beaux d'une portée d'il y a six ans. »

La voix de Michael exprimait une fierté qui se nuança d'attendrissement pour conclure :

« Je vous présente Alexis et Anastasia.

— Le choix des prénoms est intéressant, sourit Lord.

— Mes bêtes de concours. Et mes plus chers amis. »

Thorn pénétra dans la cage. Alors, subitement déchaîné, le couple vedette de son élevage l'accabla de témoignages d'affection aussi robustes qu'enthousiastes.

Lord ne quittait pas leur hôte du regard. Thorn était un être équilibré, pleinement conscient de ses responsabilités ancestrales. Rien de commun avec un Stefan Baklanov. Il avait entendu Taylor Hayes parler de l'arrogance du personnage, beaucoup plus attiré par les privilèges attachés au titre que par la volonté d'être utile à ses contemporains. Jusqu'à preuve du contraire, Thorn n'était pas du tout de la même trempe.

Ils pénétrèrent dans la maison où Lord passa en revue, sans ostentation, le contenu de la bibliothèque. Nombreux traités historiques concernant la Russie. Autant de biographies consacrées à la dynastie des

Romanov, ouvrages d'historiens des XIXe et XXe siècles. Lui-même avait lu la plupart de ces ouvrages.

« Belle collection, Michael.

— C'est fou tout ce qu'on peut glaner chez les bouquinistes et dans les enchères publiques.

— Personne n'a jamais remarqué votre passion pour le sujet ?

— Je suis un des piliers de notre Société historique, et tout le monde connaît mon goût pour l'histoire de la Russie. »

Sur une étagère, Lord repéra un autre ouvrage qui lui était plus que familier : *Raspoutine. Son influence pernicieuse et son exécution*. Publié par Youssoupov en 1927. Une attaque en règle contre Raspoutine, avec pour seul objectif la justification de son meurtre organisé. Près de ce volume, se trouvaient les deux tomes des mémoires du même Youssoupov, publiés dans les années 1950. *Splendeur perdue* et *En exil*. Tous deux uniquement destinés à faire de l'argent. Entreprises ratées, d'après les biographes et critiques de l'époque.

Désignant les œuvres de Youssoupov, Lord rappela :

« Après l'avoir assassiné, il encensait Raspoutine et s'en prenait à la famille impériale. Si ma mémoire est fidèle, il s'attaquait surtout à Alexandra.

— Dans le cadre de sa grande supercherie ! Il savait que Staline s'intéressait à lui et ne voulait rien faire qui pût éveiller ses soupçons. Jusqu'à la fin de son existence, Youssoupov a entretenu la mascarade. »

Il y avait là aussi quelques-uns des volumes consacrés à Anna Anderson, la femme qui, toute sa vie, avait entretenu une autre mascarade, en s'obstinant à prétendre qu'elle était Anastasia.

« Ceux-là sont destinés à vous amuser, je suppose ? »

Thorn sourit.

« En réalité, elle s'appelait Franziska Schanzkowska. Née en Russie. Pensionnaire de sanatoriums jusqu'à ce que Youssoupov entende parler de sa ressemblance avec Anastasia. C'est lui qui lui a enseigné tout ce qu'elle devait savoir pour jouer le rôle de façon convaincante, et elle était bonne élève. Quand elle est morte, je crois qu'elle se prenait vraiment pour Anastasia.

— Oui, j'ai lu tout ça. Tout le monde ou presque en parle avec affection. Ce devait être une femme remarquable.

— Une doublure géniale. Je ne lui ai jamais tenu rigueur de son imposture. »

Des claquements de portières, devant la maison, leur parvinrent à travers les fenêtres ouvertes, en façade. Thorn alla jeter un coup d'œil par les claires-voies d'un store baissé.

« Un shérif adjoint, lança-t-il, en anglais, par-dessus son épaule. Je le connais. »

Lord et Akilina se raidirent, et Thorn parut les comprendre.

« Restez ici, ordonna-t-il en se dirigeant vers la double porte qui menait au vestibule. Je vois ce que c'est, et je reviens. »

Akilina chuchota, en russe :

« Qu'est-ce que ce flic peut bien vouloir ?

— Nous chercher des noises, je le crains.

— À quelle heure doit arriver votre patron ? » cria Michael, de la porte.

Lord consulta sa montre.

« Ça ne devrait pas tarder. Il faut qu'on retourne à l'auberge. »

Thorn referma soigneusement les deux battants, derrière lui, mais Lord alla doucement les entrouvrir de quelques centimètres alors que retentissait la sonnette de l'entrée.

« 'Soir, m'sieur Thorn, dit le shérif adjoint. Le patron m'envoie vous parler. Je suis passé à votre bureau, et votre secrétaire m'a dit que vous étiez chez vous.

— Des problèmes, Roscoe ?

— Avez-vous reçu, hier ou aujourd'hui, la visite d'un nommé Miles Lord et d'une femme russe ?

— Qui est ce Miles Lord ?

— Si vous répondiez d'abord à ma question ?

— Non, je n'ai reçu aucune visite. Surtout pas d'une femme russe !

— Bizarre de vous entendre dire ça, m'sieur Thorn. Votre secrétaire affirme qu'un avocat noir du nom de Miles Lord et une femme russe se sont présentés à votre bureau, et que vous ne les avez pas quittés de la journée.

— Si vous connaissez d'avance toutes les réponses, Roscoe, à quoi bon me poser les questions ?

— Je fais mon boulot, c'est tout. Vous pouvez me dire pourquoi vous m'avez menti ?

— Qu'est-ce qu'il y a de si particulier chez ces deux personnes ?

— Un mandat d'arrêt international de Moscou. Au nom de Miles Lord. Lui et la femme sont impliqués dans le meurtre d'un policier abattu sur la place Rouge. La police les recherche.

— Comment le savez-vous ?

— Par ces deux Russes, là-dehors, dans ma voiture. Ils sont porteurs du mandat. »

Lord se rua, de la double porte, à la fenêtre donnant sur le devant du ranch. Il y arriva juste à temps pour voir Orleg et Droopy sortir de la voiture de patrouille.

« Oh, merde ! »

Akilina accourut dans le sillage de Lord. Ils virent les deux Russes s'approcher de l'entrée du ranch. Leur main droite disparut sous leur veste et réapparut armée. Des coups de feu crépitèrent comme autant de pétards du 4 Juillet. Lord revint, en courant, ouvrir la double porte alors que le shérif adjoint s'écroulait, à l'entrée du ranch. Apparemment, cette première salve lui était destinée.

Lord bondit en avant, agrippa Michael Thorn et l'entraîna de toutes ses forces, claquant derrière eux les deux battants et les fermant à clef alors que des balles en martelaient l'autre face.

« À plat ventre ! » rugit-il.

Ils roulèrent sur le sol vers le couloir de derrière. Se relevèrent au bruit des coups de boutoir assénés dans la double porte.

« Barrons-nous ! Ces portes ne les arrêteront pas longtemps ! »

Tous trois coururent dans le long couloir au bout duquel brillait le soleil. Derrière eux, les portes maltraitées émettaient des craquements de mauvais augure. Puis il y eut d'autres coups de feu.

Ils traversèrent la cuisine, jaillirent à l'extérieur.

En quelques bonds, Thorn alla ouvrir le chenil le plus proche, celui d'Alexis et d'Anastasia, criant à ses deux visiteurs d'ouvrir les autres cages. Lord et

Akilina bondirent, à leur tour, alors que montrant la porte de la cuisine, Thorn ordonnait :

« Fonce ! Attaque ! »

Les premiers, Alexis et Anastasia se jetèrent sur Orleg qui apparaissait, l'arme au poing.

Le flic russe partit à la renverse en hurlant, et la meute grondante s'engouffra, véloce, à l'intérieur de la maison, où les détonations se multiplièrent.

Ils coururent jusqu'à la Jeep où tous trois s'engouffrèrent. Lord introduisit la clef de contact dans la serrure du tableau de bord. La fusillade se poursuivait, sans discontinuer, à l'intérieur du ranch.

« Mes pauvres chiens », gémit Thorn.

Lord emballa le moteur, jaillit en marche arrière de l'allée carrossable et vira sur place, à deux mètres de la voiture de patrouille. Ils aperçurent au passage le corps ensanglanté du shérif adjoint. Il était évident que rien ne pouvait le sauver, à ce stade. L'un des chiens accourait, pantelant. Thorn s'étrangla :

« Attendez ! »

Lord retint son pied prêt à pousser l'accélérateur au plancher. Thorn ouvrit une des portières arrière. Le chien bondit à l'intérieur de la voiture.

« Go ! » hurla Thorn.

Lord écrasa le champignon, et les pneus grincèrent sur l'asphalte.

47

Hayes faisait de gros efforts pour garder sa voix basse et calme.

« Qu'est-ce qui vous a pris de tuer cet adjoint ? Vous êtes complètement cinglés ou quoi ? »

Il les avait attendus au bureau du shérif après avoir circonvenu les autorités locales à l'aide des papiers officiels d'Orleg et du mandat d'arrêt bidon faxé de Moscou par Khrouchtchev. Celui-là même qui avait déjà convaincu, à San Francisco, les hommes des douanes et du FBI. On lui avait posé peu de questions lorsqu'il avait expliqué que sa firme représentait le gouvernement russe auprès du ministère des Affaires étrangères.

Ils étaient seuls à l'extérieur d'une petite pièce où les adjoints entraient et sortaient en commentant à haute voix la mort de Roscoe, leur collègue. Hayes parvenait, d'extrême justesse, à conserver son sang-froid.

« Où sont les pistolets ?

— Sous nos vestes, riposta Orleg.

— Qu'est-ce que vous leur avez raconté ?

— Que l'adjoint est entré et qu'on a foncé à son secours lorsqu'on a entendu des coups de feu, mais qu'il était déjà mort. On les a poursuivis, et les chiens nous ont attaqués. La dernière chose qu'on a pu voir, c'est Lord et la fille enlever Thorn, dans une Jeep, en le menaçant de leurs armes.

— Ils ont gobé ça ? »

Droopy se fendit de son sourire de gargouille.

« Complètement. »

Mais pour combien de temps ? songea Hayes.

« Vous leur avez parlé des chiens ?

— On leur a dit qu'on les avait butés. On n'avait pas le choix.

— Lequel de vous deux a eu l'idée de génie de descendre l'adjoint ?

— Moi », admit Orleg.

L'imbécile en semblait très fier.

« Et qui a massacré les chiens ?

— Moi, dit Droopy. Ils ont attaqué Orleg. Ils étaient déchaînés. »

Hayes se rendit compte qu'il fallait remplacer le pistolet d'Orleg avant que quelqu'un ne décidât de confisquer les armes des deux Russes comme pièces à conviction. Impossible de l'escamoter tout bonnement, à cause des déclarations enregistrées. Et pas moyen de le laisser traîner, non plus, compte tenu du fait que les balles extraites du corps de l'adjoint constitueraient, dans ce cas, une preuve décisive. S'assurant, d'un regard circulaire, que personne ne les observait, il sortit de sous sa veste son propre Glock.

« Donnez-moi le vôtre. »

Ils troquèrent rapidement les deux armes.

« J'espère que personne ne remarquera le chargeur plein. Si ça se produit, vous direz que vous avez rechargé, sur le tas, et perdu l'autre quelque part en route. »

Le shérif les rejoignit quelques minutes plus tard, avec les dernières nouvelles.

« La voiture est recherchée dans toute la région. Une Jeep Cherokee, bien décrite par ces messieurs. »

Droopy et Orleg acceptèrent le compliment d'un petit signe de tête plein de modestie.

Le shérif se retourna vers Hayes.

« Pourquoi ne pas nous avoir signalé que ce Lord était dangereux ?

— On vous avait bien dit qu'il était recherché pour meurtre.

— Roscoe... l'adjoint criblé de balles... avait une femme et quatre enfants. Si j'avais cru cet avocat maudit capable d'abattre un homme de sang-froid, j'aurais mobilisé toute la troupe avec l'ordre de tirer à vue.

— Nous comprenons l'émotion générale.

— C'est la première fois qu'on perd un homme dans ce comté. »

Hayes prit l'initiative de parler d'autre chose.

« Est-ce que les autorités de l'État ont été alertées ?

— Et comment, nom de Dieu ! »

À condition de bien jouer le coup, pensa froidement Taylor Hayes, ces provinciaux finiraient par régler le problème à sa place.

« Shérif, je ne pense pas que l'inspecteur Orleg soulèvera la moindre objection s'il ne revoit Lord que dans un sac à viande. »

Un autre adjoint vint leur signaler l'arrivée de Mme Thorn. Hayes et les deux Russes suivirent le shérif dans une pièce où les attendaient deux femmes visiblement bouleversées. La plus âgée, qui pleurait, était l'épouse de Michael Thorn, l'autre sa secrétaire.

À son retour d'Asheville où elle avait passé la journée chez sa sœur, Mme Thorn avait trouvé sa maison cernée par plus de voitures de police que le comté n'en possédait à sa connaissance. Le coroner procédait à l'évacuation d'un cadavre couvert de sang, et plusieurs des précieux barzoïs de son époux gisaient sur le carrelage de la cuisine. L'un d'eux avait même totalement disparu. Seuls, avaient échappé au carnage les quatre dont les cages étaient toujours fermées.

Le massacre des chiens posait un problème aux enquêteurs. Pourquoi les avait-on lâchés ? La question revenait sans cesse dans les conversations du shérif avec ses adjoints.

« Évidemment pour stopper l'inspecteur Orleg, leur répondit Hayes. Lord est astucieux. Il s'est déjà tiré de situations plus difficiles. Après tout, voilà un bout de temps qu'ils le traquent à travers le monde, sans succès jusqu'à présent. »

La thèse exposée demeurait plausible. Au moins pour le moment. Le shérif promit à Mme Thorn que tout serait mis en œuvre pour retrouver son mari.

« Il faut que je téléphone à mes fils », dit-elle.

Hayes frémit intérieurement. Si cette femme devait incarner la tsarine de toutes les Russie, il ne voulait pas d'un problème supplémentaire impliquant le tsarévitch et son frère grand-duc. Il fallait éviter à tout prix que Lord pût communiquer à quiconque ce que Michael Thorn était encore seul à savoir. Fort de cette conclusion, il se présenta à la pauvre femme folle d'angoisse.

« Madame Thorn, je crois qu'il serait préférable que

cette histoire se règle dans les quelques heures à venir, sans inquiéter vos fils.

— Qu'est-ce que vous faites ici ? rétorqua-t-elle sans douceur.

— J'assiste le gouvernement russe dans sa recherche d'un criminel.

— Comment un criminel a-t-il pu s'introduire chez moi et kidnapper mon mari ?

— Je n'en sais rien. Nous avons eu beaucoup de chance de retrouver sa piste.

— En réalité, intervint le shérif, vous ne nous avez encore jamais dit comment vous avez pu le suivre jusque chez nous. »

Le ton du shérif se teintait de suspicion, mais avant que Taylor Hayes pût lui répondre, une adjointe fit irruption dans la pièce.

« Patron, Larry vient de repérer cette foutue bagnole sur la nationale 46, à cinquante-cinq kilomètres au nord de Genesis !

En passant devant l'éventaire mobile chargé de pommes et d'autres produits de l'agriculture locale, Lord aperçut la voiture de patrouille rangée sur le bas-côté. Un flic en uniforme bavardait, près du véhicule, avec un type en salopette, perché, jambes pendantes, sur le bord du plateau d'un camion. Une scène tout à fait paisible que Miles vit changer, instantanément, dans son rétroviseur. En bondissant à son volant et se lançant sur l'asphalte, le flic bavard dut battre une sorte de record.

« Les enfants, on a de la compagnie ! »

Akilina se retourna. Thorn imita son exemple. À leurs pieds, le chien s'agitait. Thorn lui dit un seul mot et l'animal, tranquillisé, s'aplatit dans le fond de la voiture.

Lord maintenait l'accélérateur au plancher, mais ils ne disposaient que d'un moteur de six cylindres, et la route vallonnée diminuait encore leur indice de performance. Ils roulaient déjà à un bon cent quarante, sur un chemin forestier encadré de talus herbeux. Droit devant eux, se rapprochait, très vite, la malle arrière d'une autre voiture. Lord amorça un dépassement alors qu'un troisième véhicule apparaissait en sens inverse, au sortir d'un virage.

Il se rabattit vivement, en souhaitant que la courbe abordée empêchât la voiture de patrouille d'imiter son mauvais exemple. Mais l'éclat bleu qui repassait rapidement d'une voie à l'autre, dans son rétroviseur, l'informa que la poursuite ne faisait que commencer.

« L'animal est nettement plus puissant que nous. Il va nous rattraper sans mal. Et n'oublions pas l'alerte qu'il a dû donner, par radio.

— En fait, pourquoi fuit-on devant la police ? » s'enquit doucement Akilina.

Elle avait raison. Pourquoi cette réaction de criminels en cavale ? Des dizaines de kilomètres les séparaient de Droopy et d'Orleg restés en rade à Genesis. Le mieux était de stopper et de s'expliquer avec ce flic. Leur quête, leur enquête était close. Le secret n'était plus de mise. C'était auprès des autorités légales qu'ils pourraient trouver de l'aide.

Il ralentit, parqua la Jeep sur le bas-côté de la route. En quelques secondes, la voiture de patrouille stoppa net, derrière eux. Lord ouvrit la portière. Le policier était déjà là, revolver au poing, utilisant comme un bouclier la portière ouverte.

« Tout le monde à terre ! Tout le monde ! »

D'autres voitures passaient, sans s'arrêter ni même ralentir.

« J'ai dit à terre !

— Écoutez, il faut qu'on vous parle.

— Dans trois secondes chrono, si vous n'avez pas le cul pointé vers le ciel, je tire ! »

Akilina était également descendue.

« À terre, madame !

— Elle ne vous comprend pas. On a besoin de votre aide, monsieur l'agent.

— Où est Thorn ? »

La portière arrière s'ouvrit. L'avocat descendit à son tour.

« Venez vers moi, monsieur Thorn, ordonna le policier, dans le vacarme de la circulation, sans cesser de braquer son arme.

— Qu'est-ce qui se passe ? s'étonna Thorn.

— Je ne sais pas, déclara Lord. Vous le connaissez ?

— Son visage ne m'est pas inconnu, mais…

— Moi, je vous connais, monsieur Thorn. Approchez-vous de moi. »

Lord fit un pas en avant. Le revolver se releva à sa rencontre. Thorn s'interposa.

« Écartez-vous, monsieur Thorn, je vous prie. Ce salaud a tué un adjoint. »

Lord avait-il bien entendu ? *Tué un adjoint ?*

Thorn ne bougea pas. Le revolver cherchait toujours sa cible.

« Couchez-vous ! Couchez-vous tous !

— Alexis. Dehors. »

Thorn n'avait pas élevé la voix, mais le barzoï était

déjà hors de la voiture. Alors que le policier contournait l'avocat, prêt à tirer.

« Là, articula doucement Thorn, à l'adresse d'Alexis. Va ! Saute ! »

Les membres postérieurs du chien, ramassés sur eux-mêmes, se détendirent. Le corps musculeux fendit l'air et cueillit, de plein fouet, le flic qui bascula les quatre fers en l'air. Il pressa deux fois la détente, et les balles se perdirent. Puis un coup de pied de Miles Lord expédia le pistolet dans l'herbe du talus.

Le chien grondait en sourdine. Ses crocs menaçaient la gorge du policier. Thorn le calma d'un mot alors qu'à bonne distance, hululaient des sirènes.

« Je suggère, proposa Michael, qu'on aille voir ailleurs si on y est. Il y a quelque chose qui ne colle pas, là-dedans. Ce flic a dit que vous aviez tué le shérif adjoint !

— Entièrement d'accord. Filons. »

Tous, y compris le chien, se réembarquèrent en vitesse alors que l'infortuné policier se relevait, chancelant.

« Juste un peu secoué, dit Thorn, mais il n'a rien. Aucune morsure. Je n'avais pas donné cet ordre-là. »

Lord embraya sèchement, et ils redémarrèrent.

Hayes attendait dans le bureau du shérif, en compagnie de Droopy et d'Orleg. L'appel radio signalé par l'adjointe remontait à une vingtaine de minutes. Le patrouilleur qui avait repéré la Jeep Cherokee filant vers le nord, sur la 46, en direction du Tennessee, s'était aussitôt lancé à sa poursuite, et son dernier message précisait que le véhicule suspect pris en chasse ralentissait, au point, semblait-il, de vouloir s'arrêter.

Des renforts avaient été demandés, bien que le correspondant se fût déclaré capable de régler le problème à lui tout seul.

L'homme de Pridgen et Woodworth n'avait même pas tenté d'accompagner le shérif et ses hommes jusqu'à l'endroit indiqué. Tout ce qu'il souhaitait à présent, c'était qu'un de ces culs-terreux se montrât suffisamment chatouilleux de la gâchette pour mettre fin au cauchemar. Il avait bien précisé que les Russes ne tenaient pas à ramener un coupable « chaud », mais simplement identifiable, même si quelqu'un avait eu le bon esprit de le refroidir, entre-temps, d'une balle bien placée.

Lord éliminé, et peut-être aussi l'acrobate, subsisterait, d'ailleurs, le problème Michael Thorn. La police ferait le maximum pour le sauver, et Dieu savait que Lord ne lui causerait pas le moindre mal. S'il descendait vraiment de Nicolas II, en ligne directe, comme le prétendait Miles, le test ADN bannirait les tout derniers doutes.

Et le cauchemar recommencerait.

Il se trouvait dans une des salles de coordination, face à un assortiment d'appareils de communication en service ou prêts à servir. D'un des haut-parleurs, jaillit, dans une salve de friture :

« Central Dillsboro Un. Arrivons sur le site. »

Hayes reconnut la voix du shérif et tendit l'oreille, attendant le rapport qui allait bientôt suivre. Orleg attendait, lui aussi, dans un coin de la salle. Droopy grillait une cigarette, à l'extérieur. Penché vers Orleg, Hayes chuchota, en russe :

« Il va falloir que j'appelle Moscou. Nos amis ne vont pas être très contents. »

L'inspecteur ne broncha pas.

« Nous avons nos ordres directs.

— Ce qui veut dire ?

— Que nos ordres sont de nous assurer que ni la femme, ni Lord, ni qui que ce soit jugé dangereux ne revoient le ciel de Russie.

— Moi compris, peut-être ? Ça vous plairait de me tuer ?

— Je me ferais une douce violence.

— Pourquoi ne l'avez-vous pas encore fait ? »

Silence.

« Parce qu'ils ont toujours besoin de moi, c'est ça ? »

Même silence.

Hayes articula la phrase suivante à quelques centimètres du visage d'Orleg :

« Vous ne me faites pas peur, mon vieux. Rappelez-vous. Je suis au courant de tout, moi aussi. Il y a deux fils porteurs du génome des Romanov. Inscrits sur la liste, évidemment. Mais ceux qui ont envoyé Lord et la fille en enverront d'autres. Dites bien à vos amis que si je meurs, rien n'empêchera la vérité d'éclater à la face du monde. Alors que le problème peut être encore résolu dans l'ordre et la discrétion. Désolé de vous frustrer d'un de vos plaisirs, Orleg.

— Ne surestimez pas votre importance, l'avocat !

— Ne surestimez pas ma tolérance. »

Hayes s'éloigna de l'inspecteur russe sans lui laisser le temps d'imaginer une réponse adéquate.

La friture du haut-parleur déboucha, enfin, sur un commencement de rapport.

« Central Dillsboro Un. Suspects enfuis avec captif. Adjoint agressé par chien d'attaque en la possession

491

des suspects. Très secoué, mais indemne. Poursuite organisée. Suspects disposent d'une certaine avance. Direction probable, toujours droit au nord, par la 46. Diffuser alerte en avant de leur parcours estimé. »

Le coordinateur de service accusa réception du message et Taylor Hayes poussa un soupir de soulagement. Quelques minutes plus tôt, il avait souhaité la capture de Miles Lord. Il se rendait compte, à présent, que l'affaire n'en serait pas simplifiée, au contraire. C'était à lui de mettre la main sur un Lord qui, visiblement, ne faisait pas confiance aux autorités locales. Ces crétins de bouseux s'imaginaient que Miles poussait devant lui un otage, au bout du canon d'un revolver. Lui seul savait que Lord, Thorn et cette Akilina Petrovna étaient tous les trois en cavale.

Et qu'il allait falloir les stopper au plus vite.

Aux yeux de Lord, Orleg et Droopy ne pouvaient que collaborer avec la police. Il n'aurait donc pas recours, de sitôt aux autorités locales. Il allait plutôt chercher une planque où respirer un bon coup en pesant le pour et le contre.

Quel genre de planque ?

Lord ne connaissait pas la région ou la connaissait mal. Michael Thorn, en revanche, y était chez lui, depuis toujours. Peut-être y avait-il quelque chose à glaner, sous cet angle ?

Quittant le centre de coordination, il regagna la pièce où Mme Thorn et la secrétaire attendaient la suite des événements. L'épouse discutait, dans un local voisin, avec une autre adjointe. Il s'adressa donc à la secrétaire :

« Pardonnez-moi, madame. »

Elle releva les yeux.

« Je vous ai entendue dire au shérif que le Noir et la Russe étaient venus voir M. Thorn à son cabinet ?

— C'est exact. Ils sont venus hier. Et de nouveau ce matin. Ils ont passé la journée avec M. Thorn.

— Savez-vous de quoi ils ont pu discuter ? »

Elle secoua la tête.

« Ils étaient dans son bureau, avec la porte close.

— C'est terrible. L'inspecteur Orleg est tellement contrarié. Un de ses hommes a été tué à Moscou. Et maintenant, ce pauvre garçon, ici même.

— Ce M. Lord s'est présenté en tant qu'avocat. Il n'avait pas l'air d'une terreur.

— Qui a jamais l'air d'une terreur ? Lord était à Moscou pour affaires. Nul ne sait pourquoi il a tué cet autre policier, sur la place Rouge. Quelque chose s'est passé, là-bas, et continue à se passer, ici, dont nous ne soupçonnons pas la nature. »

Il reprit haleine, renvoya ses cheveux en arrière, d'une main, et se pinça la racine du nez.

« La région est si belle. Surtout en cette saison. Une honte que quelque chose de ce genre vienne gâcher toute cette harmonie. »

Il s'empara d'une cafetière et remplit une tasse. Il en offrit une à la secrétaire qui refusa d'un geste.

« Je viens parfois d'Atlanta chasser dans le secteur. En louant un chalet dans les bois. J'ai toujours eu envie d'en acheter un, mais il m'a fallu y renoncer, faute de moyens. M. Thorn en possède-t-il un ? Tout le monde semble avoir le sien, dans cette jolie ville.

— Le chalet de M. Thorn est charmant, opina la secrétaire. Il appartient à sa famille depuis des générations.

— Près d'ici ? »

Attention de ne pas exprimer, trop ouvertement, un trop grand intérêt.

« Une petite heure au nord. Il a plus d'un hectare de terrain, y compris un versant montagneux. Je le taquine, parfois, en lui demandant ce qu'il peut faire d'une montagne. Et vous savez ce qu'il me répond ?

— Non, bien sûr.

— Qu'il y regarde pousser les arbres. »

La brave fille en avait les yeux humides. Il était évident qu'elle adorait son patron.

« Elle a un nom, cette montagne ? »

Toujours sans appuyer, entre deux gorgées de café.

« Windsong Ridge. Joli nom, vous ne trouvez pas ?

— Très ! Pardonnez-moi ce bavardage. Je vous sens tellement affectée. »

Elle le remercia. Il rejoignit Orleg et Droopy qui fumaient à la chaîne, les yeux dans le vague.

« En chasse, messieurs.

— Où va-t-on ?

— Résoudre le problème... j'espère. »

48

Laissant sur place le policier durement éprouvé par le souffle chaud du barzoï sur sa pomme d'Adam et la vision brève des crocs acérés proches de sa gorge, Lord abandonna rapidement la 46 et piqua vers l'est, par une route vicinale. Au bout de quelques kilomètres, il repiqua vers le nord, à destination du chalet que la famille Thorn possédait, dans les bois, depuis près d'une centaine d'années.

Le chemin de terre contournait des collines boisées que traversaient deux cours d'eau semés de blocs rocheux. Le chalet était en rondins dont une épaisse couche de ciment assurait l'étanchéité, à la mode coloniale. Le porche recelait trois rocking-chairs et même un hamac tendu en travers de sa largeur. La toiture en planches de cèdre superposées avait été récemment refaite à neuf. Une cheminée de pierre se dressait à l'une de ses extrémités.

C'était là, expliqua Michael Thorn, qu'Alexis et Anastasia avaient vécu, à leur arrivée en Caroline du Nord, vers la fin de 1919. Youssoupov avait fait construire la cabane au cœur des quatre-vingts hectares de forêt dont il disposait déjà, à proximité du versant montagneux baptisé, un siècle plus tôt, Wind-song Ridge, la « Chaîne où chante le vent ».

L'objectif était de procurer aux héritiers un refuge solitaire aussi éloigné que possible de tout ce qui pouvait évoquer la famille impériale de Russie. Les collines des Appalaches leur fournissaient un décor idéal, dans des conditions climatiques pas tellement différentes, en somme, de ce qu'ils avaient connu durant toute leur jeunesse.

Assis dans le chalet, Lord pouvait presque sentir leur présence. Le soleil se couchait. L'air virait au froid. Thorn avait allumé un feu en prélevant quelques bûches dans la provision empilée à l'extérieur, contre un des murs du chalet. Riche en patchworks et en bois vernis, l'intérieur fleurait bon le noyer blanc d'Amérique. La cuisine regorgeait de conserves, et, au terme de cette longue journée, ils avaient fait un sort au chili con carne arrosé de Coca bien frais.

« Personne d'autre, précisa Michael Thorn, dans un rayon de plusieurs kilomètres ! Vers les années 1920, c'était la planque rêvée. »

Lord nota mentalement que rien dans le décor ne risquait de trahir l'origine des occupants de ce chalet. Et c'était aujourd'hui, indubitablement, le repaire d'un amoureux de la nature. Les tableaux accrochés aux murs représentaient de grands oiseaux en plein vol ou de paisibles cervidés paissant dans la prairie. Aucun trophée de chasse.

« Je ne chasse pas, précisa Michael. Sinon avec une caméra. »

Lord pointa un index interrogateur vers le portrait à l'huile d'un ours noir qui occupait le centre d'une des parois.

« Œuvre de ma grand-mère, dit Thorn avec une pointe d'orgueil. Comme tout le reste, d'ailleurs. Elle adorait peindre. Elle a vécu ici jusqu'à la fin de sa vie. Alexis est mort dans la chambre du fond. Dans le même lit où mon père est venu au monde. »

Ils étaient réunis devant la cheminée. Deux lampes créaient, au centre de la vaste pièce, une zone intime et confortable. Akilina s'était assise sur le tapis, avec une courtepointe drapée autour d'elle. Lord et Thorn occupaient les deux fauteuils de cuir. Le chien somnolait, roulé en boule, à la limite du rayon d'action des flammes dansantes.

« Un de mes bons amis, exposa Michael, est procureur général de Caroline du Nord. On l'appellera demain. Il pourra nous aider. J'ai pleine confiance en lui. »

Après un instant de réflexion :

« Ma femme doit être dans tous ses états. J'aimerais pouvoir la rassurer.

— Je ne vous le conseille pas, dit Lord.

— Impossible, de toute manière. Je n'ai jamais voulu mettre le téléphone ici. J'emporte un mobile, quand on y passe la nuit. On n'a l'électricité que depuis une dizaine d'années. La compagnie m'a facturé un sacré paquet d'oseille pour amener une ligne jusque-là. J'ai décidé que le téléphone pouvait attendre.

— Vous y venez souvent, vous et votre femme ? s'enquit Akilina.

— Assez, oui. Le seul endroit où je me sente réellement en phase avec mon passé. Margaret ne comprend pas tout à fait. Mon point de solitude, comme elle dit. Si elle savait…

— Elle va bientôt savoir. »

Le barzoï se dressa, en alerte, grondant à fond de poitrail.

Tous les yeux étaient sur le chien.

On frappa à la porte. Lord se leva d'un bond. Personne ne parlait.

On frappa de nouveau. Et puis :

« Miles, c'est Taylor. Ouvre cette porte ! »

Lord traversa la pièce afin de pouvoir regarder, obliquement, par une des fenêtres. Rien d'autre ne bougeait, dans l'obscurité, que la silhouette de l'homme qui venait de frapper. Miles s'en approcha en quatre enjambées.

« Taylor ?

— Pas la fée Carabosse ! Ouvre donc !

— Tu es seul ?

— Qui aurais-je pu amener d'autre ? »

Lord souleva le loquet. Taylor Hayes apparut dans le rectangle de la porte ouverte, en pantalon kaki et veste canadienne.

« Je suis bien content de te voir, avoua Miles Lord.

— Sûrement pas autant que moi. »

Les deux hommes se serrèrent la main. Lord referma la porte.

« Comment nous as-tu trouvés ?

— À mon arrivée en ville, j'ai appris la nouvelle de la fusillade. Il paraît que deux Russes sont ici...

— Deux des immondes salopards que j'ai aux fesses depuis Moscou.

— C'est ce que j'ai cru comprendre. »

Lord remarqua l'expression anxieuse d'Akilina.

« Son anglais laisse à désirer, précisa Lord. Parlons russe.

— Qui êtes-vous ? » s'informa Hayes, dans cette langue.

Akilina se présenta.

« Enchanté. Ainsi, l'ami Lord vous a entraînée dans sa cavalcade autour du monde ! »

Puis, à l'adresse de Thorn :

« Dont, si j'ai bien compris, vous seriez l'objectif ?

— C'est ce qu'il semble. »

Lord compléta les présentations. Ajouta :

« Maintenant, on va peut-être pouvoir s'en sortir. Taylor, la police locale s'imagine que j'ai tué un shérif adjoint.

— C'est vrai. Ils en sont tous convaincus.

— Tu as parlé au shérif ?

— J'ai préféré te parler d'abord. »

La conférence au sommet dura près de trois quarts d'heure. Lord relata, en détail, tout ce qui leur était arrivé. Il montra même à Taylor l'œuf de Fabergé en morceaux et les messages ciselés dans l'or. Il expliqua où les lingots étaient entreposés, ainsi que les activités de Semyon Pachenko et de la Sainte Compagnie qui avaient couvert si longtemps les secrets de Youssoupov.

« Ainsi, vous êtes un Romanov, conclut Hayes en se retournant vers Michael Thorn.

— Vous ne nous avez toujours pas dit comment vous nous aviez retrouvés. »

Lord sentit la méfiance dans la voix de l'avocat, mais Hayes n'en prit nullement ombrage.

« C'est votre secrétaire qui m'a mis sur la piste. Elle était au bureau du shérif, en compagnie de votre femme. Je savais que Miles ne vous avait pas kidnappé, et j'en ai conclu que vous deviez vous cacher ensemble quelque part. Qui viendrait vous chercher ici ? Aucun kidnappeur ne se réfugie dans la maison de son otage ! J'ai couru ma chance de vous y retrouver.

— Comment va ma femme ?

— Bouleversée, bien sûr.

— Pourquoi ne pas avoir dit toute la vérité au shérif ?

— La situation est délicate. Elle implique des tas de relations internationales. Il y va même de l'avenir de la Russie. Si vous êtes vraiment le descendant direct de Nicolas II, c'est à vous que revient le trône. Inutile de vous dire que votre réapparition va causer un choc ! Impossible de confier tout cela au shérif du comté de Dillsboro, Caroline du Nord. Sans mépriser pour autant ces autorités provinciales...

— Excuses acceptées, en leur nom, grogna Thorn. Quelles démarches nous suggérez-vous d'entreprendre ? »

Hayes alla jeter un coup d'œil par la fenêtre.

« Excellente question. »

Le barzoï s'était redressé, de nouveau en alerte.

Hayes ouvrit la porte.

Feliks Orleg et Droopy pénétrèrent dans la cabane, tous deux armés d'un fusil tenu à deux mains, en travers de la poitrine. Le chien bondit sur ses pattes, grondant en sourdine. Proche du sanglot, un hoquet se coinça dans la gorge d'Akilina.

Hayes déclara :

« Monsieur Thorn, votre chien est magnifique. J'ai toujours aimé les barzoïs. Je détesterais ordonner à l'un de ces messieurs d'abattre celui-ci. Veuillez le faire sortir.

— Je sentais bien, chez vous, une odeur de pourriture !

— Et moi, je sentais que vous ne m'aimiez pas. C'est la vie. Je fais abattre le chien ?

— Alexis, dehors. »

Thorn montrait la porte restée ouverte sur la nuit. Le chien plongea, à corps perdu, dans les ténèbres extérieures.

Hayes claqua le battant.

« Alexis. Le choix du nom est intéressant. »

Lord était sous le choc.

« C'était toi, depuis le début ! »

Sur un signe de Taylor Hayes, Orleg prit position devant la porte de la cuisine, Droopy devant celle de la chambre.

« Miles, j'ai des correspondants, à Moscou, que tes activités ont beaucoup contrariés. Bon sang, je t'ai envoyé aux archives pour t'y assurer que Baklanov n'aurait pas de problèmes, et tu m'en sors l'héritier du trône de Russie. Tu t'attendais à quoi, au juste ?

— Espèce de fumier ! J'avais une telle confiance en toi… »

Le canon du fusil d'Orleg, projeté en bélier au creux de l'estomac, stoppa sa ruée.

« La confiance est une notion tellement relative, Miles. Surtout en Russie. Mais je te tire mon chapeau tout de même. Se débarrasser de toi n'est pas une mince affaire. Quelle chance insolente, par-dessus le marché ! »

Hayes sortit un pistolet de sous sa veste.

« Assieds-toi, Miles.

— Va te faire foutre, ordure ! »

Hayes pressa la détente. La balle laboura l'épaule droite de Lord. Non sans un cri de détresse, Akilina se précipita sur lui alors qu'il retombait dans le fauteuil de cuir.

« Je t'ai dit de t'asseoir. Je n'aime pas avoir à me répéter.

— Ça va ? » haleta Akilina.

Il lut sa sollicitude, sur son visage. La trajectoire de la balle avait été bien calculée, à cette courte distance, provoquant une plaie en séton et une douleur aiguë.

« Ça va aller.

— Mademoiselle Petrovna, asseyez-vous.

— Fais ce qu'il te dit », conseilla Miles.

Elle se percha sur le bord d'une chaise.

Hayes s'approcha de la cheminée.

« Si j'avais voulu te tuer, Miles, tu serais déjà mort. Heureux pour toi que je sois si bon tireur. »

Lord comprima sa blessure de la main gauche, roulant sa manche de chemise pour étancher le sang qui coulait. Son regard dériva jusqu'à Michael Thorn. L'avocat se tenait parfaitement immobile. Il n'avait rien dit, rien fait lorsque Taylor Hayes avait tiré cette balle.

« Vous êtes russe, reprit Hayes. Je connais ce regard. Je l'ai affronté bien des fois. Sans cœur et sans entrailles, tous autant que vous êtes.

— Je n'ai rien de commun avec Stefan Baklanov », souffla Michael Thorn.

Hayes s'esclaffa.

« Voilà une supposition qui ne me viendrait pas à l'idée. Je vous verrais fort bien gouverner ces idiots. Il y faudra du nerf. Une qualité que possédaient les meilleurs tsars. Et dont vous avez hérité. Alors, vous comprendrez que je ne puisse vous laisser en vie.

— Mon père m'avait averti qu'il y aurait des

hommes tels que vous. Il m'avait maintes fois mis en garde. Et je l'avais traité de paranoïaque.

— Qui aurait cru l'empire russe si fragile ? Et Qui aurait pu deviner que les Russes souhaiteraient le retour de leur tsar ?

— Felix Youssoupov, dit Thorn.

— Un point pour vous. Mais tout ça ne veut plus rien dire. Orleg, emmenez ce cher héritier et cette femme, et faites ce que vous savez si bien faire. »

Orleg sourit et empoigna brutalement le bras d'Akilina. Lord se leva, mais Hayes lui enfonça son pistolet au creux de la gorge.

« Assis, Miles ! »

Droopy arracha Thorn à son siège. Lui meurtrit la nuque du canon de son fusil. Akilina tenta de résister. Orleg l'étrangla, par-derrière, de son robuste avant-bras. Elle lutta une seconde ou deux, puis s'affaissa, la respiration coupée.

« Arrêtez ! » cria Lord.

Hayes augmenta la pression du pistolet sur sa gorge. Lord haleta :

« Dis-lui de stopper, Taylor !

— Dis-lui toi-même de se conduire comme une bonne petite fille. »

Lord se demanda comment il pourrait dire une chose pareille à quelqu'un qui allait se faire tuer.

« Pas ici, Orleg ! » aboya Hayes.

Le Russe relâcha la pression de son avant-bras sur la gorge d'Akilina. Elle tomba à genoux, en suffoquant. Lord brûlait de voler à son secours, mais le contact du pistolet prévenait toute tentative de contre-attaque. Orleg prit Akilina par les cheveux et la remit sur pied. La douleur parut ranimer la jeune femme.

« Debout ! » ordonna Orleg.

Elle trébucha, sous sa poussée, en direction de la porte. Thorn y était déjà, Droopy, hilare, sur les talons.

Le battant se referma derrière eux.

« Je commence à croire que tu es amoureux de cette fille, commenta Hayes.

— Qu'est-ce que ça peut te foutre ?

— Absolument rien. »

Hayes recula le pistolet de la gorge de Lord qui put respirer un peu plus librement. Sa récente blessure à l'épaule le torturait, mais la rage qui l'habitait gardait ses réflexes intacts.

« C'est toi qui as fait tuer Josif et Vassily Maks, à Starodug ?

— Tu ne nous as pas laissé le choix. Rien de plus dangereux que les gens trop bavards.

— Et Baklanov n'est vraiment qu'un pantin dont vous tirez les ficelles.

— La Russie est comme une vierge, Miles. Capable de donner tant de plaisirs encore inédits. Mais pour survivre, il faut suivre leurs règles, et elles n'ont rien de sentimental. Je me suis adapté. Le meurtre, pour eux, n'est qu'un moyen parmi d'autres d'arriver à leurs fins. En fait, c'est souvent le meilleur moyen.

— Que t'est-il arrivé, Taylor ? »

Hayes s'assit sur une chaise, sans que le pistolet quittât sa cible une fraction de seconde.

« Tu ne m'auras pas aussi facilement, Miles. J'ai fait ce qu'il y avait à faire. Je l'ai toujours fait. Et personne ne s'est jamais plaint du rythme auquel rentraient les honoraires. Parfois, il faut savoir prendre des risques pour réaliser de grandes choses. Manipuler le futur tsar de Russie valait tous les efforts déployés.

C'était le projet parfait. Qui aurait pu imaginer qu'un héritier direct ressortirait des limbes ? »

Il releva légèrement son pistolet alors que Miles Lord allait se lancer en avant, au paroxysme de la haine.

« Pas un geste Miles. Tu serais mort avant d'avoir quitté ton siège.

— Je te souhaite de vivre très vieux avec tous ces crimes sur la conscience !

— Ils ne m'empêcheront pas plus de dormir que les traquenards juridiques qui ont fait notre fortune à tous. Ce n'est que la recherche des mêmes résultats, par d'autres méthodes. »

Gagner du temps, c'était la dernière chance…

« Comment feras-tu pour garder le contrôle des opérations ? Thorn a une femme. Une famille. Deux héritiers de plus ! Tous au courant de toute l'histoire, de A jusqu'à Z. »

Hayes souriait.

« Bel essai, Miles. Mais non transformé. La femme et les enfants de Thorn ne savent rien. Et mon moyen de garder le contrôle, tu l'as sous les yeux. »

Il agita le pistolet.

« Écoute, Miles, tu ne peux t'en prendre qu'à toi-même. Si tu étais resté à ta place, si tu t'étais contenté de faire ce que je te disais, il n'y aurait pas eu le moindre problème. Au lieu de ça, il a fallu que tu te mêles d'aller à Saint-Pétersbourg, et puis de venir en Californie pour y prendre tout un tas d'initiatives qui ne t'étaient pas commandées. »

Avec un fatalisme, une désinvolture qui le stupéfiaient lui-même, Lord posa la question cruciale :

« Tu vas me tuer, pas vrai ? »

Aucune trace de crainte, non plus. Comme s'il parlait de quelqu'un d'autre.

« Non, pas moi. Les deux autres s'en chargeront. Ils m'ont fait promettre de ne pas te toucher. Ils te haïssent à un point que tu ne soupçonnes pas. Tu leur en as fait trop voir. Et je ne peux pas me permettre de décevoir mon personnel subalterne.

— Où est l'homme que j'ai connu, jadis ?

— Qui peut se vanter de connaître qui ? On n'est pas frères de sang, que je sache. À peine des amis. Mais si tu tiens à le savoir, j'ai de nombreux clients qui m'honorent de leur confiance, et j'ai l'intention d'honorer, vis-à-vis d'eux tous, ma part du contrat. Sans oublier de me préparer une retraite confortable. »

Hayes remarqua le regard de Lord, son oreille tendue vers l'extérieur, et s'esclaffa de plus belle.

« Tu te tracasses au sujet de ta petite chérie ? »

Lord ne répondit pas. Qu'aurait-il pu répondre ?

« Que je te rassure, Miles. Elle n'est pas morte. En ce moment, je suis certain qu'elle vit des sensations intenses, sous l'assaut viril de ce cher Orleg. »

49

Akilina suivait, à travers bois, l'homme que Miles appelait Droopy. Un épais tapis de feuilles mortes étouffait le bruit de leurs pas, et la lueur de la lune qui filtrait entre les branches plongeait la futaie dans un clair-obscur laiteux semé d'embûches. Le froid mordait la peau de la jeune femme mal protégée de la rigueur nocturne par un mince chandail. Michael Thorn marchait le premier, un fusil dans les reins. Orleg fermait la marche, pareillement équipé.

Ils atteignirent une clairière où deux bêches les attendaient, plantées dans le sol à la verticale. Apparemment, l'arrivée de Taylor Hayes à la cabane n'avait pas été totalement improvisée.

« Creuse, ordonna Orleg à Thorn. Comme tes ancêtres, tu vas finir enterré dans les bois. Peut-être que dans cent ans d'ici, quelqu'un redécouvrira tes os.

— Et si je refuse ? » s'informa calmement Michael.

Orleg haussa les épaules.

« Je te bute tout de suite… avant de me farcir la môme ! »

Thorn regarda Akilina. La respiration de l'avocat était régulière, et ses yeux n'exprimaient aucune crainte, aucune faiblesse.

« Essaie de voir les choses différemment, appuya Orleg. Quelques précieuses minutes supplémentaires d'existence, c'est peut-être pas beaucoup, mais c'est bon à prendre. Chaque seconde compte. De toute façon, c'est plus que ton arrière-grand-père n'en a eu pour réfléchir. Un coup de veine pour toi que je ne sois pas un de ces rustres de bolcheviks ! »

Thorn n'esquissait pas le moindre geste pour attraper une des deux bêches. Orleg jeta son fusil de côté, empoigna Akilina par son chandail. Elle se mit à crier, mais il la coinça dans une violente étreinte et la bâillonna de sa main libre.

« Assez ! » lança Thorn.

Orleg enserra la gorge de sa victime dans sa grosse patte. Pas assez pour l'étrangler. Assez pour la maîtriser sans la tuer encore. Thorn s'empara d'une bêche et se mit à creuser.

La main d'Orleg pétrissait un sein aisément accessible.

« Bien rond et bien ferme, comme j'aime ! »

Il puait horriblement de la bouche.

Elle leva la main jusqu'à l'œil gauche de son agresseur afin de tenter de le lui crever avec ses ongles. Il se dégagea en jurant, la frappa au visage. Puis il la projeta dans la terre mouillée.

Le temps de reprendre son fusil, il introduisit une balle dans le canon, posa son pied sur le cou d'Akilina, lui clouant la tête au sol. Quand elle ouvrit la bouche, en quête d'air respirable, il y planta le canon de son arme. Le métal avait un goût d'huile de vidange mêlé à celui du sable récolté quand l'arme était tombée à terre.

Il l'enfonça un peu plus dans la gorge d'Akilina et s'abattit sur elle. Une terreur sans nom, sans limite concevable l'envahit alors que la brute graillonnait, dans un gros rire :

« Tu vas aimer ça, ma salope ! »

Alors, une forme noire jaillit du sous-bois, heurta de tout son poids l'inspecteur russe qui roula sur le flanc. En le repoussant de toutes ses forces, Akilina comprit ce qui était en train de se passer.

Le barzoï était de retour. Il n'avait sans doute jamais été bien loin. Et il avait chargé au moment dicté à sa logique de chien par des actes, des inflexions de voix qu'il interprétait à sa manière.

Akilina décrivit une sorte de tonneau qui l'éloigna un peu plus d'Orleg. Alors que Michael Thorn ordonnait :

« Va, Alexis ! Tue ! »

Les dents du barzoï brillèrent sous la lune puis s'enfoncèrent dans la chair vulnérable.

Orleg hurlait. Simultanément, Thorn pivota sur lui-même, et le fer de sa bêche toucha, de plein fouet, un Droopy momentanément déboussolé par l'attente du viol en puissance et le retour inopiné de la bête. Le Russe râla sous l'impact. Puis la bêche décrivit un nouvel arc de cercle qui le frappa à la tête alors qu'il s'efforçait de braquer son fusil. Un troisième mouli-net le coucha dans les feuilles mortes. Le corps tres-sauta, durant quelques secondes, puis s'immobilisa.

Orleg hurlait toujours, inondé de sang, en essayant de protéger sa gorge.

Akilina ramassa le fusil. Thorn ordonna : « Stop ! »

Le chien se retira, vint se coucher aux pieds de son maître, soufflant une vapeur rougeâtre.

Orleg roula de nouveau sur lui-même, les deux mains crispées sur sa gorge. Il parvint à se redresser sur un genou, mais Akilina lui tira une balle à bout portant. En pleine face.

« Tu te sens mieux ? » demanda Michael Thorn.

Elle recracha l'horrible goût de métal qui lui emplissait la bouche.

« Beaucoup mieux. »

Thorn alla vérifier le pouls de Droopy.

« Celui-là aussi a son compte. Je ne me croyais pas capable de taper aussi fort. »

Akilina baissa les yeux vers le chien. L'animal lui avait sauvé la vie. *Leur* avait sauvé la vie. Des mots que Miles Lord et Semyon Pachenko lui avaient dits revinrent à son esprit ; en cascade. Des paroles prononcées par un prétendu saint homme quelque cent ans auparavant.

« L'innocence des bêtes, arbitre ultime de la victoire, montrera le chemin vers le succès. »

Thorn se pencha pour caresser la fourrure soyeuse du barzoï.

« Bon chien, Alexis. Bon chien. »

Le barzoï accepta l'affection de son maître en égratignant le sol de ses pattes griffues. Il avait les babines sanglantes.

« Si on pensait un peu à Miles ? » dit Akilina.

Un unique coup de feu retentit au loin, et Lord profita de la fraction de seconde où Taylor Hayes se retournait instinctivement vers la fenêtre pour s'emparer d'une lampe et la lancer, d'un large mouvement continu de son bras valide, dans la direction de celui qu'il avait pris, si longtemps, pour un ami. Il roula à bas de son siège alors que, parant au plus pressé, Hayes esquivait, d'abord, le lourd socle de bois, avant de tirer une première balle, au jugé.

La pièce n'était plus éclairée que par une seule lampe et les flammes du feu de bois qui mourait dans la cheminée. Lord rampa rapidement sur le plancher puis projeta l'autre lampe, sans viser, en plongeant derrière le canapé qui faisait face aux bûches.

Il atterrit sur son épaule blessée et réprima un cri de douleur alors que deux autres balles le cherchaient, à travers le dossier du canapé. Plié en deux, il se rua vers la cuisine et roula sur le carrelage tandis qu'une quatrième balle arrachait au chambranle de longues écharbes déchiquetées. La blessure de son épaule saignait abondamment. Il la comprima de son autre main, souhaitant ardemment que la disparition de l'éclairage faussât le tir de son adversaire, mais sachant que le répit ne serait que de courte durée. Une minute ou deux, moins peut-être, et les yeux du tireur achèveraient de s'accommoder à l'obscurité ambiante.

Dans la cuisine, il se redressa, faillit reperdre l'équilibre, sous l'empire de la souffrance. La pièce tournait autour de lui. Avant de se précipiter au-dehors, il cueillit, au vol, un torchon éponge à carreaux qu'il plaqua contre son épaule. Par bonheur, la porte de derrière n'était pas verrouillée. Il la claqua de sa main gauche pleine de sang, renversa le contenu d'une poubelle en travers du porche.

Puis se rua, tête baissée, entre les arbres.

Hayes ignorait s'il avait touché le fuyard ou non. Il compta le nombre des balles tirées. Quatre, peut-être cinq. Restaient cinq ou six. Ses yeux, entre-temps, s'étaient adaptés à la lumière chiche des derniers tisons. Il entendit claquer une porte. En déduisit que Lord venait de quitter la maison.

Glock braqué, il entra dans la cuisine. Prudemment. Sa main droite dérapa dans quelque chose de mouillé. Il se pencha pour tâter le liquide poisseux, dont l'odeur cuivrée lui confirma qu'il s'agissait bien de sang fraîchement répandu.

Il alla ouvrir l'autre porte. Une poubelle de plastique encombrait le chemin. Il l'écarta d'un coup de pied. Sortit dans la nuit glaciale. Cria vers les arbres proches :

« OK, Miles, on dirait que le temps de la chasse au raton laveur est revenu. »

Il remplaça le chargeur du Glock par un autre encore intact. Dix cartouches devraient suffire pour terminer ce qu'il avait commencé.

Akilina perçut les détonations alors qu'elle courait vers la cabane, en compagnie de Michael Thorn. Elle tenait en main le fusil d'Orleg. À proximité du but de leur course, Thorn la retint par un bras.

« Ne prenons pas de risques. »

Son attitude impressionnait fortement la jeune femme. Il affrontait la situation avec un sang-froid qui lui apportait un grand réconfort. Il entra le premier sous le porche, s'approcha de la porte de devant.

De la partie la plus reculée de la cuisine, leur parvint une voix qui bizarrement, parlait de « chasse au raton laveur », et concluait sur le même ton :

« J'espère que tu n'auras pas autant de chance que ton grand-père. »

Thorn ouvrit la porte. Plus aucun éclairage, en dehors des tisons mourants. Il trouva tout de suite, dans l'obscurité, le tiroir qu'il cherchait. Revint avec un revolver au poing.

« Allons-y ! »

Akilina le suivit dans la cuisine, le chien à son côté. La porte de derrière béait sur la nuit. Alexis flairait le carrelage. Elle s'accroupit et découvrit les taches sombres qui allaient de la porte de communication à la porte ouverte. Le chien flairait toujours les taches. Thorn se pencha vers lui, à son tour.

« Quelqu'un a été touché. Va, Alexis. Cherche ! »

L'animal s'emplissait les naseaux du parfum de ces taches. Puis il releva la tête comme pour dire qu'il était prêt.

« Cherche ! » ordonna Thorn.

Le chien s'engouffra, tel un météore, dans le tunnel compact de la nuit extérieure.

50

Lord n'avait pas oublié la conversation qu'ils avaient eue, neuf jours plus tôt, dans une chambre de l'hôtel Volkhov. Neuf jours seulement, nom de Dieu ! Une éternité !

Il tenait, de son grand-père, le récit de ces lynchages d'antan, quand les extrémistes du Sud se vengeaient sur les Noirs de leurs fureurs rentrées. Capturé à son domicile, l'un des amis de son grand-père avait été pendu sur une simple accusation de vol proférée par quelque calomniateur, sans la moindre preuve ni même la moindre trace de vraisemblance. Pas d'arrestation, pas de mise en accusation, pas de jugement.

Lord s'était souvent demandé comment il était possible d'éprouver tant de haine. Son père avait toujours fait en sorte de ne laisser oublier à personne, Blanc ou Noir, ces atrocités dans lesquelles certains ne voulaient voir que du populisme, ou bien la manifestation d'une forme d'anarchie. Grover Lord, lui, les définissait comme le « rappel amical des privilèges de l'homme supérieur ». Et voilà que Miles se retrouvait aujourd'hui en fuite dans les montagnes de Caroline, traqué par un homme blanc bien déterminé à le laisser sur le carreau.

Le torchon qu'il avait appliqué sur sa blessure lui procurait un certain soulagement, mais le contact intermittent des buissons et des branches basses ravivait impitoyablement ses souffrances. Il ne savait pas où il allait. Il se souvenait seulement que, d'après Michael Thorn, les plus proches voisins se trouvaient à des kilomètres. Avec Hayes, Orleg et Droopy à ses trousses, ses chances de raton laveur poursuivi par la meute déchaînée étaient minces.

Il pouvait réentendre, en écho, le premier coup de feu tiré, juste avant qu'il lançât son attaque contre Hayes. Il brûlait d'envie de revenir sur ses pas, en quête d'Akilina et de Michael, mais concevait clairement la fragilité de cet espoir. Tous deux étaient probablement déjà morts. La seule chose importante, à présent, c'était qu'il parvînt à se perdre dans la nuit. À survivre assez longtemps pour crier au monde tout ce qu'il savait. Il le devait à Semyon Pachenko et à la Sainte Compagnie. Ainsi qu'à tous ceux qui l'avaient précédé dans la mort. Tels que Josif et Vassily Maks.

Il s'arrêta un instant, ruisselant de transpiration. Sa respiration saccadée s'évaporait, sous ses yeux, en petits nuages denses. Sa gorge serrée le torturait autant que sa blessure et l'empêchait de s'orienter. Il aurait voulu ôter son chandail trempé de sueur, mais son bras endolori rendait la manœuvre impossible. Ses étourdissements se multipliaient. La perte de son sang n'arrangeait rien et la déclivité croissante du terrain aggravait les choses.

Il perçut ou crut percevoir, derrière lui, le piétinement furieux de la poursuite engagée. Mieux valait fuir les sentiers tracés, fendre carrément la broussaille, sans égard pour son épaule. Le sol durcissait sous ses pas. Des quartiers de roche apparurent. La pente s'accentua encore. Le gravier s'écrasait sous ses semelles avec des craquements, des crissements dont le son devait porter très loin, amplifiés par le silence.

Un vaste panorama s'ouvrit tout à coup devant lui.

Il s'arrêta net, au bord d'une falaise qui dominait, de très haut, une gorge obscure au fond de laquelle grondaient les eaux d'un torrent. Mais il n'était pas pris au piège. Il pouvait partir à droite ou à gauche, en longeant l'abîme, ou même replonger dans les bois. Puis il décida d'utiliser la disposition des lieux à son avantage. S'ils le rejoignaient, peut-être le choc de la surprise lui procurerait-il l'occasion d'une contre-attaque. Il ne pouvait pas courir plus longtemps. Pas avec trois hommes armés à ses trousses. Il devait tenir son territoire et se battre.

En ahanant, il se hissa sur un ergot rocheux dressé au bord du gouffre, une sorte de corniche avec le ciel par-dessus, si noir, si calme. Étendu de tout son long, il verrait, de là-haut, quiconque déboucherait du sous-bois comme il l'avait fait lui-même.

À tâtons, il choisit trois cailloux gros comme des balles de base-ball. Il étira les muscles de son bras droit et constata qu'il lui restait assez de force pour lancer les cailloux, mais pas très loin. Il en testa le poids, méthodiquement. Il se tenait prêt pour ce qui serait, avec son ultime contre-offensive, son dernier espoir de rester en vie.

En bon chasseur, Hayes avait pisté trop d'animaux pour ne pas connaître à fond l'art de la traque. Et Lord avait foncé droit devant lui, à l'aveuglette, sans se soucier des buissons piétinés ou des branches cassées qui marquaient son sillage. Il y avait même, de loin en loin, une empreinte clairement déchiffrable, aux endroits où les feuilles mortes cédaient la place à la terre nue. Quand la lune sortait des nuages, le sentier était un livre ouvert dont les illustrations racontaient toute l'histoire. Sans parler des taches de sang qui se reproduisaient de loin en loin, avec une régularité prévisible.

Puis la piste s'arrêta.

Hayes s'arrêta de même.

Il jeta un coup d'œil à droite et à gauche. Rien. Plus de branches cassées pour montrer la voie. Il explora le proche voisinage et n'y découvrit aucune trace de sang. Bizarre. Il leva la main, prêt à tirer au cas où Miles Lord aurait choisi cet endroit pour y livrer sa dernière bataille. Il était sûr que ce maudit noiraud ne mourrait pas sans quelque ultime escarmouche.

Ici même, peut-être ?

Il avança, centimètre par centimètre. Aucun instinct ne l'avertit qu'il était observé. Il allait changer de direction, revenir sur ses pas quand il remarqua une tache sombre, sur un rameau pendant. Il obliqua dans ce sens, pas à pas, le pistolet braqué. Le sol acheva de se convertir en silex, et la forêt fit place à des saillies de granit qui s'élevaient alentour comme autant de pyramides déformées. Il n'aimait pas du tout cette topographie, mais pouvait-il reculer, à ce stade ?

Son regard errait en quête d'indices tels qu'une nouvelle trace de sang, à flanc de rocher, mais il était difficile, dans ce pot au noir, de distinguer une telle tache des ombres environnantes. Il réduisit sa progression à un pas toutes les cinq ou six secondes, en s'efforçant de minimiser le froissement du gravier, sous ses semelles.

Il stoppa au bord de la falaise, l'oreille pleine du grondement lointain de quelque cascade. Arbustes à droite et à gauche. Ciel noir clouté d'étoiles. Pas le moment d'admirer le paysage. Il pivota sur place et se disposait à rentrer dans le sous-bois quand quelque chose passa en sifflant tout près de son oreille.

Akilina suivit Michael hors de la cuisine. Elle remarqua, au passage, l'empreinte d'une main sanglante, sur la porte, et pensa à Lord. Le barzoï n'était nulle part en vue, mais un très léger coup de sifflet le ramena au pied de son maître.

« Il ne s'éloignera jamais, chuchota Thorn. Juste assez pour trouver la piste. »

Sa main caressa tendrement la tête dressée.

« Cherche, Alexis, cherche ! »

L'animal disparut de nouveau entre les arbres. Ils partirent dans la même direction.

Akilina pensait à Miles. Il avait certainement été touché. La voix qu'ils avaient entendue était celle de Taylor Hayes. Lord devait probablement croire qu'ils n'avaient pu échapper aux griffes des deux tueurs professionnels. Leur salut s'appelait Alexis. Le barzoï était tout simplement fantastique. Michael Thorn avait su se montrer à sa hauteur en profitant de son intervention pour attaquer l'autre type. Cet homme avait du sang royal dans les veines, et c'était sans doute ce qui lui donnait ce charisme, cette présence. La grand-mère d'Akilina lui avait souvent parlé de l'époque impériale. Le peuple avait adoré son tsar pour sa force et sa volonté. Il voyait en lui l'incarnation de Dieu sur terre et recherchait sa protection, en temps de péril grave.

Il ne symbolisait pas seulement la nation, il *était* la Russie.

Peut-être Michael Thorn concevait-il pleinement cette responsabilité ? Peut-être cette continuité entre le passé et l'avenir l'aiderait-elle à faire face, sans crainte, aux épreuves qui l'attendaient ?

Akilina, elle, avait peur. Non seulement pour elle-même, mais pour Miles Lord.

Thorn s'arrêta et siffla doucement. Quelques instants plus tard, Alexis ressurgit des broussailles, hors d'haleine. Son maître s'agenouilla pour le regarder droit dans les yeux.

« Tu as trouvé la piste, pas vrai ? »

Akilina se surprit à attendre la réponse, mais le chien se borna à s'asseoir sur son arrière-train, en reprenant son souffle.

« Va, Alexis. Trouve ! »

Le barzoï replongea dans la nuit.

Ils coururent à sa suite.

Un coup de feu fracassa le silence.

Lord lança son deuxième caillou alors que Taylor Hayes, alerté par le sifflement du premier, pivotait sur place. Sous la violence du geste, Lord sentit quelque chose se déchirer dans son épaule et la douleur soudaine se répercuta le long de sa colonne vertébrale. Il avait largement rouvert sa blessure.

Le caillou frappa Hayes en pleine poitrine. L'homme, par pur réflexe, pressa la détente. Lord se propulsa alors du haut de son perchoir et vint percuter de plein fouet son ex-employeur. Les deux hommes roulèrent à terre, et la douleur atteignit, chez Miles, un sommet presque insupportable.

Serrant les dents pour ne pas hurler, il expédia son poing dans la figure de Taylor Hayes, mais celui-ci se servit de ses jambes et de ses cuisses pour l'envoyer voltiger cul par-dessus tête. Il atterrit pesamment sur le dos, et chacune des pierres aux arêtes vives qui tapissaient le sol rocheux lui infligea une souffrance supplémentaire.

L'instant d'après, Hayes était sur lui.

Akilina prit sa course. Thorn l'imita, et tous deux se ruèrent dans la direction du coup de feu. Le sol durcit sous leurs pas, et les cailloux se multiplièrent à mesure que s'accentuait la pente.

Ils débouchèrent hors de la forêt.

Devant eux, Miles Lord et Taylor Hayes se battaient comme des fauves.

Akilina s'était immobilisée, auprès de Thorn. Le barzoï tomba en arrêt, lui aussi, attendant la suite de la bataille ou les ordres de son maître.

« Tirez ! » supplia-t-elle.

Mais l'avocat ne fit pas usage de son arme.

Lord et Hayes se relevèrent en même temps. À sa propre surprise, Miles possédait encore assez d'énergie pour frapper du gauche, à la mâchoire de Taylor. Le coup ralentit momentanément son adversaire. Mais où diable était passée l'arme que leur première chute avait projetée à travers la nuit ?

Lord toucha Hayes au bas-ventre, d'un violent coup de genou, mais perdit l'équilibre et ne récupéra sa stabilité qu'à grand-peine. Il en avait assez de ressentir, sur tout son corps moulu, les meurtrissures infligées par ces saletés de cailloux. Le sang coulait abondamment sur son bras droit, mais il savait qu'il menait son dernier combat. Ce serait lui ou cette ordure de faux-cul, pour solde de tout compte.

Et toujours pas de pistolet en vue, sous le regard lointain des étoiles. Il discerna, du coin de l'œil, deux silhouettes immobiles, à l'orée du sous-bois. Orleg et Droopy, spectateurs amusés de ce combat d'amateurs auquel ils mettraient fin quand ils le désireraient, d'un petit meurtre de plus.

Il empoigna Hayes à bras-le-corps. Ils tombèrent, emmêlés, parmi les blocs de granit, et quelque chose craqua, chez son ancien patron. Peut-être une côte. Hayes hurla, mais parvint à lui enfoncer ses deux pouces au creux de la gorge. Lord se dégagea, suffoquant. Il encaissa une ruade qui l'envoya rouler vers le bord de la falaise.

Il se releva juste à temps pour contrer la charge de Taylor Hayes. À son tour, il lui décocha un coup de pied volant, mais Hayes l'esquiva d'un pas de côté, et Lord ne rencontra, devant lui, que le vide.

Akilina vit Lord manquer sa cible, rouler de nouveau vers le bord de la falaise, et se redresser en trébuchant.

Thorn s'agenouilla, de nouveau, auprès d'Alexis. Akilina en fit autant. Le barzoï grondait en sourdine, à fond de gorge, les yeux fixés sur le théâtre d'ombres qui s'agitait à quelques mètres de là. Ses mâchoires claquèrent, une fois ou deux, et ses crocs étincelèrent brièvement dans l'obscurité.

« Il se décide, murmura Thorn. Il y voit beaucoup mieux que nous ne voyons nous-mêmes.

— Tirez ! » répéta Akilina.

Le regard de Thorn affronta le sien.

« Il faut que la prophétie de Raspoutine s'accomplisse jusqu'au bout.

— Ne soyez pas idiot. Arrêtez ça tout de suite. »

Le barzoï fit un pas en avant.

« Servez-vous de votre arme, ou c'est moi qui vais me servir du fusil », insista-t-elle.

L'avocat posa doucement une main sur son bras.

« Gardez confiance. »

Sa voix contenait quelque chose d'indéfinissable.

Akilina ne répondit pas.

Thorn se retourna vers le chien.

« Doucement, Alexis. Doucement. »

Face à face, à quelques pas du bord de la falaise, les deux hommes paraissaient aussi épuisés l'un que l'autre.

« Renonce, Miles, haleta Hayes. Un seul de nous deux sortira d'ici. »

Ils s'observaient, tournant dans le même sens, comme deux chats aux aguets, Lord revenant peu à peu vers les arbres, Hayes reculant plutôt vers l'abîme auquel il tournait le dos.

Et Lord comprit, soudain, la raison de son choix. Le pistolet ! Tombé entre deux cailloux, à deux mètres de là. Hayes avait dû l'apercevoir un peu plus tôt.

Son bond précéda d'une fraction de seconde celui de Miles. Avidement, sa main se referma sur la crosse, et son doigt chercha la détente alors que l'arme amorçait l'arc de cercle qui allait l'amener en position de tir.

Le barzoï s'était rué en avant. Sans ordre de Thorn. Mû par son seul choix, sa seule volonté. Comment savait-il que c'était le moment, et lequel des combattants attaquer ? Distinguait-il l'odeur de Lord, respirée sur les taches de sang ? Était-il influencé par l'esprit de Raspoutine ?

Hayes ne vit arriver l'animal qu'au moment où la charge furieuse du barzoï le projeta irrésistiblement en arrière.

La balle que Taylor Hayes s'apprêtait à tirer se perdit. Cette fois, il n'avait pas lâché son arme et Lord se lança en avant, projetant vers le vide l'homme et le chien accroché à sa gorge. Tous deux basculèrent dans l'abîme. Un cri perça la nuit, dans sa courbe décroissante. Au bout de quelques secondes, Miles perçut le choc d'un corps contre une saillie de la falaise, accompagné d'un aboiement plaintif qui lui déchira le cœur. Il ne parvenait pas à distinguer le fond du gouffre.

Mais point n'en était besoin.

Des pas approchaient.

Il se retourna pour faire face aux deux tueurs et découvrit Akilina, suivie de Michael Thorn.

Elle le serra dans ses bras.

« Doucement », implora-t-il, sous l'empire de la douleur.

Elle relâcha son étreinte.

Thorn alla scruter, à son tour, les ténèbres de l'abîme.

« Je regrette, pour Alexis, dit Lord.

— J'adorais cet animal. Mais c'est fini. Le choix a été fait. »

La réapparition de la lune éclaira son visage, et, dans ces traits durcis, dans ce regard déterminé, Miles Lord lut l'avenir de la Russie.

51

MOSCOU

DIMANCHE 10 AVRIL
11 HEURES

L'intérieur de la cathédrale de l'Assomption resplendissait des feux conjugués de centaines de lampes et de cierges. Cette illumination fantastique était destinée, en particulier, aux caméras de télévision qui transmettaient la cérémonie, en direct, aux milliards de petits écrans du monde entier.

Lord se tenait à une place de choix, près du maître-autel. Akilina était auprès de lui. Au-dessus d'eux, quatre groupes d'icônes scintillaient dans la lumière, annonçant à l'humanité attentive que tout était pour le mieux dans le meilleur des mondes.

Les deux sièges du couronnement attiraient tous les regards vers le devant de la cathédrale. L'un était le trône du second tsar de la dynastie Romanov, Alexis. Incrusté de près de neuf mille diamants mêlés de rubis et de perles, il datait de trois cent cinquante ans et depuis près d'un siècle ne représentait rien d'autre qu'une simple pièce de musée. Le siège avait été transporté la veille depuis l'armurerie du Kremlin, et Michael Thorn l'occupait à présent, très droit contre le dossier vénérable.

Près de lui, sur le trône d'ivoire, se tenait sa femme, Margaret. Son siège avait été rapporté en Russie par Sophia, la jeune épouse byzantine d'Ivan le Grand, en 1472. C'était Ivan lui-même qui avait proclamé : « Deux Rome sont tombées, mais la troisième est debout. Il n'y en aura pas de quatrième. »

Et cependant, aujourd'hui, en ce glorieux matin d'avril, une quatrième allait naître. Un compromis entre le sacré et le séculaire en une seule entité : le tsar.

La Russie gouvernée, de nouveau, par un Romanov.

L'image de Taylor Hayes traversa, une fois de plus, l'esprit de Miles Lord. Même à présent, six mois après sa mort, le sens de la conspiration n'était pas entièrement décrypté. On chuchotait que le patriarche de l'Église orthodoxe russe, Adrian, en avait fait partie. Mais il niait farouchement toute implication dans le complot et rien, jusque-là, ne permettait de prouver le contraire.

Le seul complice avéré s'appelait Maxim Zoubarev, celui qui avait torturé Lord à San Francisco. Mais avant qu'il pût être soumis aux autorités légales, son corps avait été retrouvé dans la banlieue moscovite, dans une tombe peu profonde, hâtivement creusée. Avec deux balles dans la nuque. Le gouvernement soupçonnait une machination mondiale, sur fond de mafia, mais on n'avait encore trouvé aucun témoin qui pût étayer cette hypothèse.

La menace que des inconnus maintenaient sur la monarchie naissante subsistait intacte, et Miles Lord s'inquiétait pour Michael. Mais l'avocat de Caroline du Nord s'était montré exceptionnellement courageux. Il avait charmé le peuple russe par une sincérité parfois brutale que tous avaient adorée, et même son éducation à l'américaine était considérée comme un facteur positif. Il n'était pas indifférent, à l'échelle planétaire, qu'une puissance nucléaire fût dirigée par un personnage notoirement doté de convictions mondialistes.

Michael, toutefois, n'avait négligé aucune occasion de rappeler qu'il était un Romanov, que du sang russe coulait dans ses veines et qu'il régnerait en Romanov, comme sa famille l'avait fait avant lui, pendant trois cents ans. Il avait également annoncé qu'un cabinet ministériel allait être créé pour le seconder dans l'administration du pays. Semyon Pachenko serait chargé, au nom de la Sainte Compagnie, de structurer le nouveau gouvernement. Il y aurait, enfin, une Douma élue par le peuple, qui garantirait que le pouvoir du nouveau monarque ne serait jamais absolu. Les lois internationales seraient respectées. La Russie devait s'adapter au XXIe siècle. Tout isolationnisme était désormais impossible.

À présent, cet homme simple siégeait sur le trône de diamant, avec sa femme à son côté, tous deux parfaitement conscients de leurs responsabilités nouvelles.

Des dignitaires venus du monde entier emplissaient la cathédrale. La reine d'Angleterre était là, avec le président des États-Unis, les chefs d'État et les Premiers ministres de toutes les grandes nations.

Un débat s'était élevé, autour de la question du nom. Le nouveau tsar serait-il II ou III ? Le frère de Nicolas II s'était appelé Michel. Il était censé avoir régné un jour, avant d'abdiquer. Mais la Commission tsariste avait mis fin à toutes les discussions en rappelant qu'en renonçant au trône, Nicolas avait abdiqué en son nom, et pas au nom de son fils. Lors de son abdication, par conséquent, c'était son fils et non son frère qui était devenu tsar en titre. Ce qui signifiait que seuls, les héritiers directs du tsar pouvaient prétendre accéder au trône. Michael Thorn, unique descendant direct, par le sang, du dernier tsar, s'appellerait donc Mikhaïl II.

Au lendemain du décès de Taylor Hayes, l'ami de Thorn au bureau du procureur général de Caroline du Nord avait convoqué à Genesis un représentant des Affaires étrangères. L'ambassadeur des États-Unis à Moscou s'était empressé d'établir le contact avec la Commission tsariste pour lui révéler ce qu'il savait sur les événements survenus à treize mille kilomètres de là. Le vote final avait été retardé jusqu'à l'arrivée de l'héritier devant la Commission, et trois jours plus tard, la décision unanime avait fait le tour du monde, à grand renfort de fanfare médiatique.

Le test ADN avait confirmé, au-delà du dernier doute, que Michael était bien l'arrière-petit-fils de Nicolas et d'Alexandra. La structure génétique de ses mitochondries ressemblait, gène pour gène, à celle de Nicolas. Jusqu'à une certaine mutation découverte lorsque les os avaient été identifiés en 1994. Le taux de probabilité d'une erreur était inférieur à un pour cent mille.

Une fois de plus, Raspoutine ne s'était pas trompé.

« Dieu pourvoira le moyen d'être sûr de ne pas trahir la justice. »

Autre détail des prédictions du *starets* qui s'était révélé exact : douze devront mourir pour que la résurrection soit complète. Quatre à Moscou, y compris Artemy Bely, le policier de la place Rouge, l'ami de Semyon Pachenko, membre de la Sainte Compagnie. Et puis Josif et Vassily Maks. Enfin Droopy, Orleg et Taylor Hayes. Onze cadavres entre la Russie et les États-Unis d'Amérique.

Il manquait un dernier nom à la liste.

Mais il y avait Alexis, un barzoï de six ans.

On l'avait enterré dans le vieux cimetière, à quelques pas de son homonyme. Thorn estimait que l'animal avait largement gagné le droit de reposer éternellement auprès des Romanov.

Lord reporta son attention sur l'autel ou Michael Thorn quittait à présent le trône de diamant. Thorn portait une robe de soie, posée sur ses épaules deux heures avant le commencement de la cérémonie. Il en ajusta les plis et s'agenouilla lentement, au sein d'une assistance recueillie qui s'était levée comme un seul homme.

Le patriarche Adrian s'approcha. Dans le silence absolu, Lord se surprit à prier.

Adrian oignit le front de Michael d'huile sainte, en psalmodiant les paroles du serment traditionnel. Dans un édifice bâti par les Romanov, perdu et finalement retrouvé par les Romanov, un Romanov allait endosser le manteau du pouvoir usurpé un jour par le meurtre et l'ambition démesurée de quelques-uns.

Tout aussi lentement, le patriarche plaça sur la tête de Thorn une couronne d'or. Après une prière muette, le nouveau tsar se leva, s'approcha de son épouse qui portait, elle aussi, une longue robe de soie. Elle s'agenouilla devant lui. Il ôta la couronne de sa propre tête, la plaça sur celle de sa femme, puis la remit sur la sienne. Enfin, il raccompagna Margaret jusqu'à son trône, l'aida à s'y asseoir et reprit place sur son propre siège.

Une procession composite de dignitaires russes, généraux, ministres et secrétaires d'État, vint jurer allégeance au nouveau tsar. Ainsi que les deux fils de Michael et de nombreux membres du clan Romanov, Stefan Baklanov inclus.

L'ex-nouveau tsar en puissance avait évité le scandale en niant une quelconque implication dans toute conspiration évoquée. À l'exemple du patriarche, il avait mis quiconque au défi de démontrer le contraire. Jamais, au grand jamais, il n'avait entendu parler du moindre complot et proclamait à qui voulait l'entendre quel magnifique souverain il aurait fait, s'il avait été choisi.

Lord estimait la manœuvre intelligente. Qui pourrait accuser Baklanov de trahison, sinon quelque ancien complice ? Et nul ne croyait sérieusement que l'un d'entre eux pût faire la moindre révélation. Le peuple russe avait apprécié son franc-parler, et le personnage restait populaire.

Avec beaucoup d'autres, Lord ne doutait pas une seconde que Baklanov eût été compromis jusqu'à la moelle. Maxim Zoubarev le lui avait dit. « Une marionnette consentante. » Il s'était demandé s'il ne serait pas plus prudent de démasquer l'imposture, une fois pour toutes, mais Thorn lui avait opposé son veto. Assez de controverses. Mieux valait y renoncer. Et Lord avait fini par reconnaître qu'il avait raison. Sans pouvoir s'empêcher, toutefois, de conserver quelques doutes.

Il se retourna vers Akilina. Les yeux embués de larmes, elle ne perdait pas une miette de la cérémonie.

Il lui prit doucement la main. Akilina était radieuse, dans sa robe bleu perle brodée d'or. C'était Thorn qui la lui avait offerte, et sa prévenance était allée droit au cœur de la jeune femme.

Lord et Akilina échangèrent un long regard. Il lui pressa gentiment la main, et elle lui rendit son étreinte. Il pouvait lire l'amour et l'admiration dans les yeux de la femme qu'il commençait à aimer lui-même comme il n'avait jamais aimé. Ni elle ni lui, toutefois, n'étaient encore sûrs du lendemain.

Lord était resté en Russie parce que Thorn les voulait auprès de lui, l'un et l'autre. Miles s'était même vu contraint de refuser l'offre d'un poste de conseiller politique qui lui avait été faite. En tant qu'Américain, il possédait une valeur particulière. Il était le Corbeau. Celui qui avait largement contribué à ressusciter le sang des Romanov. Dans ce contexte, sa présence à la place d'un Russe moins versé que lui-même dans les affaires internationales se fût justifiée d'elle-même.

Mais Lord n'était pas encore pleinement décidé à s'attarder sur le sol russe. Pridgen et Woodworth lui offraient une énorme promotion. Patron de la division internationale. En remplacement de Taylor Hayes. Il passerait ainsi devant beaucoup d'autres plus anciens, voire plus compétents, mais il avait chèrement acquis ce privilège. Son nom était mondialement connu. La perspective l'eût tenté, mais il y avait Akilina qui, de son côté, ne souhaitait pas s'expatrier. Plus que tout au monde, elle désirait travailler sur place pour le nouveau tsar.

La cérémonie prit fin, les monarques nouvellement couronnés sortirent de la cathédrale, drapés, comme Nicolas et Alexandra en 1896, dans des manteaux de brocart artistement brodés de l'aigle à deux têtes des Romanov.

Lord et Akilina les suivirent, dans l'air frais de l'après-midi.

Les dômes en forme d'oignon des quatre églises resplendissaient sous le grand soleil. Des voitures attendaient le tsar et la tsarine, mais Thorn refusa d'y prendre place. Débarrassé de sa robe et de son manteau, il entraîna sa femme sur les pavés de la place Rouge, vers le mur nord-est du Kremlin. Lord et Akilina les accompagnèrent, impressionnés malgré eux par l'étonnante vitalité qui émanait des yeux et du visage de Michael Thorn.

En inhalant l'air froid, vivifiant, Lord éprouvait une sensation de rajeunissement, de retour aux sources, qui le touchait autant qu'elle pouvait toucher la Russie elle-même. Le Kremlin était redevenu la forteresse du tsar. « La citadelle du peuple », comme Michael Thorn aimait à dire.

Au pied du mur nord-est, un escalier de bois s'élevait, à plus de vingt mètres, jusqu'au niveau des remparts. Le tsar et la tsarine montèrent les marches, suivis de Lord et d'Akilina.

Par-delà le mur, s'étendait la place Rouge. Les pavés occupaient seuls, à présent, l'emplacement du tombeau de Lénine et des tribunes d'honneur. Thorn avait ordonné la destruction du mausolée. Seuls, subsistaient les ifs argentés, mais les tombes des soviets avaient disparu. Sverdlov, Brejnev, Kalinine et tous les autres, exhumés, seraient enterrés ailleurs. Seul, Youri Gagarine avait conservé sa place. Le premier homme de l'espace méritait cet honneur. D'autres le rejoindraient.

Des gens honnêtes, des gens courageux dont les vies vaudraient la peine d'être célébrées.

Miles et Akilina regardèrent Michael et son épouse s'approcher de la plate-forme de contreplaqué édifiée juste au-dessous des merlons, d'où ils pourraient voir ce qui se passait de l'autre côté des créneaux. Thorn lissa son costume du plat de la main.

« Mon père m'avait décrit ce moment, dit-il en s'adressant à ses deux amis. Ce que je ressentirais alors. J'espère être à la hauteur de l'opinion qu'il avait de moi.

— Vous l'avez toujours été », répondit Miles Lord.

Akilina fit un pas en avant. Prit Michael Thorn par les épaules. Il eut, à l'égard de la jeune femme, le même geste de réconfort.

« Merci, ma chère petite. Jadis, vous auriez été exécutée. Toucher ainsi le tsar sans autorisation, sous les yeux de la foule ! »

Puis, se tournant vers sa femme, il arbora un large sourire.

« Prête ? »

Elle acquiesça d'un signe, mais Lord lut l'appréhension dans ses yeux, et qui oserait l'en blâmer ? Un tort vieux de plusieurs décennies allait être réparé. Une paix signée avec l'Histoire.

Miles avait décidé, pour sa part, de faire la paix avec sa conscience. Quand il rentrerait chez lui, il se rendrait sur la tombe de son père. Il était temps, pour lui, de dire au revoir à Grover Lord. Akilina avait eu raison de lui rappeler que l'héritage de son père était plus important qu'il ne l'imaginait. Grover Lord avait fait de lui l'homme qu'il était. Non par son exemple, mais par ses erreurs. Sa mère avait toujours aimé le personnage, et l'aimerait toujours. Il était grand temps que lui-même renonçât à la haine.

Michael Thorn et sa femme grimpèrent sur la plate-forme provisoire.

Lord et Akilina s'approchèrent d'un des merlons ouverts entre deux créneaux.

Par-delà le mur du Kremlin, à perte de vue, s'échelonnaient les foules. Les rapports de presse estimaient leur nombre à au moins deux millions. Venues à Moscou durant les jours qui avaient précédé le sacre. Au temps de Nicolas, bals et défilés auraient marqué la date du couronnement. Thorn n'avait pas voulu en entendre parler. Son pays était trop pauvre pour se permettre un tel luxe, une telle extravagance. Il avait donc commandé cette plate-forme de bois et fait savoir qu'à midi, il y monterait avec son épouse. En percevant le premier des douze coups, au clocher voisin, Lord nota que l'exactitude était toujours la politesse des rois.

De tous les haut-parleurs montés autour de la place Rouge, une voix proclama les mots qui s'entendirent d'un bout à l'autre de la nation. D'un bout à l'autre de la planète.

Et Lord, lui aussi, se sentit gonflé d'enthousiasme, bouleversé par le vœu qui, depuis des siècles, était le cri de ralliement d'une Russie toujours en quête d'un empereur. Quatre petits mots qui se déversaient incessamment d'innombrables haut-parleurs.

À les prononcer lui-même, au côté d'Akilina, il sentit ses prunelles se brouiller.

« Longue vie au tsar ! »

NOTE DE L'AUTEUR

L'idée de ce roman m'est venue au cours d'une visite du Kremlin. Comme dans mon premier roman, j'ai tenu à l'exactitude de toutes mes infos. Nicolas II et sa famille constituaient un sujet fascinant. De multiples manières, la vérité sur leur destin ultime est plus scintillante que la meilleure fiction.

Depuis 1991, date où les restes royaux furent exhumés de leur tombe anonyme, s'est poursuivi un grand débat autour de l'identité des deux corps manquants. Dès les premiers examens, un expert russe conclut, en superposant des photos, à l'absence de Maria et d'Alexis. Puis un expert américain étudia les dents et les os, et détermina que les absents étaient Alexis et Anastasia. J'ai choisi Anastasia en raison de la fascination exercée par son personnage.

Quelques détails complémentaires :

Il existe un mouvement royaliste en Russie, tel que décrit au chapitre 21, mais il n'y a plus de Sainte Compagnie contemporaine. Ce n'est que l'un de mes apports personnels.

Les Russes sont réellement fascinés – chapitre 9 –

par le concept d'une « idée nationale ». D'une idéologie capable de rassembler le peuple. La formulation que j'utilise est simple : Dieu, le tsar et le Pays. Les Russes adorent les commissions et s'en remettent volontiers aux décisions collégiales. Il m'a paru naturel qu'un nouveau tsar fût choisi de cette manière.

Les séquences rétrospectives – chapitres 5, 26, 27, 43 et 44 – qui décrivent l'exécution des Romanov et ses suites, y compris la façon étrange dont on disposa des corps, sont fondées sur des faits solides. J'ai essayé de recréer ces événements tels qu'ils furent racontés par leurs principaux protagonistes. Maints témoignages contradictoires rendaient la tâche particulièrement difficile. La façon dont Alexis et Anastasia échappèrent au massacre est due à ma propre imagination.

La lettre d'Alexandra – chapitre 6 – est également de pure fiction, quoique essentiellement composée d'extraits copiés mot pour mot sur d'autres lettres adressées par Alexandra à Nicolas. Leur relation affective était véritablement celle d'un amour passionné.

La déclaration sous serment d'un garde imaginaire d'Ekaterinbourg – chapitre 13 – provient d'un document authentique.

J'ai correctement reproduit les prophéties de Raspoutine, avec un seul ajout personnel, au sujet d'une résurrection des Romanov. Que ces prédictions aient été réellement exprimées par le *starets,* de son vivant, ou complétées par sa fille, après sa mort, reste matière à discussion. Il est clair que Raspoutine possédait le pouvoir d'agir sur l'hémophilie d'Alexis. Ses efforts pour le soulager, tels que rapportés dans mon prologue, sont fondés sur des témoignages réels.

Les informations concernant Felix Youssoupov sont

vraies, mise à part l'intention de sauver Alexis et Anastasia, qu'il n'a jamais eue. Youssoupov, personnage probablement plus honorable qu'il n'y paraît, ne s'est jamais rendu compte de l'absurdité du meurtre de Raspoutine, ni des dommages qu'il infligea à la famille royale.

Yakov Yurovsky, le sinistre bolchevik coupable du meurtre de Nicolas II, est décrit tel qu'il était, et prononce des paroles qu'il a réellement prononcées.

Les évocations des œuvres de Carl Fabergé sont également exactes, à l'exception du double de l'œuf dit des *Lys de la Vallée*. Impossible de résister à l'envie de l'introduire. Ce chef-d'œuvre semblait la cachette idéale où garder les photos des héritiers survivants. L'arbre de la princesse décrit aux chapitres 40 et 42 fleurit dans l'Ouest de la Caroline du Nord. Son rapport avec la famille royale russe est également authentique. Les ravissantes montagnettes de la chaîne Bleue auraient effectivement offert un parfait sanctuaire aux réfugiés russes, toute cette zone étant, comme le déclare Akilina au chapitre 42, similaire, de bien des façons, à la Sibérie.

Le barzoï ou chien-loup russe, qui joue un rôle primordial dans cette histoire – chapitres 46, 47, 49 et 50 – est une race énergique dont les liens avec la noblesse russe sont indubitables.

Soyons clairs, Nicolas II n'a jamais été un monarque doux et bienveillant. Les observations négatives de Miles Lord, au chapitre 23, sont strictement conformes à la réalité. Mais ce qu'il advint à la famille impériale n'en est pas moins abominable.

Tous les meurtres évoqués sont réellement advenus. De nombreux efforts ont été faits pour éradiquer la ligne génétique des Romanov. La paranoïa de Staline, à leur égard, et la mise sous séquestre de tout document les concernant – chapitres 22, 23 et 30 – sont également historiques.

Imaginer une résurrection apporte un peu de chaleur dans l'horreur de ces destinées exceptionnelles. Malheureusement, le sort de Nicolas II, de son épouse et de trois de leurs filles ne fut pas aussi romantique. Comme exposé au chapitre 44, après leur exhumation en 1991, les os des Romanov croupirent sur les étagères d'un laboratoire alors même que deux villes, Ekaterinbourg et Saint-Pétersbourg, se disputaient leur possession. Finalement, une autre commission russe choisit Saint-Pétersbourg, et les membres de la famille royale furent mis au tombeau auprès de leurs ancêtres.

Ils furent enterrés ensemble. Une fin appropriée, peut-être, puisque d'après tous les observateurs, ils formaient, dans la vie, une famille aimante, très unie.

Et le resteront jusqu'à la fin des temps.

Composé par Nord Compo
à Villeneuve-d'Ascq (Nord)

Imprimé en Espagne par
Liberdúplex (Barcelone)
en octobre 2012

POCKET – 12, avenue d'Italie – 75627 Paris cedex 13

Dépôt légal : novembre 2012
S16773/01